문학,
그 숙명(宿命)의 길에서

정세봉과 그의 문학

정세봉 편저

신세림출판사

문학, 그 숙명(宿命)의 길에서

-정세봉과 그의 문학

창밖, 아득한 야공(夜空)엔 새벽 별이 빛난다

나의 호(號) 묵주(墨晝)는 일종의 메타포이다. 먹칠한 듯 캄캄한 낮…… 밤을 하얗게 밝혀야만하는 형벌-불면증에 시달리고있는 나 스스로에 대한 객기어린 작명(作名)이다. 기발한 역설(逆說)이 아닌가!

덕분에 나에게는 새벽 야공(夜空)을 무심히 바라보는 습관이 생겼다. 창문너머 아득한 밤하늘의 별들을 바라보고있노라면 불가사의하게도 수많은 "인연"들이 눈앞에 스치고 머릿속에 명멸한다.

누구나와 마찬가지로 나는 평생에 수많은 인연들을 만났다. 그 실루엣 같은 얼굴 얼굴들, 그 군상(群像)들의 역동적인 행진…… 그렇지만 필경은 덧없기 짝이 없는 그 행렬들은 "한 밤중에 흐르는"[1] 시간의 강물을 따라 속절없이 사라져가고 있고 또한 그 자리를 새로운 인연들이 생명의 경이와 환희를 한껏 예찬을 하며 이어가고 있다. 나도 그 흐름속에 끼워서 부대끼며, 때론 몸부림도 쳐가면서 순리대로 흘러가고 있는 것이다.

나의 운명에 대해서 점쟁이들은 한결 같이 이렇게 말했다. 첫째

---

1) 영국 시인 테니슨의 싯구.

정세봉

는 역마살(驛馬煞)이고, 둘째는 80(歲)이 한명(限命)이라 했다. 그리고 셋째는 문학이 숙명(宿命)이라 했다. 장난처럼 웃어넘겼던 그 말들을 철석 같이 믿게 되었던 것은, 그 세가지가 이미 그려져 있었듯이 맞아떨어지고 있음을 어느 순간 소스라치듯 깨달았던 것이다.

비록 "물리적"으로는 많이 떠돌아다닌 건 아니지만 정신(령혼)적으로 엄청 방황을 하였던 것이고, 소시적부터 배고픔과 고된 육체적로동에 시달리기도 했고 흡연 경력이 자그만치 60년, 매일 커피 열 잔씩 마시는 "커피 중독자"이지만, 지금껏 병원 문앞에 가본 적이 없고 대체로 무탈하다는 사실을 어떻게 설명할 것인가!

그리고 소년시절부터 문학에 미쳐서, 암담하고 불확실한 미래에 대책없이 옹근 인생을 송두리채 투척시켰던 무모함은 지금 생각해도 끔찍하기 짝이 없다.

어쨌거나 내 인생은 문학이라는 숙명에 코를 꿰워서 심히 우울한 "운명쏘나타"를 연주해왔던 것만은 사실이라 하겠다.

각설하고, 내 나이 일흔 다섯 고개에 올라선 새해 벽두의 어느

날 새벽, 컴퓨터 속의 내 "문학 정원"[2]을 심심파적으로 산책을 하다가 "문학비평" 코너의 목록을 훑어보게 되었다. 거기엔 나의 인생과 문학에 대한 칼럼, 인터뷰, 작가일화, 문학비평 등 문장들이 정확히 50편이 올라있다. 그 목록들을 차례로 읽어내려가면서 그리고 그 면면들을 떠올려보면서 나는 참으로 고맙다는 생각을 했다. 그러자 갑자기 눈물이 솟았다.

-내 문학도 "문학"인가?……

늘 그래왔지만 나는 지금도 자신의 천재성과 문학적 력량에 대해서 회의(懷疑)를 품고 있다. 한마디로 자신이 없다. 그래서 매 한 편의 글을 쓸 때마다 자신의 한계를 아프게 느껴야만하는 "형벌"[3]을 겪군 한다.

그런데 이들의 내 문학에 대한 평론문들을 보고있노라면 내 문학도 "문학"으로 인정받고있구나 하는 어떤 위안과 이른바 "숙명(宿命)"이 정해준 내 인생도 너무 헛된 것은 아니로구나 하는 자호감 같은 것을 느끼게 되는 것이다. 비록 그들의 문장들에는 긍정적인 평가도 있고 또한 혹평(酷評)들도 있지만 진정 "문학"이 아니라면 혹평을 할 값어치도 없는 것이 아니겠는가! "소설사(史)의 장(章) 밖"[4]에 버려질지라도 그런 건 괘념하고 싶지도 않다.

그런 의미에서 내가 스쳐지난 수많은 인연들도 다 소중하지만 문학을 통한, 치열하고 애정어린 문장들로 교감을 하고 소통해온 이 경이롭고 감격어린 인연들을 잊을 수가 없는 것이다.

---

2) 블로그 공간.
3) 잉게보르크 바하만(오스트리아)
4) 밀란 쿤데라(체코)

내 인생도 인젠 슬슬 정리를 할 때가 되었다는 생각이 뜬금없이 스멀스멀 기어나오군하는 시점이다. 그래서 나의 문학에 대한 평론들을 책으로 묶어보는 것도 어떤 총결(總結)이 될 것이다. 그렇다해서 자신의 문학에 대해서 과시를 하거나 그 무슨 "기념비(碑)"를 세우고 싶은 허황한 욕망 같은 것은 꼬물만치도 없다. 모든 것이 덧없고, 한방울의 허무(虛無)로 끝나는 것이 인생의 "진실"임을 너무나 잘 알고있기 때문이다.

　오로지 나의 존경스럽고 소중한 인연들에 감사하고 싶을 뿐이다. 그 모든 이들을 한자리에 모시고 한번 술 한 잔 나누고싶을 뿐인 것이다.

　만약 책이 출판된다면, 성대할 것도 없지만 그렇다고 너무 초라하지도 않은 근사한 파티를 열고 싶다. 열고서, 보드까도 한 잔씩 권하고 샴페인도 터뜨리리라.

　오로지 그분들께, 모든 소중한 인연들에 경의와 축복을 드리리라.

　분위기에 따라서는 레르몬또브의 "시인의 죽음"도 읊어보고, "우크라이나의 넓고넓은 들판……"도 한 번 멋드러지게 불러보는, 객기어린 퍼포먼스도 연출해 보리라!……

　지금도 창밖, 아득한 야공(夜空)엔 새벽 별이 빛난다.

2017년 1월 17일 새벽.

南永前선생 메시지

郑兄；

看到新出版的大作了，甚喜，祝贺！

这篇作品的发表以及争论风波，是文坛思想解放的契机，拨乱反正的开始，您的功劳不可没，这是历史性贡献，怎么评价也不为过！

一个作家，一生有一部历史性作品，就是了不起的家，您就是这样的作家！

值得作自豪！

南永前 拜上

2016年 7月 22日

남영전(南永前)
1948년 3월 3일, 길림성 휘남현 소의산에서 출생.
시집 《그리움》, 《백학》, 《산혼》, 《신단수》 등 다수
중국작가협회 〈민족문학상〉 등 수상
〈장백산〉 문학지 사장 겸 총편, 길림신문사 사장 역임
영국, 미국의 〈세계명시인백과사전〉에 올라있음

정형;

새로 출판된 대작을 보았습니다. 매우 기쁘고 축하 드립니다.

이 작품의 발표와 쟁론풍파는 문단 사상해방의 기폭제였으며 혼란을 바로잡고 정도로 가는 시작으로 되었습니다.

당신의 공로는 결코 마멸될 수가 없는, 력사성적인 공헌이고 어떻게 평가해도 과분하지 않습니다.

한 작가가 일생에서 한 편의 력사성적인 작품을 낸다는 것은 대단한 일이며, 당신이 곧바로 그런 작가입니다!

자호감을 가질만 합니다.

남영전 배상.

2016년 7월 22일

* 2003년에 출판되었던 나의 中篇 단행본 〈볼세비키의 이미지〉(도서출판 신세림)를 지난 봄에 서울 나가서 再版을 하였다. 귀국을 해서 곧바로 남영전 님한테 한 권을 郵送을 하였더니 스마트폰 위쳇으로 上記 메시지를 보내오셨다.

차례 | 문학, 그 숙명(宿命)의 길에서 / 정세봉과 그의 문학

1. 칼럼, 인터뷰, 작가 일화, 창작담…

2. 중단편소설집 〈불쉐위크의 이미지〉 출간에 즈음하여

차례 | 문학, 그 숙명(宿命)의 길에서 / 정세봉과 그의 문학

4. 중편소설 〈볼쉐위크의 이미지〉에 대한 비평(批評)

5. 대학생 론단

1. 칼럼, 인터뷰, 작가 일화, 창작담…

金學鐵선생 肖像 -서양화 畵伯 金文武 그림

김학철

(1916~2001)

1916년 조선 원산시 출생

30년대에 중앙륙군군관학교 졸업

항일전쟁시기 무한에서 조선의용군에 참군

해방후 중앙문학연구소에서 연구원

주요 저서로 장편소설 《해란강아 말하라》, 《20세기의 신화》, 《격정시대》 등 다수.

[칼럼]_〈장백산〉 문학지 1991년 5호 登載

구태의연(舊態依然) 외 4편

김학철

《구태의연》이란 옛날의 모양이나 묵은 상태가 변함이 없고 발전한데가 없이 여전하다는 뜻으로서 그리 고무적인 말은 아니다.

나는 일찌기 우리의 일부 문인들을 설치류(齧齒類)라고 부른적이 있는데 그 설치류들이 그 상이 장상으로 아직도 계속 쏠고있으니 너무 한심해서 하는 소리다.

설치류의 생리적특징은 끊임없이 자라는 앞이때문에 잠시도 무엇을 쏠지 않고서는 목숨을 유지할수가 없는것이다. 앞이가 너무 빨리 자라는바람에 주둥이를 다물 재간이 없어서 굶어죽은 쥐를 나도 전에 한두번 본적이 있다.

그러니 본능적으로 쏠고쏠고 또 쏠고 해야 할밖에. 우선 살고봐야겠으니까.

우리의 재화있는 소설가 정세봉도 이번에 그러한 설치류의《치화(齒禍)》를 입었다.《장백산》에 발표된 그의 한편의 소설이 횡래지액(橫來之厄)을 당한것이다. 하마트면 반당, 반사회주의적《독초》로 생매장을 당할번했기때문이다.

원칙론이긴 하지만 아무튼 창작의 자유와 더불어 비평의 자유도 보장이 돼있다고 우리는 다들 믿고있는터이다. 물론 어느 일정한 한도내에서이긴 하지만.

그러니까 어떤 작품이거나 다 읽어보고나서 이견(異見)이 있을때나 얼마든지(기본적으로) 비평을 할수가 있는것이다. 하물며 정세봉쯤이야 무슨 《장자(長子)》가 붙은 대단한 인물도 아닌데. 따라지목숨—밑바닥인생에 불과한데.

하건만 이 설치류씨는 편집부에 평론문장을 써보낼대신에 역적고변(逆賊告變)을 하듯이 한것이다.

봉건사회에서 역적고변을 하면 조정에서 푸짐한 상급(賞給)이 내릴뿐더러 먹을알이 탁탁한 벼슬까지 한자리 얻어하게 되므로 도박치고는 큰 도박—한번 해볼만한 도박이였다.

구태여 봉건사회까지 거슬러올라갈것도 없다. 우리 나라의 현대사에 속하는 50년대의 《반우파투쟁》이나 60년대-70년대의 《문화대혁명》 때도 역시 그랬으니까. 그때도 아무놈이나 일단 걸고들어서 물고늘어지기만 하면 그놈은 의례 끝장이 나기 마련이였으니까. 꼼짝없이 당하기 마련이였으니까. 불독에게 물린 도적놈 꼴이 돼버리기 마련이였으니까. 그렇게 해서 숱한 놈이 어마한 벼슬자리에 올라 부귀영화를 누리잖았었나. 어느 무슨 공장의 한낱 과장에서 일약 당중앙 부주석으로 뛰여오른 놈까지 실지 있잖았었나.

그런데 놀랍고도 통탄할 일은 《문화대혁명》과 더불어 영원히 사라져버린줄 알았던 그 《역적고변》의 악습(못된 버릇)이 이 밝은 하늘아래서 되살아나 우리 민족의 사업에 해독을 끼치고있다는 사실이다.

지난날 국민당통치시기에 비렬한 문인들은 적수를 거꾸러뜨리는데 쓸 효험 100퍼센트짜리 비방(秘方) 하나씩을 다 갖고있었다. 국민당당부에다

《아무개는 빨갱이올시다》고 한마디 꽃아넣기만 하면 됐던것이다. 그러면 그놈은 령락없이 저승행차를 하기 마련이였으니까. 총살을 당하잖으면 생매장을 당하기 마련이였으니까.

이 얼마나 손쉬운 제거수단인가!

이 얼마나 철저한 제거수단인가!

정령(丁玲)의 남편 호야빈도 다 그렇게 총살을 당했던것이다…

정직한 문학도들이여, 한번 좀 물어보자. 정세봉을 꽃아넣은 그 설치류씨의 행위가 상술한 국민당시기의 비렬한 문인들의 행위와 그래 무엇이 다른가!《빨갱이올시다》를 《반당, 반사회주의올시다》로 바꿔놓은것외에 또 뭐가 다른가?

또 다른 한 극히 로회(老獪)한 설치류분은 지금 도처에 돌아다니며 쏠아먹고있다.

《김철이는 장사군이다. 시인이 아니다.》

쏠아먹기는 벌써 30여년째 일관하게 꾸준히 쏠아먹고있지마는 근자에 와서 탄알만 좀 바꾼것이다. 보다 치명적인 담담탄으로 바꾼것이다.

그 결과 김철은 우리 민족시단에서 파문(破門)을 당해버렸다.

―헤, 제놈이 이제야 장사밖에 더 해먹을게 있을라구!

그런데 지난번에 뚱딴지같이 문학지《아리랑》이 그 장사군 김철에게 시부문의 상을 주었다. 잘했다고 준것이지 못했다고 준것

은 아닌것 같았다. 상업국에서 준게 아니라 분명 출판사에서 준 것이다.

우리가 다 알다싶이 문학상이란 어느 한 사람이 주고싶으면 주고 말고싶으면 마는게 아니다. 반드시 심사위원들의 합의를 거쳐야만 수상자는 결정이 되는 법이다(물론 더러는 불순분자의 영향을 받아서 불공정한 판정을 내리는 경우도 있기는 하지마는). 그렇다면 그 심사위원 선생님네는 김철이가 이미 파문을 당하고 장사군이 돼버린것도 몰랐던가?

—참으로 한심한 심사위원들이로군!

이리하여 그 로회한 설치류분은 30여년을 내리 쏠아먹다가 이번에 또 한번 보기좋게 귀싸대기를 얻어맞은셈이다. 제입으로 벌어서 얻어맞은셈이다. 일껏 갈아꽂은 담담탄도 그리 신통한 보람을 나타내지는 못했으니까. 끝내 《아리랑》의 시상을 막아내지는 못했으니까.

—복통을 할노릇이지. 아이구 배야!

—그 상은 응당 내가 받았어야 할건데…그잘난 장사군놈을 주다니. 아이구 배야!

이와 같이 우리 문단에서 설치류들은 현재 구태의연히 설치고 있다.

그 설치류들을 절멸하자면 아무래도 비상한 구제법이 강구돼야만 하겠다. 례컨대 낯을 봐주지 말고 가차없이 지명해서 폭로를 하는따위. 그 추악한 몰골을 백일하에 드러내보이는따위.

- 1991년 6월

20

혼잣말 중얼중얼[발췌]

김학철

거짓말 안한 죄

〈"볼쉐위크"의 이미지〉-정세봉이 그 소설로 지은

죄란 "거짓말 안 한 죄", 역설적으로 말하면 "정말"을 한 죄다.

김학철선생의 이 칼럼-〈혼잣말 중얼중얼〉은 〈송화강〉문학지에 실린 것인데, "거짓말 안한 죄"는 텍스트속의 한 절(節)이다. 원시 원고를 찾을 수가 없어서 기억에 또렷이 찍혀있는 한 구절만을 기록으로 남기는 바이다. -정세봉

흉내와 분내

김학철

일본에서 50대의 남자가 도둑질 20여번 만에 덜미를 잡혔단다. 절도 없는 홀아비인 그가 도둑질 하게 된 동기가 자못 놀랍다. 객지에서 우연히 알게 된 동향인 20대 젊은이에게 치료비를 대주기 위해서였다니까. 그 불쌍한 젊은이는 위암인가 간암인가로 계속 치료를 받아야 할 몹시 딱한 처지였단다.

경찰이 조사해 본 결과 그의 공술은 사실로서, 그는 도둑질해 얻은 돈의 극 소부분만을 자신의 생활비로 쓰고 나머지는 다 그 젊은이에게 치료비로 건네주었다.

도둑질로 얼룩진 동정심이랄가. 아무튼 야릇하기가 이를데 없는 일종의 미담-아름다운 이야기다.

하지만 사연은 이것으로 끝나는 게 아니다. 정작 크라이막스는 다음에 나타난다.

경찰이 진일보 조사를 해본즉 그 암환자라는 젊은이는 건강상태가 극히 양호, 감기 고뿔 하나 걸려본 적이 없을 정도. 게다가 건네 받은 장전(도둑질해온 돈)들은 이미 유흥비로 흥청망청 탕진을 해버린 상태.

그러니까 동향인의 갸륵한 동정심을 교묘하게 파먹고 사는 사기군-인간 쓰레기였던 것이다.

이 맹랑한 사실을 경찰의 입을 통해 비로소 알게 된 도둑놈 동정자. 처음에는 그저 멍하니 앉아 있기만 하다가 이윽고 고개를 떨어뜨리더니 아무 말 없이 눈물만 주르르 흘리더란다. 배신감에 회한이 뒤얽힌 눈물이었을까.

"사실은 소설보다도 기이(奇異)하다"고 한, 조지 바이런의 말이 실감나는 대목이다.

〈오르되부르(前菜)〉는 이쯤 해두고-

직설(直說)과 곡설(曲說)

모택동이 심취(心醉)해 17번을 읽었다는 사서(史書)-〈자치통감(資治通鑑)〉 저자는 북송(北宋)의 사학자 사마광(司馬光). 아이 적에, 동네아이가 빠진 물독을 돌로 깨서 구해냈다는 그 사마광(1019~1086)이다.

1956년에 나는 이 〈자치통감〉을 4분의 3쯤 읽다가 말았다. 그러니까 이세민(李世民 즉 훗날의 唐太宗)이 제 형을 죽이고 태자(太子)의 자리를 차지하는 대목까지 읽다가 만 것이다. 느닷없이 불어닥친 〈반우파투쟁〉 바람에 멀쩡하던 내가 갑자기 〈계급의 원쑤〉

로 전락(轉落)해 버렸기 때문이다.

그 후 〈문화대혁명〉의 광란의 소용돌이 속에서는 그 책 자체가 아예 벼락을 맞아 풍비박산이 돼버렸다. 〈프로레타리아용사〉들이 난장판을 치는 통에 오호통재(嗚呼痛哉)! 행방불명이 됐는지 화형(火刑)을 당했는지. 아마도 하느님께서는 알고 계시리라 믿는다.

그런데 이번에 연변인민출판사가 "주해"에다 "역문"까지 곁들인, 훌륭한 〈자치통감〉(全6券)을 펴내준 덕에, 나는 장장 45년만에 그 다 읽지 못했던 4분의 1을 마저 읽을 수가 있게 됐다. 역시 거룩하신 하느님께서는 이 미련한 백성 김학철을 매정스레 잊지는 않으셨던 모양이다. 그 〈자치통감〉에 이런 단락이 있다.

> 당초에 요하(遼河)를 건너 진격을 할 때의 병력은 9개군(軍) 30만 5천명, 그 중 살아서 요동성(城)으로 돌아온 것은 모두해서 2천 7백명 뿐. 억대(億代)의 재물과 병장기(兵仗器)들도 다 잃어버린 상태였다.

서기 612년, 수(隨) 나라의 이른바 정벌군(征伐軍)이 고구려의 수도 평양성을 치러 갔다가, 살수(撒水, 즉 淸川江)에서 고구려군에 대패하고 "오금아, 날 살려라" 줄행랑을 쳤던 광경이다.

400여년 전에 이미 망해버린 나라의 역사이니까 사마광도 마음 놓고 사실을 사실대로 밝혀서 적었을 것이다. 하지만 당조(當朝)의 역사라면 상황이 퍽 좀 달라졌을지도 모를 일이다. 하긴 목숨을 걸고 직필(直筆)을 한 사관(史官)들도 없지는 않았지만.

1997년 북경에서 발간된 정론서적 〈해동년대(解凍年代)〉에 모택동의 전(前) 비서 이예(李銳)의 글 한편이 실려있다.

> 3년간의 "대약진"으로 영국과 미국을 추월(追越) 한 뒤, 곧바로 공
> 산주의로 진입을 한다고 떠벌려댄 결과, 국민경제가 걷잡을 수 없
> 이 뒷걸음질을 치는 바람에 수천만 명 사람이 굶어 죽었다.

이예가 당시(1960년)에 "감히" 이런 글을 썼더라면 그 목이 제자
리에 그대로 달려 있었을까.

당시 내가 얻어본 〈비공개문건〉에는 마지못해 〈비정상적사망
자 1200만 명〉이라고, 〈모기소리만하게〉나마 시인을 하기는 했
었다. 엄연한 실업인데도 무슨 "대업(待業)"이니 "하강(下崗)"이니
하는 따위로 얼버무리는 얄팍한 속임수, 그와 똑 같은 "눈가리고
아웅"인 것이다. 골백번을 죽더라도 "굶어죽었다"고 직토(直吐)는
못하는 법이니까. "비정상적 사망"이란 다 뭐 말라 뒈진 건가. 낯
뜨거운 궤변술, 창피스러운 붓장난이지!

어디 그뿐인가.

굶어죽은 사람의 숫자도 엄청 줄이지 않았는가. 줄잡아도 아마
2000만명 정도는 깔아뭉갰을 것이다. 그러니까 "수천만 명 굶어
죽었다"고 실토를 하기까지는 근 40년이란 시간이 필요했단 얘기
가 되는 것이다. 그나마 "최고분"께서 적당히 타계를 해주셨기에
망정이지 그분께서 아직도 살아계셨다면 천만의 말씀! 어림도 없
는 수작이다. "지상낙원"에서 "사람이 굶어죽었다"고 직설을 한다
는 것은 곧 "방독(放毒)"-대역무도한 반동적 언론일 테니까 말이다.

진저리나는 "출신성분"

예전 세월에 지주였던 할애비가 이미 죽어서 "백골이 진토되어 넋이라도 있고 없고"가 돼버렸는데도, 그 소학교 다니는 손자손녀들을 착취계급의 피붙이라며 당연스레 구박을 해대던 세월, 부농의 아들딸이라고, 자본가의 손자손녀라, 공공연히 차별대우를 해대던 세월, 아예 준(准) 반동분자 취급까지를 해대던 세월.

그 병적(病的)인 계급의식, 그 광적(狂的)인 계급정책, 그 일그러진 인간성, 그 비꾸러진 도외심.

나자신은 지주, 부농의 자손도 아니고 또 자본가, 친일파의 겨레붙이도 아니였지만, 그 상식을 벗어난 "출신성분" 타령에는 매양 진저리가 치이곤 했었다.

"빈농, 하(下) 중농에게 가 재교육을 받으라"며 수천만 명의 도시출신 학생들을 농촌으로 내몰던 그 광기(狂氣), 그 독선(獨善).

이 경우의 "독선"이란 "자기혼자만이 옳다고 믿어, 객관성을 생각하지 않는 일", 그러니까 한 독재자의 즉흥적인 착상이 곧바로 나라의 정책이나 법령이 돼버린다는뜻인 것이다.

그나저나 악몽같던 그놈의 "출신성분" 만능시대는 이제 이 나라에서 영원히 사라졌다. 그 대신에 "신(新) 출신성분론"이라고, 필자가 멋대로 이름한 걸 한번 초들어 보자.

중학교밖에 다녀보지 못한 순 농민출신의 무명작가들이 이 근년, 우리 문단의 선두주자들로 확고히 자리를 잡아가고 있다.

그 하나는 정세봉(鄭世峰)이고 또 하나는 박선석(朴善錫)이다. 둘이 다 "지상낙원"과는 거리가 멀어도 한참씩 먼 농촌에서, 각기 밑바닥인생-따라지들 목숨들을 수십 년씩 어렵사리 살아왔다. 또는 죽지 못해 살아왔다. 그러니까 두 사람은 말하자면 당당한 "빈농계층", "하중농계층"들인 것이다.

정세봉의 〈"볼쉐위크"의 이미지〉가 어느 음험한 "프롤레타리아 용사" 즉 가증맞은 비열한에게 한번 호되게 물렸던 점, 그리고 박선석의 〈범과 사람〉을 어느 완고파 "프롤레타리아 투사"가 본때 있게 한번 물고 늘어졌던 점. 따지고 보면 두 사람의 이러한 "피교사(被咬史)"도 매우 비슷하다. 그 공통점을 아무도 부인하기가 어려울 정도다.

생사람을 때려잡는 것을 생업으로 삼고, 일생을 호의호식하며 순풍에 돛 달고 살아온 양반들, 그런 양반들의 눈에는 밑바닥 인생을 "꼬리 없는 소"처럼 살아온 사람들의 폐부에서 우러나오는 절절한 호소, 처절한 부르짖음, 이런 것들이 다 반동분자들의 대역무도한 외침으로 밖에 더는 들리지를 않는 것이다.

그러니 어떻게 〈"볼쉐위크"의 이미지〉, 〈범과 사람〉 따위를 그대로 살려둘 수가 있겠는가. 본능적인 혐오감이 그들의 온몸을 전류처럼 꿰뚫어서 더는 참을 수가 없게 된다. 충동을 느낀 나머지 그들은 잔인성과 포악성을 당성(당에 대한 끝없는 충실성)으로 착각을 해 버린다. 그리하여 그들의 손톱은 순식간에 승냥이의 발톱으로 변해 버린다.

그나저나 "적박상진(赤膊上陣)"으로 웃통을 벗어부치고 출전을 하는 맹사(猛士)들은 그래도 괜찮은 편이다. 대응을 하기가 쉬우니까. 골치덩이는 야행성동물모양 컴컴한 구석에 몸을 숨기고 독액

(毒液)을 뿜어대는 비열한들이다. 더구나 증오스러운 것은 그 자들의 소행이 개개 다 민족반역적이란 점이다. 이족에게 동족을 팔아먹는 것을 조금도 서슴치 않으니까 말이다.

일본제국주의도 친일파--민족반역자들만 벼슬자리에 등용을 하지 않았던가. 제 민족의 권익을 위해 일떠난 사람들은 다 투옥을 하거나 죽여버리거나 하지를 않았던가.

정세봉의 작품과 박선석의 작품이 "프롤레타리아 용사" 또는 "투사" "맹사"들에게 "눈에 가시"로 됐다는 것은 곧 그들의 작품이 케케묵은 틀을 깨고 무조건적으로 순종하라는 계율(행동규범)을 무시하고, 문학의 본연(本然)을 되찾았다는 증좌(證左)가 아니겠는가.

"본연"이란 "타고난 상태, 또는 본디 생긴 그대로의 상태". 그리고 "증좌"란 "참고로 될만한 증거".

정세봉과 박선석이 그러한 성과작들을 이룩해냈다는 것은, 그들이 오랜 세월 밑바닥 인생-따라지 목숨을 살아왔다는 사실, 이 사실과 갈라놓을 수가 없을 것이다.

"신 출신성분론"을 새로이 운운하는 연유가 바로 여기에 있다. 행운의 별밑에서 일생을 수박 겉 핥기로 살아온 사람들은 억천만 번을 죽더라도 이 경지(境地)에는 다다르기가 어려울 것이다.

"눈 집어먹은 토끼 다르고 얼음 집어먹은 토끼 다르다."는 속담이 있다. 조그마한 경험의 차이라도 그 사람의 식견과 행동에 그대로 나타난다는 뜻이다.

우스꽝스러운 예 하나를 들어보자.

무슨 일로 투옥이 돼 징역을 살고있는 한 복역수가, 당에 충성심이 끓어넘쳐, 당비를 바치겠다고 하소연 한다. 이런 내용의 소설을 언젠가 한번 읽어본 적이 있다. 다 읽고 하도 어이가 없어 나는 실소를 금치 못했다.

당시 감옥에서 매달 지급되는 용돈은 파렴치범(잡범) 1원 50전, 정치범 1원이었다. 그러니까 정치범들은 도둑놈따위들보다도 못한 대우를 받고 있었다는 얘기가 되는 것이다.

용돈은 비누, 칫솔, 위생지 따위를 사라고 내주는 건데, 그 용돈이 없으면 옷도 빨아입을 수가 없고 또 이도 닦을 수가 없게 된다. 더욱 요긴한 건 용변 후에 밑을 닦을 수가 없게 되는 것이다. 그러하기에 그 1원은 인간이 살아갈 수 있는 최저한의 여건을 마련해주는 것이었다. 이런 1원을 당비로 홀딱 바치고 나면 그 녀석은 그럼 손가락으로 밑을 닦겠단 말씀이신가.

어디 그 뿐인가.

형사사건으로 판결을 받고 감옥에를 들어왔다면 그 녀석은 이미 당적을 날린(떼운) 상태다. 그렇다면 비당원인데, 더구나 복역 중의 죄수인데, 어디다가 당비를 바치겠다는 말씀이신가. 또 누가 그런 당비를 받아줄 거란 말씀이신가.

그 열성적인 당원작가양반은 아마도 우리의 감옥이란 걸 무슨 관광호텔따위로 착각을 하고 계신 모양이다. 그리고 또 당비란 걸 무슨 팁이나 커미션 따위로 오해를 하고 계신 모양이다. 몇푼 집어주면 굽신 한번 고개를 숙이고 얼른 받아넣는 무슨 그런 따위로 인식을 하고 계신 모양이다.

감옥이란 게 어떻게 생겨먹었는지도 모르는 주제에 얄팍한 충성심을 한번 보이기 위해(기실은 권력에 아첨을 하기 위해)그럴싸하게 한 번 꾸며본 것인데, 운수 사납게 진짜 정치범 출신과 맞닥뜨리는 통에 고만 모양새 사나운 파국을 맞이하게 된 것이다.

이것도 말하자면 "신출신 성분론"의 한 반증(反證). 그러니까 "친히 겪어보지 못한 일은 쓰기가 어렵다."는 하나의 반증으로 될 수가 있지 않을까.

어쨌거나 정세봉과 박선석은 그나마 다행이다. 뒤늦기는 했지만 독자들이 알아주고 또 문단이 인정을 해주니까.

호풍(胡風)은 억울한 옥살이를 25년동안이나 하고 77세에 출옥을 했다. 정령(丁玲)과 애청(艾青)은 각각 22년씩 강제노동을 하고, 그리고 75세와 69세에 복권들을 했다.

이에 비하면 정세봉과 박선석은 아직도 젊다. 그리고 필경 감옥이나 강제노동 수용소까지는 가지를 않았잖은가.

특히 박선석은 남영전(南永前), 최삼룡(崔三龍) 같은 "백락(伯樂)"들을 만났기에 더욱 다행하다.

"백락"이란 말(馬)의 좋고 나쁨을 잘 가려냈다는 옛사람. 백락이 있었기에 천리마도 나왔다는 옛이야기가 있을 정도.

리얼리즘이란

한마디로 요약하면 "객관적 현실의 본질을 진실하게 반영하는 예술방법"이다.

그렇게 "흙내"가 나는 작품들은 거개가 "진실하게 반영"을 하는 쪽에 가깝다. 반면 "분내"가 나는 것들은 아와 정반대. 그러한 느낌이다.

한때 "진실을 쓰라."는 호소는 "사회주의를 공격하라."는 구령이라며, 수십만의 문학인과 예술인들을 두둘겨패 강제노동수용소로 내몰지 않았던가.

그 세월에 작가들이 발표를 할 수가 있었던 것은 오직 갈보-색주가처럼 야하게 분단장을 한 이른바 "작품"들뿐이었다.

그 유습이 채 가시지 아니하고 지금 남아 있어서 걸핏하면 물어먹기를 하고 또 심심하면 때려잡기를 하는 것이다.

"노농병의 생활에 심입하라"고 무작정 내리먹이던 옛방식과는 달리, 우리 작가들은 모름지기 자진해서 민중의 절실한 고통에 접근, 그 고통을 참담게 분담을 해야 하겠다. 그래야만 객관적인 사물을 진실하게 반영을 할 수가 있을 테니까 말이다.

그렇다고 또 우리 문단의 어느 소문난 추물처럼 그렇게 추잡스레 "접근"일랑 하지들 마시고.

그 추물은 20여살이나 연하인 유부녀와 간통을 하다가 본부인에게 들켜서 공안국(경찰서)에를 끌려오게 되니까, "생활체험을 하느라고 그런 것이니 한 번만 봐달라"고 비대발괄을 했다잖는가.

어물전 망신은 꼴뚜기가 시키고 황아장수 망신은 고불통이 시킨다더니, 우리 민족의 망신과 우리 문단의 망신은 그 추물이 혼자 도맡아 시키는 모양이다.

그 추물의 론리대로라면 살인을 체험하기 위해서는 살인을 해야하고 강간을 체험하기 위해서는 강간을 해야 하지 않겠는가.

프로베르(1821~1880)는 간통을 해보지 않고서도 세계명작 〈보봐리부인〉을 써내지 않았던가. 그리고 알란 포우(1809~1849)는 살인을 체험하지 않았음에도 〈검은 고양이〉, 〈모르그거리의 살인〉 등을 써냄으로써 탐정소설의 비조((시조)라는 세평을 받고 있지를 않는가.

이 글의 "오르되부르"에서, 사기꾼의 뒷바라지를 하느라고(치료비를 마련해 주느라고) 도둑질을 20여번이나 하다가 덜미를 잡혔다는 가엾은 동정자, 그 동정자의 허탈감. 그와 비슷한 허탈감을 나도 지금 느끼고 있다.

마치 신기루(蜃氣樓)와도 같이 허망한 "지상낙원"인가 뭔가를 만들어 보겠다고 죽을둥 살둥 달려온 나의 60년(1940년 입당). 칠색무지개를 붙잡아보겠다고 논틀 밭틀로 헤매다가 허탕을 치고 주저앉아 버린 느낌이다.

도대체 무엇 때문에 신명(身命)을 바쳐 일을 했는지, 도무지 모를 일이다. 내내 속아서 살아논 내가 어리석지, 누구를 탓하랴만은.

나의 이 속시원히 털어놓지 못하는 언외지의(言外之意)를 새겨들어 주실 분들이 많으면 많을 수록 좋으련만. 혹시 지나친 욕심이나 아닌지 모르겠다.

-새천년 정월

얼음장이 갈라질 때

김학철

엄동(嚴冬)의 밤이 부락을 덮싸고 있다. 캄캄한 하늘에 자욱하게 눈발이 섰다. 그리고 돈(江)에서는 포성 같은 굉음(轟音) 울리며 얼음장이 갈라졌다.

「고요한 돈」의 한 구절이다.

이런 얼음장이 갈라지는 소리를 나도 들어본 적이 있다. 1952년 2월, 북경 이화원에서 살고있을 때였다.

곤명호(昆明湖)의 얼음장이 갈라지는 소리를 한밤중에 듣고 깜짝 놀라 자리에서 벌떡 일어나기까지 했었다. 아마 전쟁기간이라 신경이 잔뜩 날카로웠던 까닭에 그런 얼떨한 짓을 했던 모양이다. 자라 보고 놀란 놈이 솥뚜껑 보고 놀라는 격이었을 것이다. 평양서 미군기의 무차별 폭격에 하도 혼이 났던 터라서.

1. 수술도 수술나름

우리 민족문단에도 얼음장이 갈라질 때와 같은 굉음을 울리며 태어난 소설이 있다. 정세봉의 「볼쉐위크의 이미지」가 곧 그것이다.

이 근간 우리 문단은 류례없는 번성기에 접어들고 있다. 멋진 작품들이 투르판(盆地)의 포도송이처럼 주렁주렁 열리기 시작을 했다.

그러나 우리 사회의 심장부(명문화하지 않은 금지구역)에다 감히 메스(수술칼)를 들이 댄 것은 역시 「볼쉐위크의 이미지」이다.

문학작품의 소재는 연애도 좋고 3각관계(내지 6각관계)도 좋다. 이혼도 좋고 파경중원(破鏡重圓)도 좋다. 합격도 좋고 낙제도 좋다. 영전(榮轉)도 좋고 좌천(左遷)도 좋다. 돈방석에 올라 앉는 것도 좋고 알거지가 돼 한데 잠을 자는 것도 좋다. 그리고 아이의 양육도 좋고 또 노인의 시봉(모시여 받듬)도 좋다. 모두다 좋다.

하지만 가장 중요한 것은 역시 우리가 살고 있는 사회의 핵심적인 문제. 다루기가 지극히 어려운 문제. 위험을 무릅쓰지 않고서는 접근을 할 수가 없는 문제. 이런 문제일 것이다.

외과수술에서도 맹장수술이나 담낭수술, 그리고 제왕절개술(帝王切開術) 같은 것은 비교적 쉽게 이루어지고 있다. 반면 심장수술은 그 위험도가 아주 높아 극히 노련한 전문의가 아니고서는 집도(執刀) 자체가 불가능하다.

올림픽 종목에서도 역시 마찬가지. 다같은 금메달이라도 각기 비중이 달라 최고봉은 단연 마라톤의 금메달. 군계일학(群鷄一鶴)

바로 그것이다. 한국의 마라톤 선수가 바르셀로나에서 우승을 하고 돌아왔을 때, 그가 받은 상금 등의 대우가 어느 우승자들의 한 100배쯤 되는 데 놀랐던 기억이 있다.

그렇듯 문학에서도 역시 심장수술 같은 소재. 이런 소재를 선택하는 게 더 보람이 있지 않을가 싶다.

"범굴에 들어가야 범을 잡는다"잖는가. "범 무서워 하는 놈 산에 갈 수 없다"고도 하지를 않는가.

2. 타이타닉 바람

지난해 우리 이 변강의 자그마한 주(州)에도 예외없이 한바탕 「타이타닉」바람이 불어쳤었다. 문화계(또는 영화계)를 휘몰아친 일종의 태풍이었다고 형용을 해도 무방하지 않을가 싶다.

나는 영화관엘 가기가 귀찮아 CD로 한번 봤는데 죄송하지만 아무래도 좀 "개바위에 갔다온" 느낌이다. 성세(聲勢)가 하도 요란스러웠기에 지리감스러운 것을 참아가며 끝까지 한번 보긴 다 봤으나, 아무래도 좀 "과대광고"에 속았다는 느낌이다.

이번 「타이타닉호」는 내가 본 것으로는 세 번째다. 맨처음 것은 흑백무성(無聲)영화. 그리고 두번째 것은 흑백발성(發聲)영화였다.

그러나 이번 것은 천연색(칼라)에다 발성(토키). 그리고 그 규모의 엄청나기로나 제작비의 방대함으로나 단연 으뜸. 타(他)의 추수(追隨)를 허(許)하지 않는다.

하지만 좀 야박스레 평을 한다면 "소문난 잔치에 먹을게 없다." 또는 "허울좋은 하늘타리"다.

「타이타닉」의 팬 여러분, 듣기가 싫더라도 좀 참고 끝까지 들어 주시라. 화를 내더라도 다 듣고나서 낸다는 아량을 보여 주시라.

휘황찬란한 돈 잔치속에 청춘남녀의 애틋한 풋사랑, 그 풋사랑의 도화색(桃花色) 두루마리가 극적으로 펼쳐진다. 그러나 불시에 들이닥친 재액으로 급전직하--사랑하는 남녀는 죽음에 직면하게 된다. 남자는 여자만이라도 살리려고 차디찬 바닷물 속에서 무진 애를 쓴 끝에 마침내 부목(浮木) 위에다 여자를 올려 태우는 데 성공을 한다. 그런 연후에 남자는 혼자서 북대서양의 얼음물 속으로 영원히 갈아앉아 버린다.

이 생사지련(生死之戀)을 온 세상이 떠들썩하게 절찬들을 하고있는 것이다.

하지만 우리 한번 냉정히 좀 생각을 해보자.

만약 두 사람 중의 누구든 하나밖에 살 수가 없는 경우에, 남자가 그 살 기회를 여자를 위해 자진 포기하고 혼자 죽어갔다면, 이는 고상한 사랑의 극치라고 해야 할 것이다. 그러므로 절찬을 받아 마땅할 것이다.

그러나 이 「타이타닉」의 경우, 남자는 어차피 죽어야 할 운명에 처해있는 것이다. 수용인원수가 극히 제한돼 있는 구명정에는 여자와 어린이, 그리고 노를 젓는 수부(하급선원)만이 타게 돼 있으므로. 그러니까 그의 선택지(選擇肢)는 단 두 가닥밖에 남아 있지가 않는 터이다.

--저 혼자 죽느냐, 아니면 물귀신 심사로 여자까지 끌고 들어가 죽느냐.

이러한 경우에, 물귀신 심사로 여자까지 끌고 들어가 죽지 않는게 그렇게도 대견하단 말인가.

이 세상의 어느 미친 놈이 제가 죽을 때 애인까지 끌고 들어가 죽을 것인가. 만약 그런 놈이 있다면 그건 인간 이하의 사람기와 깨미일 것이다.

전날의 흑백「타이타닉」에서, 한 노부인이「어서 구명정에 오르라」고 남편과 성원들이 성화같이 독촉을 해대는데도「아니예요, 전 당신(남편)하고 같이 남을겁니다. 저세상까지도 같이 갈겁니다.」하고 남편의 손목을 더욱더 꼭 잡는 것이었다. 그리하여 노부부는 마침내 서로 꼭 껴안고 차디찬 북대서양의 얼음물 속으로 조용히 가라앉아 버리는 것이다.

들썩한 절찬은 난발을 말고 좀 아껴두었다가 이럴 때 한번 크게 터뜨려 보는 게 좋지 않을가.

우리가 턱없이 들뜨는 바람에 괜히 헐리우드의 영화상만 돈벼락을 맞게 해줬다. 그러나 문제는 그것만으로 끝나는 게 아니다. 문제는 또 있다.

서반구(西半球) 어느 한 문제많은 나라의 지도자가 이 돈잔치「타이타닉」을 절찬하며 "한번 볼만하다"고 권장을 하셨다는데, 그 속셈이 좀 의심스러운 것이다.

국내에 산더미처럼 쌓여 있는 골치덩이를 해결할 방법이 없으니까, 분노한 국민들의 시선을 잠사나마 딴 데로 돌려보는 얄팍한 꾀(속이 들여다 보이는 잔꾀)가 아닌지. 아무래도 좀 의심스러운 것이다. 그리고 그 지도자분의 영화감상 수준도 대개 짐작을 할만하다. 매우 유감스럽긴 하지만.

3. 영국식 표현법

한 동양인 학자가 영국에 몇 해 체류를 하는 동안에 겪었던 일들 가운데의 하나다.

어느날 한 영국인 친구가 놀러왔기에 반갑게 맞아드리며 대객에 초인사로 우선 한마디 건네었단다.
「뭘 좀 마셔야잖겠습니까.」
「해롭잖은 생각이십니다.」
영국 친구의 대답이다.
「그럼 뭘로 하실까요.」
「제가 차(녹차)를 마신다면 아마 의사가 말리지는 않을 겁니다.」
이 시답잖은 대답에 갑갑증이 난 동양인 학자가 확답을 요구했다.
「분명히 좀 말씀을 해주시지요. 의시니 뭐니 하시지 마시구.」
「차를 마신다면 제몸에 아마 좋을 겁니다.」
골백번을 물어도 「좋다.」 「싫다.」 딱 잘라말하는 법은 없다. 그게 바로 영국식 표현법인 것이다.
우리 사람이 그런 식으로 표현을 했다가는 대번에 "장마도깨비 여울 건너가는 소리냐"고 핀둥이나 맞기 딱 알맞다.
런던행 렬차 안에서 한 신사가 맞은편 좌석에 앉아 있는 신사에게 조심스레 한 마디 건넨다.
「저 매우 죄송하지만 한 마디 일깨워 드려도 되겠습니까?」
「해롭잖은 생각입니다.」

「제가 잘못 봤는지는 몰라도 아마 귀하의 코트자락에 담뱃불이 떨어져 타고 있는 것 같습니다.」

「훌륭한 충고를 해주셔서 대단히 감사합니다.」

이렇게 예의 바르게 감사부터 드린 연후에 그 신사는 비로소 타고 있는 코트자락에서 살며시 불똥을 털어버린다.

영국 사람들의 판에 박힌 에두름법을 빗대고 지어낸 우스개소리이긴 하겠지만 아무튼 뚜렷한 인상을 남겨주는 것만은 사실이다.

우리 사람 같았으면 그럴 경우, 대번에 뛰여오르며 부아통부터 터뜨렸을 것이다.

「진작 말을 해줄거지, 망할 자식 같으니라구!」

언젠가 한국문화인들과의 만남의 자리에서 우리측 참석자들을 소개를 하는데, 「저명한 소설가이신 아무개」, 「저명한 시인이신 아무개」, 「저명한 평론가이신 아무개」 …단 한 사람도 빠짐이 없이 100퍼센트 몽땅 「저명한」을 붙이는 바람에 나는 듣고 있기가 정말 민망스럽고 또 송구스러웠다.

「시간상 관계로 "저명한"은 일률적으로 생략을 하오니 양해해주십시오.」

차라리 이래줬으면 하는 바람이 한 가슴 가득할 지경이었다.

하긴 그 놈의 「저명한」을 제멋대로 떼여 버렸다간 대번에 눈망울을 굴리며

「왜 나만 빼놓는거냐, 이 망할 자식아!」

게거품을 무실 분들이 없지가 않을테니, 사회자로서도 정말 난

감한 노릇이었을 것이다.

「1급작가」라는게 너무 흔해빠져 (한국의 무슨 "사장님" 모양 너무 흔해빠져) 인플레 현상이 일어나고 있는 작금(昨今), 「공석(公席)에서 "저명한"이란 관사(冠詞)를 사용하지 않기로 한다.」는 무슨 결의라도 해야지, 그냥은 아무래도 좀 풀리지가 않을 것 같다.

영국식으로 어떻게 좀 에둘러서 얼없이(겉에 드러난 흠 없게) 표현을 하든지, 아니면 의뭉스런 늙은이처럼 구렁이 담 넘어가는 식으로 표현을 하든지, 어쨌든 무슨 변통을 해도 좀 해야겠다.

노신(魯迅)이나 숄로호브 같은 작가들을 「저명하다」는 관사를 붙여서 호칭하는 것은 일찍이 들어 본 적이 없는 것 같다. 노신이나 숄로호브는 모르는 사람이 없을테니까 구태여 그런 군더더기를 덧붙일 필요가 없어서일 것이다.

"세월이 태평무사하면 태평가도 부르지 않는다"고 한다. 그러게 "단결"을 외치는 것은 단결이 돼 있지가 않기 때문이란다.그와 마찬가지로 굳이 「저명한」을 붙인다는 것은 곧 그리 저명하지가 못하다는 뜻일 것이다. 굳이 「무슨 급」을 붙인다는 것도 그만큼 자격이 부족하다는 반증(反證)일 것이다.

"당나귀 귀치레"란 속담이 있다. "머리없는 놈 댕기치레 한다"는 속담도 있다. 이 뜻을 우리는 다들 알고있는 터이다.

그렇듯 사람이란 언제나 본색대로 수수하게(소박하고 수더분하게) 사는게 좋다. 남들이 웃는 것도 모르고 상투가 국수버섯 솟듯 해가지고 돌아치는 건 어리광대들이나 할것이다.

「볼쉐위크의 이미지」의 작가 정세봉. 그가 몇급 작가인지를 나는 모른다. 알 필요도 없다. 작가의 「급수(級數)」란 원래 그 작품이 매겨주는 것이기 때문에. 그 작품을 읽어본 독자들이 마음 속으로 매겨주는 거기 때문에.

이런 형식의 글을 「엮음단상(斷想)」이라고 이름한다면 어떠할지 모르겠다.

-1999년 정월

창발력 만세

김학철

"창발력(創發力)"이란 "창조적 의견이나 발기(發起)를 내고 새롭게 전개해 나가는 능력", 그리고 이 경우의 "만세"는 "최대의 영예와 영광이 있으라"는 뜻이지 "천세 만세 늙어 꼬부라지도록 살라"는 뜻이 아님.

성모자(聖母子)

미켈란젤로(1475~1564)는 이탈리아의 화가, 조각가, 건축가 겸 시인으로서 이탈리아의 르네상스(文藝復興)를 대표하는 거장(巨匠) 의 한 사람이다.

미켈란젤로의 대리석상 〈성모자(哀悼基督)〉는 그가 탁월한 창발 력을 유감없이 발휘한 획시대적인 대표작. 그렇게 500년이 지난 지금도 그의 〈성모자〉는 사람들로 하여금 찬탄을 금치 못하게 하고 있다.

이 〈성모자〉로 말하면 미켈란젤로 이전의 거장들도 다 한 두 번쯤은 다루어 본(또는 야심작으로 도전을 해 본)해묵은 테마(주제)였다. 그런데 미켈란젤로 이전의 〈성모자〉들은 명작으로 꼽히는 것들까지를 포함해, 하나의 예외도 없이 다 어머니 마리아와 아들 예수(그리스도)가 함께 나이를 먹어, 예수는 어른이 되고 또 마리아는 노파(여자 늙은이)가 돼 버렸었다.

십자가에 못박힐 때 뚫린 구멍들이 손등과 발등에 생생히 남아 있는 시신(예수의 주검). 그 시신을 안고 비탄에 잠겨있는 어머니(성모 마리아). 그 늙어서 주름살 잡힌 얼굴.

이러한 〈성모자〉들에 접할 때마다 나는 무슨 미감(美感)은 커녕 도리어 일종의 역겨움마저 느끼게 된다. 성모 마리아는 언제나 어질고 순결하고 또 아름답기를 바라는 마음이 가슴 속을 가득 차지하고 있기 때문일 것이다.

미루어 헤아리건대 온 세상 선남선녀들의 마음은 거개가 이러하지 않을까. 이 세상에 잔화(殘花, 거의 지고 얼마 남지 않은 꽃, 기울어가는 꽃)를 즐기고 싶어할 사람이 어디에 있을 것인가.

하건만 미켈란젤로 이전의 거장들은 종시-성모자도 일반사람처럼 걷는 속도(速度)는 똑 같아야 한다. 이런 기존관념에 얽매여 가지고 어느 누구도 그 묵은 틀에서 한번 벗어나 볼 생각을 하지 못했었다. 그 결과가 곧 천편일률적인 "자란 아들에 늙은 어머니" 였던 것이다.

오직 불세출의 천재 미켈란젤로만이 파천황(破天荒)을 떠올렸다.

--성모 마리아는 천상계(天上界)에 살고 계신다. 그러므로 하계

(下界)에 살고 있는 인류와는 달리 영원히 젊으셔야 한다.

미켈란젤로가 그 불후의 걸작 "영원히 젊은 엄마가 자란 아들의 주검을 안고 비탄에 잠겨있는 성모자"를 완성했을 때, 놀랍게도 그의 나이 불과 25세!

"창발력 만세"란 바로 이러한 경우라야만 외칠 수가 있는 것이다.

베토벤의 〈9번(合唱)〉

베토벤(1770~1827)은 일생동안에 모두 아홉 개의 교향곡을 세상에 내놓았다(느니 보다는 인류에게 선사를 했다). 그중 특히 〈3번(英雄)〉과 〈5번(運命)〉, 그리고 〈6번(田園)〉과 〈9번(合唱)〉이 빼어난 명작으로 전 세계에 널리 알려져 있다.

이 글에서는 그의 마지막 교향곡 〈9번〉을 한번 다루어보기로 한다. 〈9번〉을 작곡할 때 베토벤은 이미 청각(듣기 감각)을 완전히 상실해, 바로 등뒤에서 누가 대포를 쏜대도 모를 지경에 이르렀었다.

음악가가 청각을 잃는다는 것은 곧 화가가 시력을 잃어, 아무 것도 보지를 못한다는 거나 마찬가지의 타격-치명적 타격일 것이다. 하지만 베토벤은 의연히 창작에 정진(精進), 마침내는 그 교향곡 〈9번〉을 완성하기에 이르렀다.

이때까지의 교향곡들은 의례적으로 다들 현악기(絃樂器)와 관

(管)악기, 그리고 타(打)악기, 이런 따위의 악기로써만 연주를 하게 돼 있었다. 그게 곧 엄연한 전통(내림계통)이었던 것이다.

이 엄연한 전통을, 도(do) 레(re) 미(mi)의 도자(字)도 그 귀로 들을 수가 없게 된 베토벤이 "우악스레" 일거에 타파를 해 버렸다. 그 생애의 마지막 교향곡-〈9번〉에다 대담하게 합창곡을 도입, 엄청난 파문을 일으켜 놓은 것이다.

지금 전 세계에서 널리, 그리고 또 빈번히 애창이 되고 있는(연말이나 성탄절 같은 때 특히 애창이 되고 있는) 베토벤 〈9번〉의 대합창곡. 베토벤의 동뜬 창발력이 아니었던들 인류는 이 예술의 극치를 영원히 향수(享受)하지 못했을지도 모를 일이다.

그 첫 공연 때, 지휘봉을 들고 무대에 올라가 친히 지휘를 한 베토벤, 합창이 끝나자 청중석이 온통 환호의 도가니로 화한 것을, 귀가 절벽인 그는 캄캄히 모르고 있었다. 안스럽게 여긴 사회자가 살며시 그 어깨를 잡고 청중석을 향해 돌려세워서야 비로소 베토벤은, 자신의 〈합창〉의 열광적인 반향을 그 눈앞에서 보게 되었다. "창발려 만세"란 바로 이러한 경우라야만 외칠 수가 있는 것이다.

털게는 바다의 진미(珍味)이다. 하지만 그 생김새가 어지간히 그로테스크해 웬만한 사람은 선뜻 손을 내밀어 만져보기도 꺼릴 정도다. "그로테스크"란 프랑스어로 "몹시 기괴(奇怪)하거나 징그러운 모양".

-털게를 맨처음 먹어본 사람은 미상불 용사일 것이다.

노신(魯迅)의 말이다.

왜 아니 그렇겠는가. 그 지경 그로테스크하게 생겨먹은 놈을 언감생신 잡아먹을 궁리를 했으니까 말이다.

아마도 이것도 "창발력 만세"에 해당하는지 모르겠다.

현재 우리 문단에 가장 결핍한게 바로 이 "털게 맨처음 먹어볼 궁리"인 것이다. 바꾸어 말하면 해묵은 틀을 깨고 뛰쳐나올 냅뜰 성들이 결핍하다는 얘기인 것이다.

한마디로, 매인 고삐를 홱 낚아채 끊어버릴 궁리-이른바 "대역무도"한 궁리-들을 않는 게(또는 못하는 게) 탈이란 말이다.

> 희망이란 곧 갈보
> 모든 걸 바칠 듯이 간살을 부리다가도
> 그대가 소중한 걸 다 들이밀고나면-
> 청춘을 고스란히 들이밀고나면-그
> 치마저고리에선 의례 찬바람이 돌게끼런

웽그리아의 애국시인 뻬떼피(1825~1849)의 시(詩)이다.

"희망"이란 워낙 덧없고 허망한 것, 이런 뜻인가 보다.

그래도 나는 희망을 버릴 생각은 없다. 혹 〈"볼쉐위크"의 이미지〉가 새끼를 쳐서 우리 문단이 어느날 그 2세, 3세들로 가득해질지도 모를거니까 말이다.

이
상
각

1936년 강원도 양구 출생
1938년 중국 북만주로 이주
1961년 연변대학 어문학부 졸업
1981년 〈천지〉 월간사 총편
연변작가협회 부주석 역임
주요 저서로 시집 《까마귀》, 《두루미》, 《물빛으로 살고싶다》 등 다수.

우리 문단의 자랑 - 정세봉

리상각

우리 문인들가운데 아마 정세봉소설가만큼 고되고 어려운 생활의 시달림을 받은 사람은 드물 것이다. 정세봉은 깡마른 몸집이고 소처럼 과묵한 성격이며 불같은 소설을 쓰는 작가이다. 그의 깡마른 몸집이나 과묵한 성격이나 불같은 글은 모두 그의 고된 삶이 만들어놓은 걸작이다.

일찍 17살에 중학을 마치고 작가의 꿈을 지니고있던 그가 어찌 선비같은 체질로 고된 농사일을, 그것도 한두해가 아닌 장장 25년이란 긴 세월을 풀숲에 머리를 박고있었을가. 때로는 생산대 대장으로, 당지부서기로, 민영교원으로 있으면서 농민들의 질고와 한을 자기의 심장과 뼈로 절감하였고, 그것이 바로 정세봉문학의 밑거름으로 되었다.

1975년에 처녀작을 발표한 뒤를 이어 그는 련속 좋은 글을 발표했고 1980년에는 조선문단을 쩡쩡 울린 단편소설《하고싶던 말》을 내놓아 제1회《천지》문학상을 받고 세상에 이름을 떨쳤다. 소설《하고싶던 말》은 우리 나라에서《상흔》문학으로부터 시작된 새 시기 문학이 조선족문단에 맨처음으로 기원을 열고 리정비를 세운 명작이다.

　하지만 그의 삶은 여전히 고달팠다. 정세봉은 문학성과가 인정되여 문화소 보도원으로 있었고 현창작원으로도 있었다. 진짜 간부가 아닌《절음발이 간부》노릇을 하기란 언제나 송곳방석에 앉아있는 불안한 처지였다. 언제 쫓겨날지도 모르거니와 받는 월급으로 입에 풀칠하기조차 어려웠다.

　그의 생활과는 달리 그의 문학은 갈수록 빛을 뿌렸다. 화룡시, 문학인재들이 수풀처럼 일어서는 이 신성한 고장에서 3대농민소설가가 솟아나왔다. 정세봉, 박은, 차룡순, 그들의 개성과 스찔은 서로 다르지만 누구나 먹고 살기 어려운 생활형편은 어슷비슷했다. 그래도 정세봉의 위치가 그중에서는 신사적이라 할수 있었다. 진짜간부가 아니래도 괄호안의 간부였고 게다가《천지》편집부에서 그에게 전국참관의 기회를 주어 난생처음 비행기를 타봤던 것이다.

　1985년에는 북경민족출판사에서 누구보다도 먼저 그의 소설집《하고싶던 말》을 출판했다. 풀숲에 머리를 박고 일하던 한 농민작가의 작품집이 서울에서 출판됐다는 것은 하나의 기적이 아닐수 없다.

　그러나 그의 생활은 여전히 고달팠다. 안정된 보금자리, 글을 쓸수 있는 좋은 환경이 마련되지 못한 정세봉은 자기의 앞날을 지나치게 과신했던지 큰 마음을 먹고 어수선한 보따리를 마구 싸가지고 연길이란 이 넌덜머리나는 인생의 고해속으로 뛰여들었다. 누가 오라고 부른 사람도 없는데, 자기를 반가이 맞아줄 사람도 별반 없는데 차디찬 현대도시로 뛰여들어서 고민과 방황, 울화로 고달픈 긴 10년 세월을 보냈다. 한많은 10년 세월에 그의 정신은 하마터면 붕괴의 함정에 빠질번하였다.

최서해의 집과 다름없는 허름한 집, 다르다면 최서해의 집은 두부를 만드는 초가집이고 정세봉의 집은 아빠트라는 현대이름이 붙은 원두막같은 다락집. 안해의 콩기름장사로 근근득식하면서 어둑컴컴한 방구석에 앉아 글을 쓰는 정세봉의 초라한 모습은 상상만 해봐도 기막힌 노릇이다.

이처럼 그는 34년이란 기나긴 고된 삶을 겪으면서 몸은 더욱 깡마르고 성격은 더욱 과묵해지고 글은 더욱 불같은것이였다. 그의 고된 삶은 그에게 또 하나 놀라운 걸작 중편소설 《〈볼쉐위크〉의 이미지》를 만들게 하였다. 이 작품은 우리 시대의 뽀에미라고 할수 있다. 1980년에 소설 《하고싶던 말》로 세상을 울린 정세봉이 10년후인 90년대초에 이 중편소설을 들고 나와 하나의 큰 바위로 우뚝 솟아있다.

정세봉은 창작에서 언제나 빈틈없이 따지는 과학적태도와 지꿎게 파고드는 완강한 의력과 량심적으로 글을 쓰는 정의감으로 하여 그의 소설은 거개가 수준급이다. 우리의 이 한시대의 문단을 황홀하게 장식하고있는 정세봉의 작품이 있음으로 하여 우리는 자호감을 느낀다.

그는 비록 밑바닥인생을 살아왔지만 누구에게도 아부할줄 모르고 대바르게 살아가는 작가의 량심을 지켜왔다. 이리하여 그는 불의와 비리와 부패와 타협할줄 모르는 자기의 인생살이에서 후회와 부끄러움이 없는 작가로 되기에 손색이 없다. 이렇게 살고 이렇게 쓰면 당대에는 남의 말밥에 오를지도 모른다. 그러나 이러한 작가야말로 량심있는 작가이고 이러한 문학이야말로 진짜 문학이다. 력사적으로 많은 문학대가들은 모두 그렇게 살았고 그렇게 썼다.

고되고 어려운 삶이 정세봉을 지꿎게 따라다니고있을 때 문학은 정세봉의 유일한 위안이였고 벗이였으며 또한 정세봉 삶의 진리이며 쾌락이며 랑만이다.

정세봉의 몸을 비록 깡말랐지만 창작에는 풍수를 거두고 성질은 과묵하지만 붓으로, 작품으로 하고싶은 말은 다하고 있다. 입으로 떠드는 자가 작가가 아니라 붓으로 말하는 자가 작가이다. 정세봉이 바로 붓으로 말하는 작가이다.

근년에 한국, 일본, 미국에서 정세봉의 소설이 런이어 출판되였으며 평론계의 높은 평가를 받고 있다. 외국에서 나에게 원고청탁이 올 때는 꼭 정세봉의 소설을 부탁하군 했다. 그의 작품을 받아본 외국문인들은 《참말 너무도 좋은 소설을 보내주셔서 대단히 고맙다.》는 회답을 보내오군 한다.

우리 시대 우리 민족의 문단에 정세봉만큼 빛나는 력작을 써내는 작가도 많지는 못할 것이다.

정세봉 생명의 연소이며 정세봉 삶의 걸작인 정세봉의 문학, 그것은 우리 문단의 자랑이다. 우리 모두 정세봉의 몸에서 발산하는 문학정신을 아끼고 사랑하며 따라배우기로 하자.

-1998. 12 .9

정판룡

1932년 조선 전라남도 담양 출생

1952년 연변대학 조문학부 졸업

1955년 구쏘련 류학, 모스크바대학 대학원 문학부박사학위 취득

1960년 귀국 후 연변대학 조문학부 학장, 연변대학 부총장, 조선한국연구소 소장 역임

2001년 10월 7일 70세를 일기로 별세

주요 저서로 《세계문학사》, 《고리끼전》,

　　　《제2차세계대전 후의 세계문학》, 《고향 떠나 50년》 등 다수.

소설가 정세봉

정판룡

〈볼쉐위크 의 이미지〉의 풍파

내가 소설가 정세봉을 알게 된것은 1991년에 그 말썽많던《〈볼쉐위크〉의 이미지》가 《장백산》에 발표될 때부터인것 같다 정세봉을 이 전에 문예계의 친구들에게서 1975년에 소설 《불로송》으로 문단에 데뷔했고 1985년에는 소설집 《하고싶던 말》까지 내여 이름이 난 젊은 작가가 아직도 농촌에서 농민질을 하고있다는 말은 들은적이 있지만 그때 나는 문단의 일에 큰 관심이 없던 때라 정세봉의 책도 못보고 사람도 모르고있었다. 그러다가 《장백산》에 발표된 정세봉의 새 소설이 말썽에 오르고있다는 말을 듣고 그 소설을 찾아 읽어보았다.

읽어보니 소설제목이 《〈볼쉐위크〉의 이미지》여서 좀 말썽을 일으킬수는 있지만 소설내용을 보아서는 큰 문제가 있을것 같지 않았다. 그때는 중국문단에 계급투쟁이 위주로 되던 지난 시기를 공소하는 《상처문학》, 《반성문학》이 성행하던 때라 좌경시기에 두뇌없는 순복도구로 활동한 농촌당원의 슬픈 운명을 묘사하는 것쯤은 문제시되지 않을 때였다.

볼쉐위크는 중국에서 오래동안 진정한 공산당의 대명사로 되고있었다. 이미지란 심상, 인상이란 뜻이니《〈볼쉐위크〉의 이미지》란 볼쉐위크로까지 불리던 한 농촌공산당원이 우리에게 준 인상이란 어떤것인가 하는 뜻이 될것이다. 그러니 학술론문이 아닌 한 소설의 제목으로는 좀 자극적이기는 하지만 크게 문제시될 것은 없는것이다.

그런데 듣는 말에 의하면 어떤 사람들은 소설제목자체가 공산당원에 대한 부정이며 지난날 우리 당의 정책에 대한 공격이라고 한다는것이다. 그뒤에 알고보니 나도 잘 아는 한《혁명자》가《장백산》에 실린 이 소설을 읽은 뒤 이 소설이 농촌당의 기층간부들의 빛나는 지난 력사를 부정하는 반당소설이라고 인정하고 이런 소설을 낸 잡지《장백산》을 길림성위에다 고발을 했는데 길림성위에서는 곧 사람을 파견하여 조사하게 하고 말썽에 오른 정세봉의 이 소설을 중문으로 번역하게 했다는것이었다. 이로 하여 통화에 있다가 갓 장춘에 들어온《장백산》잡지사는 큰 정치문제가 생겼다고 소문이 났다.

얼마후에 심양에 있는 한 친구가 어디서 얻었는지 정세봉의 소설을 길림성위에 상고한 상고문복사본을 나에게 보내왔다. 상고문은 정식으로 상급당위에다 문제를 제기하는 격식으로 쓴 정식 상고신이였다. 시간이 오래 지나 잘 기억되지는 않으나 상고내용은 대개 이 소설은 지난날의 농촌당사업을 전반 부정하고 빈하중농을 모욕하고 무함한 반당소설이라는것이었다.

그런데 다행히 중문으로 번역된 이 소설을 읽은 길림성의 관계 부문의 책임자가 정세봉의 이 소설을 반당소설로는 볼수 없다고 하는 바람에 소설도 살고 잡지《장백산》도 살았다는것이다.

상급당위에다 상고신을 쓰는것은 당원의 기본권리이니 왜 그런 상고신을 썼는가고 문책할수도 없고 한 작품에 대한 리해가 다를수 있으니 왜 그런 리해를 가지게 되였는가고 말할수도 없다. 아직 우리 사회에는 그 상고신을 쓴 사람처럼 《좌》적으로 문제를 사고하는 사람도 적지 않는것을 잊어서는 안될것이라고 이야기한것 같다.

그러나 1991년에 일어난 이 소설의 풍파는 상고신을 쓴 사람의 의도와는 달리 많은 사람들로 하여금 소설가 정세봉에 대하여 다른 눈으로 보게 하였으며 소설《〈볼쉐위크〉의 이미지》는 우리 문단에서 거둔 가장 큰 성과작품의 하나로 인정받게 되였다. 나도 솔직히 말해 그때부터 정세봉에 대하여 다르게 보게 되였다.

그는 농촌생활에 익숙하고 본신이 오래동안 농촌에서 농민노릇을 한 사람이라는 말은 들었지만 50년대 호조합작때부터 농촌 기층간부들이 겪은 정신고통에 대하여 이처럼 깊이 알고있으리라고는 생각 못했다. 토지개혁이후 수십년간 중국농촌사업의 중심은 소위 농촌에서의 자본주의재생을 방지하기 위한 호조합작, 집단화였으며 마지막에는 모든것이 공(公)적인것은 인민공사로까지 되였다.

윤태철같은 농촌기층간부들은 물론 자본주의재생을 방지하는 이 성스러운 사업을 위하여《10리 구룡골을 질풍처럼 휩쓸고 지나갔다.》 그러나 인민공사가 해체되고 호도거리라는 이름아래 개체영농이 시작되면서 성스럽다고 생각하던 30년간의 지나간 력사는 완전히 헛된것으로 되였다.

그리고 지난시기 당의 《계급론》에 따라 허수빈네를 독재해왔으며 허수빈의 딸 순정이와 《볼쉐위크》인 자기 아들과의 사랑을 훼멸했던 그가 오늘은 허수빈을 다시 《허동무》로 불러야 하며 그를 방조해 논갈이까지 해주게 된다. 이로 하여 느끼는 《볼쉐위크》 윤태철의 내심고민, 더우기는 순정이의 자살로 하여 생긴 부자간의 《모순》은 그로 하여금 얼마전까지도 절대적 진리로 여겨오던 《계급론》이 틀린것이였다는것을 심절히 느끼게 한다.

30년간의 모든 노력과 분투가 수포로 돌아갔으며 생활의 좌우명처럼 생각하던 계급론도 어떤 때는 인간성, 인정마저 여지없이 훼멸하는 사상도구였다는것을 많은 사람들은 알고는있지만 소설 《〈볼쉐위크〉의 이미지》처럼 이처럼 여지없이 솔직히 적발하지는 못했다.

진실도 어디서나 누구에게나 말할수 있는것이 있고 말하기 어려운것도 있다. 같은 부스럼이라도 그것이 남에게 보여줄수 있는 몸부위에 났으면 남에게 쉽게 보여줄수 있다. 그러나 남에게 보여주기 힘든 몸부위에 났으면 보여주기를 꺼린다.

정세봉은 바로 남에게 보여주기 힘든 몸부위에 난 그러한 진실까지 솔직하게 그대로 보여준것이다. 이것은 정말 쉽지 않은 일이다. 이것은 정세봉이 《정치생명》을 내걸고 한차례 모험적인 도박을 논 셈이며 여기에 바로 정세봉의 남다른 정치적 두뇌와 담력과 기질, 그리고 인간적인 작가의 량심과 사명감이 빛나고있다고 할수 있다.

《잔혹한》진실

《〈볼쉐위크〉의 이미지》의 풍파가 있은뒤 나도 점차 그에 대하여 주의를 돌리게 되었다. 그의 새로운 작품이 나왔다는 말만 들으면 나는 될수록 찾아읽었으며 많은 친구들을 통해 석전경우의 고독한 그의 지난 생활에 대한 이야기들도 많이 들었다. 문인들의 모임이 있을 때마다 비록 가까이 이야기를 나눌수 있는 그런 사이는 아니였지만 그렇게 서먹서먹한 관계도 아니였다.

그는 언제나 말이 적었고 남의 앞에 나타나기를 싫어했다. 그의 말에 의하면 그는 어떻게 된 셈인지 초중시절부터 문학에 미쳐있었다고 한다. 리기영, 한설야 같은 우리 민족의 작가는 더 말할것 없고 똘스또이, 고골리, 발자크, 유고, 고리끼 등 외국작가들의 작품까지 얻을수 있는것이면 모두 얻어읽었다는것이다. 문학책만 읽다보니 다른 공부가 뒤전으로 밀려 고중에도 올라가지 못하고 열일곱살나이에 말뚱처럼 농촌에 굴러떨어지고 말았다는것이다.

이때부터 농사군으로 30년, 도시에 들어와 무직업자로 5년, 이렇게 꼬박 35년을 《밑바닥》에서 생활하고보니 남은것이란 자신을 괴롭히고 기죽이는 렬등감과 밑바닥 삶의 현장을 무자비하게 파헤치고 뭔가 진실을 웨치고싶은 충동뿐이였다고 한다.

《수십년을 밑바닥 삶을 겪어오면서 나는 세상을 흘겨보는 법을 배웠다. 사회라는것이 온갖 모순과 불공평, 부정과 부조리로 점철되여있었으므로 그런것들과의 타협은 많은 경우 불가능했다. 반면에 가슴속에 맺히고 응어리지고 쌓이는것은 나름대로의 서러움과 한(恨)과 울분이였다.》

이런 상황에서 그가 나갈 길은 오로지 문학의 길밖에 없었다고 하였다. 책을 읽고 사색을 하고 창작에 집념하는것으로 고민을 잊고 가슴을 달래였으며 늘 자기를 괴롭히고 기죽이는 렬등감과 싸웠다고 하였다. 이처럼 소설가 정세봉에게 있어 소설쓰기란 가슴속에 응어리진 울분을 내뿜는것이였으며 절실한것을 풀어내는것으로 되였다.

그러기에 정세봉의 소설은 쓰면 쓸수록 도전적이며 비판이 첨예하고 대담하며 직설적이고 감정적인것 같다. 사회적인 인간과 동물적인 인간의 박투에서 동물적인 인간의 승리를 보여주는 소설 《인간의 생리》, 금전앞에서의 싸움에서 패배하고 《하느님》을 찾아 《교회》로 나가는, 일찍 농촌에서 입당도 하고 부녀주임도 했다던 《엄마》의 슬프고 비장한 모습을 그린 《엄마가 교회에 나가요》, 주택난을 해결하기 위해 40년전 자기 제자였던 문서기집을 찾아가는 한 원로시인의 비참한 모습을 보여준 《태양은 동토대의 먼 하늘에》, 영원히 꺼지지 않는 태양으로 모시던 분이 서거했다는 놀라운 소식을 들은 날에 인생의 한 비밀을 체험했다는 한 농촌청년을 그린 《빨간〈크레용태양〉》이 바로 이런 작품들이다.

적지 않은 사람들은 정세봉의 이런 창작경향을 사실적이며 사회부조리에 대한 깊은 우환의식이 보여지고있다고 하는데 물론 옳은 평가이다. 사실주의와 작가의 우환적인 령혼은 정세봉소설의 주조로 되고있는것만은 사실이다.

그러나 정세봉의 사실주의는 일반적인 진실만을 추구하는 그런 사실주의가 아니라 만년의 똘스또이처럼 일체 가면을 짓부시고 사회 모든 인간들의 진실한 면모를 그대로 보여주는 잔혹하다고 할수 있는 정도의 그런 사실주의인것이다. 레닌은 일찍 귀족 립장으로부터 가부장제(家父?制) 농민의 립장으로 전변한 만년의 똘스또이를 가장 맑고 깨끗한 사실주의라고 하였으며 이로 하여 그의 사실주의는 비판적사실주의의 고봉(高峰)을 이루었다고 하였다.

1998년 정세봉 작품연구회가 한번 열렸었는데 나는 그 회의에서 정세봉의 사실주의는 일반적인 진실이 아니라 잔혹한 진실이라고 말한 적이 있다.

《〈볼쉐위크〉 의 이미지》가 사회에 큰 파문을 일으킨것도 그때문이며《엄마가 교회에 나가요》,《태양은 동토대의 먼 하늘에》,《빨간〈크레용 태양〉》등이 독자들에게 큰 감동을 주는것도 바로 그때문이다.

보석같은 마음

소설가 정세봉은 내성적인 성격을 가진 사람이여서 말을 잘하지 않으며 본인의 말처럼 렬등감이 있어서 그런지 남들앞에 나타나기를 싫어한다. 나도 여러번 그가 참가한 문인들의 모임에 가보기는 했지만 그가 발언하는것을 보지 못했다.

농사군으로 30년, 도시에 들어와 무직업자로 5년, 이 불쌍한 자기를 못본척이야 않겠지 하는 환상도 몇번 가져보았지만 번마다 헛물만 켜는 고통도 여러차례 맛본지라 그는 세상사람, 더우기는 권세를 가진 사람들을 잘 믿지 않았다. 한 평론가의 말처럼 물론 그에게도 웃음이 있었지만 고독한 웃음이였으며 또한 우환속의 웃음이였다는것이다.

그러나 고독과 랭정은 결코 그의 전부가 아니였다. 그는 겉보기에는 말이 적고 웃음이 적은 사람 같지만 기실 그는 생활을 열애하고 자기와 같은 불쌍한 처지의 인간들을 사랑하며 보석같은 마음을 지닌 사람이라는것을 어렵지 않게 발견할수 있다.

언젠가 내가 아직 연변대학의 책임자로 있을 당시 작가협회의 한 책임자에게 정세봉의 직업문제를 무슨 방법을 대여서라도 해결해야 한다고 말했다. 나는 기실 그 일을 진작 잊어버렸으며 그의 직업문제를 해결하는데 큰 도움도 주지 못했지만 그는 불쌍한 농촌문인을 진심으로 관심하는 내가 감사하더라는 말을 오늘까지도 외우고있다.

1999년 봄부터 나는 생각밖에 불치의 병에 걸려 대부분 시간을 외지병원 아니면 병상에 누워 보내게 되였다. 그러니 평시에 래왕하던 친구들도 자연 발걸음이 뜸해지던 때인데 생각밖에 정세봉이 몇번 우리 집을 찾아왔다.

물론 평상시처럼 말은 적었지만 그의 두눈에서는 중한 병으로 고생하는 나에 대한 지극한 관심과 동정의 깊은 정을 느낄수 있었다. 한번은 담화도 나의 건강에 영향준다더라고 하면서 날더러 말을 너무 많이 하지 말라고 하면서 자리를 곧 뜨는것이었다. 나는 긴말은 서로 나누지 못했지만 그의 이런 관심을 통해 내가 깊은 마음의 위안과 고무를 받은것만은 사실이다.

수십년을 밑바닥 삶을 살아왔으며 그냥 역경에만 처하던 그에게도 행운이 찾아든적이 있은듯 하다. 언젠가 들을려니 한국의 한 잡지사에서 정세봉의 작품을 높이 평가하고 그를 한국에 초청했으며 거기서 그의 작품연구좌담회도 여러차례 열었다는것이다. 나는 그 말을 듣고 마음속으로 정말 기뻐했다. 인과보응이 있다더니 그의 진가(眞価)를 아는 사람들이 끝내 한국에서도 나타났구나 하고 생각하니 하늘도 무심치 않다고 느껴졌다.

최근에는 또 한국의 돈있는 어떤 분이 도와주겠다고 하더라고 하면서 소설가 정세봉은 우리 문학의 발전을 위하여 문학상까지 세워보겠다는 말을 했다. 물론 그의 계획이 실현되겠는지는 나도 알수 없으나 그의 이런 생각자체가 고마웠다. 그가 곤경에 처했을 때 그를 크게 도와주지는 못했지만 우리 문학의 발전을 위하여 무슨 공헌을 하겠다는 보석같은 마음을 그냥 품고있다는것을 알수 있기때문이다.

재간있는 소설가 정세봉은 앞으로도《〈볼쉐위크〉의 이미지》보다 더 특색있는 명작을 꼭 창작하리라고 나는 믿어마지 않는다.

김철호

연변대학 졸업.
연변인민방송국 편집, 연변일보사 론설부, 문화부 주임 력임
연변조선족자치주 진달래문예상
제1회 중국조선족단군문학상 등 수상
시집《우리는 다 한올 바람일지도 모른다》
동시집《작은 하늘》등 출간.

정세봉의《〈볼쉐위크〉의 이미지》

–성당위서기한테 반당소설로 고발되여 도마우에 올랐다가 겨우 살아난 력작

김철호

《1980년 소설 〈하고싶던 말〉을 발표하면서 5년동안 창작의 물꼬를 터뜨리다가 1986년부터 다시 5년동안 꼬박 침묵속에서 배회했지요. 이제 쓰면 〈하고싶던 말〉이거나 〈첫 대접〉의 수준을 깨뜨려야 한다는 생각을 늘 하면서 말입니다.》

2월 13일, 기자가 연길아리랑호텔 409호실에 자리잡고있는 사단법인 연변소설가협회사무실에서 만난 소설가 정세봉회장은 《볼쉐비크〉의 이미지》창작경위를 묻자 이렇게 말끈을 풀었다.

정세봉씨는 그때 큼직한 물건 하나 낚으려고 언녕부터 낚시를 던지고있은 상태였다. 그 낚시에 끝내 묵직한것이 걸려나오고야 말았으니 그것이 바로 9만자에 달하는 중편소설《〈볼쉐위크〉의 이미지》였다.

이 소설이 실린 1991년《장백산》제2기는 불타나게 팔렸으며 전례를 깨뜨리는 인기를 누리게 되었다.

소설은 농촌에서 호도거리책임제를 실시한 이듬해인 1984년

늦은 봄의 짧디짧은 사흘동안에 벌어진 일을 서술, 농촌의 로당원《〈볼쉐위크〉윤태철》과 아들《인간 윤준호》사이의 세대적갈등을 주선으로 삼으면서 력사속에서의 중국공산당의 정치적오유를 신랄하게 폭로비판하고있다.

당에 의해 강철로 제련된《볼쉐위크》윤태철은 당과 함께 모든 청치투쟁에서 과오를 범하면서도 그것을 모르는《순복공구》였다. 장시기동안의 당의《계급론》에 따라 지주집 아들 허수빈네를 《독재》해 왔댔는데 오늘날 당에서는 또 허수빈을 일개 공민으로 그를 위해 헌신하라고 할 때 윤태철은 접수할수 없는 이 력사의 희롱도 감히 받아 안는다.

윤준호는 70년대 전반기 극《좌》로선이 통치하던 사회에서 역시 중국공산당의《계급론》을 높이받든 아버지에 의해 애정이 좌절당하여 사랑하는 녀인의 자살을 경험하지 않으면 안되는 인물이다. 허수빈일가를 놓고 벌어지고있는 두 사람의 갈등묘사가 이 소설의 가장 중요한 내용인데 소설에서 묘사되고있는 이야기와 인물들은 너무도 진실하고 생동하여 15년이 지난 지금에도 살아 움직이는듯 하다.

《솔직히 말하면 이 소설의 착상이 떠오른것은 발표 5년전입니다. 그러니 5년을 고민한 끝에 필을 든것이지요.》

이렇게 말하면서 정세봉씨는 자신의 지난날을 잠간 더듬었다. 14살 어린 나이에 아버지를 여읜 그는 너무 일찍 가정의 기둥이 되여야 했다. 1958년 가을, 16세에 벌써 민공들속에 끼여 대약진의 현장인 석국저수지공사장에서 목도를 메고 곡괭이질을 하여야 했다. 이렇게 뼈가 굵어지기 시작한 정세봉씨는 1970년대 전반기 생산대장, 대대당지부서기노릇을 할 때까지 중국공산당이 벌린 모든 력사를 친히 겪어왔다.

《당을 따라 참으로 어처구니없는 일들을 많이 했지요. 나는 빈궁과 락후의 무지속에서 극〈좌〉정치가 농민들을 괴롭히고 농촌간부들에게 곤혹과 울분을 안겨주던 사회적질환을 몸으로 느낀 체험자입니다. 그때 나는 흘러간 력사앞에서 작가의 량심은 결코 잠잘수가 없으며 무엇인가 웨쳐야 할 그리고 소리높이 웨치고싶은 절실한 사명감과 강렬한 욕망에 사로잡혀 있었습니다.

그러던 1983년 어느날, 나의 당지부서기자리를 물려받은 김서기가 소수레를 몰고 학교마을 길로 지나가고있는것을 보면서 마을 길을 스쩍스쩍 걸어가다가 마침 김서기네 건조실앞에 닿게 되였는데 거기서 지주아들 아무개가 건조실불을 때고있는것을 보게 되였습니다. 웬일인가 물으니 김서기네와 〈당원련계호〉를 맺고 호상 도와주게 되였다고 하더군요.》

지주아들이라고, 계급의 적이라고 못살게 굴던것이 언제인데 이젠 평등관계가 되여 호상 돕는다고 한다. 순간 기층당원들은 투쟁하라고 하면 투쟁하고 도와주라고 하면 도와주면서 《령혼》 없는 정치생활을 로보트식으로 해왔구나 하는 비참한 생각을 하게 되였다.

이 한단락의 짧디짧은 경험이 《〈볼쉐위크〉의 이미지》의 발상이였다.

이 끈을 쥐고 소설가는 어떤 이야기속에서 어떤 인물을 쓸것인가를 여러해동안 모지름을 쓴것이다. 그러다가 1990년 봄부터 초고를 쓰기 시작했다. 백지에 연필로 초고를 쓰는 습관인 소설가는 하루에 두세페지정도, 기껏해야 7~800자를 쓸뿐이었다.

하루 지나고 한달 지나고 하니 원고가 두터워지기 시작했다. 년말이 되여 드디어 소설이 완성되였고 백지에 담겨진 그 소설을 원고지에 옮겨놓은후 연변문학의 김호근씨를 찾아가게 되였다.

까근히 읽어보던 김호근씨는《소설은 말할나위없이 좋다. 그러나 여기선 내기 힘들다. 남영전이면 될것 같다》고 조언해왔다. 때마침 자신이《장백산》잡지사에 출장갈 일이 생겼는데 원고를 갖고 가겠다는것이었다.

소설을 다 읽어본 남영전의 대답은 간단명료했다.《당신이 좋다면 원고를 읽어안보고도 낼수 있다. 이 소설을 허승호에게 평론까지 부탁해 함께 내겠다.》

이듬해, 그러니까 1991년 3월《장백산》제2기를 통해 소설은 끝내 출세를 신고하게 되였다. 소설의 반응이 너무 컸기에 작가는 다소 벅차기는 했지만 량심작이라 생각하고있는터라 별로 당황하지는 않았다. 그동안 남영전과《장백산》이 곤욕을 치르고있는줄도 감감 모른채 자신의 작품에 만족을 느끼면서 말이다.

6월초순의 어느날, 김호근이 남영전을 배동해가지고 연길시 철남의 자그마한 세집에 찾아들었다. 정세봉씨는 그때 무직업자신세로 안해를 도와 기름장사군노릇을 하고있었다. 정세봉의 손목을 덥썩 잡으면서 남영전이 하는 말.

《큰일 날번 했습니다. 연변문단의 어떤 사람이 성당위서기한테〈'볼쉐위크'이미지〉를 반당 반사회주의 소설이라고 익명고발편지를 보냈더군요.》

《그래서요?!》

정세봉씨는 긴장한 눈길로 남영전을 쏘아보았다.

《성당위서기는 당장에 나를 불러다가 자초지종을 물은후 결론을 지으라고 하더군요.》

《그래서요?!》

다급한 물음이 다시 튕겨나왔다.

《때마침 장춘에 조선어에 능통한 한족학자 2명이 있었는데 성당위서기는 그 학자에게 〈'볼쉐위크'이미지〉를 읽어본후 결론적인 서면보고를 내라고 명했지요.》

《그래서요?!》

다급한 물음은 총알 같았다.

《그 학자들은 작품의 시대, 력사배경, 인물형상, 주제사상을 잘 파악한후 결론을 내렸는데….》

정세봉씨는 그때의 다급했던 상황이 머리속에 떠오른지 피끗 웃음기를 날리면서 기자의 수첩에 학자들이 내린 《近幾年來朝鮮族文壇的獨具匠心的力作》라는 《결론어》를 조심스럽게 적어주었다. 《근 몇년래 조선족문단에서 보기드문 알심들여 만든 력작》이라는 뜻이였다.

그 걸음으로 남영전과 김호근은 김학철선생댁에 들렸다가 이 이야기를 내비쳤는데 김학철선생은 몸을 뒤로 젖히면서 한숨을 톺더니 《지금도 이런 일이 일어날수 있단 말이가!》하고 한탄하더라고 한다.

그래서 쓴 수필이 《구태의연》. 이 수필에서 김학철선생은 우리 문단의 설치류들에 의해 하마터면 좋은 소설이 《반당, 반사회주의적 〈독초〉로 생매장을 당할번 했다》고 절규했다.

김학철선생은 여러 글에서《그 소설로 정세봉이 지은 죄란 거짓말 안한 죄, 력설적으로 말하면 정말을 한죄다》,《사회의 심장부에 감히 메스(수술칼)를 들이댄 작품》이라고 력설하기도 했다.

때문에 이 소설은 세월이 흐를수록 더욱 부각되면서 아직도 많은 독자를 갖게 되는것이 아니겠는가 생각되기도 한다.

《지금 생각해도 어마어마하고 무시무시 합니다. 그때 정말 나의 그 소설이 반당, 반사회주의 작품으로 결론되였다면 우리 문단이 어떻게 되였겠습니까. 〈장백산〉이 살아남을수 있으며 남영전이 생존할수 있겠습니까. 나도 물론 매몰당할수밖에 없었겠지요. 력사에 대한 량심의 말을 했고 그 력사에 의해 만들어진 윤태철같은 형상을 창조한것으로 하여 나는 하냥 마음 뿌듯합니다.》

안경속으로 바라보이는 정세봉씨의 눈은 격동에 젖어있었다.

림승환

축사를 드리는 림승환선생

1950년 12월 22일, 흑룡강성 녕안시 경박호 얼잔 출생
1977년 베이징 중앙민족학원 어문학부 졸업
1999년 흑룡강조선민족출판사에서 대하력사소설
　　　《고구려전-"동명성왕"》(최금산 공저) 출판.
흑룡강보선민족출판사 부편심
조선문편집부 부장
흑룡강조선족민간문예가협회 부주석 들 역임

조선족문학의 금자탑을 쌓아올리는 소설가

흑룡강조선민족출판사 림승환

나는 흑룡강조선민족출판사를 대표하여 새 시기 조선족작가작품대계의 꽃다발을 아릿답게 가꿔가시는 소설가 정세봉선생님에게 그리고 그의 작품집《〈볼쉐위크〉의 이미지》의 출판에 열렬한 축하를 보냅니다.

수십년래 소설가 정세봉선생님은 중국조선족문단에서 가장 우환적인 비천민인의 정감세계를 펼쳐내면서 문학의 금자탑을 소리없이 쌓아올렸습니다.

그의 작품집으로부터 우리는 현시대 우리 사회의 부패와 사회도덕에 대한 우환, 그리고 만백성의 질곡에 대한 신랄한 타매와 비분을 통감하는 동시에 열렬하고도 강렬한 우리 민족에 대한 인간애- 인간고난의 근원과 그 고난을 해탈할 도경을 끈질기게 탐구하는 작가의 모습을 목격할수 있습니다.

장장 반세기를 지나오면서 우리 나라는 맑은 하늘에 검은 구름이 뒤덮이던 몇차례의 력사비극과 민족대재난을 겪었습니다. 우리 조선족문단에서 소설가 정세봉선생님은 소설《하고싶던 말》을 발표하여 투철한 정치적두뇌와 담량, 기질 그리고 인간적인 작가의 량심과 사명감으로 새 시기 문학의 서막을 열었습니다.

력작《〈볼쉐위크〉의 이미지》는 수십년을 걸친 조선민족 매개인의 삶의 자세에 대한 사색과 력사적오유에 대한 철저한 반성으로 서술되고 형상화되고있습니다.

《인간의 생리》,《토혈》,《하고싶던 말》,《최후의 만찬》,《태양은 동토대의 먼 하늘에》《〈볼쉐위크〉의 이미지》 등으로 이루어진 소설가 정세봉선생님의 소설집은 글마다 주옥이요 글마다 피와 노력으로 아로새겨져있습니다.

21세기는 우리를 부르고 조선민족에게는 훌륭한 문학선구자가 수요됩니다. 우리 흑룡강조선민족은 다사다난한 역경속에서 끝끝내 고통을 박차고 일어선 소설가 정세봉선생님께서 이번 소설집의 성공을 계기로 목전 대이동, 대변화, 대동화되고 운명의 갈림길에서 헤매는 중국조선민족의 앞길을 제시할 한편 또 한편의 대작을 무르익혀 세상에 내놓기를 삼가 고대합니다.

-1998 12월 9일

김옥희

1963년 10월 3일 룡정시에서 출생
1986년 연변대학 조문학부 졸업
주요작품으로 중편소설《환상의 늪》,《그대에게 가는 길》
내형방송드라마〈송순녀〉, TV영화〈사과배 사랑〉
방송다큐멘터리〈한 방송인의 30년 음악사랑〉등 다수
연변문학 문학상, 연변일보〈제일제당상〉, 도라지문학상
한국KBS〈서울프라이즈〉상 최우수상 등 다수 수상
현재 연변라디오TV방송협회 비서장
　　　연변작가협회 리사

[**수필**]_〈장백산〉 2015년 6호 登載

또다른 화려한 시작

김옥희

내가 소설가 정세봉선생님과 인연이 된건 그의 소설 〈하고싶던 말〉을 접하게 됐던 1982년이였으니 벌써 33년전의 일이다. 그러니까 작가보다 그의 소설로 먼저 그분의 왕팬이 됐던 형국이다. 33년, 그 많은 세월이 흘렀음에도 그날의 감동과 여운은 어제일처럼 생동하게 다가온다.

1982년 9월, 열아홉 풋풋한 젊음으로 작가의 꿈을 안고 입문했던 연변대학! 그곳 대학가에서 나는 선배로부터, 그것도 조문학부도 아닌, 화학학부 2학년을 다니는 고등학교선배로부터 요즘 진짜 좋은 소설이 있는데 읽었는가 하는 질문을 받았었다.아직은 읽지 못했다고 하니, 너 문학을 하겠다는 사람이 입시공부만 했구나 하는 선배의 꾸짖음에 나는 몸둘바를 몰랐었다.

그날 선배가 내게 그랬었다. 정세봉이라는 소설가가 정말 대단한 작가라고, 지금 이곳 대학가에서 큰 뜨거운 화제를 몰고다니는 소설이 하나 있는데 그게 바로 그 작가가 쓴 소설 〈하고싶던 말〉이라고…

그날 밤, 조용한 학교도서실에서 나는 어렵게 구한 이 소설을 열심히 읽어내려갔다. 밥 먹는것도 잊어버린채 깊이 빠져들어 헤여나올수 없었던 그 시간들을 나는 지금도 잊지 못한다. 한번 두번 읽고도 아쉬워 다시 읽었던, 손에서, 눈에서 뗼수없었던 소설 〈하고싶던 말〉! 세상에 태여나서 난생 처음 가슴뭉클 진한 감동이란게 뭔지 알게 해준 보석같은 글이었다.

짧은 단편 하나로도 이렇게 사람의 심장을 쿵쿵 뛰게 만드는 작가라면 앞으로 얼마나 더 많은 글로 사람들의 마음을, 령혼까지를 흔들어줄것인가. 그날 가슴가득 느껴지던 감동과 경이로움을 나는 지금도 기억한다.

아무튼 그날 이후 나는 정세봉이라는 작가의 팬이 됐다. 헌데 나중에 보니 나뿐이 아니었다. 나와 아래위 침대를 쓰고있던 란이도, 료녕에서 온 려희도, 우리 침실 에들이 다 그의 열혈팬일줄이야.

그 무렵, 우리는 〈하고싶던 말〉이 실린 잡지를 학교열람실에서 빌려보았는데 한번 빌려간 학생들이 저마다 돌려보는 바람에 막상 보고싶어도 열람실에 잡지가 없어 아쉽게 발길을 돌리는 경우가 비일비재였다. 그러다 운이 좋게 그 잡지를 손에 넣으면 우린 신바람 나서 혼자서, 혹은 둘이 함께 열심히 읽으며 손에서 놓질 못했다.

돌이켜보면, 4년간의 대학생활에서 손에 쥘수있는 국내외 명작들은 거의다 읽었지만 이 소설만큼 우리들의 마음을 흔들었던 작품은 없었던것 같다. 그때 나는 은연중 궁금한게 하나 있었다. 80년대초반부터 그렇게 많은 대학생팬을 가지고 있었던 그 대단한 작가-정세봉선생님은 과연 어떤 분이실가...

정세봉선생님을 만난건 그후 10년 세월이 흐른 90년대 초반이
였다. 내가 방송국에서 드라마와 인연되여있던 시절, 아직 작가
라고 하긴 부끄럽고 엉성하던 때, 나는 행운스럽게도 선생님과
연을 맺게 됐다. 몇 안되는 작가들과 함께 한 자리에서 내가 처음
본 대작가- 정세봉선생님의 모습은 너무 안온하고 조용하셨다.
대학시절 내가 그려왔던 모습하고는 너무 달랐었다. 정열적이면
서 리성적인, 너무 빈틈없어 다가가기조차 어려운 상대일 거라고
상상했었는데 가까이 만나고보니, 선생님은 상대가 어려워할것
을 미리 짐작하신것처럼 스스럼없이 먼저 마음을 열어주시는 따
뜻한 분이셨다.

강해보이는 인상이면서 부드러운 내면을 가진 선생님, 오랜동
안 선망의 대상이였던 선생님이랑 이렇게 무릎 가까이 하게 된것
도 내겐 더없는 행운이요, 충격적인 감동인데 선생님은 변변치
못한 문학도인 나의 존재를 너무 소중하게 아껴주셨다. 자신이
가진 문학적인 재능과 연박한 지식을 아낌 없이 나누어주시던 선
생님, 선생님은 그렇게 소중한걸 주시면서 바라시는 건 오로지〈
운치있는 다방에서 따뜻한 커피한잔 나누기!〉그게 전부셨다.

그 무렵, 전혀 계산적이 아닌, 선생님만의 따뜻한 포용력과 진
심이 통해서일가. 선생님 주위에는 늘 지인들이 함께 했었다. 어
설픈 작가지망생들을 가까이에서 늘 지켜보며 그처럼 열심히 손
잡아주고 이끌어주셨던 선생님, 세월이 흘러 그들이 온전한 날개
짓을 하게 됐을 때에도 제일처럼 기뻐하며 다시 손을 잡아주신이
도 다름아닌 선생님이셨다.

퇴직전까지 〈연변문학〉 소설편집으로 일하신 선생님, 그의 손을 거쳐 간 수많은 작품중에는 나의 중편 〈환상의 늪〉도 들어있다. 다름아닌 그 소설로 나는 소설가로서의 립지를 인정받게 됐다. 그 소설이 TV드라마로 각색되여 CCTV에 방영된것도 선생님이 작품의 완성도를 위해 로고를 아끼지 않으신 덕분이였다. 지금 생각해봐도, 소설을 써서 선생님앞에 내놓으며 봐주세요 할 때가 가장 행복했던 시절이였던것 같다.

나도 커피마니아지만 내가 알고있는 선생님은 커피를 너무너무 사랑하시는 분이셨다. 그래서일가. 지금도 커피 한잔 타서 그 뜨거운 맛과 은은한 향을 음미할 때면 가끔 선생님 생각이 난다.

언젠가 금방 쓴 소설을 쥐고 거침없이 선생님한테 전화를 걸어 〈다방 데이트〉를 신청했을 때 나먼저 다방에 나타나셨던 선생님, 그날 선생님은 나를 보자마자 대뜸 원고부터 받아줘셨다. 그렇게 좋아하시는 커피도 마다 하신채 선생님은 원고에 집중했었다. 싸늘하게 식어가는 커피도 외면한채 시선 한번 흔들림없이 내 원고를 읽어내려가시던 모습이 지금도 눈에 선하 다. 그렇게 진지하게 내 소설을 봐주실줄 알았으면 좀더 알씸들여 쓸것을. 나는 가슴 가득 후회가 밀려들었다.

그렇게 한참 침묵이 흐르는 동안 나는 잔뜩 긴장해서 앉아있었다. 선생님이 이건 아니다 하면 그건 소설이 안됐다는 의미로 받아들일만큼 나는 선생님의 리성적인 판단과 눈을 절대적으로 확신하고있었다. 헌데 천천히 원고를 탁자에 놓고 담배를 손가락사이에 끼우시며 선생님이 하신 한마디, 〈이젠 내 팬이 아니라 다같

이 소설을 쓰는 작가로 나란히 가게 된거요. 나 는 이런 날이 올줄 알았어.〉

그날, 선생님 얼굴에 환하게 피여오르던 따뜻한 미소와 신뢰의 눈빛을 나는 평생 잊지 못할것이다.

각자의 삶을 사느라 한동안 뵙지 못했던 선생님. 하지만 예전에 도, 지금도 선생님의 무언의 지지는 그 어떤 환경에서도 내 손에 붓을 쥐여주는 보이지 않는 힘이 되여 날 지탱하게 하고 누가 뭐라든, 꿋꿋하게 갈 길을 가라고 격려해준다.

이번에 선생님은 또 하나의 기대작을 세상에 선보였다. 참으로 오래 기다려온 팬심은 벌써부터 기대감에 설레일것이다. 단 정세봉선생님이 쓴 소설이라는 타이틀만으로도 독자들의 기대를 증폭시킬것임을 나는 믿어 의심치 않는다.

오랜 고민과 진통끝에 쏟아낸 선생님의 또다른 력작과 만난다 는건 지난 세월 꾸준히 선생님의 글을 사랑해온 독자들에겐 그 사실 자체만으로도 의미가 남다를수밖에. 또한 이번 소설과의 만남으로 우리 소설문단에 정세봉 선생님의 건재를 알리는 좋은 계기가 되는것 같아서 너무 감격스럽고 든든하다. 이것이 선생님의 또다른 화려한 시작이 되길 간절히 기대해본다.

-2015년 9월

조성일

1936년 12월 조선 함경북도 회령군 유선동에서 출생
1960년 7월 연변대학 조선어문학부 졸업
주요저서로 〈중국조선족문화통사〉(한국이회문화사)
〈조성일문화론 1-3〉(연변교육출판사) 등 다수
연변사회과학원 부원장 겸 문학예술연구소 소장
연변작가협회 당조서기, 주석. 역임
현재 연변조선족문화발전추진회 회장

[수필]

소설《〈볼쉐위크〉의 이미지》의 풍파

조성일

중당(中唐)의 대표적 시인 유우석(劉禹錫)은《죽지사(竹枝詞)》에서 이렇게 읊고있다.

　구당은 시끄럽게 열두 여울인데
　사람들은 말하기를 길이 예로부터 힘들다고 한다
　사람들의 마음이 물과 같지 않음을 길게 한탄하여
　한가이 평지에서 파란을 일으킨다[等閑平地起波瀾]

이 절구는 시인이 그 당시의 민가를 바탕으로 하여 흥겹게 지은 시이다.

구당이란 곳은 배가 지나가기 어려운 곳이다. 아마도 이 시는 그 뱃길을 따라 오르내리는 사람들 사이에서 불러지던 민요를 유우석이 참조했을것이다. 바로 이《죽지사》에서《평지풍파(平地風波)》라는 성어가 나왔다.

지난 세기 90년대 벽두에 어느 한 문인이《지록위마(指鹿爲馬)》

격으로 시비를 전도하면서 고요한 문단에 풍파를 일으켰는바 정세봉의 대표작인 중편소설 《〈볼세위크〉의 이미지》에 대한 필화가 바로 그 일례라 하겠다.

이 소설은 남영전 주필의 동의하에 리여천의 편집에 의해 1991년 2월호 《장백산》지에 발표되었다. 발표시 편집자는 그때의 정치적상황을 감안하여 소설 후반부에 있는 주인공 윤태철의 꿈장면을 삭제하고 발표하였다.

이 소설은 1984년의 어느 늦은 봄날, 《인민공사》가 해체되고 개인영농을 하게 된 평강벌 구룡대대에서 지주가족 출신인 허수빈일가를 놓고 벌어지는 공산당원 윤태철과 그의 아들 윤준호의 현실적, 력사적갈등을 슈제트발전의 기본고리로 하여 농업집단화로부터 《대약진》을 거쳐 10년동란을 꿰지르고 《인민공사》의 해체에 이르기까지 장장 30년동안 《두뇌없는 순복도구》로 되여 《채바퀴 돌듯이 굴러온》 윤태철의 이른바 볼쉐위크 인생경력을 다루었다. 파격적인 이 《문제작》이 세상에 태여나자 조선족문단과 독자들의 주요한 화제로 되여 찬반쟁론이 백열화되었다.

이런 와중에 이른바 당성이 강하고 기치가 선명한 연변의 한 《량반》이 이 소설이 공산당기층간부들의 빛나는 지난 력사를 부정하고 빈하중농을 모욕한 반당소설이라고 속단한 끝에 이 소설을 쓴 작자와 그 소설을 발표한 《장백산》편집부를 닉명신으로 중공 길림성 성위 선전부에 고발하였다. 이 고발소식이 알려지자 우리 조선족문단에서는 정세봉작가와 《장백산》편집부에 정치적문제가 생겼다는 소문이 한입 두입 건너 삽시간에 무성하게 되였다.

상고신을 접수한 길림성 성위 선전부 책임자는 남영전주필과 성출판국 관계인사를 불러 이 상고문에 대한 처리문제를 의논하였다. 의논결과 한국어를 전공한 장춘에 있는 한족(漢族)학자 두분을 선정하여 그들로 하여금 소설의 력사배경, 인물형상, 주제사상에 대한 견해를 서면으로 작성하여 제기하도록 하였다.

성위 선전부는 전문가들의 보고서를 검토하고 관계인사들의 의견을 청취한 후, 상고문에 대해 다음과 같이 답복하였다.

《近几年来, 朝鲜族文坛的独局匠心的力作。》(근 몇 년래 조선족문단에서의 알심들여 만든 력작)

성위선전부는 이 결론을 《장백산》지 남영전주필에게 서면으로 하달하였다. 이렇게 되여 소설가 정세봉도 살고 《장백산》지도 다시 기를 펴게 되였다. 아이러니하게도 조선족작가가 쓴것을 조선족지성인이 고발하여 한족학자들이 평판을 해준것이다.

《장백산》지 남영전주필은 아주 격동되였다. 그는 이 기쁜 소식을 한시 급히 연변조선족문단에 알리고저 리여천편집의 배동하에 연변으로 달려왔다.

남영전주필과 리여천편집은 이 기쁜 소식을 정세봉씨, 김호근씨, 김학철선생, 그리고 당시 연변문학예술연구소 소장이였던 나를 찾아 알리였다.

남영전주필 등이 김학철선생댁을 찾아가 이 소식을 알리니 김학철선생은 뒤로 번져질 듯이 놀라면서 《지금도 이런 일이 일어날수 있단말인가!》고 한탄하였다한다. 그래서 쓴 수필이 《구태의연》이다. 이 수필에서 김학철선생은 《우리의 재화있는 소설가 정세봉도 이번에 그러한 설치류의 〈치화(齒禍)〉를 입었다. 〈장백산〉에 발표된 그의 한편의 소설이 횡래지액을 당한것이다. 하마터면 반당, 반사회주의적 〈독초〉로 생매장을 당할번했기 때문이다.》라고 토로했다. 또한 《거짓말을 안한 죄》란 글에서 《정세봉이 그 소설로 지은 죄란 거짓말 안한 죄. 역설적으로 말하면 정말을 한 죄이다.》고 말했다.

남영전은 나와 연구소 임원들이 모인 자리에서 격동된 심정을 감추지 못하고 《〈볼세위크〉의 이미지》 소설이 《반동소설》인 것이 아니라 훌륭한 소설이라고 중공 길림성위 선전부에서 결론을 내렸다는 소식을 알렸다. 그날 연구소에서 조직한 만찬에서 술도 많이 마신 김에 남영전주필은 눈물을 흘리면서 《아직도 연변에 선 얼어붙어 있고 좌적인 사상이 엄중합니다. 이런 상황에서 우리 조선족문학을 발전시킨것이란 얼마나 어려운것인가…》하고 통탄하였다.

1991년 7월, 연변문학예술연구소는 상고신파문의 악영향을 청산하기 위해 《문학과 예술》지를 리용해 소설 《〈볼세위크〉의 이미지》에 대한 쟁명을 벌려 이 소설을 긍정적으로 평가하도록 리드하였다. 이와 더불어 1992년 5월, 연변문학예술연구소가 주최한 《배달문예상》 시상식에서 이 소설에 배달문예상을 시상하였고 그해 11월, 연변조선족자치주 40돐 경축 문학상 시상식에서 연변작가협회는 이 소설에 문학상을 수여하였다. 《배달문예상》 시상식에 참가한 김학철선생은 정세봉을 축하해 주면서 《정세봉에게 상을 준것은 대단히 현명한 행동이다. 조성일소장을 내 이래서 좋아해.》하고 기뻐하셨다.

나는 역경속에서 다시 살아난 정세봉의 이 소설을 해외내에 널리 알리고저《한국문학》에 이 소설을 추천하였는데《한국문학》편집부에서는 이 소설을 보고 높은 평가를 하면서 이런 좋은 소설을 추천한 나에게 고맙다는 국제전화를 걸어왔다. 1995년 여름호에 이 작품이 발표되었다. 한국에 이 소설이 발표되자 대뜸 평론가들의 이목을 끌었다. 한국의 임규찬평론가는 이 소설에 대해 다음과 같이 말했다.

　이처럼《〈볼세위크〉의 이미지》는 공산당의 기층당원이였던 윤태철의 삶을 중심으로 지난 시절의 오류와 과실을 회개하면서 새로운 출발을 다짐하고 있다. 물론 이 소설은 분명 사회주의와 공산당의 미래에 대해서 낙관적 포즈를 취하고 있다. 실책과 과오를 저지르기도 했지만 과감히 검토하고 시정을 해서 다시 항로를 옳게 잡았던 것이고 민중의 아픔을 위로해주고 희생자들을 추모하면서 사회주의라는 위대한 실험항행을 계속하고 있다는 것이다. 이러한 결론에 대해 섣부른 판결을 이 자리에서 내리고 싶지 않다. 그러나 아들의 눈으로 이 문제를 돌렸을 때, 그리고 암묵적으로 이 작가가 지향한 세계가《인간 윤준호》에 있다 할 때 중국이 새로운 전환의 와중에 이미 놓여있음을 이 작품의 도처에서 확인할 수 있다. (임규찬의《연변문학의 민족성과 시대성 -몇몇 최근작을 중심으로》에서《한국문학》1995년《겨울호》에 게재.)

　1998년초, 흑룡강조선민족출판사에서 정세봉소설집을 출판하겠다는 통지가 정세봉에게 날아왔다. 정세봉은 이에 환영을 표시함과 더불어 몇년간에 창작한 자기작품을 모아(《〈볼세위크〉의 이미지》도 포함) 출판사에 보냈다. 정세봉의 작품집을 접수한 출판사는 《〈볼세위크〉의 이미지》를 읽고나서 정세봉에게 이 소설의 꿈장면을 삭제하겠다고 전화로 알렸다. 정세봉은 작품을 내지 않으면 안냈지 꿈장면은 꼭 넣어달라고 하였다. 하지만 출판사는 그 꿈장면을 내면 그 어떤 정치적파문이 일가 걱정되여서인지 작품집을 출판할 때 그 꿈장면을 삭제하였다.

이 소설집이 출판된 후, 그해 12월 9일, 연길시 고려호텔에서 이 소설집 출판에 대한 기념모임을 성황리에 가졌다. 참가인원 100여명. 이 기념모임에서 조성일, 김호웅, 장정일 등 평론가와 교수가 론문을 발표하여 이 작품집출판의 의의와 작가의 창작성과를 높이 평가하였다. 99년 4월초 한국에서도 《중국작가 정세봉 문학세미나》를 열어 이 작품집을 긍정하였다.

이와 같이 날따라 정세봉의 작가적위상이 국내외에 널리 알려짐에 따라 한국 신세림출판사에서 2003년 4월에 중편소설 《〈볼세위크〉의 이미지》를 단행본으로 출판하였다. 여기서는 전 발표시에 삭감되였던 꿈장면을 보완해달라는 작가의 의도에 따라 꿈장면을 넣음으로써 드디여 《〈볼세위크〉의 이미지》소설의 원 면모가 세상에 알려졌다. 그 꿈장면에 대한 묘사는 다음과 같다.

…윤태철은 구렁이령우에 숱한 고고학자들이 모여있는 것을 보고 있었다. 그들은 자기-윤태철의 묘혈을 헤쳐놓고서 무슨 굉장한 변론을 벌리고 있는 것 같았다.

정신을 차리고 들어본 즉

《…그래도 화석인류하고 볼 수 밖에 없지요.》

《아니올시다. 이건 절대 우리 인간의 화석은 아니올시다.》

《그렇습니다. 분명히 인간은 아닙네다. 참으로 흥미있는 연구과제가 생긴 것 같습네다.》

윤태철은 그만 깜짝 놀랐다. 자기가 인간도 인류도 아니라? 도대체 이게 무슨 소리인가? 웬 싱겁쟁이들이 할일없이 모여와서 더운 밥 먹고 허튼소릴 쒜치고 있는건가? … 윤태철은 벌떡 일어나서 그 어중이 떠중이 학자량반들을 썩 쫓아버리고 싶었으나 잠간 꾹 참았다. 그들이 하는 수작들을 좀 더 지켜보고 싶은 호기심이 동하였던 것이다. 그 하회를 은밀히 들어다보다가 궁금증을 충분히 푼 뒤에 닭무리처럼 쫓아버려도 결코 늦지는 않을 것이었다.

이윽고 코맹녕이 웅굴진 목소리가 웅얼거리기 시작하였다. 슬그머니 눈 떠보니까 코안경을 걸고 머리에 프랑스식 실크햇트를 쓴 서양인 학자였는데 라틴어를 사용하고 있는 것 같았다.

《이건 곧바로 〈볼세비키화석〉이지요. 틀림이 없습니다. 보십시오. 이 혈색이 딴딴한 갑각이 그걸 충분히 실증해 주고 있지요. 여러분들이 좀 더 상세히만 관찰한다면 복부부위에 누른빛의 낫과 마치가 새겨져 있는 걸 무난히 발견할 수가 있지요. 이건 시신우에 덮였던 볼세비키당 기폭이 수만년 동안 수성암속에서 그대로 화석으로 굳어진 겁니다. 이 적색의 갑각속에서 인간은 언녕 죽어 있었지요. 말하자면 독립적 사유체로서의 인간, 다정다감한 감정체로서의 인간은 전혀 무시되어 있었다 그겁니다. 그 대신 볼세비키당의 집단적 신념과 의지 같은 것이 로보트처럼 움직이

고 있었지요.》

갑자기 소동이 일어나고 있었다. 그들은 시신의 이른바 복부부위를 다시 관찰하느라고 다투어 법석대고 있는 것 같았다.

뒤미처 환성이 일고 박수갈채가 터지는 가운데 윤태철은 자기의 몸이 허공 뜨는 듯한 감각을 느꼈다. 깜짝 놀라서 보니까 사태는 무섭게 비약이 되어서 자기의 시신이 헬리콥터에 실려지고 있는게 아닌가! 이제는 완전히 《볼세비키화석》으로 결론이 되어가지고 아마도 대영박물관쯤에 실어가는 모양이었다.

윤태철은 더는 곱도록이 누워서 한가로이 궁금증을 풀 여유가 없었다. 그는 발버둥질쳤고 무엇인가 목이 터져라고 외치기 시작했다. 그는 결코 난데없는 《볼세비키화석》으로 오인이 되어서 고고학박물관에 진렬이 되고 싶지 않았던 것이다.

《학자선생, 이게 웬 장난이오니까? 멀쩡한 사람을 인간이 아니라니 그게 어디 될 말이오이까? 본인은 윤태철이라 부르옵는데 자초부터 인간으로 태어났던 것이고 타계할 때에도 인간이었소이다. 중도에 〈볼세비키〉로 있긴 했지만서도 〈인간〉으로 다시 회귀하여 가지고 이 묘혈속에 묻힌 것이오이다. 당신들 학자들은 그래 〈인간〉이 〈볼세비키〉로 될 수 있고 〈볼세비키〉가 다시 〈인간〉으로 전화할 수 있다는 유물변증법을 모르고 있다는 말씀이오니까! 이런 상식적인 자연변증법도 모르고 있다는 말씀이오이까?...》

하지만 그의 항변은 아무런 효험도 내지 못하고 있었다. 저승의 육성이 이승에는 들리지 않는 모양인지 그들 속에서는 아무런 반응도 나타나지 않았고 윤태철은 그대로 유유히 헬리콥터에 실려

지고 말았다. 그들은 그의 그 여러가지 《변증법》을 끝끝내 들어
주지 않았다.

　윤태철은 발버둥질치고 필사의 악을 쓰고 있었다…

　한국의 이시환 문학평론가는 《정세봉론》중에서 《〈볼세위크〉
의 이미지》소설 완전편을 두고 다음과 같이 언급한 적이 있다.

　80년대 중국의 개방화 정책은 중국인들의 관심과 행동양식, 가
치관 등을 바꾸어 놓았고, 과거의 역사에 대한 반성의 기회를 제
공해주었던 것은 사실이다. 그들은 오랜 기간 동안 당의 상명하
복의 지배체제 아래에 있었기 때문에 당의 정책이나 노선을 비판
한다는 것은 거의 불가능한 일이었다. 그래서 그들은 당을 위해
서 봉사와 희생을 하는 것이 곧 개인의 행복과 발전을 가져다주
는 것으로 굳게 믿고 살아왔다해도 크게 틀리지 않을 것이다. 이
러한 상황 속에서 정세봉 작가는, 당에 충성하는 삶을 살아온 인
물의 전형으로서 윤태철과 인간적 진실을 앞세우는, 그의 아들
준호와의 대립적 갈등관계가 이해와 화해로 나아가는 과정의 가
정사를 눈물겹게 잘 묘사하고 있다.

　지나고 보면 모든 것은 역사의 낡은 한 페이지에 지나지 않지만
중국의 과도기적 상황 속에서 당의 정책과 노선을 직간접으로 비
판했다는 사실 하나만으로도 중국동포 문단 내에서 비판과 찬사
를 한 몸에 받았던 것은 지극히 당연한 일이었다.

이 기회에 내가 1999년에 쓴《작가 정세봉과 그의 소설세계》중의 다음과 같은 한대목을 떠올려본다.

이 소설은 비틀린 령혼의 고통스러운 신음을 쓴 한《볼쉐위크》의《고해사(苦海史)》이며《참회록》이라고도 일컬을수 있는것이다.

소설《〈볼세위크〉의 이미지》는 이런《고해사》와《참회록》을 통해 지난날의 극단적인 정치는 인간의 삶을 조여매는 견디기 어려운 탄압임을 증언하였고 이 탄압의 불도가니속에서 훼손되고 비틀려지고 이질화된 인간성의 회복과 구원의 메시지를 내비치고있는바 이 소설의 저변에서는 인간가치와 인간존엄을 존중하는 작가의 인도주의적정신이 소용돌이치고있는것이 매우 반갑다. 여기서 한가지 더 강조하고싶은것은 이 중편소설이 한 공산당원의 비극을 빌어 당의 오류적인 력사에 날카롭고도 무정한 해부도를 박았는데 작자의 담략과 굴함없는 정신이 우리들을 경탄케 한다는것이다. 이것은 한차례 모험적인 처절한《붓의 싸움》이였다. 이 싸움에서 소설가 정세봉씨는 여러모로부터 오는 압력을 이겨내야 했다.

정세봉의《〈볼세위크〉의 이미지》가 일으킨 문단에서의 풍파는 우리들에게 다음과 같은 계시와 교훈을 준다. 문학쟁명에 있어서《밀고》라는 이 암전(暗箭)으로 대방을 사경에 빠뜨리려고 하거나 문학밖의 힘을 빌어서 대방을 깔아뭉개버려 하는,《차도살인(借刀殺人)》의 음모는 가장 비렬한 짓이며, 이런 비렬한 음모는 종당에는 꼭 수치스러운 실패나 무위(無爲)로 끝나고 만다. 그러나 우리 문단에서 이《차도살인(借刀殺人)》의 밀고바람은 좀처럼 숙으러들려고 하지 않고 이후에도 거듭거듭 재연되었다. 마치도 설치류들이 무엇이든 쏠지 않으면 않되는 것처럼 우리문단의 일부 사람들은 일단 기회가 생겼다하면 설치류의 본성을 유감없이 드러내군 하였다.

2003년 2월말 김관웅교수가 잡문《페어 플레이(fair play)는 시급하게 시행해야 한다》에서 지적한 것처럼 우리문단에서의 정정당당한 쟁론, 정정당당한 경쟁의 풍토는 아주 척박하다. 하기에 우리문단에서의《페어 플레이(fair play)》적인 문단쟁명 풍토의 조성은 아주 시급하다.

-2006년 12월

정세봉

호(號) 묵주(墨書)

1943년 12월 7일(음력) 중국 하얼빈市 도리구 신안가(府) 24호에서 출생

1985년 단편소설집 〈하고싶던 말〉(베이징 민족출판사) 출판

1998년 중단편소설집 〈"볼쉐위크"의 이미지〉(흑룡강 조선민족출판사) 출판

중편단행본 〈"볼셰비키"의 이미지〉(도서출판 "신세림") 출판

제1회 전국소수민족문학상

미국 〈해외문학〉 소설부문 대상 등 수상

"연변문학"월간사 소설담당편집

사단법인 연변소설가학회 회장 역임

진실만이 보석처럼 빛을 뿌린다

–《하고싶던 말》 창작과정에서의 약간한 소감

정세봉

　얼마전에 나는 단편소설《하고싶던 말》을 쓰는 과정에서 체득한 소감같은 것들을 써보내달라는《연변문예》편집부의 편지를 받게 되었다. 부탁을 받은 나는 저으기 딱하였다. 독자들앞에 내놓을 이렇다한 창작체험이 없는것도 있었지만 그보다도 문학평론을 잘 모르는 나로서는 창작과정에 느낀 실제적인 체험들이 있다 해도 그것을 제대로 정리해낸다는것은 힘겨운 일이 아닐수 없기때문이었다.

　생각끝에 나는《하고싶던 말》을 쓰던 전후과정을 다시 회고하면서 창작과정에 내가 가장 깊이 느낀 점들을 솔직하게 이야기하면 되리라 궁리하고 필을 들었다.

　우리 농촌에는 마음씨 착하고 일 잘하며 례의범절이 바른 녀성들이 매우 많다. 그들은 시부모를 잘 모시고 남편을 공대하며 이웃간에 우애한다. 몸이 튼튼하고 마음은 소박하고 정직하다. 더우기 그들은 일욕심이 무섭고 기습이 센것이 특점이다. 세간기물이라도 남보다 더 갖추어놓고 살려고 고달픔도 잊고 사시장철 혜

맨다.

얼핏 보면 그들은 돈 몇푼때문에 아글타글 헤매고 자그마한 물질리익밖에 모르는 옹졸하고 저급적인 인간들 같다. 하지만 알고보면 그렇지 않다. 그들의 내면세계는 티없이 맑고 깨끗하며 한없이 아름답고 고상하다. 비록 그들의 얼굴은 볕에 그을고 몸에서는 땀내가 나지만 그들의 마음속에는 아름답고 절절한 지향과 념원이 있으며 꿈과 랑만이 깃들어있다. 그들은 자기의 몸이 지치는 한이 있더라도 남만 못지않게 살림을 꾸리고 버젓이 갖추어놓고 살려고 하며 몸치장을 잘하고 문화적으로 살고싶어한다. 그들은 오직 자신의 신근한 로동으로 부유하고 문명한 새 생활을 창조하려 하는것이다.

하지만 현시기의 생산력수준과 경제기초에서 그들의 꿈은 하루이틀새에 성취될수 없다. 하기에 농촌녀성들은 아이들 교과서값때문에도 돼지겨를 이고 상마당으로 가야 하며 아래집 잔지부조돈 1원을 만들려 해도 닭알을 들고 장마당으로 가지 않으면 안된다.

그런데 극 "좌"로선이 횡행하던 그 시기에는 정당한 가정부업도 할수 없고 장마당도 갈수 없었으니 농촌녀성들의 생활상의 애로와 막막한 심정이야 더 말해 무엇하겠는가?

하지만 그들은 그러한 역경속에서도 복된 살림을 꾸려보겠다고 밤낮없이 버둥거렸으며 나중엔 비판받고 타격까지 받아야 했다.

이것은 실로 눈물겨운 일로서 나는 가끔 깊은 사색에 잠기군 하였다.

하여 재작년 여름부터 나의 머리속에는 느닷없이 하나의 착상이 생기게 되었다. 나는 우리 조선족 농촌녀성의 형상을 첨예한 갈등속에 세워놓고 한없이 아름답고 진실하게 그려내고싶었으며 그들의 미래에 대한 절절한 지향과 꿈을 격정높이 구가하고싶었다.

그것은 하나의 불씨처럼 좀체로 꺼질줄 몰랐으며 시간이 감에 따라 집요하게 타오르기 시작했다. 하여 점차 이야기줄거리도 륜곽적으로나마 잡혀지고 몇개 주요한 정절들도 떠올랐다.

나는 잠자리에 누워서 가끔씩 금희가 남편한테서 매를 맞는 광경, 리혼할 때의 광경, 홍철이 아버지가 아이를 낳으지 말라면서 빼앗아가는 광경, 금희가 고향마을을 떠나갈 때의 광경 등등의 장면과 정절들을 머리속에서 그려보게 되였는데 그럴 때마다 매양 눈물이 젖어오름을 어쩔수 없었다. 비록 아직 본격적인 구상에 착수할 엄두는 내지 않았지만 그 창작적충동만은 불같은것이였으며 쓰지 않고서는 못견딜만큼 강렬한것이였다. 따라서 나는 처음으로 진실하게 써야 하겠다는 작가적량심과 무거운 책임감을 스스로 느끼게 되였다. 이왕의 소설들을 쓸 때처럼 "3돌출"창작원칙에 좇아 억지로 꾸며 만들거나 적어도 그 영향에서 벗어나지 못한다면 그것은 마치 범죄와도 같이 느껴졌던것이다.

하지만 구체적인 창작실천가운데서 나는 진실한 예술적전형을 창조한다는것은 결코 쉬운 일이 아니라는것을 심심히 느끼게 되였다.

인간의 사회생활은 바다보다 넓고 역동적이며 인간의 내면세계는 푸른하늘처럼 가없고 명주실보다도 더 섬세하다. 진실한 문학작품을 쓰려면 반드시 본질적이고 전형적인 사건과 갈등을 포착해야 하고 사건발전은 생활론리에 맞아야 하며 작자는 어디까지나 작중인물들이 자기의 생활의 길을 걸어나가도록 하는데 충실해야 한다. 복잡하면서도 서로 유기적으로 뒤엉켜진 인간관계에서 매 작중인물들의 내면세계를 걸음걸음마다에서 섬세하게 그려내야 하며 작품의 정체를 통하여 매 인물들을 개성화하여야 한다. 그외에도 여러가지 홀시할수 없는 인소들이 많다고 본다.

하여 나는 구상하고 집필하는 전반과정을 통하여 깊이깊이 사색하고 반복적으로 사색하지 않으면 안되였다.

우선 어떤 형식에 담겠는가 하는것이 문제였다. 밥은 밥통에 담아야 하고 국은 사발에 떠야 하듯이 내용에 따라 알맞는 형식을 취해야 한다고 느꼈다. 나는 생각끝에 서한체를 택하였다. 그것은 한 인간의 짧지 않은 인생경력을 효과적으로 담을수 있는 그릇이라 인정되였고 주인공이 자기의 사상감정을 마음껏 토로할수 있는 좋은 형식이라고 생각되였기때문이다.

그리고는 면밀한 구상에 들어갔고 집필과정에 원래의 구상을 재삼 검토하면서 보충하고 변경시키고 세부화하였다.

총적으로 나는 구상과 집필과정에 소설작품의 진실성을 높이기 위하여 아래의 몇가지 문제에서 보다 머리를 쓰고 품을 들이게 되였다.

첫째는 처녀총각시절의 금희와 홍철이 아버지를 각각 어떤 개성을 가진 인물로 등장시키겠는가 하는 문제였다. 처음에는 외모, 성격, 흥취 및 가정생활형편 등 면에서 두리뭉실한 인물들로, 개성적특색이 별로 나타나지 않는 처녀총각으로 그리게 되였는데 그렇게 하고보니 그들이 서로 사랑을 맺는데도 어쩐지 실감이 없었고 더구나 앞으로 벌어질 갈등과도 잘 어울리지 않았다.

하여 나는 실생활에서 처녀총각들이 서로 결합되는 여러가지 경우를 꼼꼼히 생각해보게 되었다. 그가운데서 남자가 녀자보다 모든 면에서 더 우월한 경우를 택하였다. 이런 경우일수록 녀자는 남편과 애정에 더 충실한 법이기때문이다.

하여 홍철이 아버지는 호리호리하고 미끈한 체격에 해맑은 얼굴을 가졌고 소설읽기도 즐기는 매력있고 랑만적인 총각으로 그리였으며 금희는 일욕심이 무섭고 일솜씨가 재며 얼굴도 희맑았으나 몸이 실곽지고 얼굴은 그리 예쁘지 못한 처녀로 만들었다. 거기에다 홍철이 아버지의 가정경제형편이 곤난한것으로 설정해놓으니 홍철이 아버지가 금희를 마음에 둔것도, 금희가 홍철이 아버지의 사랑을 받아들이는것도 비교적 실감이 있게 되었으며 앞으로 벌어질 갈등과 두 인물의 성격발전과도 잘 맞물리게 되었다.

둘째는 홍절이 아버지가 리론보도원이 되면서부터 리혼하기까지의 부분이다. 나는 여기에서 제일 머리를 썩이였다. 왜냐 하면 이 부분은 "무산계급독재리론", "소생산" 등 정치술어도 있고 하여 워낙 작품의 매력을 잃기 쉬운 부분이며 또한 자칫하면 "3돌출"식 작품과 그런 류형의 인물로 되어 작품의 치명적인 실패를 초래시킬수 있었기때문이다.

만약 홍철이 아버지가 소생산을 그만두라고 할 때 금희가 "3돌출"작품에서의 영웅인물처럼 무턱대고 항변하여 나서서 견결히 투쟁한다면, 그리고 홍철이 아버지도 처음부터 짐승치기를 깎듯이 못하게 한다면 원래 애정이 서로 깊었던 그들의 관계로부터 볼 때 그들의 감정세계의 진실을 주관으로 무시해버린것으로 되는것이다. 하여 나는 서로 상대방의 처지와 심정을 리해할줄 알고 어느 정도 양보도 할줄 아는것으로 그리였다. 하지만 그들간의 갈등은 어쨌든 조화할수 없는것이였으므로 그것으로 하여 갈등 전개의 첨예성을 잃지는 않았으며 보다 진실하게 되였다.

셋째는 홍철이 아버지가 그런 인간으로 변하게 되는 계기문제이다. 나는 구상과 집필과정에 그때의 정치력사적배경과 기후가 홍철이 아버지에게 야기시켜준 출세욕이 그가 그런 인간으로 변하게 될수 있는 생활적근거로 어느 정도 설복력이 있겠다고 생각하고 처음에는 그저 상급에서 그를 입당시키고 현후계자 훈련반에 보내주려는것을 유일한 계기로 삼았다. 그런데 써내려가는 가운데서 리혼한후 밥을 먹고있는 홍철이를 빼앗아가는 그런 정도에까지 이른 매정한 인간으로 그리자니 어쩐지 그 생활적계기가 부족한감을 느끼게 되였다. 하여 원래의 구상에 없었던 명월이와의 관계를 설정해 넣었다. 처음엔 군더더기같은감도 있었으나 따지고보니 안해를 리혼한 홍철이 아버지와 같은 남자들이 다른 녀자를 보고 다니며 지어는 처녀들에게까지 눈독을 들이게 되는것은 그런 인간들의 성격발전론리에 부합된다고 느껴졌다. 그리하여 아이를 낚으지 말라면서 빼앗아가는 그런 매정한 인간으로 변하는데 비교적 자연스러워졌고 진실해졌다.

넷째는 마지막에 금희와 홍철이 아버지를 다시 결합시키는가 시키지 않는가 하는 문제이다.

작품을 쓰고있을 때와 발표된 뒤 몇몇 친구들과 일부 독자들은 다시 결합시키는것이 좋지 않는가고 의견과 건의를 제기하였다. 나도 처음엔 그렇게 해보려고 생각했댔다.

그러나 여러번 고려하던 끝에 금희를 다른 사람한테 재가한것으로 하고 원래의 남편과 다시 결합시키지 않았다.

그렇게 처리하게 된 리유는 아래와 같다.

첫째, 실생활에서 보면 리혼했던 부부가 다시 결합되는 경우가 극히 드물다. 물론 생활의 진실과 예술의 진실을 동등시 할수는 없지만 어쨌든 고려해볼 문제라고 여겼다.

둘째, 소설구성의 각도로부터 볼 때 극성이 더 강해질수 있다.

셋째, 인물형상을 부각하는 면에서 보면 금희의 형상이 보다 높아지고 완미해질수 있다.

넷째, 전반작품의 효과를 고려할 때 독자들에게 안타까움과 사색할수 있는 여운을 더 줄수 있다.

다섯째, 홍철이 아버지와 같은 인간은 최저한도로 그만한 정도의 징벌이라도 받아야 한다고 인정되였다.

총적으로 나는 보다 진실한 예술적화폭과 전형형상을 창조하기 위하여 세부에 이르기까지 품을 많이 들였고 시간도 오래 걸렸다. 머리속에서 몇달 무르익혔고 초고로부터 추고에 이르기까지 두달이 잘 걸렸다.

문학예술작품의 생명력은 진실성에 있으며 오직 진실만이 보석처럼 빛을 뿌리는 법이다.

만약 단편소설 《하고싶던 말》이 어느 정도의 긍정을 받았다고 한다면 그것은 어느 정도 진실하게 씌여졌기때문이라고 나는 인정한다.

하지만 문학예술작품의 진실성은 어디까지나 생활기초와 작자의 깊은 생활체험을 떠나서는 운운할수 없다. 나는 이 점에 대해 보다 깊은 체득을 얻게 되였다.

《하고싶던 말》이 발표된후 적지 않은 녀성독자들이 "작자는 남자겠는데 어쩌면 녀자의 마음을 그리도 잘 알가?"라고 말하는것을 직접 혹은 간접으로 들었다. 이러한 반향은 나를 기쁘게 했다. 왜냐 하면 금희의 형상이 비교적 성공적으로 그려졌다고 느껴졌기때문이다.

하긴 나는 창작과정에서 금희가 아니라 바로 나자신이 홍철이 아버지에게 편지를 쓰는듯한 착각을 몇번이고 느끼군 하였다. 나는 금희라는 인물의 심리와 희로애락의 감정세게를 나자신의 것으로 진실하게 체험하면서 썼던것이다.

하기에 금희가 리혼하여서부터 고향마을을 떠나기까지의 부분과 결말부분은 인정이 깊고 애정에 충실하며 고상한 륜리도덕을 가진 금희의 정신적미를 가장 잘 보여줄수 있는 부분인데 나는 비교적 쉽게 쓸수 있었다.

나는 20여년간 농촌에서 생활하면서 농촌녀성들의 생활상의 질고와 지향 및 그들의 내심세계에 대하여 비교적 깊은 료해가 있다. 이러한 생활경력이 없다면 금희와 같은 농촌녀성의 전형형상을 효과적으로 창조해낼수 없었을것이다.

홍철이 아버지의 형상 역시 일정한 생활체험이 있다. 1970년대 전반기에 나는 생산대장사업과 대대당지부 서기사업도 해보

있다. 하여 그때의 정치적배경과 기후하에서 적지않게 나타났던 홍철이 아버지 류형의 인간들에 대하여 비교적 익숙하다. 더우기 나자신이 정치야학교의 총보도원을 맡아본적이 있고 또 현에 가서 직접 리론보도원을 잘한 경험을 대회발언한적도 있었으므로 홍철이 아버지의 형상을 그림에 있어서 무난했다고 할수도 있다.

소설이 발표된후 적지 않은 독자들은 나에게 "자기 마음의 기성 사실을 쓰지 않았는가" 혹은 "작자가 자기의 일을 쓰지 않았는가?"고 물었다. 소설의 사건과 인물들은 원형이 없으며 순진한 허구에 의하여 씌여졌다는것을 끝으로 첨부하는바이다.

이상에서 나는 단편소설 《하고싶었던 말》을 쓰는 과정에서의 약간한 체득을 질서없이 이야기하였다. 이것은 어디까지나 진실하게 써보려는 첫 시도에서 얻은 나자신의 약간한 체득이지 나의 작품이 진실한 문학예술작품으로 되었다는 말은 절대 아니다. 이미 광범한 독자들이 평론문장에서 혹은 편지에서 많이 지적해준바와 같이 나의 소설에는 결함과 부족점들이 많을것이다. 나는 이러한 부족점들을 앞으로의 소설창작에서 극복해보련다.

-1980년 9월 12일

[**창작담**]_ 1992년 〈장백산〉 4호

나는 어떻게 되여

《〈볼쉐위크〉의 이미지》를 쓰게 되였는가? [발췌]

정세봉

　　《〈볼세위크〉의 이미지》가 발표된 뒤의 근 반년 남짓한 기간에 나는 줄곧 소설에 대한 광범한 독자층과 여론계 및 문학평론계의 반향들에 귀를 기울여왔다. 아울러 거기에 비추어서 소설속에 부각되여있는 인물들의 생활현장과 그 내심세계에 다시금 깊이 침잠되여가지고 날카로운 갈등선을 타고나가는 인물들의 성격발전론리의 합리성과 진실성을 재체험 재확인함과 동시에 거기에서 도출되여나오는 주제적의미(혹은 사상)도 음미하여보았다.

　　건국후의 40여년의 력사는 우리의 당-중국공산당이 헤쳐온 력사이고 우리의 인민-중국의 민중이 겪어온 력사이다. 그 력사의 행정은 위대하고 격동에 찬 력사이기도 하고 빈궁과 락후속에 극좌정치가 민중을 괴롭힌 사회적질환의 시기이기도 하다.

　　1958년 가을, 16세 어린 나이에 나는 수천명 민공들이 바글거리는 대약진의 현장-석국저수지공사장에 가서 목도를 메고 곡괭이질을 하였다. 그때로부터 1970년 전반기, 생산대대장과 대대당지부서기질 할 때까지 나도 그 모든 력사를 친히 겪어온 사람이다. 지금 돌이켜보면 그 세월에 당은 참으로 어처구니없는 일들을 많이 벌려왔던것이다.

당이 지난날의 오유를 시정하고 사회가 바야흐로 치유일로를 걷고있는 오늘날 흘러간 력사는 자기의 진실한 현장과 진면모를 우리들앞에 보다 선명히 펼쳐놓는다. 높은 산정에 거연히 올라서서 산천경개를 굽어보듯이 오늘이라는 이 보다 고층차적인 인식차원에서, 의식의 충격적인 굴절과 각성을 거친 이 시점에서 새롭게 바라보게 되는 력사는 투명하고 적라라하다.

그 력사의 시간과 공간속에 투영이 되여 있는 우리(민중)들의 삶의 모습은 서글프다. 그리고 그 력사가 남겨준-민중의 령혼과 육체(혹은 생명)에 준-상처는 아픈것이다.

특히《인간학》을 다루고있는 작가로 놓고 말하면 더구나 무심할수가 없으며 침묵을 지킬수가 없다. 흘러간 력사앞에서 작가의 량심은 결코 잠잘수가 없으며 무엇인가 웨쳐야 할 그리고 소리높이 웨치고싶은 절실한 사명감과 강렬한 욕망에 사로잡히게 된다.

흘러간 력사에 대한 심각한 검토와 성찰은 형상수단으로서의 문학이 -그 심미적공능과 감동을 수반하는 비판적기능으로- 출중하게 감당해야 하는바 어찌보면 소설을 쓰는 작가한테는 그 범상치 않은 력사는 사뭇 매혹적이다.

이것이 곧바로 내가《〈볼세위크〉의 이미지》를 쓰게 된 동기-의식심층에 묻혀있던, 그러나 언제까지는 의식 못하고있었던 그 동기-일것이다.

하지만 이런 추상적인 동기와 맹목적인 욕망만으로는 소설을 만들수가 없다. 소설을 창작하자면 소설로 구성될수 있는, 전형적이고 첨예한 갈등을 그 내포로 품고있는 이야기거리와 그 이야기속에 세워놓을 전형적인 인물들이 있어야 하는데 우선 착상 - 작가의 특출한 눈에 의하여 사회의 어떤 양상이 하나의 중요한 문제로서 파악된, 그리고 진짜로 문제의식을 일으키도록 제시할수 있는 약속력이 강한 그런 착상- 이 중요하다.

1984년 여름의 어느날 나는 이웃마을에 내려갔다가 우연히 이런 일을 목격하게 되였다. 촌당지부서기네 건조실아궁이앞에서 《야바(啞巴)》라고 불리우고있는 지주의 아들(첩의 소생)이 아주 성심껏 담배불을 때고있었다. 당지부서기가 자기네를 《련계호》로 맡아가지고 성심껏 도와주고있으므로 그 품들이로 당지부서기네 일을 해준다고 했다. 반벙어리소리로 그런 말을 하고있는《야바》의 꾀죄죄한 얼굴에는 확연히 자호감과 득의양양한 빛이 어려있었다.

신기하지 않을수가 없었다. 성씨가 우가인 그 한족인 지주는 과거에 악명높은 지주였는데 토지개혁때에 물매를 맞고 청산을 당하고도 50년대중기까지 살아있었고 그의 본댁은 60년대초에야 저승을 갔던 관계로 더구나 그 자식들은 개보다 못한 비인간적인 취급을 받아왔었다. 촌당지부서기는 60세를 바라보는 로공산당원으로서 오래동안 생산대 정치대장을 해오다가 1975년봄 나의 후임으로 당지부서기를 맡아서 그때까지 10년 경력을 가지고있었던것인데 말하자면 오랜 세월에 걸쳐 그 지주의 아들을《독재》해오던 직접적 장본인것이다. 곧바로 그런 상황이였던 까닭에 내가 격세지감을 느끼게 된것은 십분 당연한 일이라 하겠다.

그뒤 그처럼 신기감을 일으켜주었던 그 일은 오래동안 머리속에서 떠나질 않고있었다. 늘 머리속에서 맴돌면서 때론 집요하게 때론 맹렬하게 미지의 돌파구를 찾고있었다. 그 어떤 명작감을 번뜩 깨우쳐줄것만 같은 그런 확실한 가능성과 확신성있는 예감을 끈질기게 암시해주고있었던것이다.

그러던 어떤날 밤, 잠을 자다가 문득 떠오른 낱말이 있었다.《도구…순복도구!》…장시기동안 지주의 아들을《독재》해오던 당지부서기가 당의 정책이 변하자마자 지주의 아들을《련계호》로 맡아가지고 헌신을 하고있는 그 신기스러운 인관관계가 떠올려준 낱말이였다. 나에게는 그 당지부서기의 모습이《도구》라는 슬픈 이미지로 비쳐왔던것이다.

돌이켜보면 그 당지부서기뿐이 아니였다. 우리 촌에는 농민들의 존경과 애대를 받아온 로공산당원 한분이 계셨는데 그이는 토지개혁때부터 발벗고나서서 지주를 투쟁하고 호조조를 뭇고 농업합작화를 조직하고 이끈 선도자였으며 대약진시기부터 1973년까지 대대당지부서기 직무를 떠메고 왔었다. 그분이 바로 나를《후계자》로 선택하여 자기의 후임으로 지부서기자리를 넘겨주었댔는데 말하자면 그 로당지부서기도 그렇고 나도 그렇고 결과적으로는《도구》같은것으로 되여있었다.

해마다 시기마다 내려오는《당의 말》(지금 보면 많은 경우 근본적으로 오유적이였던 그《말》)들을 군중앞에서 앵무새처럼 받아외우고 집행을 하였던것이다. 많은 경우 당에서 하라는 일들이 마음에 내키지 않았지만 엄숙한 당규률과 강유력한 당의 의지앞에서 그렇게 하지 않을수가 없었다.《당의 지시》가 옳은것일 때에는 공산당원들의《인간》이 격발될것이지만 당에서 하라는 일이 그릇된것일 때, 내키지 않으면서도 집행을 하게 될 경우, 독립적사유체로서의《인간》은 무시되거나《죽게 된다》. 말하자면《두뇌없는 순복도구》로서의《볼쉐위크》로 되는것이다.

이것은 무수한 공산당원들과 간부들로 하여금 고민과 곤혹과 울분을 겪게 했던《체험된 진실》이다.

마침내 나의 머리속에는 하나의 형상이 우렷이 솟아올랐다. 력사의 풍우속에서《인간》이《죽어진》《순복도구》화된《볼쉐위크》! … 현실에 와서 가혹한 풍자와 견책에 부딪치게 되자 어쩔수 없이 억울함과 의혹과 울분속에서 뼈아픈 반성과 죄책감에 모대기는 인물…그러면서도 력사의 희롱앞에서 달갑게 머리숙이고《볼쉐위크적오기》와 신념으로 공산당원의 참모습과 찬란한 광휘를 발산시키려는 헌신적인 공산당원…

소설의 인물형상과 갈등이 일단 이렇게 설정되자 나는 온밤 잠을 이룰수가 없었다. 잠자고있던 창작사유가 번쩍 깨여나서 급회전을 하기 시작한것이다.

나는 몹시 흥분되였고 주제넘게도《명작》을 써내려는 야심으로 가슴을 불태우기 시작했다.

구상이 무르익어감에 따라 그《야심》은 더욱 확신적인것으로 커가고있었고 무시로 성공의 희열에 사로잡히군 했다. 한것은 구상과정에 나는 몇번이고 거듭거듭 소설의 인물형상속에 들어가서 때론《볼쉐위크 윤태철》로 때론 아들 윤준호로 되여가지고 그들의 내심세계를 체험해보군 하였는데 여러 정절과 디테일들은 어쩔수 없이 눈물을 자아올렸던것이다. 특히 크라이막스 장면 - 부자간의 화해와 통일- 에서는 주인공들과 함께 번마다 진정으로 설음을 쏟아내군 했다. 그만큼 소설속의 이야기와 인물형상들은 나자신을 깊이 감동시키고 있었던것이다.

하지만 나는 오래동안 서뿔리 필을 대지 못하고있었다. 수법과 기교문제 및 언어의 색채같은것들을 충분히 고려하지 않을수가 없었다.

처음에 나는 은근히 《볼쉐위크 윤태철》의 일인칭 -주인공시점-으로 소설을 끌고나갈 타산을 품고있었다. 어릴적부터 쏘련작가 엘리말·그린의 장편소설 《남풍》에 몹시 매혹되여있었던 나는 그 소박하고 아이러니컬한 필치와 인물형상의 생동성, 진실성을 탐내고 있었던것이다. 또한 《남풍》의 일인칭주인공 《에이나리》와 윤태철의 형상에는 생활기분상에서 개성적인 동질성이 있었다.

그러나 4~5만자가량 써내려가다가 실패하고말았다. 우선 60세 나는 식자없는 농촌의 로당지부서기라는 신분과 일인칭언어가 아무리 보아도 어울리지 않았고 《볼쉐위크 윤태철》의 안목으로 그려지는 아들 윤준호의 형상은 난도가 컸고 《그림자》같은 것으로밖에 될수 없음을 깨달았던것이다.

그뒤 윤준호의 일인칭 -관찰자의 시점- 으로 다시 시도해보고 일인칭과 3인칭을 결합하는 수법으로도 시도해보았으나 다 마땅치 않았다. 그리하여 3인칭으로 쓰게 되였는데 그것이 곧바로 이미 선을 보인 중편이다. 하지만 그때에는 이미 《명작》을 만들려던 야심은 풀이 죽어있었다. 결국 기량이 모자람을 슬프게 자인하지 않을수가 없었던것이다.

솔직한 고백이 되지만 《〈볼세위크〉의 이미지》를 투고하면서

내가 바랐던것은 그 무슨 《야심작》이거나 《폭발작》이 아니고 그
저 《지나치게 부끄러울 정도의 졸작이 아니기를!…》이런것이었
다.

2. 중단편소설집 〈불쉐위크의 이미지〉 출간에 즈음하여

김원도

1940년 내몽고 통료에서 출생
1964년 연변대학 조문학부 졸업
길림시 조선족중학교 교무처 주임 역임
문학평론 〈우환적인 령혼〉 등 다수
청도동방외국어학원, 청도빈해학원 한국어교수 역임

우환적인 령혼

-정세봉과 그의 소설

길림, 문학평론가 김원도

나는 정세봉과 깊은 인연이 있는 축은 아니다. 그보다도 그의 작품을 먼저 접촉한 사람이다. 그를 일견해 보지도 못하고 나는 벌써부터 그의 작품을 두고 몇 편의 평론까지 썼다. 1992년부터 '도라지만석문학상' 평심위원으로 있으면서 그의 「슬픈 섭리」, 「인간의 생리」, 「엄마가 교회에 나가요」가 연이어 '만석문학상' 1등상으로 당선되다 보니 수상식에서 그를 만날 기회를 가졌고, 처음으로 그의 작품으로부터 그의 '용모'를 알게 되었다. 나는 작품을 통해 벌써 그의 개성 기질에 초보적인 인상이 있었지만 후에 그와 직접 접촉하는 가운데, 어느 모로 보나 그가 심사우려 하고 냉정 고독한 인간이라는 것을 알게 되었다.

물론, 그에게도 웃음이 있었고 노래도 있었지만 그의 웃음은 어디까지나 냉정한 웃음이었고 고독한 웃음이었으며, 또한 우환 속의 웃음이었다. 그가 가장 부르기 좋아하는 '목포의 눈물'이나 '눈이 내린다'는 노래조차 애잔하고 구슬펐다.

알다싶이 노신의 위대성에는 침중하고도 분노에 찬 우환적인 심령이 있었다. 정세봉의 작품을 읽노라면 "병독의 외침" 같은 것이 우리의 흉벽을 치고 있는 것을 감지하게 된다. 정세봉의 우환의식이 그의 소설에 많이는 비천민인(悲天民), 즉 사회의 부패와 인민의 질곡에 대한 비분과 불만이 짙게 깔려 있다. 그의 소설에서 우리는 언제나 비천민인의 눈동자를 볼 수 있는데, 한 쌍의 맑은 비천민인의 눈동자로 인간의 고난을 부감하고 있는 그 속에 놀라움과 우려가 서려 있고 무수한 질문과 항변이 구출되고 있다. 이 속에서 작가는 강혈한 비천민인의 정감으로 인간의 고난의 근원과 그 고난을 해탈할 도경을 끈질기게 탐구하고 있다. 바로 이런 비천민인의 정감으로 하여 소설의 기조와 소설의 주선율은 어디까지나 우환의식으로 엮어지고 있다.

물론, 그의 우환의식은 사전에서 풀이된 단순한 '근심'이나 '걱정'의 해석이 아니다. 그것은 우려와 기대, 동정과 증오, 폭로와 비판이 서로 융합된 세속적 의식을 초탈한 시대적 우환이다. 그는 마치 무덥고 가물고 척박한 박토의 시련 속에서 모대기는 한 그루의 선인장같이 그 꽃송이가 기특하고 온 몸에 돋친 가시가 많은, 사회의 폐단에 대한 응숭깊은 우환이었는데, 거기에는 "문예의 총뿌리는 우환에 있다."는 노신의 명언이 빗발치고 있다.

우환도 하나의 천부이다. 이는 작가의 타고난 성품에 관계되겠지만 많이는 작가의 다사다난했던 풍부한 사회적 경력과 곡절 많은 인생체험, 그리고 복잡한 세태인정과 충격적인 사회현실에 대한 투철한 감오(感悟)와 밀접히 관련되고 있다. 그러면 본문에서 우선 정세봉의 곡절 많았던 인생체험부터 더듬어 보려 한다.

1. 石田耕牛의 고독한 삶

　보건대 한 사람이 작가로 되는 데는 그 소년시절이 결정적 작용을 한다고 해도 과언이 아닐 것이다. 정세봉은 초중시절부터 문학에 미쳐 있었다. 이기영, 한설야, 노신, 조수리, 톨스토이, 고골리, 발자끄, 유고, 고리끼 등 수백 권에 달하는 고금중외의 명작들을 읽었다. 얻는 것이 있으면 잃는 것이 있다고 문학에 미쳐서 다른 학업을 전폐하다 보니 대학에 가지 못하고 17세 어린 나이에 '운명의 씨앗'을 농토에 묻게 되었다. 그때로부터 그는 메마른 농토에 묻혀서 30년이란 고달픈 인생의 길을 걸어야 했던 것이다. 문학에 뜻을 세운 그는 설한풍이 문창지를 두드리는 깊은 밤에도 초가집 등잔불 밑에서 계속 줄기차게 자기의 문학수업을 다그쳤다. 그는 작품 외에 문예이론, 심리학, 미착, 철학을 망라해서 문학 창작에 필요한 광범한 지식들을 습득하였다. 그는 이와같이 스승 없는 외롭고 고독한 자학의 길에서 억차게 갈고 닦으며 보석같이 빛나는 문학적 재질을 구유하기 시작했다.

　물론, 그가 문학적 수양에만 열중한 농민은 아니었다. 14살 어린 나이에 아버지를 여읜 그는 너무 일찍 가정의 기둥이 되어야 했고, 농사일에 몸을 담그어야만 했다. 1974년에 입당을 계기로 정치대장이며 대대당지무서기로 농촌기층의 중임을 떼메고 활약하기도 하였다. 그는 이 시기를 두고 자기 창작담에서 이렇게 말하였다.

　1958년 가을, 16세 어린 나이에 나는 수천 명 민공들이 바글거

리는 대약진의 현장 석국 저수지 공사장에 가서 목도를 메고 곡
팽이질을 하였다. 그 때로부터 1970년대 전반기, 생산대장과 대
대당지부 서기질 할 때까지 나도 그 모든 역사를 친히 겪어온 사
람이다. 지금 돌이켜보면, 그 세월에 당은 참으로 어처구니없는
일들을 많이 벌여왔던 것이다.

「나는 어떻게 되어 「볼쉐위크의 이미지」를 쓰게 되었는가?」(「장백산」 92.4기)

바로 이 시기에 그는 농민들의 희로애락을 체득하게 되었고, 특
히 빈궁과 낙후의 무지 속에 극좌정치가 농민을 괴롭히고 농촌
간부들에게 곤혹과 울분을 안겨 주었던 사회적 질환의 뼈아픈 진
실을 체험하게 되었다. 동시에 그는 농촌의 생산조직 사업과 사
상교육 사업을 하는 중 '극좌독재'를 두고 '당의 순복도구'로 오직
개성 기질만 키워야 했다. 우리 당이 지난날의 오류를 과감히 시
정하고 개혁개방의 새시대를 맞이하는 시각, 그는 지난 역사의
시공 속에 투영되어 있는 농민들의 서글픈 삶의 모습과 역사가
남겨 준 농민들의 심령과 육체의 아픈 상처에 결코 무심할 수가
없었으며, 더는 침물을 지킬 수가 없었다. 미국의 비평가 시몬은
"글쓰기는 그 어떤 부르짖음에 대한 회답이다"고 했다. 마치 정세
봉이 자기의 창작담에서 말한 것처럼 "흘러간 역사 앞에서 작가
의 양심은 결코 잠잘수가 없으며 무엇인가 외쳐야 할 , 그리고 소
리 높이 외치고 싶은 절실한 사명감과 강렬한 욕망에 사로잡히
게" 되었다. 때문에 그가 80년대로부터 「하고 싶던 말」과 「볼쉐위
크의 이미지」를 망라해서 그 어느 문인보다도 먼저 상처 - 반성문
학의 계열소설을 세상에 내놓아 우리 문단에 전례 없던 강렬한

충격을 던져 준 것이 결코 괴이한 일이 아니다.

단편소설 「하고 싶던 말」(「연변문예」 80년 44기)은 우리 문학에서 뿐 아니라 전국적으로 가장 일찍 선을 보인 상처 -반성문학으로 충격적인 파문을 일으킨 작품으로서 이로부터 그의 문학적 재질이 사회적 공인을 받기 시작하였다. 1985년 봄 연변주위 부서기 김성화가 기자들을 거느리고 정세봉을 방문하게 되었고, 뒤이어 그는 화룡현 문련 전직 창작원으로 있다가 88년 말 연길시로 들어와 5년 간 무직업자로 아내를 도와 기름장사도 해보았다.

보다시피 그가 비록 「하고 싶던 말」의 '혜택'을 받아 농촌에서 도시로 진출했지만 도시는 '초중' 딱지가 붙은 농민작가를 용납하지 못했으며, 그는 사회적으로 소외되고 버림받은 '따라지 목숨-밑바닥 인생에 불과'(김학철:「구태의연」)하였다. 이 시기 그의 침묵은 더욱 과중해졌다. 이는 가난에 시달리는 자의 침묵이었고 외로움과 번뇌와 울분에 시달리는 고독한 한 자의 침묵이었다. 그런데 바로 이 시기가 그로 하여금 보다 성숙된 체험적이고 사고적인 작가로 명철한 가치판단력과 인간의 양심적인 용기를 가진 작가로 성장되게 하였고, 문학창작에서 황금시절을 맞이하게 되었다. 그의 「최후의 만찬」, 「'볼쉐위크'의 이미지」, 「슬픈 섭리」 등 소설들은 바로 이 시기 그가 거점 없는 변두리 삶에서, 떠도는 인생의 우환과 울분 속에서 우려낸 우수작들이다. 「'볼쉐위크'의 이미지」에서 촌당지부서기 윤태철, 「최후의 만찬」에서 삼춘차부 홍수, 「동토대의 태양」에서 노시인 신고홍, 「슬픈 섭리」에서 기름장사꾼인 불쌍한 과부 임옥녀, 「인간의 생리」에서 불우작가 농우 선생 등 일련의 각이한 인물들이 우환적인 령혼으로 관통된 풍경선을 이루며 한 폭의 화면으로 우리 앞에 펼쳐지고 있다. 이 화면에 작가 정세봉의 피곤과 번뇌, 울분과 항변의 얼룩진 얼굴이 묘연히 나타나고 있는 것 같다.

주지하는 바와 같이 작가 정세봉의 삶은 석전경우(石田耕牛)의 고독한 삶이었다. 마치 자갈밭을 갈아엎는 소처럼 그의 삶은 힘겹고도 고달픈 삶이었다. 바로 이 같은 삶에서 알찬 문학적 재질을 구유하게 되었고, 또 사회적이고 역사적인 작가적 체험과 감수에서 우리 문단에서 우환적인 령혼을 키워냈다. 그의 우환적인 령혼은 대개 두 가지로 표현되고 있는데 그 하나는 사회정치에 대한 우환이고, 다른 하나는 사회도덕에 대한 우환이다.

2. 사회정치에 대한 우환

건국 후 30년의 역사는 우리 당이 중국대지에 처음으로 사회주의 시대를 개척한 위대한 격정의 시대이기도 하고, 또한 빈궁과 무지 속에 극좌 정치가 판을 치는 사회적 질환의 진통시대이기도 하다. 극좌정치는 실제상 국민이 접수하기 어려운 괴로움과 아픔을 가져다 주었고, 사회적 불안과 국민적 재난이었다. 이런 비극과 재난 속에서 많은 사람들이 '두뇌없는 순복도구'로 되었거나 혹은 '감노불감언'(敢怒不敢言)의 벙어리가 되었다. 지어는 10년 동란 후 우리 당이 실사구시로 지난 날의 오류를 시정하고 개혁개방의 새로운 시대를 개척하는 시기에도 '인간학'을 다루는 많은 작가들이 지난 역사적 '상처'에 대해 다만 '감노불감언'의 침묵속에서 헤매고 있었다. 그것은 지난 정치운동의 역사적 '교훈'이

준 '감언'의 정치적 모험을 뼈아프게 감수했기 때문이다. 극좌 정치적 여운이 아직 채 가시지 않은 80년대 초기에 문학 형상수단으로 흘러간 역사에 대한 심각한 검토와 반성을 감당한다는 것은 그 작가 본신의 일종 정치적 모험이 아닐 수 없다. 그러니 80년도에 발표한 「하고싶던 말」은 정세봉이 '정치적 생명'을 내걸고 모험적인 도박을 논 셈이다. 여기에 바로 정세봉의 남다른 정치적 두뇌와 담량과 기질, 그리고 인간적인 작가의 양심과 사명감이 빛나고 있다.

만약 중국 문단에서 류심무의 단편소설 「반주임」(인민문학,77,11기)이 '새시기 문학'의 문을 열어 주었다면 우리 조선족 문단에서 정세봉의 「하고싶던 말」이 '새시기 문학'의 서막을 올린 것이 확연하다. 중국 문단에서 노신화의 단편소설 「상흔」(문휘보,78,11기)이 상처문학의 참신한 자세로 국민들의 눈물을 자아냈다면 정세봉의 「하고싶던 말」은 10년 동란 후 우리 문단의 새로운 부흥기를 영접하는 역작임에 틀림없었다.

「하고싶던 말」은 정세봉의 첫 성과작으로서 작가는 소설에서 주인공 금화와 그녀 남편과의 비극적 이야기를 통해 10년 동란의 극단적인 정치에 의해 진행된 농촌의 소위 「소생산」 반대」 운동의 상처를 다루면서 그 재난의 역사를 반성하고 있다.

소설의 주인공 금희는 우리 조선족 농촌 여성의 전형으로서 몸매나 얼굴은 그리 예쁘지 못해도 남편에 충성하고 시부모에게 효성하는 마음씨 착한, 근면하고 사리에 밝은 여인이다. 장기환자 시부모와 학교에 다니는 두 시누이에다 빚이 800원이 되는 집에 들어선 그녀는 낮에는 생산대일에 분망했고, 저녁에는 집에서 짐

숭치기를 벌려 6년 만에 생산대의 빚을 몽땅 갚고도 오히려 분배돈 150원을 쥐게 된다. 그녀는 이제 더욱 억척스럽게 일하여 남편의 손목에 시계도 채우고 집안에 텔레비전도 버젓이 갖출 생각이었다. 이는 여인으로서 가정을 행복하게 꾸려 나가려는 소박한 욕망이었고 아름다운 지향이었다. 그러나 그녀의 이런 욕망과 지향은 남편에 의해 여지없이 부서지고 만다. 그것은 그녀가 벌인 '소생산'이 정치야학교 총보도원으로 명성을 떨친 남편의 입당과 승급에 누를 끼치고 있었기 때문이다. 이혼한 후에도 그녀는 남편에 대한 사랑은 계속 시부모와 아이들에 대한 관심으로 보여주며 2년 간이나 인내성 있게 남편의 회개를 기다린다.

작자는 이처럼 금희의 행복한 애정생활에 대한 애틋한 동경과 극좌적 정치노선의 깊은 영향하에 남편의 병태적인 감정의 변화 발전을 진지하고도 실감 있게 보여 주고 있으며, 동시에 그들의 순결한 애정을 파괴하고 행복한 가정을 파탄시킨 죄악의 근원을 역사적 공간과 시대적 높이에서 조감하고 규탄하고 있다. 이것이 또한 작자가 노리고 있는 이 작품의 사상예술적 매력이기도 하다.

「하고싶던 말」은 진정으로 '문화대혁명'을 철저히 부정한 주제를 구축시킨 우수작이다. 특히 작가의 사회생활에 대한 강렬한 참여의식, 지난 역사에 대한 투철한 반성의식은 아주 값진 것이었다.

만약 80년대 초기에 발표한 「하고싶던 말」이 화력정탐의 방식으로 '10년 동란'이란 역사를 두고 우리 당의 정치적 오류를 비판하고 시탐해 보았다면 10년 후인 90년대 초에 발표한 중편소설

「'볼쉐위크'의 이미지」는 정면대결의 방식으로 30년이란 역사 속에서의 우리 당의 정치적 오류를 신랄하게 폭로 비판한 작품이다.

괴로운 고독과 우환 속에 얼굴이 깊이 파묻고 갑자기 4년 동안 침묵하고 있던 정세봉이 드디어 우리 당의 40년 역사를 누비며 무려 9만 자에 달하는 중편소설 「'볼쉐위크'의 이미지」를 내놓아 침체상태에 처한 우리 문단에 커다란 충격파를 일으켰다. 이 소설이 발표되자마자 '반당, 반사회주의 독초' 라는 '익명고발신사건' 이 생겼고, 잇달아 여러 신문과 문예지들에서 쟁명이 일어났으며 8편의 무게 있는 문학평론들이 실려 있다.

「'볼쉐위크'의 이미지」는 40년에 걸친 우리의 지난 역사에 대한 반성을 안겨 주는 것보다 역사의 소용돌이 속에서 우리 개개인의 삶의 자세에 대한 사색과 역사적 오류에 대한 문학적 반성에 그 역점을 찍고 있다. 소설의 이야기는 '볼쉐위크 윤태철'이 구렝이렁 비탈밭에 앉아 10리 구룡골을 질풍처럼 휩쓸고 지나갔던 지난날의 역사를 떠올리면서 인민공사가 해체되고 개체영농을 하고 있는 오늘, 30년 간의 자신의 모든 노력과 분투가 수포로 된 것 같은 느낌과 사람만 폐우(牛)처럼 늙어버렸다는 실망과 비애를 절감하고 있는 데로부터 시작되고 있다. 그는 꼬박 30년이란 세월 속에 고급사주임으로부터 대대당지부 서기로 사회주의혁명에 헌신했던 자신의 막중한 대가-자신의 후반생이 여지없이 부정되고 있음을 구슬프게 느끼고 있었다. 순정 어머니의 음독 자결 사건을 두고 아들 준호가 불손하고 울분에 찬 어사로 '훈계'를 퍼부었을 때 비록 분김에 아들의 뺨을 쳤던 윤태철이었지만 그 날

밤 노지서네 집에 가서 어쩔수 없이 심각한 고민에 모대긴다. 자기만의 일로서가 아니고 양심적인 기층당원들이 당했던 역사적이고 시대적인 것으로 그 진통을 가슴 아프게 감지하면서 마침내 '볼쉐위크적인 생'을 음미해 보며 절절한 자기반성에 빠지게 된다. 그러나 그처럼 격정적이고 헌신적이었던 자신의 후반생을 부정하고 나선다는 것은 그리 쉬운 일이 아니었다. 자신의 당의 지시라면 무작정 내리먹인 '순복도구'로 되어 있었음을 어쩔 수 없이 시인하면서도 감정상에서는 "그럼 그것이 나 일인의 책임으로 되어야 하는 것인고? 과연 불쌍한 우리 기층당원들의 죄인고?" 이러한 의혹에 찬 울분의 항의를 창천에 대고 부르짖는 윤태철이었다.

하지만 이런 감정상의 번민과 향변과는 달리 무정한 현실은 그에게 더욱 가혹한 문제를 제기하고 있있다. 지난 장시기 동안 당의 '계급론'에 따라 지주집 아들 허수빈네를 '독재'해 왔댔는데 오늘날 당에서는 또 허수빈을 일개 공민으로 그를 위해 헌신까지 하라고 하는 바, 이것이 그로서는 도저히 접수할 수 없는 역사의 희롱이었다. 기실 그가 오늘 허수빈을 도와나선 것은 '두뇌없는 순복도구'로서가 아니라 인간적인 책임감과 의무를 아프게 느꼈기 때문이다. 허수빈네 오두막-'피독재자의 집'을 지어 주어야겠다고 하는 생각이나 난생 처음으로 '허동무'로 부르며 그를 자기 집에 데리고 가서 같이 식사를 하는 것이거나 또 노쇠한 몸으로 그를 방조해 논갈이하는 것이거나… 여기서 작가는 한 비극적인 역사에 종지부를 찍고 새로운 개혁개방의 인생무대에서 당원으로서의 양심과 직분을 잊지 않고 자기의 생명을 마지막까지 값지게 연소시키려고 몸부림치는 한 당원의 진실하면서도 복잡한 감정세계를 진지하게 보여 주고 있다. 물론, 자기의 병약하고 노쇠한 육체를 허물어서라도 오랜 공산당원의 형상을 세워 보려는 거기에 정신적 공허와 참담한 비극성이 조명되고 있지만 또한 바로 그것이 독자들의 미적 공감을 불러 일으키고 있다.

「볼쉐위크'의 이미지」에서 윤태철의 아들 준호와 지주아들 허수빈의 딸 순정이의 사랑의 훼멸이 소설의 갈등과 슈제트 발전의 직접적인 계기로 되고 있으며, 또 윤태철 자신의 심리적 모순과 정신적 곤혹, 인간적 회심이 전반 작품의 밑거름으로 짙게 깔려 있다. 사랑의 억압과 훼멸이 준호를 놓고 볼 때 개인의 삶 전체에 절망적인 비극의 요인으로 되고 있지만, 그 상처가 주는 참을 수 없는 아픔에서 작가가 노리고 있는 것은 인간성을 훼멸하는 이른바 '계급성'의 잔인성이다. 다시 말해서, 작가 자신이 결코 작품에서 정치 관념상에서의 세대적 갈등을 반영하려는 것보다 사랑마저 정치 몽둥이의 피해를 받지 않을 수 없었던 살벌한 인정의 그 사회성을 부각하려는 것이다.

소설에서 윤준호의 형상은 특수한 위치를 차지하고 있는데 작가는 고심하고 기묘한 예술수법으로 작중 갈등의 대립면에 준호의 형상을 정립시키며 부자간의 갈등을 첨예화시키고, 슈제트 발전의 치밀성과 합리성을 깔아 주면서 '볼쉐위크 윤태철'의 형상부각에 관건성적인 작업을 담당하고 있다. 그것은 소설에서 사건발단의 도화선이나 윤태철의 인간성 회귀나 작중 모순 갈등의 고조와 화해, 그 모두가 윤준호에 의해 주도되기 때문이다.

윤준호는 70년대 전번기 극좌노선이 통치하던 사회에서 '계급론'에 의해 애정에 좌절을 당한 직접적인 피해자로 치명적 상처를 받은 인물이다. 이러한 인생경력은 그로 하여금 '침묵의 괴한'으로 사회의 극좌정치의 허위나 비리를 증호하고 진실과 정의, 뜨거운 인간애를 한몸에 지닌 인간이다. 작가는 소설에서 그의 인간성을 여러 모로 보여 주고 있다.

우선 허수빈 일가에 대한 짙은 동정과 숭고한 애정의 충성심에서 보여주고 있다. 순정이의 죽음이 그에게는 애정의 종지가 아니라 더욱 큰 사랑으로 승화되고 있다. 그의 순정이 일가에 대한 동정과 사심 없는 방조는 순정이에 대한 사랑의 질적인 승화이기도 하지만 더욱 중요한 것은 백성들에게 질곡과 재난을 안겨 준 극좌정치에 대한 반항이었고, 또한 장기간 극좌정치의 피해 속에서 삶의 밑바닥에서 신음하는 불행한 허수빈 일가에 대한 인간적인 동정에서이다.

다음 윤준호의 강렬한 효성의식에서 보여 주고 있다. 그의 심처에서 태동하고 있는 효성의식은 '두뇌없는 순복도구'의 '볼쉐위크'로 부터 인간적인 공산당으로의 회귀를 바라며 냉혈적인 정치인으로부터 인정 있는 부주(父主)로 되기를 간절히 소망하는 데서 잘 나타나고 있다. 아버지에 대한 불손과 울분에 찬 '훈계', 지어는 '원한'의 배면에 깔려 있는 것은 어디까지나 자식으로서의 짙은 효성의식이다. 허수빈네가 논갈이를 못하고 있을때 아버지를 질책해 나섰지만, 진작 허수빈네 논갈이에 나간 아버지의 '기진맥진한 모습'을 일별했을 때 아버지가 '불쌍'해 보였고 자기 마음이 아프게 찢어지는 것만 같았으며, 또 허수빈네 토지를 남한테 양도해 버리는 방법으로 아버지의 일감을 빼앗아 그의 노고를 덜어 주려 하였다. 특히 중풍으로 쓰러진 아버지 침상 앞에 무릎을 꿇고 인격적인 강개한 거동과 육신의 고초로서 천금 같은 효도를 보여 주는 장면은 참으로 눈물겹다. 작가는 이와 같이 세련된 필치로 아버지의 그릇된 관념과 오류를 타매하며 날카롭게 맞서 투쟁하는 역사의식을 정면에 내세우고 피를 이어받아 자식으로서의 천성적인 효성의식을 배면에 깔아번지며 인간적인 준호의 형상을 부각하고 있다.

소설의 말미에서 모두의 아픈 기억들을 망각의 휴지통에 넣어버리고 이루어지는 부자간의 인간적인 양해와 화해는 감격적이면서도 비감적이며 또 이런 감격과 비감 속에서 독자들에게 숭고한 미적 향수를 만끽해 주며 깊은 여운을 남기고 있다. 불구자가된 아버지의 침상 앞에 꿇어앉은 준호가 구슬픈 울음과 통곡 속에 자신의 '불효'를 참회할수록 그의 인간성이 더욱 아름답게 일어서고, 자신의 강한 개성을 굽히고 아들 앞에 용서를 비는 윤태철의 진정한 「'볼쉐위크'의 이미지」바로 여기서 참된 생명력을 가지게 된다. 부자간의 인간적인 처절한 참외와 화해, 이해와 용서의 비장한 장면, 작가는 이로써 세속에 찌든 삶을 정화시키며 우리시대의 가장 빛나는 지성과 아름다운 심혼들로 전반 소설에서 어둡고 침침했던 분위기를 환하게 윤색해 주고 있다.

3. 사회도덕에 대한 우환

발자끄는 일찍 "문학은 사실과 령혼의 일치한 재현이다."고 하였다. 그러면 우리 사회의 현실적 '사실'이란 무엇인가? 그것은 생기와 부패의 병존이다. 그 생기라면 개혁개방의 거창한 물결 속에서 고속적인 경제건설이 의식형태를 압도하며 사회적 주류로 일떠서면서 항거할 수 없는 시장경제가 잠자던 중화대지에 전례 없던 생기발랄한 활력을 주고 있다는 것이다. 그 부패라면, 우선 시장경제 발기와 함께 배금주의적 사상이 사회의 각 영역에서 미친 듯이 만연되고 살판치며 공리와 정의, 도덕과 이상이 점차 금전의 막강한 힘 앞에서 무색해지고 있다는 것이다. 특히, 90년대에 와서 인간들의 금전에 대한 추구, 돈을 벌기 위한 모지름, 돈무더기 속에서 무너지는 도덕의 부패상, 즉 금전과 재산을 위한 보편적인 인생 선택과 가치 취향을 두고 정세봉은 금전이 소리 없이 사람들의 일체를 개변시기고 있는 사회적 부패상에 근심 어린 자기의 안목을 믿으며 현실적인 일체 병리적 상태와 부조리와 비리를 여지없이 노출시키고 있다. 그는 잔혹한 현실과 타협할 수 없는 곤혹과 진통 속에서 칼을 들고 '인간의 생리'를 다시 해부해 보았고, 뼈저린 슬픔과 우려 속에서 귀를 기울여 '엄마가 교회에 나가요.' 하는 아이들의 애잔한 목소리를 듣게 되었다.

「인간의 생리」는 금전 앞에서 무너지는 도덕의 타락상을 원생적으로 생동하게 조명하고 있다. 소설에서 작가는 사회적 인간과 동물적 인간의 박투에서 사회적 인간의 패배, 인간의 심리와 생리의 겨룸에서 심리의 패배, 이상과 감성의 싸움에서 감성의 승리를 비감한 필치로 우리 앞에 보여 주고 있다.

사회의 기저에서 일약하여 기업계에서 성공한 '호랑나비' 이군철은 돈은 벌었지만 도덕은 타락된 인간이다. 그에게는 마치 타락하지 않으면 안될 이유라도 있는 것 같지만, 마치 빼앗긴 첫사랑 미금이와 비슷한 여인, 그리고 자기의 정욕을 야기시키는 여인이 어찌 한둘이겠는가? 작가는 바로 여기서 이군철의 교활하고 추잡한 위선의 가면을 보여 주고 있다. 그가 초면의 여성 현미의 미모에서 자기의 첫사랑 모습을 찾고 금전으로 그녀를 나꾸어 정욕을 만끽하고 있는데 이는 금력자의 심리적 공허에서 무너지는 도덕의 타락이다.

이군철은 상대적이고 직설적으로 완성된 인물이지만 현미는 의식의 흐름과 변태 속에서 부각된 형상이다. 그녀는 기자로서 이상이 있고 지식이 있고 정의감이 있는 현대적 여성이었다. 그녀는 곤경에서 헤매는 불우작가 농우 선생을 무척 존경하고 또 농우 선생과 같은 지성인을 기시하고 저버린 사회적 비리에 분개를 표시하며, 그는 드디어 농우 선생의 장편소설 출판을 위해 돈을 모으는 일에 발벗고 나선다. 그녀는 2만 원을 얻었지만 그 대신 더욱 값진 자신의 정조를 빼앗겼다. 욕망은 꽃을 피웠으나 소유는 그녀를 시들게 했다. 매달 노임에 매달려 사는 현미는 난생 처음 2만 원 거액을 손에 쥐자 폭풍처럼 일어나는 금전욕을 물리치지 못하고 금전의 교역에 파렴치하게 빠지며 그녀의 사고와 행위 방식은 인간의 정의적 심리로부터 인간 본연의 생리 속에 볼품없이 찌그러지고 있었다. 불우작가에 대한, 그녀의 원초적인 동정심과 정의감, 도덕 같은 것은 '인간의 생리'속에 무참하게 함몰되고 그 대신 금전과 향수로서 자기의 허무한 령혼을 달래고 있다.

여기서 잠간 짚고 넘어갈 것은 「인간의 생리」가 우리의 주목을 끄는 이유가 무엇보다도 작가가 자기 고백의 독특한 방식을 개척하고 있다는 점이다. 이 소설은 보통의 고백소설과 달리, 고백의 주체가 바로 자기의 이야기를 하는 형태를 택하지 않고 인물을 내세워 그로 하여금 고백의 주체를 관찰하고 그 윤곽을 포착하여 드러내게끔 하는 수법을 취하고 있다. 거기에는 작가의 패기와 그것을 뒷받침해 주는 독특한 재능의 힘이 넘치고 있다.

보다시피 작가가 현미를 무대 정면에 내세우고 또 고집스레 외곬을 파고 드는 의연한 작가적 자세로 하여 '인간의 생리'를 강렬하게 지배하고 있는 분위기는 불우작가의 비천한 삶에서 풍겨 나오는 그 고독성이다. 얼핏 보면 작가가 현미를 소설의 중심부에 앉히고 금전만능의 풍조 속에 변태적인 그녀의 타락상을 조명한 것 같지만 기실 작자가 노리고 있는 것은 시기와 버림 속에서 몸부림치는 지성인의 질곡에 대한 우려와 고발이다. 지성인의 질곡을 두고 사회적 부조리 현상에 대한 반감과 지성인에 대한 동정심으로 의연히 나선 그녀의 도덕적 타락으로부터 희극석인 농우의 슬픔과 고통을 역으로 짙게 해 주고 있다. 이는 작자 자신의 관념적 고백에서보다 작품의 말미에서 더욱 생동하게 구축되고 있다. 단 한 번이라도 '기분좋게' 성욕을 만족시켜 준다면 '5만 원'이라도 줄 수 있다는 현미의 누추한 행위에 반해 밤거리를 끌기없이 걷고 있는 '초라하고 가련'한 밑바닥 삶에서 헤매는 농우에 대한 묘사가 이 점을 뒷받침해 주고 있다. 이런 대족적인 운명의 결말은 포장 속에 싸인 보석의 여운을 띠고 있다. 그것은 도덕의 가치와 인생의 묘미를 되새기게 하는 사려 깊은 공간이 마련되어 있기 때문이다.

「엄마가 교회에 나가요」는 작가가 근년에 집요하게 다루어 온 금력과 도덕의 문제를 다시 한번 제기한 무게 있는 역작으로서 특이한 안목에서 본 남다른 체험 내용들이 어둡고 침통한 분위기로 짜여져 아주 인상적이다. 소설은 티 없이 맑고 천진한 아이들의 안목에서 본, 금전 앞에서의 싸움에서 패배하고 '하느님'을 찾아 '교회'로 나가는 '엄마'의 슬프고 비장한 모습은 실감적이고 매력적이다.

아버지 유홍준은 대학 정치학부를 졸업하고 정치교원도 해 보고 공산당위서기로 있다가 무역회사를 꾸려 일약 유명짜한 기업가로 빛난 인물이다. 어머니는 농촌에서 입당하여 부녀주임도 하고 교편도 잡다가 도시 가정 부인으로 된 여인이다. 그들에게는 '호화로운 2층 주택'과 귀여운 아들딸들이 있었다. 이만하면 그야말로 부유하고 행복한 당원가족이었다. 그런데 이런 행복한 가정이 아버지 방에 걸어 놓은 거폭의 여인과 나체화 '잠자는 비너스'에서부터 허물어지기 시작한다. 처음 아들이 나체화를 보고 불만과 거부감을 표시할 때 어머니는 '고상한 예술품'으로 봐야 한다며 남편을 두둔해 나섰다. 그런데 이런 어머니가 별안간 나체화를 '식칼로 쫙-쫙- 찍어'내며 남편의 불륜의 정사행위에 도전한다. 그녀는 사인정탐을 풀어 남편이 사준 정부(情婦)의 사택을 습격하여 그 여인을 '통쾌'하게 '교훈'주고 쫓아내기도 하고, 또 남편과 '결판'의 싸움도 해 보았으나 결국 얻은 것이란 남편의 무정한 '손찌검'과 '아량도 없는 여자'란 비난이었다. 작품의 말미에서 '새벽찬송가 소리가 은은히 흘러나오'는 교회당 문으로 사라지는 그녀를 두고 우리는 놀라움 속에 많은 것을 생각하게 된다. 작가들의 필 속에서 흔히 볼 수 있는 자살이거나 이혼 혹은 정신병자의 길을 택하기보다, 그것도 당원의 운명을 '교회'에 귀속시킨다는

것은 정세봉이 또 우리 문단에서 낯선 도박을 논 셈이다. 바로 여기에 작가의 개성적인 안목과 기법상의 참신성, 우환의 시대성이 과시되고 있다. 기실 그녀의 길은, 나약한 여인의 한몸으로 도저히 감당할 수 없는 사회도덕의 부패상을 두고 전통적인 가족관념과 모성애에서 남편의 불륜이 안겨 준 모든 고통과 상처를 오로지 자기만이 한 몸으로 감내하려는 한 인간적인 여인으로서의 비장한 길이었다. 당원으로서 그 어떤 빛나는 이념에 의해 속세의 번민과 고통에서 해탈하기보다 '하느님의 구원'을 받으려는, 신앙위기의 진통 속에서 그녀의 숙명은 가냘프고도 비장하며 또 이로하여 현실사회의 도덕적 부패상에 예리한 비판의 칼날이 서고 있다.

이 작품에서 우리들의 흥취를 자아내는 것은 '아이'들의 형상이다. 작가는 한 가족의 아버지와 엄마의 모순 갈등은 정면에 세우고 아이들의 시비관념을 배면에 깔았는데 부모 갈등의 시비 판결에서 작가의 그 어떤 이념적인 역설보다 아이들이 주역을 담당하고 있다. 작가의 이런 작품결구상의 고심한 안배는 도덕적으로 파산되는 한 가족의 비극적 색채를 더욱 짙게 감싸주고 있다. 아버지가 자기 방에 걸어 놓은 여인 나체화를 보고 "보기 싫어!" 하는 아이들의 불만은 이 가족에 비극의 씨앗을 매복시키고 있으며 그 나체화를 찢어 버리는 엄마의 역반행위와 함께 도끼로 창문을 까부시며 "잘 살아 뭘해… 돈 많아 뭘해!" 하는 아이들의 부르짖음은 금력에 대한 도전이었고 금전 속에 함몰되는 도덕의 부패상에 대한 항변이었다. 소설의 마지막에 "아버지, 엄마가 교회에 나가요"하는 아이들의 울부짖는 메아리가 저 불국사의 종소리처럼 은은히 구슬프게 우리의 귀청을 두드리고 있는 것이 가슴 아프다.

　보다시피 위의 두 소설에서 작가는 현미와 군철이, 유홍준의 도덕의 타락상을 핍진하게 보여 주고 있지만 그 어떤 죄의식의 참회나 참된 인간도덕의 회귀도 볼 수 없다. 다만 있다는 것은 피해자의 고통과 슬픔뿐이다. 바로 여기에 금전 앞에서 무너지는 인간 도덕에 대한 작가의 참담한 우환의식이 짙게 깔려 있다. 물론, 작가는 그런 죄의식의 참회와 회귀에 대한 직접적인 부르짖음보다도 추에 대한 편달과 폭로를 통해 사회적 진보와 인성의 복귀를 촉진시키고 있다.

　만약, 정세봉이 「인간의 생리」와 「엄마가 교외에 나가요」가 금전에 흠뻑 젖은 령혼의 부패상과 황폐상을 구심점으로 하고 비인간적인 삶의 양태를 제시하고 부식된 령혼을 씻어 주려고 시도해 본 작품이었다면, 「최후의 만찬」과 「태양은 동토대의 먼 하늘에」는 금전에 쪼들리어 삶의 밑바닥에서 허덕이며 신음하는 평민 백성들의 가냘픈 운명을 하소연하고 있는 소설이다.

　주지하는 바와 같이 시장 경제의 세찬 물결은 농민들의 전통적이고 평온한 삶에 커다란 충격을 주기 시작했다. 「최후의 만찬」은 바로 이런 충격 속에서 금전의 유혹에 농심이 흔들려 농촌에서 맹목적으로 도시에 진출한 홍수가, 비리와 질곡이 물썬 풍기는 도시의 거친 현실 속에서 마침내 고개를 드는 그의 귀향의식을 다룬 작품이다. 홍수가 금전의 유혹으로 비록 도시로 뛰어 들었지만 그에게 차례진 것이란 10평방도 못되는 '굴 속 같은 셋방'에 천대받고 기시받는 '삼륜차'업이었고, 또 명목이 잡다한 '가렴

잡세', 해마다 학교에 지불하는 두 아이의 '무호구비', 농촌보다 몇 갑절의 '생활비용'…, 홍수는 비로소 그 좋은 농토를 버리고 훌쩍 도시로 들어왔던 '자신의 실책을 아프게 절감'하며 '꿈과 현실이 엄연히' 다른 도시바닥에서 눈을 뜨게 된다.

소설에서 망나니들의 봉변까지 당한 후 도시와 고별하는 「최후의 만찬」에서 만취한 홍수가 연속 토해 내는 '구토물'은 도시로 진출한 한 농민의 설움과 울분이었고, 또한 도시의 살벌한 바닥에서 삼킨 삶의 고달픔과 패배자의 서러움을 깨끗이 토해 버리고, 소박하고 깨끗하게 살려는 향토에 대한 갈구이기도 하다.

얼핏 보아 이 소설이 도시로 진출한 한 농민의 불우한 운명을 쓴 것 같지만 사실 작자가 뜨겁게 노리고 있는 것은 한 농민의 도시경력을 통해 화려하게 장식된 도시바닥에 엄존하고 있는 폐단에 대한 폭로와 규탄이다. 정세봉의 이런 폭로와 규탄은 「태양은 동토대의 먼 하늘에」서 보다 높은 시대적 차원에서 더욱 첨예하고 심각화되고 있다.

「태양은 동토대의 먼 하늘에」는 작가적인 생존체험과 개체 생명의 감수로 인간적이고도 유모아적으로 설득력 있게 풀이한 단단한 작품이다. 소설에서 울분과 구애에 찬 필치로 한 문인의 질곡을 동정해 나서서 열리지 않는 권력자의 문을 그처럼 열심히 두드리는 작가의 자세는 눈물겹도록 비장하다.

이 소설의 구심점은 신비하고 무정한 시위서기의 '철문'이다. 주인공 신고홍은 50년대부터 줄곧 '태양'을 구가하고 당과 사회주의를 노래해 온 원로시인이지만 그는 아직도 '남산밑 21평방짜리 외통집 신세'를 면치 못하고 있었다. 이런 주택난을 해결하고자

40년 전 자기 제자였던 문서기집을 찾아가게 되는데, 그가 네 번이나 찾아가 서기집 '철문'을 두드리는 데 대한 작가의 묘사는 아주 매력적이다. 식솔 넷에 300평방을 버티고 일어선 문서기의 2층집을 배경으로 그 맞은켠 골목에 상갓집 개처럼 쭈그리고 앉아 초담배를 피우며 철문이 열리기를 기다리는 신고홍의 초라한 모습, 문서기를 만나 말할 대사를 연습하며 미려한 환상에 젖은 흐뭇한 심정, 문서기가 분명 철문 안으로 들어가는 것을 보고 찾는 데도 "오늘 아침 훈춘으로 가셨다"는 부인의 거짓에 대한 실망, 작자는 이처럼 끝내 열리지 않는 철문을 두고 관료주의와 권력의 위선과 부패상을 통탄하고 있는 동시에 그 '철문'이 이룬 장벽의 기저에서 신음하는 백성들의 질곡에 무한한 동정을 표시하고 있다. 이런 통탄과 동정은 신고홍이 술에 만취해 얼음판 위에 누워서 북극의 시들어진 '태양'을 떠올리는 묘사에서 더 풍자적이고 야유적인 조소로 번져가고 있는데 이로써 작자의 통탄과 동정이 극치를 이루고 있다.

4. 독특한 예술세계

정세봉은 중단편 소설로 우리 문단에 이름을 떨친 우수한 작가이다. 물론 그의 40여 편 소설 중아 아직 장편은 없지만 그것이 그의 작가적 역량을 과소평가하는 이유가 될 수는 없다.

고금중외의 문학사가 말해 주듯이 노신, 체호브, 메리메, 만스펠드, 취거, 스톰 등 작가들은 모두가 세계급의 중단편 소설 대가들이다. 그들 중 다수가 종래로 장편소설을 써 본 적이 없고, 또 비록 장편을 썼지만 그 소설면에서 자기 중단편 소설에 비길 수가 없었다. 그렇다 해서 그들의 작가 수준이 높지 않다고 말할 수는 없다. 정세봉은 90년대 우리 문단에서 급작스레 일고 있는 '장편바람' 속에서도 제 가락을 버티고 '남이 친 장단에 궁둥춤' 추지 않고 요지부동의 자세로, 자기 나름대로 중단편 터전에서 알찬 열매를 거두면서 자기의 독특한 예술세계를 천착해 가고 있었다.

한 작가는 하나의 세계이며 하나의 독특한 세계이다. 물론, 작가와 작가 지간에 차이성이 있는데 이는 작가의 부동한 세계이며 부동한 작가풍격이다. 지난 시기 정세봉은 다사다난했던 역경 속에서 그 언제나 가장 고통스럽던 시대를 고통으로 끌어안으며 그 고통을 딛고 일어서려는 끝없는 몸부림 속에서 운명을 깔아뭉개며 자신의 문학적 터전을 닦고 있었다. 그는 요란스럽게 위세를 부리거나 허영에 들뜨는 일 없이 언제나 조용한 분위기 속에서(우환 속에서) 제 위치를 서서히 굳혀 나가고 있었다. 아래에 그의 독특한 예술적 세계를 살펴보기로 하자.

1) 짙은 농민의식과 후더운 고향정

보다시피 그의 가장 매력 있는 소설들이 많이는 그의 고향과 연계되고 있다. 그의 정감의 흥분점은 시종일관하게 농촌의 독특한 생활방식과 연관되고 있는 농민의식에 있었다. 물론, 그의 농민의식은 인생과 시대적 차원에서 승화된 생존관념이지 결코 우리 문단에 많이 오르는 그런 협애한 의식형태 색채의 농민의식이 아니다.

향촌의 노서기 형상을 찬미한 그의 처녀작 「불로송」으로 문단에 데뷔해서부터 70년대에「대장선거」,「해살」,「동서간」,「창고보관원의 이야기」등 10여 편의 단편소설을 창작했는데 그 모두가 농민들의 희노애락을 반영한 이야기이다. 그 후 80년대에 와서 '상처문학'의 정서가 짙은「하고싶던 말」과「민들령」을 썼고, 또 오늘날 개혁시대 농민들의 각이한 형상을 보여준「주홍령감」,「첫대접」,「농촌점경」,「별들」을 볼 수 있고, 그리고 농촌 사람들의 인정세태와 사랑을 보여 준 소설들도 있었다.

만약, 정세봉의 농민의식이 90년대 이전에 '찬미의식'으로 표현되고 있었다면 90년대에 와서는 본격적인 '우환의식'으로 변하고 있었다. 개혁개방의 소용돌이 속에서의 농민들의 곤혹과 진통, 질곡과 슬픔을 많이 쓰고 있었다. 이를테면「볼쉐위크'의 이미지」,「빨간 '크레용 태양'」,「최후의 만찬」등등이다. 그는 금희(「하고싶던 말」)와 같은 농촌여성, 준호와 순정이('볼쉐위크'의 이미지)와 같은 농촌 청년남녀들의 순결한 애정을 사랑하고 있으며, 그들이 당한 불행을 동정하고 있는가 하면 또 홍철이 아버지(「하고싶던 말」), 윤태철('볼쉐위크'의 이미지)과 같은 농촌간부들의 오류에 대해서는 역사적 안목에서 깊은 이해와 양해를 앞세우며 인간적인 질책을 가하고 있다. 이런 사랑과 동정, 양해와 질책은 오직 농민이자 작가인 정세봉만이 할 수 있느 '특권'이 아닌가 본다.

보다시피 정세봉의 사상과 정감의 의탁은 고향의 그런 활력이 충만된 농민들의 생존양식이다. 바로 이 점이 그의 소설을 관통하고 있는 심미적 기조로 되고 있다.

2) 불변 속에 만변하는 그의 기이한 예술적 구상능력

정세봉 소설의 예술구사는 아주 독특하다. 그는 종래로 다른 사람의 발자국을 밟지 않거니와 또 자기의 지난 발자국도 밟지 않는다. 그는 언제나 민감한 시대적 후각으로 예술에서 부단히 새 것을 탐구하고 돌파하고 있다. 때문에 그의 작품이 발표될 때마다 (특히 90년대 와서) 우리 문단에 충격적인 파문을 일으키며 신선한 생명력과 활력을 주곤 했다. 그의 「하고싶던 말」이 우리 문단에서 '상처-반성문학'의 선코를 떼게 되어 중국문단에까지 파문을 일으켰고, 또 「'볼쉐위크'의 이미지」가 '상처-반성문학'의 고봉을 이루며 우리 문단에서 또 한 번 직탄과도 같은 센세이션을 일으켰고, 그리고 「슬픈 섭리」, 「인간의 생리」, 「태양은 동토대의 먼 하늘에」, 「엄마가 교회에 나가요」 등 소설들도 독자들의 찬미 속에서 평론가들의 이목을 끈 우수자들이다.

그의 소설들이 이처럼 한편 또 한편 연속적인 파문을 일으키는 것은 무엇보다도 매번 발표한 작품마다에는 작자의 남다른, '새로운 목소리'가 울리고 있었기 때문이다. 그의 '새로운 목소리'가 우리의 주의력을 끌기에 충분한 것은 우선 모순의 충격성과 인물성격의 특이성이다. 이를테면 「볼쉐위크'의 이미지」에서 윤태철과 준호의 형상, 「태양은 동토대의 먼 하늘에」에서 신고홍의 형상, 「인간의 생리」에서 현미의 형상, 「엄마가 교회에 나가요」에서 어머니의 형상, 이런 형상들은 그 모두가 우리 문단에서 보기 드문 개성적인 특이한 인물로서 독자들에게 감명 깊은 인상을 남기고 있다.

3) 청신하고 소박한 언어와 유모아적인 창작 개성

문학이 언어의 예술이라고 볼 때, 일개 문학작품이 독자들을 사로잡자면 우선 언어가 세련되고 생동해야 한다. 정세봉의 언어는 요란하거나 화려하지않고 소박하고도 생동하며 자연청려하다. 아래 몇 가지 예문으로 이 점을 확인해 보기로 하자.

「태양은 동토대의 먼 하늘에」에서 주택난으로 연속 나흘밤 문서기집 철문을 두드렸으나 끝내 열리지 않은 '철문'의 냉대를 받고 술에 만취된 신고홍을 작자는 이렇게 묘사하고 있다.

> 경황없이 벽돌무지 밑에 이르기도 전에 왝- 목을 늘이고 토하기
> 시작했다. 위장 속의 내용물이 연속부절히 격렬하게 거꾸로 쏟아
> 져 나왔다. 신고홍 선생은 헐떡헐떡 맥을 뽑다가 그 자리에 곱게
> 나부라졌다. 땅땅한 얼음판 위에 아무렇게나 누운 채 두 눈을 감
> 았다. 세상에 그렇게 편안할 수가 없었다.

이처럼 작가는 소박하고 유모아적인 생동한 언어로 문서기의 화려한 3층 양옥과 선명한 대조를 이루며 '얼음판' 위에 누워서도 세상에서 가장 '편안'한 곳이라는 아Q적인 신고홍 심리에 대한 묘사는 그의 밑바닥 인생의 불우한 운명을 더욱 비감하게 윤색해 주고 있다.「엄마가 교회에 나가요」에서 불륜의 남편과의 싸움 끝에 기진맥진한 '엄마'를 이렇게 묘사하고 있다.

> 일장풍파를 치른 호화로운 2층 주택은 깊은 정적 속에 잠겨 있었
> 다.

...

그 적막 속에 어머니는 고요히 잠겨 있었다. 갑자기 침묵했고 밖에 나가는 일도 없었으며 아버지가 들어와도 초연히 그린듯이 앉아만 있다. 어머니의 얼굴에는 이미 다시 싸움을 걸 투지 같은 것이 없었고 오히려 무서운 고요와 그 어떤 불가사의한 경건함이 어리여 있었다.

이 구절을 읽노라면 그처럼 고요하고 적막한 구석에는 무엇인가 폭발될것 같은 무서운 예감이 숨이 막힐 지경이다. 작가는 집안의 적막한 풍경을 기저로 한 어머니의 표정묘사에서 어둡고 침침한 언어로 남편의 불륜으로 평화가 깨지고 환락을 잃은, 어머니의 침묵 속에서 서서히 함몰되고 있는 가족의 비운을 묘출시키고, 또 이런 '침묵'과 '무서운 고요'에서 꿈틀거리고 있는, 후에 '엄마'가 교회로 갈 수 있는 행위의 자연성과 합리성을 매복해 주고 있다.

90년대에 들어서며 정세봉 소설은 제재가 점차 풍부해짐과 동시에 정절에 대한 구사가 점차 성숙되기 시작하면서 교묘한 예술방식을 찾아 삶의 진실 문제를 파악하는 데 역점을 두고 있는데 여기에서 19세기 희극적 소설전통의 회귀를 볼 수 있는바 희비극성 충돌과 여기서 연유되는 정절의 켕길힘이 이 시기 정세봉 소설창작의 기본 특색이기도 하다.

필자가 본문 서두에서 그의 개성 기질에 대해 언급한 바 있지만 그는 심사우려하고 냉정 고독한 인간이어서 웃음마저 냉정하고 고독한 웃음이라는 것이다. 그의 이런 내성 기질은 그의 소설

예술풍격의 표지이기도 하다. 노신은 "비애적 인간은 대체로 유모아를 좋아한다. 이는 적막한 내심의 안전판이다"라고 했다. 정세봉의 후기의 소설들의 거의 모두가 비극이다. 그런데 이 비극 속에서 분명히 우리에게 묻어오는 것이 흑색 유모아적인 희비감이다. 일반적으로 우리는 유모아를 사람들을 웃기는 예술로 보고 있는데 이는 편면적이다. 진정한 유모아는 논할 때 그 어느 유모아에도 웃음과 비애가 포함되지 않는 것이 없다고 했다. 정세봉의 유모아 역시 '웃음과 비애'의 결합체로서 인물과 생활 속의 희비극적인 조합에 대한 온화적인 조소, 선의적인 빈정거림, 이는 정세봉의 작품에서 표현된 유모아의 본질이다.

정세봉의 유모아는 우선 소설의 정절구사에서 많이 표현되고 있다. 「'볼쉐위크'의 이미지」는 인간의 희비극성이 절묘하게 융합된 소설이다. 여기서 희비극성은 작품의 비극성을 심화해 주고 있다. 당지부 서기 윤태철이가 과거에는 '계급투쟁'론에 의해 지주집 허수빈네를 투쟁하고 독재했지만 개혁개방의 오늘에 와서 '경제건설중심'론에 의해 60이 넘은 자기가 직접 허수빈네 논밭을 갈아 주는 것이라든가, 또 아들 준호가 아버지의 투쟁대상인 허수빈의 딸을 사랑하며 임신까지 시킨 것이라든가 이런 희비극적인 정절의 구사는 작자의 성숙된 문학적 재질을 충분히 과시해주고 있다.

인물형상 부각에서도 정세봉의 유모아적인 창작 개성을 엿볼 수 있다. 「태양은 동토대의 먼 하늘에」에서 신고홍은 퍼그나 아Q적인 유모아를 소유한 인간이다. 그가 주택을 해결하고자 문서기집 철문을 사흘밤이나 두드렸지만 열리지 않았다. 그래서 '철문'

맞은편 골목에 쪼그리고 앉아 애매한 담배만 태우며 철문이 열리기를 기다리는 가련한 주제에, 그는 철문을 열지 못하는 다른 방문객들이 성냥을 그어 대며 초인종을 찾는 거동을 작자는 아주 유모아적으로 그리고 있다.

(여보게들, 공연한 수고들 말게, 없네, 없어!)
그들을 비웃었다. 그리고 이 눈먼 방문객들에 비하면 자기는 상당한 경험자라는 생각을 했다. 그러자 마음이 흐뭇해졌다. 그는 빙그레 입가에 미소까지 그리며 낭패해서 돌아가는 두 눈먼 방문객들을 비웃어 주었다.
엽초를 한대 더 말아 물며 방금 맛본 그 불가사의한 기쁨을 음미해 보고 있는데 택시 한대가 골목길 어귀에 멈춰서더니 한 젊은 여인이 내리는 게 보였다….
신고홍 선생은 저도 모르게 방긋 웃었다. 또 하나의 눈먼 방문객이 나타난 것이다. 그는 또 한 번 '상당한 경험자'의 기쁨을 느꼈다. 이제 흥미롭게 여인의 꼴을 지켜보다가 흐뭇하게 비웃어 줄 것이었다.

그런데 결과는 어떤가? 그 '지분냄새' 풍기는 여인이야말로 '상당한 경험자'의 '익숙한 동작'으로 은폐된 초인종을 누르고 철문 안으로 들어갔다. 그런데 자칭 '상당한 경험자'는 여전히 철문 밖에 버림받고 있었다. 이 구절을 읽노라면 정말 웃음통이 터질 지경이다. 그렇지만 그 어디선가 '아Q'의 목소리가 은은히 들려 오는 것만 같은 것이 또한 비감적이다. 물론 신고홍의 아Q적인 '정신승리법'은 노신의 필 속에서 표현되고 있는 그 시대의 허무적이고 병태적인 '정신승리법'의 '아Q정신'이 아니고 새시대의 '웃음으로 고통을 억제'하려는 역반의식이 태동하는 '아Q정신'이다. 아마 작가 정세봉도 바로 이런 현대적 '아Q정신'으로 곡절 많은 역경 속에서 자신의 삶을 헤쳐 왔는지도 모른다.

4) 외면의 소리보다 내면의 소리에 열중

알다시피 문학은 인간학이다. 현대소설가로 볼 때 그 최대의 미지수는 인간에 대한 미지수이고 그 최대의 발견은 인간에 대한 발견이고 또 예술의 최대개발도 다른 것이 아니고 그 인성과 인생, 인간의 내심공간에 대한 심층적인 개발이다. 정세봉의 초기 창작에서 인물의 사회적 행위에 많이 치우쳤다면 후기 90년대에 와서 인물의 사회적 행위보다 많이는 인물의 내적 심리활동에 파고 들며 본격적인 소설의 개성화 서술 추세를 보여 주고 있었다. 시장경제의 요란한 격조 속에서 그는 겉보다는 속을 더 보고 싶었다. 그 속을 헤집어 보면 인성의 복잡성과 변태성이 꿈틀거리고 있었기 때문이다. 사실상 그가 소설에서 반영한 생활을 모두가 현실적인 것은 아니며, 또 그가 추구하고 있는 것도 모두가 현실시공의 진실성도 아니다. 많이는 인간의 심리시공에 대한 직접적인 파악이다. 때문에 그의 소설이 사람을 감동시키는 것이, 소설이 독자를 황홀케 하는 이야기 정절과 선명하고 생동한 인물형상에서 뿐 아니라 더우기 이속에 관통되고 있는 일종 인간적인 정감과 정서- 우환적이고 고독한, 신비하고 기이한, 독자에게 주는 공명과 매력이다. 이런 풍격의 형성은 그가 종래로(특히 후기창작) 우리 문학의 세속적 관념의 지배와 제약을 받지 않고 특히는 성공을 기원하는 바관리층의 의식이 침투된 인간습성에 의해 조립된 사회적 성격에도 구속받지 않고 오로지 자기 나름대로 은폐된 인간 본성의 복잡한 심리세계를 끈질기게 모색하고 있었기 때문이다. 이로하여 그가 '볼쉐위크 윤태철'의 인간적인 참회와 회귀를 쓸수 있었고 '아Q정신'으로 살아야 하는 신고홍의 장거리 고뇌와 슬픔을 구출할수 있었으며, 또 속세의 번민과 고통을 해탈해서 당원의 신앙도 마다하고 하느님의 구원을 받고저 교회로 나가는 '엄마'의 변태적인 심리를 쓸 수 있었다.

이상에서 필자는 정세봉과 그의 소설을 두고 대충 짚어 보았다. 정세봉의 지난 소설을 다시 훑어 보면서 새삼스레 느껴지는 것이, 정세봉은 확실히 '석전경우'의 고독하고 힘겨운 삶 속에서 우리 문단에 제일 우환적인 령혼으로 비천민인의 정감세계를 펼쳐가며 문학의 자갈밭을 소리 없이 열심히 개간해 나가는 굴함 없는 문학 정신을 갖춘 작가임에 틀림이 없다는 것이다.

정세봉은 다산작가가 아니며 오래 잉태하고 힘겹게 낳는다. 그만큼 위협을 주는 작가이다. 명작을 출산하는 주기는 10년, 꼭 10년인 것 같다. 1980년대 초기에 단편소설 「하고싶던 말」로 첫 '폭발'을 했고, 1990년대 초기에 중편소설 「볼쉐위크」의 이미지」로 두 번째 '폭발'을 했다는 사실을 감안해 보면 이제 바야흐로 동터오는 21세기의 서광을 맞으며 무서운 '폭발(장편)'이 잉태되고 있으리라는 예감을 털어 버릴 수가 없다.

성공을 기원하는 바이다.

-중단편소설집 《"볼쉐위크"의 이미지》(흑룡강조선민족출판사)에 수록

조성일

1936년 12월 조선 함경북도 회령군 유선동에서 출생
1960년 7월 연변대학 조선어문학부 졸업
주요저서로 〈중국조선족문화통사〉(한국이회문화사)
〈조성일문화론 1-3〉(연변교육출판사) 등 다수
연변사회과학원 부원장 겸 문학예술연구소 소장
연변작가협회 당조서기, 주석. 역임
현재 연변조선족문화발전추진회 회장

작가 정세봉과 그의 소설세계

－정세봉 작품집《〈볼쉐위크〉의 이미지》를 파헤친다

조성일

송전 정세봉은 조선족문단에서 정상급보좌에 오른 50대 중반의 소설가이다.

그는 70년대에 처녀작《불로송》을 발표하여서부터 오늘에 이르기까지 자신의 천부적인 문학자질을 하나의 독자적인 스타일로 발전시키면서 소설작품생산에 주력하여 가시적인 성과를 떠올렸다. 1985년 소설집《하고싶던 말》의 출판에 뒤이어 몇달전 흑룡강조선민족출판에서 펴낸 정세봉작품집《〈볼쉐위크〉의 이미지》가 이를 웅변적으로 증언하고있다.

작품집《〈볼쉐위크〉의 이미지》에는 소설《하고싶던 말》(1980년)로부터 소설《엄마가 교회에 나가요》(1995년)에 이르는 10편의 중단편소설이 수록되였다.

정세봉씨가 80년대와 90년대에 발표한 소설 편수에 비추어보면 무척 엄밀하게 간추린셈이다. 이처럼 뽑은 성과작들만을 한꺼번에 읽을 때 필자는 소설가 정세봉의 치렬한 삶의 자세와 집요한 문학추구 및 독특한 예술풍격을 체계적으로 음미하게 되는 반가움을 피부로 절감하게 된다.

《밑바닥 삶》을 헤쳐온 소설가

정세봉씨가 숨가쁘게 정진하여온 인생길은 설음과 울분과 정한을 가슴속에 묻고 사나운 력사의 격랑속에서 몸부림친 인생길이다.

정세봉씨의 전반생의 운명은 기구하였다. 인생고는 너무도 이르게 그에게로 다가왔다. 14살 어린 나이에 아버지를 여읜 정세봉씨는 중학교를 졸업한 뒤 열일곱살에 《운명의 씨앗》을 농토에 묻었다. 그때로부터 그는 《석전경우(石田耕牛)》로 되어 장장 수십년동안 쇠보습을 자갈밭에 박고 눈물겨웁게 갈아야 했다. 그릇된 정치와 오류적인 이데올로기의 고기압속에서 정세봉씨는 다른 농민들과 마찬가지로 《늘 가난했고 배고팠고 추웠고 고달팠다.》이것이 육신의 고통이였다면 불로 지지는듯한 정신적 형벌은 더더욱 견디기 어려웠다.

그는 《번데기로 되였다가 벌거지로 변신도 못하고마는게 농민》이라는 숙명에 몸으로 울어야 했고 《꾀죄죄한 〈밑바닥인생, 따라지목숨〉》으로 말미암아 빚어지는 서러움과 고통과 울분과 한의 정신적내출혈을 겪어야 했다.

하지만 정세봉씨는 이처럼 숨막히는 인생길에서 다행히도 일찍 문학에 꿈을 걸고 《밑바닥인생》을 헤치려 윽별렀다. 정세봉씨는 농촌의 그 어려운 여건속에서도 스승없는 외롭고 고독하고 고난이 첩첩한 자학의 길에서 문학의 도를 억차게 갈고 닦은 끝에 1975년 32세되는 해 때늦게나마 자기의 처녀작《불로송》을 창출함으로써 불우한《농민작가》로 문단에 데뷔하고 1980년에 단편소설《하고싶던 말》의 발표로 소설가로서의 위상을 조선족 문단에 정립하게 되였다.

문단에 명성이 자자하게 된 정세봉씨는 1980년대 중반에《전민소유제로동자》,《합동간부》로 화룡시문련에 적(籍)을 두고 농촌에 몸을 담근채 창작생활을 영위하는 이른바《전직작가》로 변신하였다.

하지만 얼마 가지 않아 그는《츨근도 하지 않고 제 글만 쓰면서 월급을 받아먹는 사람》으로 말밥에 오르게 되였고 이른바《전직작가》로 된 4년만에《류직정신(留職停薪)》의 억울한 처리를 받았다. 끈 떨어진《망석중》이 된 정세봉씨는 1988년말에 시장경제의 물결을 차고 살길을 찾아 생존경쟁이 무시무시한 연길시로 자기의 삶의 터전을 옮기였다.

하지만 연길시는 그에게 따스한 보금자리를 안겨주지 않았다. 그는 연길에 들어온 첫 5년동안에《도시의 삶의 현장에서 고아처럼 소외되여있는 꾀죄죄하고 주눅이 든》《곁이 없고 줄이 없는》《밑바닥인생의 이미지》를 울며 겨자먹기로 씹어야 했다. 첫 5년동안에 그는 무직업자로 안해를 도와 기름장사도 하면서 모험을 건《붓의 싸움》을 벌려야 했다. 그러다가 여러 문우들의 따뜻한 배려로 1994년부터《연변문학》월간사에서 소설편집으로 되여 지금까지 편집생활과 창작활동을 벌려오고있다. 하지만 가난하고 불행한 작가의 이미지는 상기도 정세봉씨의 신변을 떠날줄 모르며 여러가지 여건으로 말미암아 지금까지도《소낙비속에 서있는 농우》의 운명을 면치 못하고있는것 같다.

장기간의《밑바닥인생》살이는 정세봉씨로 하여금 세상을 향해 자신의 내면을 굳게 닫는 과묵과 고독의 내향적성격, 사회와 인간에 대한 지적인 통찰과 냉철한 사고, 자기가 선택한 길을 홀로 묵묵히 걸어가야만 하는 초극적인 패기와 강인한 자아추구의 의지, 억눌려 살거나 가난에 쪼들리는 민초들에 대한 애정, 사회 악덕에 대한 저항의 자세를 갖게 하였으며 정세봉씨의《심혼의 모토(母土)에 굴함없는 문학정신(작가의 정신)을 심어주고 깊이깊이 뿌리내리게 하였던것이다.》

눈물젖은 한과 비분의 가락

정세봉씨의 소설문학은 작가 자신이 말한바와 같이《문학에의 끈질긴 집념의 열매이요 수십년을 연소시켜온 생명의 대가》로서 그 내면풍경은 풍만하고도 다채롭다. 하지만 그의 소설집《〈볼쉐위크〉의 이미지》에 수록된 작품들을 읽어보면 현대인다운 랭철한 시각과 치렬한 정신으로 력사와 현실의 아픔을 증언하고 민초들의 수난과 서러움과 한을 파헤치며 현실중의 비리와 비행에 대한 비분을 토로한것이 그의 소설문학의 선명한 주제풍향임을 대뜸 감지할수 있는것이다.

전대미문의《문화대혁명》이 마무리되자 우리 문학은 력사적인 갈림길에 접어들었다. 한길은 기왕의《리념》을 고집하면서 계속《송가문학》을 제작하는 길이요, 다른 한길은 흘러간 력사의 오유를 직시하고 자성하고 부정하는 새로운 문학을 창출하는 길이었다. 이는 작가의 선택을 요청하였다. 그런데 이 시기는 극좌로선의 여파가 가시여지지 않았고 표현의 통제가 여전히 우심하던 시기였다. 바로 이런시기에 정세봉씨는 남다른 용기와 결단으로《송가문학》과는 결연히 담을 쌓고《문화대혁명》 10년동란시기의 수난의 현장을 다룬 단편소설《하고싶던 말》(1980년)을 들고《상흔문학》을 창출하는 길에 들어섰다. 이는 대담한 선택이였고 정확한 선택이였다.

단편소설《하고싶던 말》은《몬화대혁명》의 가면구를 벗겨버린《상흔문학》의 성과작이다. 이 소설은 10년 동란시기 극단적인 정치로선의 탄압하에 애틋한 사랑과 행복한 가정이 어떻게 파탄되였는가를 눈물겹게 고발하였으며 10년동안 침묵속에 묵새겨온 사회밑둥에 깔린 민중의《하고싶던 말》과 울분과 한의 가락을 감명깊게 엮어냈다. 주지하다싶이 이 소설은 조선족의《상흔문학》, 더 나아가서는 전반 조선족문학의 새 지평을 여는 행정에서 선구적인 역할을 놀았다.

정세봉씨는 자기 창작의 길에서《문화대혁명》의 상흔을 다루는데 그치지 않았다. 그의 예리한 사색의 눈초리는 세월의 흐름에 따라《문화대혁명》의 력사적근원을 파헤치는데로 돌려지면서《반성문학》을 떠올렸는바 그 대표작으로 중편소설《〈볼쉐위크〉의 이미지》(1991년)를 내세울수 있다. 이 소설은 건국후 력사적인 희비극에 대한 심각한 반성을 취급한 성과작으로 새로운 력사시

기 조선족문학산맥에서 하나의 큰 봉우리를 이루고있다고 말해
야 하겠다.

　정세봉씨는《〈볼쉐위크〉의 이미지》에서 소설《하고싶던 말》의
정치시각, 가정시각뿐만아니라 또 새로운 시각을 선택하였는바
즉 그것은 사회력사시각과 인간시각 특히는 인간시각이다. 그는
이 소설을 빌어 흘러간 력사를 추적하고 반성함에 있어서 과거에
발생한 비극중 가장 근본적인 비극은 인간의 비극임을 력설하고
있다.

　소설《〈볼쉐위크〉의 이미지》는 1984년의 어느 늦은 봄날《인
민공사》가 해체되고 개인영농을 하게 된 평강벌 구룡대대에서
지주가정출신인 허수빈일가를 놓고 벌어지는 공산당원 윤태철과
그의 아들 윤준호의 현실적 력사적갈등을 슈제트발전의 기본고
리로 하여 농업집단화로부터《대약진》을 거쳐 10년동란을 꿰지
르고《인민공사》의 해체에 이르기까지 장장 30년동안《두뇌없는
순복도구》로 되여《채바퀴돌듯이 굴러온》윤태철의 이른바 볼쉐
위크 인생경력을 다루었다.

　윤태철의 인생은 극단적인 정치사조가 범람할 때 말단조직의
책임자로서《식을줄 모르는 정치적 격동과 혈색의 충성심으로
가슴을 끓이면서 눈코뜰새없이 분전》한 일생이며《당의 말의 앵
무새처럼 그대로 받아외우고 당의 지시대로 로보트처럼 움직여
온》《두뇌없는 순복도구》로 되여 백성들에게 적지 않은 재난을
안겼을뿐만아니라 자기 자신과 아들 준호의 사랑마저 훼멸시킨
인생이다. 하지만 새로운 력사시기에 진입하여 당의 로선적오유
가 시정됨에 따라 그의 볼쉐위크적인 이른바《거창한 경력》은 순

식간에 값없는 《공허한 력사》로 둔갑한다. 두말할것 없이 이는 아니러니컬한 력사의 드라마요 희롱이다. 이런 무정한 현실타격 앞에서 인간성이 거세된 《순복도구》 윤태철은 공허와 실의와 비애의 늪속으로 빠져들어가며 나중에는 무서운 고뇌속에서 인생을 마감한다. 따라서 이 소설은 비틀린 령혼의 고통스러운 신음을 쓴 한 《볼쉐위크》의 《고해사(苦海史)》이며 《참회록》이라고도 이킬을수 있는것이다.

소설 《〈볼쉐위크〉의 이미지》는 이런 《고해사》와 《참회록》을 통해 지난날의 극단적인 정치는 인간의 삶을 조여매는 견디기 어려운 탄압임을 증언하였고 이 탄압의 불도가니속에서 훼손되고 비틀려지고 이질화된 인간성의 회복과 구원의 메세지를 내비추고있는바 이 소설의 저변에서는 인간주의적정신이 소용돌이치고 있는것이 매우 반갑다. 여기서 한가지 더 강조하고싶은것은 이 중편소설이 한 공산당원의 비극을 빌어 당의 오유적인 력사에 날카롭고도 무정한 해부도를 박았는데 작가의 담량과 굴함없는 정신이 우리들을 경탄케 한다는것이다.

이것은 한차례 모험적인 처절한 《붓의 싸움》이였다. 이 싸움에서 소설가 정세봉씨는 여러모로부터 오는 압력을 이겨내야 했다.

개혁개방의 도도한 물결을 타고 구축된 시장경제는 사람들에게 물질적리익을 가져다줌과 아울러 인간의 삶의 근본을 위협하는 여러가지 문제점들을 야기시켰다. 시대의 아픔을 증언하는 소설가 정세봉씨는 민감하게 이런 현실적인 문제점에 예각적인 대응을 꾀하였다. 시장경제에 밀착된 그의 소설작품은 그 내용에 있어 두가지 풍향을 보이고있는바 하나는 소설 《토혈》, 《태양은 동토대의 먼 하늘에》(1993년) 등이 말해 주다싶이 시장경제충격속에서의 《따라지목숨》에 대한 조명이요 다른 하나는 소설 《인간의 생리》(1993년) 등이 표출한 시장경제와중에서의 인간성의 파탄과 륜리도덕의 타락에 대한 강타이다.

《토혈》은 《첫대접》(1982년), 《최후의 만찬》(1990년), 《토혈》(1994년) 등 세 작품으로 엮어진 련작소설로서 시장경제의 물결에 밀려 소외되고 자기 삶의 터전을 일구지 못한 한 농민의 비참한 생활과 그의 좌절을 극명하게 보여주었다. 이 련작소설의 주인공은 농민인 홍수이다. 련작소설의 첫작품 《첫대접》에서 지난날 늘 남의 놀림깨나 받던 어리숙한 홍수가 시장경제의 물결을 타고 인간적인 위상이 부상됨에 따라 동네집 생일파티에 초청되어 첫대접을 받는다. 련작소설의 두번째 작품 《최후의 만찬》에서 인간으로 복귀된 홍수는 시장경제의 와중에서 눈먼 금전의 욕망과 무분별한 승벽심에 농심이 뒤흔들려 농토를 버리고 도시로 진출한다.

하지만 물신주의와 배금주의가 살판치는 도시에서 홍수는 삶의 터전을 일구지 못한다.

그는 농토를 버리고 훌쩍 도시로 들어왔던 《자신의 실책을 아프게 절감》하며 꿈과 현실이 엄연히 다른 도시바닥에서 자각한다. 드디여 도시와 고별하는, 친구가 벌린 《최후의 만찬》에서 만취한 홍수는 귀향의식에 사로 잡힌다.

소설 《첫대접》, 《최후의 만찬》의 속편인 《토혈》에서 홍수는 귀향하여 농토에 땀과 근력을 몰붓지만 가난을 면치 못한다. 아들의 외국로무송출에 수요되는 거액의 돈을 꾸려고 자기의 친구인 도시 기업인을 찾아간다. 그 친구는 홍수를 외면한다. 빈손으로 돌아온 홍수는 《자기가 평생을 고단하고 가난하게, 남한테 수모를 받으며 살아온것처럼 아들놈도 〈소(牛)우의 계급〉을 벗어못날 것》이란 허탈감에 빠져 심한 정신적 고통을 겪던 끝에 토혈한다.

상술한데서 알수 있는바와 같이 련작소설 《토혈》은 민초의식에 기대여 사회의 밑바닥에서 허덕이고있는 민초들의 소외감과 서럼움과 고달픔에 통곡하고있으며 도시의 비리와 부정이 민초에 가해지는 학대와 수모와 우롱을 무자비하게 폭로규탄하고있다.

소설 《태양은 동토대의 먼 하늘에》는 정세봉씨의 다른 소설에 반하여 지식인의 어려운 처지와 울분을 풍자와 해학적인 기법으로 표출한 예술성이 강한 성과작이라 말해야 하겠다.

이 소설의 주인공인 원로시인 신고홍은 《50년대로부터 파란만장의 수난을 겪으면서 시필을 놓지 않은 오랜 시인이다. 그것도 일편단심 리념의 태양을 구가하고 공산당을 노래하고 사회주의를 읊조리려온 〈송가시인〉》이다. 하지만 이 원로시인은 《지금껏 남산밑 21평방짜리의 외통집신세를 면치 못하고있는것이다.》

생활난에 쪼들린 원로시인은 차디찬 현실앞에서 무기력하며 고충을 숙명으로 받아들인다.

그의 성격도 변태되고 《아Q》를 닮아간다. 그러다가 마누라의 푸념에 못이겨 기막힌 주택난을 해결하고저 벼르고 벼르던 끝에 련속 나흘밤이나 40년전 자기 제자였던 문서기 집을 찾아가 《철문》을 두드렸지만 그《철문》은 열리지 않았다.

《신고홍선생은 그저 한없이 서러웠다. 살아오다 살아오다 무엇엔가 크게 배반을 당한듯한 느낌이였다. 몇십년을 곧장 속히워서 살아온것만 같았다. 허무하기 짝이 없었다.》《섣달의 밤추위가 뼈속까지 사무쳐왔다. 신고 홍선생은 체소한 몸을 새우처럼 한껏 꼬부리고 누워있다.》《그렇게 누워서 깊은 수면의 심연속에 가물가물 꺼져가고있는 한쪼각 의식에서 따사롭고 찬연한 태양을 떠올리고있었다. 몇십년을 시를 지어 읊조렸던 태양은 멀리 툰드라에 떠있었다.》

보다싶이 이 소설을 통하여 우리는 사회상의 적지 않은 권력자의 관료주의, 위선 ,부정부패의《철문》앞에서 자신이 얼마나 초라하고 무기력한지를 뻔연히 알면서도 그 모순되고 보잘것 없는 삶의 몫을 감태하려는 침묵의 태도에서 결국 자신의 삶과 사회에 절망적인 몸짓으로나마 발언하고 관여하고자 한 한 지식인의 눈물겨운 진실을 가슴아프게 읽을수 있다. 작가는 원로시인의 형상을 빌어 백성들의 고통과 비분을 구김없이 토로하였으며 또한 그만큼 생존위기를 초극하려 애를쓰는《따라지목숨》들에 뜨거운 눈물을 쏟았다.

필자는 이 소설이 작가의 우환의식을 집중적으로 보여준 예술적매력을 가진 또 하나의 돌파작이라고 떠올려 본다.

정세봉씨의 소설《인간의 생리》,《슬픈 섭리》,《엄마가 교회에 나가요》등은 우에서 지적한것처럼 다른 하나의 주제풍향을 말해주는 작품들이다. 이 세 소설은 각이한 소재를 취급하고있지만 한결같이 금전과 성욕을 서사의 중심적인 축으로 하여 리기적인 물질욕망과 삶의방식, 동물적인 성욕의 추구에 정신이 홀린 인간들을 통하여 참된 삶이 무너지고 가치관이 붕괴되고 인간도덕이 타락되는 슬픈 과정을 적라라하게 묘사하였다. 이런 인간성의 상실과 정신붕괴에 대한 작가의 저항자세와 비판정신은 우리 독자들로 하여금 인간의 삶에 있어서의 진선미의 의미가 어디에 있는가를 되묻게 하고있는것이다.

소설가 정세봉씨가 자기의 소설창작을 언급하는 글에서 다음과 같은 대목이 자못 인상적이다.

《흘러간 력사앞에서 작가의 량심은 결코 잠잘수 없으며 무엇인가 웨쳐대야 할 그리고 소리높이 웨치고 싶은 절실한 사명감과 강렬한 욕망에 사로잡히게》하였다.

《밑바닥에서 올려다보는 세상은 온갖 모순과 불공평, 부정과 부조리로 점철되여있었으므로 가슴속에 맺히고 응어리지고 쌓이는것은 나름대로의 서러움과 한과 울분뿐이였다.》

실로 정세봉씨의 소설세계에는 작가의 말대로 력사와 현실에 직결된 한과 울분과 비분의 가락이 짙게 깔려있는바 그의 소설문학은 극단적인 정치가 휩쓸고 지나간 력사와 사회를 공증한 《공증문학》이요 우리 현실의 사회적 정치적 인간적 병리와 정면으로 대결한 비판과 저항의 문학이라 생각된다.

치렬한 사실주의행보

새로운 력사시기에 진입하여 각이한 문학사조가 우리 조선족

문단에 휘몰아치는 복잡다단한 문학적풍토속에서 소설가 정세봉씨는 시류에 편승함이 없이 자기의 문학주장과 미학견해에 따라 우리 시대에 걸맞는 사실주의문학의 터전닦기에 심혈을 몰부으면서 치렬한 사실주의 행보를 지속적으로 지켜왔다. 그의 이런 사실주의 행보에 따른 소설세계의 개성적인 몇가지 특징들을 모아보면 다음과 같은 몇가지가 아닐가고 생각해본다.

정세봉씨는 다산작가가 아니다. 그는 작가의 사명감과 책임감을 가지고 자기의 창작을 엄격하게 대했다. 그는 자기 작품을 무턱대고 발표하기에 서두르지 않았고 눈앞의 리익에만 급급하지 않았다. 또한 그는 일시적인 정책앞에서 자기의 생각을 함부로 바꾸지 않았으며 각이한 정치적기후에 주견없이 순응하지 않았다.

그는 항상 무서운 고독속에서 뼈를 깎는 각고와 사색으로 자기의 작품을 갈고 닦고 쪼아냈다.

정세봉씨는 시대와 사회의 초미의 문제를 다루는 선이 굵은 사실주의작가이다. 그는 《상아탑》속에 숨어 있지 않았고 세상과 담을 쌓은 무풍지대에 도피하지 않았다. 그는 언제나 시대와 사회와 현실의 도도한 물결속에 뛰여들어 몸부림치면서 상술한 작품이 알려주다싶이 자기의 작품을 우리 사회의 초미의 문제, 근원적인 문제와 밀착시켰다. 따라서 사회의 초점, 사회의 열점문제이자 그의 소설의 초점이요 열점문제였다.

이런 연고로 하여 그가 무게있는 작품을 발표할 때마다 문단의 화제를 모으고 문단의 쟁론을 야기시켰다.

이런 견지에서 볼때 많은 경우 그의 작품은 성과작이면서도 문제작이기도 하다.

정세봉씨의 소설세계에서는 농촌취향의 소재가 주도를 이루고있으며 또한 그것이 작가의 실존적체험을 바탕으로 하고있는 것이 특징적이다. 그의 소설에서 농촌 농민의 생활을 조명한것이 단순한 소재선정의 문제가 아니다. 이것은 농촌생활에서 경험한 말할수 없는 고통과 빈곤 및 정신적 좌절의 대가와 맥을 같이하며 그의 눈물어린 우환의식과 직결된다.

그가 그려내고있는 농촌은 사회적변화로부터 유리된 자연공간이 아니라 력사적수난과 고통과 애환이 가장 절실하게 천착된 삶의 현장이다. 그의 농촌소재의 소설은 모두가 작가 자신의 삶과 작가 자신의 실존적체험을 통하여 또 작가의 생각을 실행하는 실천속에서 형성되고 육화된것이다.

이런 실존성격은 그의 소설에 높은 진솔성을 부여하였다.

그의 소설에는 흙냄새가 그윽하고 농민들의 숨결과 지향이 여울치고있다. 따라서 필자는 그의 소설문학이 조선족문학에서 농민들의 정신적좌표로 되기에 손색이 없는것 같다고 소리쳐본다.

정세봉씨의 삶과 소설문학에서 가장 분명한것은 치렬한 비판정신과 저항의 자세이다. 그의 소설이 웅변하다싶이 그의 비판과 저항의 강도는 우리 조선족문단에서 김학철선생님의 잡문과 쌍벽을 이룬다고 하여도 과언이 아닌상싶다. 오랜 세월의 그의 문학적작업을 검토해볼대 그의 비판의 초점이 우리 사회에서의 그릇된 이데올로기의 횡포, 권력자들의 부정, 속물적인 삶, 물신주의적가치관에 모아진것으로 안겨온다. 또한 이 비판의 어조는 력사와 현실주의 개개인의 삶과 모습을 통해서 뚜렷이 드러내는것이 특징적인바 그 저변에는 시대를 향한 정치적 또는 도덕적판단의 치렬성이 서려있다.

정세봉씨의 소설문학에서의 이런 비판정신과 저항의 자세는 우환의식에 뿌리내린 인도주의정신을 자기 바탕으로 하고있다. 그의 소설에 흐르고있는 인도주의정신은 불우한 인간에 대한 련민과 동정, 인간의 개성과 존엄에 대한 존중, 인간성회복에 대한 갈구 등을 주축으로 삼고있는것 같다.

소설《하고싶던 말》중의 금희의 형상, 《인간의 생리》에 나오는 불우작가 농우선생의 형상, 《태양은 동토대의 먼하늘에》중의 로시인 신고홍형상, 《슬픈 섭리》중의 임옥녀의 형상, 《엄마가 교회에 나가요》중의 엄마형상, 《〈볼쉐위크〉의 이미지》중의 윤준호의 형상 등은 형상적인 화랑이라 짐작된다.

정세봉씨의 소설세계는 예술적인 면에서도 자기의 개성적인 얼굴을 돋보이고있다. 그의 소설 구조는 많은 경우 깨끗하고 산뜻하고 간명하다. 그의 소설은 이야기의 기복과 줄거리의 얽음새와 발전에 흥미를 두는데 반하여 인간과 인간사이의 갈등에서 빚어지는 심리적굴곡의 추구에 모를 박고 인간의 내면으로 육박하는 내향성의 특징을 보여주고 있다.

정세봉씨는 자연과 인간의 조화내지 친화로 인간을 파악하기보다는 인간과 사회의 뉴대속에서 인간을 파악하는데 주력하는 느낌을 준다. 그는 농촌이나 자연의 미보다는 인간의 내면에 관심을 모으고있기때문에 자연묘사 등 수사적요소가 적고 마치도 렌즈의 초점을 향해 추적해가듯이 인물의 내심세계에 집중적인 투사력을 집중하는것이 자못 인상적이다.

표현기법에 있어서 정세봉씨의 소설은 다양화를 추구하고있지만 그중에서도 우리를 감명깊게 하는것은 대조법과 상징법이다. 소설《〈블쉐위크〉의 이미지》에서의 볼쉐위크 윤태철과 인간 윤준호의 대조,《태양은 동토대의 먼 하늘에》서의 원로시인의 비참한 삶과 물질적풍요를 누리고 살아가는 관리계층의 삶의 대조 등이 그 좋은 사례라 할수 있다면 소설《태양은 동토대의 먼 하늘에》서의 태양, 동토대, 철문,《빨간 〈크레용태양〉》에서의 크레용태양 등은 깊은 상징적이미지를 갖고있는바 특히나 이런 상징적기법은 그의 소설의 복합적의미와 예술적품위를 한결 높여주고있는것이다.

정세봉씨의 문체는 선이 굵고 소박하고 박력이 넘치며 강직하고 꿋꿋한 문체로서 그의 문학은 명실공히《남성문학》이라 말할수 있지 않을가.

여기서 짚고넘어가야 할것은 정세봉씨의 소설문학에도 한계가 있다는 점이다. 그의 소설에서 적지 않은 경우 주제의 표면적인 로출이 심하고 작가의 관념적인 분석이나 설명이 많아 리념화경향이 보이는것 같다. 작중의 어떤 인물들은 재래의 절대적인《이분법》에 물젖어 일색적인 평면화에 덜어지고있다. 바꿔말하면 고정된 자아로서의 인물보다는 부단히 류동하며 모색하는 자아, 다양한 면모를 가진 립체적인 자아로서의 인물형상으로 승화되지 못한것이 흠이 아닐가. 또한 소설《인간의 생리》에서 보다싶이 작가와 작중인물(농우선생)과의 거리가 너무 가까워 소설의 호구적인 창조성과 객관적인 위상에 어두운 그림자를 던져주고있는것이 바람직하지 못하다.

이밖에 그의 작품에 문화적시각 내지 문화적 함량이 덜하거나 다듬어지지 않은 언어가 적지 않게 로출되는것도 우리를 아쉽게 하고있다.

비록 그의 소설문학이 이런 흠집들을 갖고있지만 그가 달성한 성과들을 흐리우지 못한다. 정세봉씨는 새로운 력사시기가 낳은 저명한 조선족소설가이며 자기의 풍만한 창작성과로 우리 조선족문학의 현대적인 사실주의 터밭을 새롭게 가꾸는 길에서 크나큰 기여를 한 조선족의 이름있는 대작가이다. 정세봉씨가 《이제 나 자신의(혹은 우리들의) 〈한계〉를 깨뜨리고 끊임없이 초극해나가는 어렵고 긴 싸움을 야심적으로 선언하며 새삼 투지를 벼려본다》고 고백한것처럼 앞의 세계를 더욱 새로운 안목으로 바라보고 다른 세계를 꿈꿀수 있는 이미지가 기동력을 갖추고 더 넓게 펼쳐지길 바라마지 않는다.

장정일

1943년 중국 룡정시에서 출생
연변대학 어문학부 중문학과 졸업
연변일보사 부총편집
연변작가협회 부주석 력임
칼럼집 《사색의 즐거움》
평론집 《변방 -또 하나의 시작》 출간
"연변문학" 윤동주문학상 평론부분 본상
장백산문학상 수상

[평론]_〈연변문학〉 1999년 2호

령혼의 현대적갱생을 위한 처절한 몸부림

－형식으로부터 접근해본 정세봉 소설의 각(평론)

장정일

각이 없는 인간은 무미건조한 인간이다. 별로 우수한 점도 안보이고 딱히 짚어낼 결함도 분명치 않은 누이 좋고 매부 좋은 인간은 남에게 크게 말을 들을 념려는 없는 반면에 전혀 매력적이지 못하다는 치명적인 약점을 안고있다. 도대체 각이 없는 인간이기 때문이다.

작가 역시 각이 있어야 매력적인 작가이다. 작가는 그 각때문에 작가라는 이름이 가능한것이고 그 각때문에 작가는 시비의 인물(시비의 작품)로 세인의 말밥에 오르기도 한다.

인생의 전부를 소설창작에 기탁하고 생명을 연소시키고있는 정세봉, 스스로 간간이 오기라는 말을 잘 쓰는 정세봉은 서슬푸른 작가적안목과 비판정신으로 써낸 적정량의 소설력작들을 통하여 무수한 독자들의 심금을 울려준 동시에 본의 아니게 자신의 이미지에 대한 이러저런 편견과 오해를 낳기도 한 장본인이다. 그것이 가슴에서 우러나오는 진한 감동이든, 졸렬한 자의 사이비한 비난이든, 야비한 자의 질시와 부질없는 험담이든, 선량한 자의 호애이든 관계없이 조용한 정세봉이 떼구름처럼 피여나는 여론이 잇달은 시달림을 감내해야만 했던것만은 사실이다.

분명한 애증으로 삶의 자갈밭을 헤쳐온 정세봉은 그 고된 인생경력과 이를데없이 진지한 인생자세때문에 신체는 가냘퍼도 정신은 각이 나지 않을수 없었다. 대학교문에 들어가보지 못한 그는 최하층에서 《대학》을 졸업한 고리끼처럼 일하며 배웠다. 그를 시시각각 동무해준것은 문학의 신비한 세계였다. 문학서적은 물론 맑스—레닌주의 철학경전까지 밤을 패며 탐독하면서 인생공부, 문학공부, 철학공부 삼위일체의 노력을 경주한 정세봉은 문학만 운운하는 절름발이 문학도가 아니라 자기나름의 작가적 각을 분명히 세운, 그래서 심심찮게 시비를 달고 다니는 우리 문단 대표작가의 한사람으로 된것이다.

긴 머리, 수수한 옷차림에 조용한 성미의 정세봉이지만 민주의 장(場)인 선거마당에서는 남달리 침묵을 깨고 제 주장, 제 포부를 웨쳐보는 인격적 강건함과 떳떳함도 지니고있다. 그 삐딱함이 그 권리행사가 대역무도한 죄가 될른지는 몰라도, 그런 돌출행위가 우둔하고 미련한 짓거리로 비쳐질지는 몰라도 아무튼 정세봉은 두어깨에 제머리를 달고 제입으로 제말을 하는 사람인것만은 사실이다. 두루 눈치를 살필줄도 모르고 자잘한 손익계산도 잘 모른다. 그뿐이 아니다. 그의 가슴은 뜨겁고 그의 피는 진하다. 그는 남 다 자는 새벽 두시 심야의 거리를 배회하면서 이럴 때 필시 불러야 할 부드러운 녀인의 이름 석자가 떠오르지 않아 심히 언짢아하는 고결하고 깜직한 랑만의 정도 아울러 가슴깊이 묻어두고 사는 등으로 감성의 각 역시 빼여나다.

그 인간에 그 소설이다. 각이 있는 소설은 피와 살이 있고 핵이 있다.

흑룡강조선민족출판사가 최근에 펴낸 정세봉의 중단편소설집 《〈볼쉐위크〉의 이미지》를 읽으며 그의 소설의 각을 감득하기는 어렵지 않다. 바로 그 각이 평단의 이목을 끌고 독자들의 관심을 불러일으키고 갑론을박의 시비를 자아냈다. 불행인지 다행인지는 중론(衆論)이 알아줄 일이다. 나로서는 지금이 그의 작품의 참모습을 알아보는 작업의 적기(適期)이고 형식적인 측면으로부터 접근해 정세봉소설의 각을 조명해보는 나의 시도가 이 작업진척에 미력하나마 보탬이 되기를 바랄뿐이다.

1. 정세봉소설의 각은 우선 그의 소설 갈등구조의 첨예성, 그리고 거기서 표출되는 주제의식의 현대성지향에서 나타나고있다.

정세봉의 소설들은 깊은 체험과 사고의 산물로서 사말적인 신변잡기나 숭늉같이 미지근한 작품들과는 궤를 달리한다. 그의 소설은 항상 심혼을 사로잡는 모종 조화불능의 갈등구조와 그것에 의해 흘러나오는 심령을 전률케하는 처절함이 있다.

단편 《하고싶던 말》에서 정당한 생활지향의 리금희와 립신양명을 위해 인간성을 저버리는 정치지향의 그의 남편(홍철이 아버지)은 수화상극으로 대립된다. 결과 그들 가정은 파경의 고배를 마신다. 소설 갈등구조의 첨예성을 말해주는 례이다. 그 대립과 모순은 그 당시 문화대혁명이라는 시대적상황에서의 인간의 심리적 모순이 응축된것이며 슈제트의 전개와 더불어 그것은 정감적으로 극대화된다.

리금희가 땀을 흘리며 잘살자고 벌리는 일이 하나도 잘못이 없음에도 불구하고 그녀의 소위는 오히려 남편의 벼슬길을 막는 행위로 간주되고 그것을 참을수없는 남편은 리혼도 서슴치 않는다. 후에 와서 후회를 하나 때는 이미 늦었다. 그 아픔, 그 심리적고통이 독자를 울린다.

정세봉의 중편소설《〈볼쉐위크〉의 이미지》는 갈등구조의 첨예성이 가장 심각하게 드러난 작품이다. 작가는 현대판《아버지와 아들》을 썼다. 일방으로 오랜 농촌 당원간부 윤태철과 아들 윤준호는 혈연적으로 떨어질래야 떨어질수 없는 부자관계이다. 타방으로 그들은 의식구조와 정감의 견지에서 도저히 그 곬을 메울수 없는 불공대천의 사이이다. 장편소설로 취급될 깊은 내용을 중편소설에 집약시킨 이 소설은 시아버지로 될 윤태철이 반대해 지주손녀 순정이가 죽음으로써 그녀를 사랑하는 아들 윤준호의 사랑이 유린당하는 기구한 사연을 기본갈등구조로 삼았다.

부자간의 복잡미묘한 심리갈등이 처절하고 무자비한 줄당기기로 이어지면서 소설은 아버지와 아들, 굳어진 우상숭배관념,《계급투쟁》관념과 자존적인 인간성간의 치렬한 대결의 산드라마를 창출하였다. 소설은 력사에 대한 균형감각을 잃지 않고 윤태철을 타매함과 동시에 그에게 리해와 동정의 아량도 베풀고있다. 이렇듯 인간의 복잡한 사상과 감정의 세부에까지 육박해 들어간 소설은 사회와 인간내면의 말초신경까지 건드린것이다.

사실 방식은 다르지만 정세봉의 다른 소설들, 이를테면《첫대접》,《빨간 〈크레용태양〉》,《인간의 생리》 등 허다한 소설에 내재한 모순갈등의 구조도 첨예하기는 마찬가지이다. 이 점은 뒤에서도 언급이 되겠지만 관건은 이런 갈등구조의 초점이 인간의 정신, 의식, 정감과 심리에 대한 해부와 편달과 사고라는 점이다.

《〈볼쉐위크〉의 이미지》에 윤태철의 심령의 갈등과 반성을 표현한 이런 대목이 나온다―

《날은 이미 어두워져서 집집마다 전등불을 환히 밝히고있었다. 윤태철은 무심히 밤하늘을 아득히 바라보았다. 짚은 암록색의 야공에는 잔별들이 신비스레 깜박이고있었다.

그는 문득 자기가 참으로 오래간만에 이렇게 하늘의 성진세계를 구경하고있다는 생각을 했다. 그러자 웬 일인지 알수 없는 서글픔이 눈언저리에 뜨거이 맺혀오고있었다.》

그렇다. 우리들 인간은 아무리 드바쁜 일상을 산다고 해도 가끔 아니 될수록 자주 하던 일을 내려놓고 깨끗하고 성스러운 《성진세계》, 그 무언의 유장한 《밤하늘》을 유심히 바라볼 필요가 있다. 자기를 뒤돌아보며 앞길을 잘 걷기 위해서이다.

정세봉 소설의 그 바라보기는 한결같이 우리 민족 령혼의 내적 속성중에서 뒤진것, 초라한것의 먼지를 닦아내고 치부를 도려냄으로써 민족령혼의 현대적, 자존적갱생을 꾀하자는 취지를 두고 있다.

《하고싶던 말》이 금희의 남편에 대한 정신적 해부의 가슴저리는 이야기라면《〈볼쉐위크〉의 이미지》는 자기 친아들의 참사랑마저 잔인하게 짓밟는 광적인 로보트 윤태철에대한 아픔의 정신적분석학이다. 《순복도구》,《로보트》 윤태철은 한마디로 자주적이고 자존적인 인격이 결여된 인간과 그 의식의 상징물이다. 맹신과 맹종, 구세주의 구원에 대한 집착, 그 어떤 기적에 대한 미신, 그 어떤 교조에 대한 무조건적인 순응은 가련하면서도 비겁하고 미련하기에 잔인하기도 한 령혼이다. 인격적 자존과 자강의 결여는 행복추구의 정당성이 훼손되게 하며 그것을 바탕으로 하여 비정과 비리는 활개치게 되는 것이다.

이런 미개성에 대한 타매는 그대로 자존, 자애, 자강의 현대적, 민족적의식의 갈구이며 인간성과 행복추구의 권리에 대한 긍정이다. 로신이 자아기만의 국민성을 해부했듯이 정세봉은 무인격, 무개성의 민족성에 예리한 메스를 댄것이다. 그 해부와 타매는 한뉘 태양송가를 부르다가 행운을 제자서기에게 기탁하는《태양은 동토대의 먼 하늘에》서의 로시인, 종교적위안으로 현실적고뇌를 가셔보려고 하는《엄마가 교회로 나가요》에서의 엄미에게도 행해지고있다. 작가는 태양송가에 대한 보답이 없는 쓸쓸한 인생이나 사회도덕성 추락을 썼을수도 있다. 그러나 결과적으로는 작품 주인공들 내면의 의식구조를 보아 그 보답받기와 심리적 해탈이 애초부터 불가능한것임을 말해주고있는것이다.

더 나아가 자주적인 정신적대안이 결여된 환상적이고 의뢰적인 윤태철의 그림자가 한옥희나 한국사기군에게 사기당한 피해자들, 심지어 우리들 모두의 의식의 저변에 비껴있다면 과언일가? 우리 자신도 윤태철처럼 환상에 젖어 맹종으로 잔인함을 저지를 때는 없는가? 저질제품을 내놓고 속이고 속히우는 어처구니없는 현실, 실제상황이야 여하하든 거짓회보로 승진을 노리는 사람들에게도 인간애와 인간성을 무시하는 윤태철의 인장(印章)이 찍혀있는것은 아닐가? 인간존중, 행복추구의 현대의식과 허황한 명분을 빌어 인간성을 훼손하는 낡은 의식과의 첨예한 대립이 정세봉소설의 갈등구조의 근간을 이루고있다. 이 근간, 이 각은 인민대중 마음속의 절실한 념원과 추구, 시대발전의 내적요구에 부응한것이다. 소설의 가치와 그에 대한 공명도 여기서 비롯된다고 볼수 있다.

2. 정세봉 소설의 각은 또한 그의 작품에 보편적인 극적인 서사방식에서도 자주 나타난다.

그의 소설의 재치와 작가의 발견적개입을 가능케 하는 중요한 형식적요소이다.

소설 《인간의 생리》에서 작중인물 현미는 불우작가 농우선생을 동정하여 모금에 나서며 드디어 성공한다. 허지만 그것이 일정한 대가지불로 이뤄졌다고 생각되고 그 대가로 큰 돈을 손쉽게 쥐여보았을때 현미는 물욕으로 고상한 동정심을 밀어내고 농우선생 책출판을 위해 얻은 2만원을 자신이 챙긴다. 그것도 모자라 그녀는 급전직하하여 또 만원 심지어 5만원을 탐내며 돈있는 리군철에게 매달린다.

슈제트의 이 극적인 반전이 인간의 정신적 생리탐구에서의 작가의 새로운 발견이 가능하게 하고있다. 따라서 소설은 인간의 내면을 음미할 멋이 더 생기게 된다.

소설 《첫대접》에서는 이런 반전이 더구나 희극적이다. 마흔고

개에 갓 오른 어리숙한 홍수는 일에서는 미립이 있다. 호도거리가 시작되자 어쩌다가 이웃집 얼뜨기농사군 종철이의 대접(생일초대)을 받는다. 전에는 생산대간부에게나 차례지던 례무이다. 소설은 이것만을 끌고나가도 다소 의미가 있는것이다. 그것도 일종 발견이지만 소설은 여기서 또 한번 극적인 상황을 연출한다. 홍수는 기쁜 나머지 얼근해서 만나는 사람마다 붙들고 자기를 초대하라고 호통친다. 그는 동갑친구를 만나서 혀꼬분 소리를 한다.

《종철이가… 종철이도 나를 청했는데… 한상 차리란말이여. 모를 키우지 않겠어? 모를말이여!》

홍수는 박회계를 보고도 《박회계… 박회계도 나를 청하셔요, 내 모를 자래워 주겠시다. 나를 청하면야 틀림있겠시유》하고 지껄이는데 압권은 마지막에 있다. 홍수는 얼룩강아지를 보고서도 《야, 이놈아, 너도 벼모 키울 일이 걱정이냐?》하며 발길로 걷어찬다. 얼룩강아지는 《깨갱깨갱》 소리치며 꼬리 빼는데 홍수는 다시 일어나지를 못한다. 모두들 가보니 홍수는 눈물이 샘솟듯했다.

《첫대접》의 이 희극적인 반전장면은 무식하고옅고 용이하게 만족하는, 원견성없는 뒤진 농민의 의식에 대한 신랄한 풍자이며 눈물을 자아내는 비참한 유모아이다. 이는 또한 생활의 진리에 대한 발견적 개입을 성사시킨 작가만이 가능한 재치이다. 반전이 반전을 거듭하는것이 이례적이고 이채롭다. 아니나다를가 《첫대접》의 련작 《최후의 만찬》과 《토혈》서 홍수는 복잡한 도시생활에 적응하지 못하고 좌절을 거듭하다가 맥없이 죽어가지만 얼뜨기 농사군 종철이는 외려 고기가 물을 만난듯이 도시생활에 적응한다.

또 한번의 뜻밖의 기이한 반전인데 여기에서 작가의 생활읽기와 그 심각한 통찰력이 유감없이 나타나고있다. 장인다운 통찰력과 재치라고 하지 않을수 없다. 이와 같은 이른바 재치는 순 기법상의 장난이 아니라 작가의 통찰력과 안목과 불가분적으로 이어져있는것이다. 중편 《〈볼쉐위크〉의 이미지》에서도 문화대혁명 때까지 독재의 대상이던 지주성분의 허수빈일가와 《당원련계호》 대상으로 되는 윤태철의 경우처럼 극적인 서사가 재치있게 전개되고있는데 이 역시 소설의 희극성과 주제심화에 특별한 구실은 하고있다.

3. 정세봉 소설의 각은 타방으로 농도 짙은 비극적색채의 활용에서도 드러난다.

새로운 인격의 탄생과 낡은 의식의 사멸이라는 심각하고 처절할수밖에 없는 주제의식에 주안점을 두고있는 이상 거기서는 묵은 얼음층이 깨여지고 부서지는 소리가 들리지 않을수 없으며 돋아나는 새싹이 자신을 누르는 바위의 중압에 쓰러지는 신음소리가 들리지 않을수가 없다. 정세봉은 흔히 비극적모멘트를 포착한다. 쉐익스피어는 《햄리트》,《오쎌로》,《로미오와 쥴리에트》에서처럼 비극형식을 애용한 작가이며 체호브나 로신도 그들의 주옥같은 명단편들에서 비극적필치를 자주 보여주었던 작가였음을 우리는 알고있다.

지금은 비극을 쓴다고 욕하는 사람이 별로 없을것이다. 송가만 강요하던 시기는 지나갔기때문이다. 희극이 있는데 비극이 없을리 없다. 웃음이 있는데 눈물이 없을리 없다. 모순갈등의 보편성의 전제하에서는 비극의 보편성도 긍정을 받아야 할것이다.

건국후 좌경로선으로 인한 피해 특히 문화대혁명으로인한 피해는 비극이다. 하다면 새 시기에도 세계를 놀래운 올해 중국의 특대홍수로 인한 피해, 그 무수한 재산과 인명의 손실도 비극이다. 교통사고, 화재의 피해는 물론 로무자의 애환, 실업자의 고뇌, 사기피해자의 한숨에도 비극의 그림자가 비껴있다. 꾀꼴새 노래하는, 웃음만 넘치는 사회, 폭우의 여름과 추운 겨울이 없는 자연, 날마다 기쁨천지인 일상은 불가사의한것이다. 그래서 인생은 누림이 아니라 견딤이라고 하는것이다.

정세봉은 이런 비극적색채를 통해 의식갱생의 어려움과 갈등인생의 처절함을 고조시키며 심령의 전률과 정감의 떨림을 도출해내고있다. 《〈볼쉐위크〉의 이미지》에서 윤태철의 림종은 비극적인 색채로 충만된 사연많은 종장(終章)이다. 샘처럼 솟아나는 부성의 통애와 아픈 회한과 속죄의 정감이 뜨거운 눈물로 여울치는 최후의 순간이다.

이 순간에 파란많은 볼쉐위크 윤태철의 인생이 응축되여있으며 부자간의 원망과 용서, 버림과 해탈, 낡은 의식의 죽음과 새 인격 탄생의 장쾌함이 서리여있다. 소설 《하고싶던 말》에서의 가정의 파경, 《최후의 만찬》에서의 홍수의 좌절, 《토혈》에서의 홍수의 죽음, 《태양은 동토대의 먼 하늘에》서의 로시인의 최후에는 비극적색채가 짙게 깔려있어 소설의 현장감과 분위기 조성에 이바지하고 갈등의 첨예성도 살아나게 하고있다.

4. 마지막으로 정세봉소설의 각은 명징한 상징과 시적인 산문수필식기법에서도 찾아볼수 있다.

소설《빨간〈크레용·태양〉》, 특히《태양은 동토대의 먼 하늘에》의 경우 작가는 사실주의수법에 상징, 은유, 과장 등 기법을 접목, 가미함으로써 슈제트의 치밀성보다는 내적정감과 의식의 발굴에 치중하는 변화를 보이고있다. 기법의 변이양상으로 주목되는 대목이다.《마음속의 태양》이라고 칭송되던 수령의 서거의 날을 다룬《빨간〈크레용·태양〉》은 굴곡적인 이야기줄거리나 갈등의 첨예함보다는 어린 총각의 천진함의 대비가 강한 대조를 보이며 작품의 무게를 눌러주고있다. 소학교 1학년때 미술시간에 그린《크레용·태양》이 한편으로는 충격과 허전함과 괴로움의 이미지를, 다른 한편으로는 그 충격과는 관계없이 자연적으로 인간적으로 순리에 맞게 향해지는 생활을 지속적인 진행과의 대조를 위한 이미지로 작용하면서 일종 상징물의 구실을 하고있다.

《태양은 동토대의 먼 하늘에》에는 이렇다 할 이야기거리가 별로 없다. 그저 50년대부터 리념의 태양을 노래한《송가시인》신고홍 선생이 한뉘 오막살이신세를 고쳐보자고 나흘밤이나 자기의 제자인 시위서기를 찾아갔으나 담장과 철대문에 막혀 못들어가고 결국은 폭음끝에 영원한 수면속에 떨어지고만것을 담담히 그렸을뿐이다. 하지만 거기에는 독자의 사고를 자극하는 깊은 여운이 담겨있다. 로시인의 림종에 떠올린 태양은 로시인과의 상관관계속에서 일종 배신과 허무의 상징물로 작용하면서 묘한 예술적효용성을 발휘하고있다. 동토대의 먼 하늘에있는 태양, 철대문과 담장이 가로막혀 접근할수 없는 지도자는 뭘 말하고있을가? 그것은 사회일각의 부조리 ,인간사이의 장벽에 대한 고발임과 동시에 로시인 자신의 고리타분한 의식으로 말미암은 자업자득에 대한 풍자와 아이러니이기도 하다.

첫날밤에는 철대문의 초인종단추를 못찾아서, 이튿날밤에는 중년남자와 같이 초인종단추를 못찾아서, 사흗날밤에는 젊은 녀인이 들어가는걸 보고 시끄러움을 끼칠가봐, 나흗날밤에는 서기의 부인이 서기가 없다고 잡아떼서 시종 제자서기를 못만난 사연은 일종 짧다란 무언극처럼 잘 짜여졌고 산문이나 수필처럼 간결하고 단아한 서사기법이다.

정세봉의 이번 작품집에는 간헐적으로 의론을 삽입하다보니 설교식으로 돼버린 구석이 보인다든가, 일부 작품 주인공이 너무 헤프게 죽지 않나 하는 느낌이 들게 하는 등 아쉬운 구석도 있다. 구체에서 구체에로 쓰면서도 은유, 상징을 통해 현장감과 실감을 일궈내는 정성이 배가된다면 간혹 구체에서 추상으로 빗나가는 흠이 지양될것이다. 죽음의 혼함이라는 느낌이 드는것도 비극색채 = 죽음이라는 식의 속되고 안이한 틀을 량산할 소지가 있다는 신호이므로 간과해서는 아니될 대목일것이다. 또 일부 작품《슬픈 섭리》에서 보여지는 주제파악과 재고를 요청하는 대목이겠다.

이와 같이 소설의 형식적인 측면 또는 기법의 측면을 통해서나마 정세봉소설의 각을 검토해보면서 나는 생활의 진리를 탐구하는 정세봉소설가의 끈질긴 의력, 민족 령혼의 현대적갱생을 위한 그의 작가적고투, 사회적비리와 비극을 정시하는 담찬 그의 용기, 력사의 필연과 인간성변화의 내적련관성의 고리를 형상적으로 파악하는 그의 예리한 안목에 매료되었다.

1980년에 《하고싶던 말》에 대한 평론을 쓰고나서 18년만에 정세봉씨의 새로운 소설집을 평론하게되면서 기쁘게 느낀바로는 그가 18년전에는 비창(悲愴)의 운명쏘나타를 썼다면 그후에는 력사의 광장에 거문고를 세워놓고 인간성과 그 심령의 애환이 담긴 운명교향곡을 품위있게 연주함으로써 그는 연변 나아가서는 중국조선족을 대표하는 큰 문학가의 반렬에 올라선 유능한 소설가로 부상했다는 점이다. 예술가로서의 소설가가 있을뿐이다. 굳이 농민소설가, 로동자소설가라는 딱지를 붙이는것은 타당하지가 않다.

체호브는 의사 소설가이고 똘쓰또이는 백작소설가인가? 출신, 직업에 관계없이 예술가와 비예술가가 있을뿐이다. 예술가 정세봉씨가 계속 자아변신의 노력과 고투를 거듭하면서 보다 탁월한 개성을 획득하며 인간성과 생활진리의 성당에 깊이 들어가 변혁의 벅찬 오늘을 사는 우리에게 운명교향곡의 웅장화려한 새장을 울려주기를 바란다.

-1998. 12.

김호웅

1953년 연길시 출생
1998년 연변대학 조문학부에서 박사학위 취득
주요 저서로《인생과 문학의 진실을 찾아서》,《중일한문화 산책》등 다수
연변대학 한국학연구센터 소장

[평론]_〈연변문학〉 1999년 2호

정세봉과 그의 문학세계

김호웅

　정세봉씨가 13년만에 두번째 소설집《〈볼쉐위크〉의 이미지》를 펴냈다. 이 소설집에 1985년에 내놓은 첫 소설집의 대표작《하고싶던 말》과《첫대접》이 재수록되여있기에 작가 정세봉씨의 전반 문학적탐구의 궤적을 볼수 있게 되였다. 말하자면 이 소설집을 통해 우리는 정세봉이라는 한 인간, 한 문학인의 실체를 추시해볼수 있고 거듭되는 심각한 사회변동의 소용돌이속에서 살아온 한 정직한 작가의 좌절과 희망,곤혹과 탐구의 피어린 예술적 로정을 추적할수 있다.

　정세봉씨는 누구인가? 그는 어떤 시점에서 인간과 사회를 보고 있는가? 그의 창작과정을 몇개의 단계로 나누어볼수 있으며 그는 자기의 소설들을 통해 무엇을 추구하고있으며 지금 그는 어디까지 와있는가? 그의 문학의 한계와 돌파구는 어디에 있는가? 이러한 질문들을 분명히 제기하고 정세봉씨의 인간과 문학세계를 살펴보고저 한다.

1.《밑바닥 삶》과 불굴의 작가정신

까놓고 말해서 나는 정세봉씨와 별반 교제가 없다. 문학인들이 모이는 회의때마다 늘 뒤좌석에 우울하게 앉아있는 정세봉씨를 훔쳐볼기회가 있었을뿐 그와는 깊은 이야기 나눈적도 없다. 문인들 일여덟이 둘러앉아 도도하게 문학을 론하고 고금의 영웅을 론하는 자리에서도 정세봉씨는 말수가 적다. 그는 남의 말에 약삭바르게 수긍하거나 멋진 유머로 분위기를 바꿀줄도 모른다. 일부러 남을 개여올리거나 일부러 남을 조롱할줄은 더욱 모른다. 울적한 얼굴, 버쩍 마른 몸매로 보면 우울질의 소유자인듯하나 정세봉씨는 분명 다혈질의 소유자라고 단정코저 한다.

《밑바닥인생》의 짓눌린 삶, 그러한 삶으로 인한 패배의식과 렬등감은 그를 울적하고 과묵한 사람으로 만든것 같다. 하지만 정세봉씨는 분명 깊은 상처를 입은 맹수이다. 아니면 겉으로는 평온해보이나 속에는 부글부글 거리는 용암을 안고있는 화산이다. 그의 마음속 깊이에는 이름할수 없는 원한과 분노가 묻혀있다. 과묵한 편이지만 일단 화를 내면 화산처럼 폭발할수 있는 침울한 얼굴, 그는 자기의 불행과 주변 인간들의 불행을 두고 깊은 사색을 하고있으며 사회의 비정과 비리를 말없이 흘겨보면서 그 근본적인 타결책을 두고 깊은 생각에 빠지고있다. 하기에 나는 정세봉씨를 대할 때마다 프랑스의 조각가 로댕의 청동조상《생각하는 사람》을 련상케 된다.《지옥의 문》옆에 있는 바위우에 벌거벗은채로 앉아 지옥에 떨어진 각양각색의 인간들을 내려다보고있는 한 사나이, 전신 근육의 긴장에 의해 격렬한 마음의 움직임이

응결되여 영원히 생각을 계속하는 인간의 모습이다.

전통적인 관념으로 정세봉씨를 평가한다면 참으로 팔자가 사납고 분복(分福)이 없는 사람이다. 소시적부터 작가로 될 꿈을 가졌지만 농민의 아들이였고 문학에 매료되였지만 그 결과는《인생의 철저한 패배자》로 굴러떨어졌다. 그에게는 벼슬도, 재부도, 아름다운 녀인도 인연이 없었다. 중학교를 나오던 17살때부터 51살때까지 꼬박 34년간을 농촌에서《밑바닥 삶》을 헤쳐왔다. 도시에 들어와 부인의 시중을 들면서 콩기름장사를 하던 때는 물론이요, 명색좋은《기관지》편집으로 들어앉았다고 하는 지금도 셈평은 별반 펴이지 않는다. 그 자신의 말 그대로《늘 가난했고 배고팠고 추웠고 고달팠다.》그는 육체적으로뿐만아니라 정신적으로도 무서운 정신적 형벌을 겪어야 했다. 말하자면 실패한 인생에 대한 참담한 실의와 비애, 렬등감, 그리고 앞으로 살아가야 할 막연한 인생에 대한 고민과 방황의 뼈아픈 고통을 겪어야 했다.

하지만 고통의 심도는 작품의 심도와 정비례하는 법이요.《밑바닥인생》은 사회의 치부(部)를 가장 잘 올려다볼수 있는 시점이다. 이 사회가 그 아무리 공작새같은 황홀한 옷을 걸쳤다고 해도《밑바닥 인생》에게 보이는것은 악취 풍기는 뒤구멍일뿐이다. 말하자면《밑바닥 인생》이 올려다보는 이 사회는 온갖 모순과 불공평, 비정과 비리의 먹구름으로 뒤엎여있었으니 가슴속에 응어리지고 쌓이는것은 피고름같은 서러움과 원한과 울분뿐이였다. 이러한 사회에서 도대체 어떻게 살아야 할것인가?

사회학자 머튼(R.Merton)은 현대사회에있어서의 사회적응의 형식을 다음과 같이 분류했다. 즉 의식형(依式型), 패배형, 개혁형, 반항형으로 나누었다. 의식형은 과거의 인습과 전통을 존중하면서 현실의 변혁을 기피하는 사회적응의 형을 뜻한다. 집단의 규범과 질서를 유지하기 위하여 의례가 뒤따르게 되고 그 의례는 경우에 따라서는 존엄과 신비를 내포하게 된다. 그속에는 주술(呪術)도 포암되며 그것은 기존 규범과 질서에로의 통합과 안정에 기여한다. 패배형은 실의와 좌절감으로 자신감을 상실하며 스스로의 심한 렬등감에 사로잡힌다. 스스로는 아무런 가치가 없다고 생각하고 무든 종류의 경쟁이나 비판에 공포감을 갖게 된다. 혁신형은 적극적으로 그 사회 생활에 참여하면서 그 사회를 보다 성숙되고 발전된 사회로 만들기 위해 새로운 아이디어, 새로운 지식과 기술을 통해 사회의 혁신을 기하는 류형이다. 그렇다면 반항형은 사회의 기존 규범과 질서에 대해 격렬한 비판을 가하면서 그 전통적인 규범과 질서를 부정하고 비뚤어진 사회를 바로잡을수 있는 새로운 규범과 질서, 륜리도덕과 가치관을 지향하고 창출해낸다.

　물론 정세봉은 수십년간 복잡한 이 세상을 때로는 의식형으로, 때로는 패배형으로, 때로는 개혁형으로 다양한 적응을 시도하면서 살아왔다. 하지만 그의 《밑바닥 인생》에는 변함이 없었다. 현실은 그에게 패배만을 안겨주었다. 그냥 《밑바닥 인생》으로 살아야 하는 서러움, 짓눌린 자의 원한과 울분, 그것을 계기로 정세봉씨는 사회의 기존 규범과 질서에 회의를 가지게 되었다. 번번히 현실에 무참히 패배를 당하고 실의와 렬등감에 빠진 정세봉씨, 그는 종잡을수 없는 현실을 숙명으로 받아들이고 인내와 중용을 미덕으로 알고있는 종법적인 농민의 삶을 살수도 있었을것이며 가난에 쫓기고 실의에 잠긴 나머지 타락의 깊은 늪에 빠질수도 있었을것이다. 하지만 정세봉씨는 자기와 똑같은《밑바닥 인생》을 살고있는 농민들을 동정하고 사랑하였다.

그는 사회의 비정과 비리를 눈이 찢어지게 미워했고 화려한 우상에 의해 우롱당하고 권세에 짓눌리고 정치풍파에 부대끼는 민중을 동정했다. 또한 그의 사색적인 성격 끈질긴 자습과 독서를 통한 그의 교양과 학식, 특히 오랜 농촌의 기층간부요, 공산당원인 그는 자기 한 개인이나 가정의 안락한 생활을 위해 시세에 편승할수 없었으며 더우기는 수치스러운 타락의 늪에 몸을 던질수가 없었다. 그와는 반대로 단꼬처럼 민중의 앞장에 서서 심장이라도 뽑아 어둠을 밝혀야 했다. 한마디로 억조창생에 대한 깊은 사랑,《량심의 태양을 안고》고난속에 허덕이는 인간과 사회를 선도하고 구제하려는 엘리트의식―이는 고루한 기존규범과 질서를 상대로《세계와 자아의 대결》을 선포한 정세봉씨의 기본성격구조라고 할수 있다.

정세봉씨는 마치내 가슴속에 꽉 찬 울화를 터뜨릴수 있는 분출구를 찾게 되였다. 그 유일한 분출구는 더 말할나위 없이 문학이고 소설 쓰기였다. 말하자면 정세봉씨는 현실의 규범과 질서에는 패배할수밖에 없으므로 이번에는 그 세계가 거꾸로 자기에게 굴복해 올수 있도록 자기 식의 규범과 질서, 륜리와 풍속을 만드는 소설 쓰기 작업에 집념했다. 그 찰나 정세봉씨가 걸어온 밑바닥 인생과 절실한 인생체험은 그 자신의 말 그대로 그의 문학의 풍부한 밑거름으로 되였고 굴함없는 문학정신의 모토(母土)로 된것이다. 나 한 개인의 서러움과 원한, 울분이 아니라 모든《밑바닥 인생》의 울분을 토로하고 자유로운 인간답게 풍요로운 삶을 살고자 하는 그들의 숫저운 소망, 그들의 목소리를 대변한다고 생각할 때 정세봉씨는 비록 가난에 찌들고 고독하고 힘겨운《석전경우(石田耕牛)》의 고행길을 걸어왔지만 스스로 눈물겹고 뜨거운 법열(法?)을 느낄수 있었던것이다.

정세봉—그는 악의 정치와 병든 사회의 반역아이며 우리 문단의 고행승이다.

2.《석전경우》의 인생과 정세봉 문학의 세 단계

정세봉씨는 1975년 단편《불로송》으로 문단에 등단했고 1995년현재까지 40여편의 소설들을 발표했다. 징세봉선생의 소설들을 두고 평론가 전성호씨는 중국 새 시기 문학의 기본 개념인《상처문학》,《반성문학》의 차원에서 다룬바 있고 평론가 김원도씨는 정세봉의 소설들은《사회정치에 대한 우환》과《사회도덕에 대한 우환》을 보여주었다고 하면서 정세봉씨를 로신형의《우환적인 령혼》으로 규정하고있다. 필자는 두 평론가의 견해에 수긍하면서도 좀 다른 각도—약 20여년에 걸치는 정세봉씨의 문학창작과정을 3개의 단계로 나누어 그 작가의식의 변화과정과 문학적탐구의 현주소를 고찰코저 한다.

첫단계—농촌의 변화와 새로운 삶에 대한 희열과 열망

주지하다싶이 1978년도를 좌우로 중국 사회, 특히 중국의 농촌

사회는 거대한 변화를 가져왔다. 농민들은 농토를 되찾았고 자기들의 신근한 로동으로 배불리 밥을 먹고 따뜻한 옷을 입을수 있는《태평성세》를 맞게 되였다. 비정한 정치권력은 거꾸러지고 시도 때도 없이 불어닥치던 정치운동도 막을 내렸다. 순박한 농민들은 미치 새장에서 풀려나온 새마냥, 고삐를 끊은 황소마냥 하늘을 날고 땅에 뒹굴면서 자유를 만끽할수 있었다. 지나온 시대를 되돌아보면 일장 어리광대 놀이를 보듯 어처구니 없었고 아침처럼 밝아오는 새 시대를 그려보며 농부들의 가슴은 희망으로 넘쳤다.

정세봉의 첫 단계소설들은 바로 이러한 시대적변화를 배경으로 주홍령감, 홍수, 단편《새야 날아가거라》의 주인공《나》와 같은 형상을 창조한다. 소설《주홍령감》의 시대적배경은 분명치가 않지만 농촌개혁의 시대적 분위기를 보여주고있음에는 틀림이 없다. 평생 자식많이 낳은 죄로 남의 신세만 지면서 살아온 주홍령감, 처자식을 비롯한 일가친척에게 큰 집안의 어른 처사 한번해보지 못한 주홍령감, 술취한 김에 소 판 돈 천원을 일가친척들에게 백원, 2백원식 나누어 준다. 아침에 술이 깨자 맹랑하기 짝이 없고 은근히 속집이 달아오른다.《주정뱅이 사촌을 기화집 사준다》는 속담을 련상케 하는 단순, 명쾌한 스토리지만 지지리 못난 가난을 청산하고 풍요로운 삶을 살려는 이 시기 농민들의 열망을 해학적으로 보여주고있다.

그리고 단편《첫대접》은 개인영농이 실시되자 난생처음《인간대접》을 받게 되는 순박한 농민 홍수의 가슴에 터지는 감격과 희열을 감동적으로 형상화한 소설이다. 어리숙한 홍수는 논일과 밭

일에는 막힘이 없고 육모와 논물보기에 기술이 높았지만 정치권력이 판을 치고 집단농사를 하면서 말공부나 하던 시절에는 마을 어른들 축에 빠지고 주눅이 들어 다닌다. 하지만 개체농사를 하게 되자 정치권력에 붙어 살며 말공부나 하던 얼뜨기농민 종철이가 자기의 생일날에 홍수를 청한다. 참으로 해가 서쪽에서 뜰 일이다. 물론 품앗이로 홍수의 손을 빌어 벼모를 키우고 논물을 보자는 심산이었다. 지나날 틈만 나면 헐뜯고 꼬집고 몰아부치던 종철이가 괘씸했지만 처음으로 술대접을 받은 홍수는 그만 온 세상을 독차지한 기분이다. 길가는 마을 사람들과 희떱게 큰소리도 치고 지나가던 강아지와도 《야, 이놈아, 너도 벼모 키울 일이 걱정이냐?》 하고 실없이 롱을 건다. 결국 만취해 길옆 홈채기에 쓰러지지만 《그는 눈물이 샘솟듯했다》. 땅을 되찾은 농민들의 환희, 인간의 권리와 존엄을 되찾은 이 나라 농민들의 감격과 희열을 너무나도 감동적으로 보여주었다.

17살부터 30여년간 순박한 농민들과 일심동체가 되여 울고 웃으며 살아온 농민작가 정세봉, 농민들의 기쁨이자 그의 기쁨이였고 농민들의 소망이자 그의 소망이였다. 그 당시만 하더라도 정세봉씨는 농촌개혁을 통해 농민들은 구제되고 농촌을 분명 《무릉도원》으로 환생하리라는 확신에 차있었다. 이 시기 정세봉씨의 희열과 희망으로 부풀던 가슴은 단편소설 《새야 날아가거라》를 내놓았다. 농촌총각인 《나》를 배반하고 가난하고 살기 힘든 농촌을 버리고 도시의 총각의 품에 안긴 처녀, 《나》는 배신감에 젖어 가슴저미는 아픔을 체험하기도 하지만 마침내 마음속의 《파랑새》를 도시에 날려보낸다. 뿐만아니라 성향차별이 해소되면 새들이 다 아름답고 풍요로운 숲을 찾아 날아오리라고 확신하면서 그 날을 위해 자기의 청춘을 바칠 각오를 다진다.

지금 다시 읽어보면 현실에서 실패한 자의 문학적복수 형태, 또는 자기 변명과 자기 안위(安慰)식의 환상적구조에다가 서신체에 의한 관념적설교가 지루해 뒤맛이 개운하지 못하지만 그 당시만 하더라도 작가 정세봉씨가 농촌의 개혁에 얼마나 큰 희망을 걸고 있었는가를 잘 말해준다.

두번째 단계-비정하고 허황한 력사에 대한 비판과 반성
1980년 무렵, 일부 작가들은 농촌의 개혁과 변화에 환희를 느끼고 신세 고친 농민들, 그들의 황홀한 미래를 성급히 전망했다. 그들과는 달리 정세봉씨는 단편《하고싶던 말》의 발표를 계기로 농촌의 개혁과 현실의 변화에 대한 형상화에는 잠시 손을 떼고 《좌》적인 정치세력이 판을 치던 시기 우리 농민대중이 겪은 수난을 고발하고 지난 력사에 대한 반성을 촉구는데 모를 박는다. 랭철한 사실주의작가로서 홍분을 가라앉히고 리성을 되찾은것이다.

《하고싶던 말》은 서신체로 쓴 단편소설이다. 굴원의 《리소》나 정철의 《사미인곡》의 경우와 마찬가지로 소박당한 녀인이 남편에게 하소연 또는 마지막으로 보내는 편지의 형식을 취했다. 서신체—그것은 허황한 력사를 고발하고 주인공의 울분을 터뜨리기에는 가장 적합한 형식이였다. 이 소설은 형식상 두 젊은 부부간의 갈등을 다루고있으나 그 밑바탕에는 심각한 시대성, 사회성이 깔려있다. 한마디로 이 순진한 젊은 부부의 사랑을 파국으로 몰아간 장본인은 허황하고 비정한 정치문화였다. 《좌》적인 정치문화는 홍철이 아버지와 같은 순박한 농촌청년을 편협하고 비정한 《정치인》으로 전락시켰고 근면하고 전통적인 부덕(婦德)을 갖춘 금희에게 쓰라린 비극을 안겨주었던것이다. 금희의 형상에 깃든 잘살아보려는 농민의 세기적욕망, 희생적인 모성애와 가정애, 인내와 재기(再起)의 힘은 그녀와 같이 험악한 시대를 살아온 우리 독자들에게 커다란 감동을 주었다. 금희야말로 《20세기의 사정옥》이요, 우리 조선족 문학이 창조한 가장 값진 인물형상의 하나라고 생각한다.

올봄 정세봉씨는 연변대학에서 있은 문학강연에서 《나같은 둔재는 괜찮은 작품을 내놓는데 10년은 착실히 걸린다》고 말한바 있다. 사실 정세봉씨는 80년대 후반기에는 별반 작품을 발표하지 않고있다. 혹자는 정세봉씨가 문단에서 아침이슬처럼 사라지는것 아니야 하고 애석해하기도 했다. 하지만 정세봉씨는 1991년 문제작 《〈볼쉐위크〉의 이미지》를 내놓음으로써 그동안 그가 이 인간과 사회, 특히 지나온 농촌의 력사를 두고 얼마나 깊은 사색과 반성을 해왔는가를 보여주었다. 사실 이 소설은 1983년에 종자를 발견하고 7,8년간의 오랜 진통끝에 내놓은 력작이다.

소설은 볼쉐위크-윤태철의 형상을 통해 해방후 30여년간에 걸치는 중국 농촌의 정치사를 다루고있다. 윤태철은 소작농의 아들이요, 화선(火線) 입당을 한 로당원이다. 하지만 그는 당에서 내리먹이는 지시가 옳든지 그르든지 금과옥조(金科玉?)로 삼고 무조건 집행함으로써 점차 독립적인 인격과 독자적인 판단력을 상실한 당의 《순복한 도구》, 타성에 의해 움직이는 로보트식 인간으로 전락한다. 그는 력차의 정치운동에 앞장을 서서 당의 지시를 관철한다. 그는 마을사람들을 들볶고 철두철미 당의 계급론에 쫓아 지주 출신인 허수빈을 무산계급독재의 대상으로 간주하고 장기간 타격을 가한다.

특히 그는 자기의 아들 윤준호와 허수빈의 딸 순정이와의 사랑의 꽃을 무자비하게 꺾어버린다. 결국 순정이는 애를 밴 몸으로 자결하고 윤준호는 아버지에 대한 한을 품은채 장가를 갈념을 않는다. 견디기 어려운 부자간의 갈등과 반목, 대결이 지속되는 가운데 인민공사가 해체되고 개체영농이 실시된다. 윤태철은 《자신의 모든 30년간의 노력과 분투가 헛되이 흘러간것 같은 느낌》을 받게 되고 《이제는 사람만 폐우처럼 돼가지고 댕그랗게 남아있다는 실의와 비애》에 잠긴다. 그는 화김에 아들 준호의 귀뺨을 후려치기도 하나 아들에게는 물론이요, 허수빈일가에게도 무서운 죄의식을 느낀다. 그는 사사건건 맞서는 아들 준호로 인해 뇌출혈로 쓰러지지만 죽음을 앞두고 아들에게 용서를 빈다. 아들 준호 역시 자신의 불효를 절감하며 《당의 강유력한 규률과 의지앞에서 아버지가 당하고 겪었던 모든 곤혹과 번민과 울분이 실감이 되었고 인간본체의 마음을 속이면서 무조건적으로 〈순복도구〉질 했던 아버지의 삶의 신조와 신념이 헤아려지고있었다.》

이 소설은 아래와 같은 몇개 점에서 특색을 가진다. 첫째로 극에서 갈등의 심각성은 슈제트의 심각성을 규정한다. 소설에서도 마찬가지이다. 만약 단편소설 《하고싶던 말》은 부부간의 갈등과 파경을 다룸으로써 슈제트의 긴장성을 기할수 있었다면 중편소설《〈볼쉐위크〉의 이미지》는 부자간의 갈등을 다룸으로써 슈제트의 긴장성을 더할수가 있었다. 바꾸어 말하면 고루한 기존 규범, 질서와 새로운 규범과 질서의 갈등이지만 그것이 부부간 내지 부자간의 갈등형태로 표현됨으로 하여 슈제트의 긴장성과 무게를 더 해준것이다. 다음으로 단편소설《하고싶던 말》은 금희의 일인칭 시점에 의한 서신체로 씌여진 사정과도 관계되지만 홍철의 아버지형상은 평면적으로 묘사되였다.

하지만 중편소설《〈볼쉐위크〉의 이미지》에서의 윤태철 형상은 삼인칭 시점에 의해 다각적으로 묘사되고있으며 부자(父子)간의 갈등과 대결의 극적구조를 통해, 인물심리에 대한 깊이있는 해부를 통해 한결 더 극적긴장을 고조시키고 있으며 인물형상의 립체성을 기하고있다. 그리고《하고싶던 말》은《력사의 어리광대에 대한 통쾌한 복수형태》로 끝나지만《〈볼쉐위크〉의 이미지》는 무거운 참회를 통한 인간성의 부활을 거쳐 화해와 화합의 세계를 암시해주고있다. 말하자면 정세봉씨는 인간성의 회복은 사회적 갈등을 극복하고 사회적질환을 치유할수 있는 기본 도경이라고 확신하고있는것이다.

세번째 단계 – 신과 인간의 부재와 사회비판의 힘

80년대말에 접어들면서 중국사회는 다시한번 혼란과 진통을 겪는다. 현대적인 술어로 말하자면《아노미(anomie)》상황에 빠지게 된다. 아노미현상이란 한 사회에있어서 지배적인 가치체계가 흐트러지거나 무너졌을때, 사회와 문화적차원에서 어떤 혼란과 무질서가 극도에 달하게 되였을 때 그 구성원의 행위를 규제하는 공통의 가치나 도덕규범이 상실된 혼돈상태를 말한다. 본격적인 시장경제의 도입, 농민들의 리농과 도시화의 물결, 금전만능의 가치관과 향락주의풍조의 대두, 더우기 사회의 비정과 비리가 만연됨으로 하여 그야말로 신도 인간도 존재하지 않는 혼돈시기가 닥쳐온다. 연변의 경우 그 대표적인 사례가 《한옥희사건》과, 《한국초청사기사건》의 여파일것이다. 아무튼 아노미현상은 곧 인간들의 일탈행위(逆?行?) 또는 편의행위(便宜行?)를 유발해 사회해체를 진일보 가속화하고있다.

이러한 가치혼란 또는 다원적인 가치표준의 공존속에서 정세봉은 인도주의에 립각한 뚜렷한 현실비판, 력사반성의 문학에서 탈피해 객관적으로 인간과 사회를 보기 시작한다. 그는 신도, 인간도 존재하지 않는 오늘의 무질서한 현실을 직시하면서 사회비판정신을 한결 고조시킨다.

우선 작가는 농민들 운명에 지속적인 관심을 보여주면서 농촌의 해체와 도시화의 물결속에서 부대끼고 신음하는 농민들을 형상화하면서 현실을 고발하고 비판한다. 단편 《최후의 만찬》과 《토혈》은 82년에 발표했던 단편 《첫대접》의 속편이다. 개체영농이 실시되여 처음으로 사람 대접을 받고 기쁨의 《눈물이 샘솟듯 했》던 홍수는 10년세월이 흐른 뒤 이젠 농토를 버리고 도시에 들어가 막벌이를 할수밖에 없게 된다. 하지만 도시에도 그가 발붙일 자리가 없다. 야박스러운 도시의 깡패들은 병약하고 어리숙한 홍수에게 물매를 안기고 약삭바르고 시세를 잘 따르는 종철이는 다시한번 경제적으로 홍수의 우위(?位)에 오르게 되자 매몰차게 홍수를 외면하고 따돌린다. 지칠대로 지치고 외톨이 신세로 남은 홍수, 그는 피를 토하고 쓰러진다. 농촌개혁의 한계와 너무나 급박하게 잔척되고있는 도시화의 페단을 극명하게 드러낸 력작이라 하겠다.

다음으로 단편소설 《빨간 크레용태양》과 《태양은 동토대의 먼 하늘에》, 《엄마가 교회에 나가요》는 신의 부재, 가치관의 혼란, 신앙과 믿음을 상실한 현대인간의 비애를 다루면서 사회의 비정과 비리를 신랄하게 고발하고있다. 단편 《빨간 크레용태양》은 모택동이 서거한 소식이 전해진 어느 한 농촌마을의 하루 생활을 그리고있다. 신적인 존재의 돌연적인 추락으로 말미암아 아버지를 비롯한 마을사람들은 커다란 비애와 불안에 잠긴다. 하지만 철부지소년인 《나》는 그에 대한 사변과는 관계없이 개구장이의 일상을 즐기고 아버지와 마을처녀 희애로 인한 자기의 작은 아픔과 사랑을 두고 고민한다.

특히 이 소설은 《나》와 희애가 강가의 초막에서 뒹굴면서 정을 통하는 장면을 통하여 신과 인간을 대립시키고있으며 신이 존재하건 말건 인간의 아픔과 사랑은 별개로 존재하고있음을 보여줌으로써 우상숭배의 허황한 세월을 풍자하고있다. 단편소설 《태양은 동토대의 먼 하늘에》 역시 신의 부재, 신앙의 환멸을 확인하면서 비정한 권력에 의해 소외당하고 배반당한 자의 환멸, 허탈과 분노를 보여주고있다. 원로시인 신고홍선생, 그는 한평생 《리념의 태양을 구가하고 공산당을 노래하고 사회주의를 읊조려온 송가시인이지만 남산밑 21평방짜리 외통집 신세를 면치 못한다.》

그는 연암 박지원 소설의 허생처럼 마누라가 하도 바가지를 긁는바람에 자기의 제자요, 마음의 구세주인 문정서기를 찾아간다. 하지만 나흘이나 찾아갔지만 문서기를 만날수 없다. 아름다운 녀인들은 무상출입을 할수 있고 문정서기가 금방 철대문을 열고 들어갔지만 매정한 문서기부인은 핑게를 대고 신고홍시인을 대문밖으로 물리친다. 평생 태양을 노래했지만 태양을 동토대의 먼 하늘에 있는 하나의 허상에 지나지 않았던것이다. 이 얼마나 심각한 아이러니인가?

단편소설 《엄마가 교회에 나가요》는 공산당위서기의 화려한 경력을 가진 기업인 남편의 배반을 받은 녀인 《엄마》의 분노와 허탈, 종교적인 신앙에로의 몰아적의존(?我的依存)을 다룬 소설이다. 여기서 정미의 아버지는 단순한 가장(家?)이상의 이미지를 가진다. 그는 공산당원이였으며 정미에게는 신적인 존재나 다름이 아니였다. 그의 변질과 타락, 배반은 우상의 추락, 환멸을 의미했고 그만큼 정미에게 실의와 실망을 주었다. 《엄마가 교회로 나가요》—이 한마디는 신의 부재에 대한 확인이며 절대적인 권력의 타락과 비정에 대한 민중의 항거가 아닐수 없다. 쉽게 말하면 권력의 부패와 비정으로 말미암아 민중의 마음속의 신앙은 파멸되고 민중은 절대적권력에 등을 돌리고있음을 명확이 지적한것이다. 우리 사회에 울려준 얼마나 무서운 경종인가?

마지막으로 정세봉씨는 기존 륜리와 도덕의 몰락, 가치관의 혼란으로 특징지어지는 오늘의 사회에 있어서 인간은 타락되고있고 인간성은 상실되고있다고 보았다. 하기에 그의 소설에는 신은 물론이요, 인간도 존재하지 않으며 기존 륜리와 도덕, 공리와 정의는 금전과 권력의 유혹앞에 맥없이 허물어진다. 중편소설 《인간의 생리》가 이를 잘 보여준다. 주인공 현미는 젊고 이쁘게 생긴 녀기자로서 문학을 사랑하고 불우한 사람들을 동정하는 녀성으로 등장한다. 그녀는 곤경에 빠진 불우한 작가 농우선생을 무척 존경하며 또 농우선생과 같은 지식인들을 푸대접하는 사회를 두고 의분을 느낀다.

그녀는 마침내 농우선생의 장편소설의 출판을 위해 자금을 주선하는 일에 발벗고 나선다. 그녀는 기업계에서 활약하는 《호랑나비》—리군철에게서 2만원을 얻게되지만 그 대가로 자기의 정조를 빼앗긴다. 박봉에 매달려 살아가는 현미는 정작 2만원을 손에 쥐자 무서운 심리적갈등을 느낀다. 결국 농우선생에 대한 존경, 동정심 같은것은 맥없이 허물어지고 금전 욕망이 독버섯처럼 집요하게 머리를 쳐든다. 그녀는 마침내 자기의 금전욕을 합리화할수 있는 구실을 찾고 자기의 더 큰 욕심을 만족시키기 위해 리군철과 수치스러운 《교역》을 계속한다. 분명 현미의 타락은 사회의 타락을 일반화하고있다. 작가는 현미의 형상창조를 통해 인간의 량심과 전통적인 륜리, 도덕을 헌신짝처럼 던지고 금전의 노예로 전락하고있는 이 사회 인간들의 생태를 고발하고있다.

정세봉 문학의 현주소와 한계

상술한 바와 같이 정세봉씨는 대체로 농촌의 개혁과 함께 문단에 등단한 작가로서 1978년 이후의 농촌 변화와 농민대중의 새로운 삶과 열망을 작품화하다가 《상처문학》, 《반성문학》 계렬에 속하는 작품들을 통해 중국 농촌의 정치사에 대한 력사적반성을 하고 인생에로의 복귀(復?)를 사회구제의 처방으로 내놓기도 한다. 정세봉씨는 90년대에 접어들면서 신과 인간의 부재를 재확인하고 권력지상, 금전만능의 사회풍조를 비판하면서 작가의 정신 - 사회비판정신- 을 한결 고조시키고 있다. 그의 작품은 투철한 력사의식과 인도주의정신으로 일관되여있으며 사실주의 원칙에 의한 높은 진실성을 내포하고있다. 예리한 극적갈등에 기초한 론리정연한 슈제트구성, 인물 실리에 대한 깊은 해부, 정론적이고 철학적인 의론의 전개, 그리고 간결과 함축의 요령, 해학과 풍자 및 아이러니는 그의 문학의 특색이 아닐수 없다.

하지만 정세봉씨도 완전무결한 작가는 아니다. 지금 장편을 구상하고있다고 들었지만 부단히 자기를 초극하고 거듭나기를 해야 할 작가라고 본다. 이런 의미에서 필자 나름의 조언을 주고싶다. 첫째로 극단적으로 말하면 정세봉씨의 문학은 중국농촌정치사의 형상화에 지나지 않는다. 정세봉씨는 정치사의 변화에 민감하지만 농촌을 비롯한 우리 사회와 문화에 대한 전반적인 연구, 형상화에는 아직 관심이 부족하다. 문화론적인 각도에서 말한다면 가변성이 많은 물질문화, 제도 문화의 변화에는 관심이 많지만 가변성이 적은 행위문화, 정신문화의 변화에는 오히려 관심이 부족하다.

말하자면 정치사의 변천과 더불어 농촌의 인정세태, 농민의 근성과그들의 집단적인 무의식 등을 보다 깊이있게 다룰 때, 그리고《밑바닥인생》의 시각으로만 아니라《전지전능하신 하느님의 시각》으로 우로부터 이 인간과 사회를 조감할 때 정세봉씨의 문학은 한층 더 풍요로워질것이다. 다음으로 정세봉씨는 자기의 90년대 소설들에서 현대사회의 기존륜리와 도덕의 상실, 가치관의 혼란상을 꼬집어 비판하고있지만 작가 자신도 간혹 가치관의 혼란 내지 편견과 독선에 빠져들고있다. 우리는 단편소설《슬픈 섭리》에서 이를 확인할수 있으며 작가 자신의 정신의 빈곤과 철학의 빈곤을 엿볼수 있다.

독점적인 경영방식으로 정치권력에 대항하는《두유대왕》 -문승규, 그는 독점경영의 방식으로 동업자들을 파산시키면서도 그들이 자기를 도와 부정한 권력과 맞서 싸워야 한다고 주장한다. 헌데 동업자들이 자기- 문승규를 꺼꾸러뜨리려고 하니 이야말로 슬픈 섭리라고 생각한다. 독점경영의 방식으로 정치권력에 대항할수 있다는 론리도 상식에 어긋나고 현실성이 없거니와 강자 또는 폭군의 론리로 동업자들을 비난하는 문승규야말로 도적이 매를 드는 격이 아닐수 없다. 말하자면 사회비판은 신랄하지만 작가는 아직 자기의 우주와 철학을 가지고있지 못하며 인간 구제의 출구를 제시해주지 못하고있다.

우리 문단의《생각하는 사람》정세봉씨- 불굴의 문학정신으로 자신의 한계, 우리 문단의 한계를 깨뜨리고 문학의 새로운 지평을 열어나가리라 확신한다.

-1998. 12 9

이시환

· 시   집 : 「안암동 日記」(1992), 「애인여래」(2006), 「몽산포 밤바다」(2012) 「대공」(2013) 외 8권

· 시 선 집 : 「벌판에 서서」(2002)

· 영역시집 : 「Shantytown and The Buddha」(2003) :

　　*이 시집은 2007년 5월에 캐나다 몬트리올 '웨스트마운트' 도서관에서 소장하기로 심의 결정되었음.

· 중역시집 : 「벌판에 서서」(2004) :

　　*이 시집은 중국 북경 소재 '중국화평출판사'와 중국 장춘 소재 '장백산 문학사'에서 기증하여 중국 내 유명 도서관 약 100

　　여 곳에 비치되어 있음.

· 문학평론집 : ① 毒舌의 香氣 (1993) ② 新詩學派宣言 (1994) ③ 自然을 꿈꾸는 文明 (1996)

　　④ 호도까기 −批評의 無知와 眞實 (1998) ⑤ 눈과 그릇 (2000) ⑥ 명시감상 (2000)

　　⑦ 비평의 자유로움과 가벼움을 위하여 (2002) ⑧ 문학의 텃밭 가꾸기 (2007)

　　⑨ 명시감상과 시작법상의 근본문제 (2010)

· 심층여행 에세이집 : ① 시간의 수레를 타고 (2008) ② 지중해 연안 7개국 여행기 「산책」 (2010)

　　③ 중국여행기 「여행도 수행이다」 (2014) ④ 중국여행기 「마답비연」 (2016)

· 종교적 에세이집 : ① 신은 말하지 않으나 인간이 말할 뿐이다 (2009)

　　② 경전분석을 통해서 본 예수교의 실상과 허상 (2012) : ①의 개정증보판임 (896페이지)

· 논픽션 : ① 신과 동거중인 여자 (2012)

· 편   저 : ① 한·일전후세대 100인 시선집 「푸른 그리움」 양국 동시 출판 (1995)

　　② 「시인이 시인에게 주는 편지」 (1997) *이시환의 시집과 문학평론집을 읽고 문학인들이 보낸 편지를 모은 책

　　③ 고인돌 앤솔러지 「말하는 돌」 (2002) ④ 독도 앤솔러지 「내 마음속의 독도」 (2005)

　　⑤ 연꽃 앤솔러지 「연꽃과 연꽃 사이」 (2008)

· 문학상 수상 : ① 한국문학평론가협회상 비평부문 ② 한맥문학상 평론부문

　　③ 설송문학상 평론부문 ④ 한국예술평론가협의회 올해의 최우수예술평론가상 등 수상

· 현재 : 격월간 「동방문학」 발행인 겸 편집인, 도서출판 '신세림' 주간

· 이메일 : dongbangsi@hanmail.net

[평론] _ 서울 〈동방문학〉 1999년 2호

의식 있는 작가,

한 리얼리스트의 외로움과 용기

이시환 [한국]

중국 연길에 살고 있는, 동포 작가 정세봉(1943~)씨와는 문학적, 인간적 교류도 없었다. 그래서 그에 대해 아는 바도 전혀 없었다. 그런데 지난 해 1998년 12월 '연변일보' 부총편집인이자 문학평론가인 장정일 씨를 만났을 때 처음으로 그의 인품과 문학적 역량에 대해 호의적인 평을 들을수 있었다.

바로 그 때 그 자리에서 생긴 그에 대한 관심으로 그의 작품을 요청하기에 이르렀고, 결국 최근에 발간된 중, 단편 모음 『'볼쉐위크'의 이미지』라는 소설집 한 권과 6편의 단편을 추가로 받아볼수 있게 되었다. 그리고 그로부터 얼마 후 월간 「연변문학」 2월호(통권 455호)에 실린 '정세봉 문학에 대한 특집'에서 7인의 문사가 쓴, 그의 삶과 문학세계에 대한 평을 읽어 볼수 있었다.

기록에 의하면, 정세봉은 1975년에 단편 「불로송」을 발표하면서 문단에 나왔고, 1995년까지 40여 편의 중, 단편을 발표했는데 16차례나 각종 문학상을 수상했다고 한다. 그리고 발표한 40여 편의 작품 가운데 일부를 가지고 두 권의 개인 창작집을 냈는데,

그 하나는 1985년 '북경 민족출판사'에서 펴낸 단편 모음집『하고 싶던 말』이고 , 그 다른 하나는 1998년 '흑룡강 조선민족출판사'에서 펴낸 중, 단편 모음집『볼쉐위크'의 이미지』이다.

따라서 필자가 읽은 그의 작품은, 작품집을 기준으로 한다면 60퍼센트 정도를 읽은 셈이고, 그가 발표했다는 작품 수를 기준으로 한다면 약 40퍼센트 정도는 읽은 셈이다. 하지만 16차례의 문학상을 수상한 10편의 작품 가운데서 3편만을 제외하고는 모두 읽었기 때문에 사실상 정세봉 소설 작품의 70퍼센트 이상은 읽은 셈이 아닌가 싶다.

어쨌든, 그의 작품들과 평문을 읽으면서 필자는 두 가지의 사실을 확인할 수 있었는데 그 하나는 그의 삶과 관련 문학 외적인 진실이고, 그 다른 하나는 그의 작품세계와 관련 내적인 진실이라고 말할 수 있다. 그가 50대 중반을 넘어선 작가로서 그리 많지 않은 작품을 창작했고, 또 주로 중, 단편을 중심으로 발표했고, 그것으로 비상한 관심을 끌고 있다는 사실은 전자에 해당되는 이야기다. 그리고 중국 사회의 어제와 오늘에 대해 조심스럽게 반성하고 비판하는 의식 있는 작가로서 한 리얼리스트가 지니는 용기와 외로움을 그의 작품을 통해서 체감할 수 있었다는 사실은 후자에 해당되는 이야기이다.

그 동안 중국인들은 당 중심의 정책과 이데올로기가 지배하다 싶이한 가운데 살아 왔기 때문에 자신들의 지나온 역사나 현실 사회에 대해서 반성하고 비판하는 글을 쓴다는 것은 대단히 어려운 일이었을 것이다. 어쩌면, 그것은 생각조차 하기 힘든 일이었는지도 모른다.

그런데 80년대 들어 개방화 정책과 자유화 물결을 등에 지고 정세봉 작가는 소설이라는 양식을 빌려, 조심스레 당과 당원의 비합리성과 비인간성을, 그리고 물신(物神) 앞에서 무너지는 인륜 도덕 등 당대의 사회적병리현상에 대해 반성하고 비판하는 글을 쓰기 시작한 것이다. 이런 정세봉 작가의 창작행위가, 오랫동안 당과 국가를 믿고 헌신적인 충성을 하며 살아온 중국인들에겐 충격이 아닐수 없었고, 이미 세계에 눈을 뜬 자들에겐 희망의 메시지가 충분히 되었을 것이다. 바로 그렇기 때문에 중국 내 조선 문단에선 충격과 우려, 그리고 격려와 찬사가 동시에 일었던 것이리라.

그가 중편 「'볼쉐위크'의 이미지」를 발표하고 난 후 지난 98년 9월 '연변작가협회'로부터 퇴출당한 것이나, 99년 2월 월간 「연변문학」에서 특집으로 다루어졌다는 사실은 그 같은 중국 내 조선 문단의 양 극단적인 분위기를 충분히 말해 주고 있다 하겠다. 80년대 중국의 개방화 정책은 중국인들의 관심, 행동양식, 가치관 등을 크게 바꾸어 놓았고, 과거의 역사에 대해 반성의 기회를 제공해 주었던 것은 사실이다. 그들은 오랜 기간동안 당의 상명하복의 지배체제 아래에 있었기 때문에 당의 정책이나 노선을 비판한다는 것은 거의 불가능한 일이었을 것이다. 그들은 국가와 당을 위해서 봉사와 희생을 하는것이 곧 개인의 행복과 발전을 가져다 주는 것으로 굳게 믿고 살아왔다 해도 크게 틀리지는 않을 것이다. 그들은 당 조직을 통해서 그렇게 부단히 교육시키고 받으며 살아왔으니까 말이다. 작품 「'볼쉐위크'의 이미지」의 주인공

'윤태철'이나 작품 「운명 교향곡」의 주인공 '애화'의 할아버지처럼 말이다.

그런데 그렇게 계속하여 살다가는 국가간 경쟁에서 뒤떨어져 살아남을 수 없다는 엄연한 현실을 깨달은 당의 지도부는 어쩔수 없이 '개방화'정책을 추진할 수밖에 없었으리라. 그리하여 오랫동안 수교가 트이지 않은 국가들과도 문을 열고, 경제 교역을 확대시키고, 자국민들에게도 상당한 자유와 경쟁을 바탕으로 하는 경제활동을 보장하게 된 것이다.

그럼으로 인해서, 오랜 가난에 허덕여 왔던 농촌의 많은 사람들은 도시로, 해외로 빠져 나갔고, 그들의 생각 속엔 오로지 '돈'이란 것이 가장 중요한 가치로 자리잡게 되는, 소위 자본주의 사회의 물신(物神)이 끼어들게 되었다. 바야흐로, 중국 동포들에게도 돈 앞에서 인륜과 도덕이 힘없이 무너지고 가정이 파괴되고, 당과 경제단체의 중, 하위급 간부들의 불법, 비리가 만연되는 등 숱한 자본주의 사회의 병리현상이 나타나기 시작했다.

이런 비극적 사회병리현상을 일상 생활 속에서 직, 간접으로 체험할수 밖에 없는 작가 정세봉은, 거의 말이 없고 낙천적이지 못한 성품으로 보나 25년 동안의 농민으로서 살아야 했던 한스런 삶의 이력으로 보나 붓을 들지 않을 수는 없었을 것이다.

이런 사회적 배경 속에서 작가로서 꿈을 펼쳐온 정세봉의 작품 가운데에는 당의 노선이나 정책을 믿고 헌신적으로 따르다가-그것은 어디까지나 개인의 명예와 출세욕을 전제로 가능한 일이지만-사랑하는 사람과 헤어져야 하거나 가정이 파괴되는 젊은 세대들의 이야기도 나오고, 또 가정의 성분(당성) 때문에 사랑하는 사람과 약속된 결혼조차도 할수 없게 되는 젊은 이들의 이야기도 나온다. 그런가 하면, 돈과 인간의 관능적 욕구 앞에서 힘없이 무너지는 인류 도덕과 가정을 폭로하고, 당과 경제단체의 간부들의 비리와 부조리를 폭로하기도 한다. 그런가 하면 또 '농우' 선생과 '신고홍' 선생으로 상징되는 지식인들의 돈과 권력 앞에서의 무기력을, 바꿔말해 정신적인 활동을 주로 하는 작가나 시인에 대한 사회의 무관심과 홀대를 폭로하기도 한다.

이처럼 정세봉 작가의 소설 체계는 개방화 정책과 자유화 물결에 따라 새롭게 변화되어가는- 그렇다고 그 변화가 꼭 발전이라는 말로 바꿀 수는 없지만- 현실사회의 모순과 불합리를 , 그리고 물신 앞에서 파괴되어가는 인간성을 생생하게 그려냄으로써 문제를 제기하는, 또 그것으로써 자신의 이상세계를 간접적으로 드러내 놓는 전형적인 리얼리즘 문학이라 할수 있다.

리얼리스트로서 정세봉 작가의 문학적 역량은, 중국의 격동하는 정치 · 경제 · 사회적 배경을 전제로 당과 사회와 인간의 모순과 불합리와 부조리성을 환기시키고 생각하게 함에 반영되어 있지만, 그 힘은 등장인물의 효과적인 전형화와 그들의 행동양식과 가치관, 그러니까 문제해결 방식에서 나온다고 볼수 있다.

예를 들자면, 오랜 농촌생활의 가난이란 굴레를 폭로하기 위해서 작가는 '주홍영감'을 그리고 있지만 심각하거나 침통한 농민으로서가 아니라 웃지 않을 수 없는 행동양식을 보여 주는, 낙천적인 성격의 농민 영감을 통해서 말로 다 설명할 수 없는 가난이란 질곡을 충분히 암시해 주고 있다. 그런가 하면, 결혼하여 일편단심으로 남편과 가족을 사랑하고, 부모님께 효도하면서도 억척스럽게 일하여 가정 경제력을 키워나갔지만 남편으로부터 버림 받는 비운의 여인상으로 '리금희'가, 남편의 도덕적 타락에 끝내는 교회를 선택하여 끝까지 가정을 지키는 현명한 부인상으로 '유충준의 부인'이, 평생 글만 쓰며 가난하게 살 수밖에 없는, 그래서 권력과 돈 앞에서 무기력할 수밖에 없는 점은 지식인상으로 '농우' 선생과 '신고홍' 선생이, 돈 앞에서 양심도 도덕도 다 버리는, 물신들신세대들의 전형으로 '리군철'과 '신현미'가, 당의 충복으로서 일생을 바쳐 역사의 격량을 헤쳐 나왔지만 변해버린 사회환경 탓으로 자신의 삶에 긍정적 의미를 부여하지 못함으로써 당의 노선이나 정책을 간접 비판하는 인물의 전형으로 '윤태철'이가, 농촌의 가난을 벗어나고자 도시로 나가지만 인간적인 대접도 받지 못하는, 도시의 밑바닥 인생의 전형으로서 '홍수'등 숱한 인물들이, 현실사회에 대한 통찰력과 비판의식을 지닌 작가의 손에서 자유롭게 창조되고 있다.

물론, 작가는 자신이 창조하는 작중인물들을 통해서 자신의 인도인, 당과 사회와 인간의 모순과 불합리와 부조리성을 드러내면서 비판하고, 동시에 자신이 생각하는 이상세계를 암시하기 마련이다. 그런 소기의 목적을 달성하기 위해서는 결국 작중인물들의 심리와 성격, 말과 행동, 관심과 가치관에 대한 직간접의 묘사를 적절히, 그리고 효과적으로 해야 함은 두 말 할 필요가 없다.

정세봉 소설에서 '비판'의 기능을 담당하고 있는 작중 인물들의 문제해결 방식으로서의 행동양식은 크게 두 가지 형태로 나타난다. 하나는 비판·도전이라는 보다 적극적이고 직접적인 방식이고, 다른 하나는 자기학대·체념·자살 등의 소극적이고 간접적인 방식이다. 전자는 작품 「'볼쉐위크'의 이미지」에 등장하는 아들 윤준호라는 젊은 이처럼 자기 아버지의 모순과 비인간적 면모를 직접적으로 성토하고, 또 행동으로써 자신의 의사를 관철시키려는 노력을 보인다. 그래서 생동감과 긴장감을 독자에게 준다. 하지만 후자는 작품 「태양은 통토대의 먼 하늘」에서 등장하는 '신고홍' 선생 이라든가, 작품 「토혈」에 나오는 '홍수'처럼 울분을 밖으로 표출하지 못하고 속으로 삭이기 위해 만취하도록 술을 마시고 길거리에 쓰러져 죽어가면서 꿈을 꾸는 모습으로써 인간의 측은지심을 한없이 불러 일으켜, 그들을 그렇게 만든 비정한 사회와 인간들에 대해 심각하게 반성케 한다. 또, 그런가 하면 작품 「볼쉐위크'의 이미지」에 나오는 윤준호의 애인이나 작품 「민들령」에 나오는 '분희'처럼 신분과 당성 때문에 사랑하는 이와 결혼이 좌절되자 자살이라는 극단적인 방법을 써서 독자들로 하여금 비장감마저 느끼게 하기도 한다.

이처럼 자신의 뜻을 펴고 관철시키려는 의지와 적극적 노력으로 도전하지 않고 일찌기 포기하고, 좌절하고, 자살이라고 하는 소극적 행동양식을 취함으로써 비애미의 동정심을 이끌어 내는 것이다.

물론, 한편의 작품 속에는 긍정과 부정의, 적극적인 태도와 소극적 태도가 함께 나타나는데 적극적인 방식보다는 소극적인 방식을 즐겨 선택하는 경향이 있다.

비정한 당과 사회와 물신든 인간들 앞에 서서 무력한 모습으로 고통받거나 죽어가는 작중인물들은 한결같이 비애미와 비장감을 주며, 독자로 하여금 웃음 아닌 웃음을 짓게 한다. 바로 그 웃음이 우리들의 코 끝을 찡하게 울리는 힘이요, 정세봉 작가의 성품이 반영된 매력이라면 매력일 것이다.

그렇다고, 정세봉 문학에 문제가 없는 것은 아니다.

작품의 주제나 소재 면에서 아직 미분화된 상태에 머물러 있는, 가난 · 사랑 · 가정윤리 · 여인상 · 당의 정책 · 물신(物神) 등 매우 기본적인 것에 한정되고 있다는 사실이다. 물론, 작가가 서 있는 당대 사회적 환경을 고려한다면 어쩔 수 없는 일이긴 해도 작가로서 문학적 역량을 한층 더 발휘하려면 작품의 배경이나 사건의 설정도 중요하지만 그 배경과 사건을 전제로 창조되는 인물들의 존재 유형과 그 의미를 구체와시켜 나감으로써 테마의식을 세분화해야 할 필요가 있다는 것이다.

어차피, 사회가 복잡해지고 세분화되어가면 갈수록, 바꿔말해 인간의 인지가 발달하고, 사회 환경의 변화에 따른 인간 욕구가 세분화되면 될수록 인간의 심리나 언어나 문화 감각도 세분화되고,또 행동양식이나 가치관도 복잡하게 나타나기 때문이다. 따라서 작품 속의 사건이나 배경은 시대와 환경의 변화에 따라 달라질 수 있는 것이지만 -그래서 그것들은 독자에게 흥미와 관심을 불러 일으키는데 크게 기여하지만-창조되는 인물의 존재 유형과 의미는 근원적인 감동을 주는 요소로서 시공을 초월할수 있다는 일반론적 사실을 염두에 두고 작가는 부단히 인간과 세상을 바라보는 안목을 키워나가야 할 것이다.

그리고 작중인물들의 행동양식이 비슷비슷하여 몇가지 유형으로 구분될 만큼 단순한 감이 없지 않다. 그것은 작품 주제나 소재가 미분화 되어 있다는 지적과 결코 무관하지 않지만 사건이나 배경보다 인물에 대한 탐구가 부족하기 때문인데에서 오는 현상으로 마땅히 경계 되어야 한다.

기본적인 문장력이라든가, 이야기 구성력 등이 갖추어져 있고, 다른 작가들이 쉽게 다루지 못하는 첨예한 현실 사회 문제들에까지도 비판의 손을 댈 수 있는 용기도 갖추고 있는 작가인 만큼 외롭겠지만 다양한 소설의 기법에 대해서도 부단히 탐구해 나아가야 할 것이다. 그럼으로써 하나의 틀(형식)밖에 모르는 반쪽 작가가 아닌, 문화와 관습이 다르고 가치관이 다른 사람들에게 까지도 어필할 수 있는 감동원을 창출해 내는, 우리 모두의 온전한 작가가 되기를 기대해 마지 않는다.

3. 정세봉의 단편소설에 대한 평(評)

장정일

1943년 중국 룡정시에서 출생
연변대학 어문학부 중문학과 졸업
연변일보사 부총편집
연변작가협회 부주석 력임
칼럼집 《사색의 즐거움》
평론집 《변방 −또 하나의 시작》 출간
"연변문학" 윤동주문학상 평론부분 본상
장백산문학상 수상

소박하고 아름다운 인간의 승리

-단편소설《하고싶던 말》을 읽고서

장정일

　　단편소설《하고싶던 말》(《연변문예》 1980년 제4기)은 대단한 영웅이
나 그런 영웅의 업적을 쓰지는 않았다, 거기에는 그 어떤 렵기적
인 놀라운 슈제트가 없다.

　　작자는 농촌에서 늘 부딪치게 되는 가정부업과 그것을 둘러싸
고 벌어진 생활의 한 구석을 그려냈을뿐이다. 그러나 소박하고
아름다운 인물로 형상화된 금희, 그리고 그녀의 인간적인 승리를
묘사한 이 소설은 매력적이며 우리로 하여금 인생의 철리를 사색
해 보게 한다.

　　단편소설《하고싶던 말》을 통하여 우리는 우선 생활에 대한 작
가의 예리한 관찰력을 보게 된다. 정세봉씨는《남들이 보아내지
못하고 써내지 못한 특점》을 발견해내기 위해 진지한 노력을 경
주하였으며 그 노력은 성공적이였다.

　　지난날 림표,《4인무리》에 의해 강요된 극좌적로선의 폐해로
말미암아 사람들은 정당한 가정부업도 눈치를 보아가며 하지 않
으면 안되였으며《비판》이 두려워 가정부업을 범접못할것으로

멀리 하기도 하였었다. 작가는 사람들이 늘 보아왔고 몸소 겪었던 이런 사연을 포착하고 여러 인물들사이의 갈등과 그 추이를 섬세하게 관찰함으로써 그 구체적인 인물들의 운명과 인생의 애환을 생동하게 그려낼수 있었다.

　작가는 우선 금희라는 인물형상을 통하여 우리 시대 농민들의 요구와 정서를 읽고있다. 금희더러 리론상에서 가정부업의 정당성을 체계적으로 천명하라고 하면 그녀는 주저하거나 제대로 말하지 못할수도 있을것이다. 그러나 그녀는 적어도 지금의 농촌형편에서 가정부업을 그만두게 되면 짊어진 빚을 갚을 길이 없고 시아버지의 병환도 치료해드리기 어렵다는 리치만은 잘 알고있다.

　림표,《4인무리》의 패망과 함께 긍정을 받게 되지만 그러나 그녀는 시류만을 따르던 남편을 지나치게 저주하지 않으며 남을 조소하지도 않는다. 이것이 바로 작가가 묘사해낸 평범한 농민으로서의 그녀의 형상이다.

　인물의 이런 평범성에서 비범성을 표현해낸 점이 바로 작가의 노력이요, 기량일것이다. 감화력이 없는 작품은 예술이 아니다. 단편소설《하고싶던 말》은 우선 금희라는 인물형상을 다각도로 생동하게 살려냄으로써 독자들의 감정의 호수에 파문을 일으키고있는것이다.

　단편에서 볼수 있는바와 같이 금희는 순박하고 총명한 농촌총각의 간곡한 청혼을 받아들인다. 자기를 도시사람에게 소개해주겠다는 가정의 권고도 마다하고 빚도 많고 살림살이도 변변치 못한 가난한 집에 시집간다. 그녀는《해산하기 며칠전까지도 쉬지 않고》《집체일도 하루 빠짐없이》해나가는 한편 짐승개들도 알심 들여 잘 기른다. 소박한 농민의 형상이다.

그녀는 또한 사리밝고 원칙성이 강하면서도 어느 정도 양보할 줄도 아는 생생한 인물로 묘사되고있다. 가정부업때문에 남편과 말썽이 생겼을 때 금희는 짐승치기가 잘못이 없다고 보면서도 남편의 체면을 봐서《돼지 세마리와 닭만》남기고 나머지는 팔아치우도록 양보하며 원칙을 저버리지 않으면서도 막부득이한 상항에서는 잠시 물러서기도 한다.

금희는 또 타격을 받고 배척까지 당하면서도 도의를 지키며 인성의 깊이가 있는 인물이다. 그녀는 남편의 구타를 받고 리혼까지 당했지만 남편이 돌아서기를 학수고대하며 시부모와 애들에 대해서는 더구나 측은하게 생각한다. 리혼을 당한 마당에 그녀는 가지고나온 유일한 재산《소생산》을 팔아서 간염으로 앓고있는 시아버님에게《꿀 20근과 털등거리을 사서 드렸고 어머님앞으로 회색 쟈케트 한벌, 시누이에겐 흰색토끼털수건》을 사주고《아들 흥철이와 웅철이는 여름옷 한벌씩》해입힌다.

《4인무리》가 거꾸러진 뒤에도 남편은 종시 돌아서지 않아 금희는 하는수없이 다른 사람을 만난다. 그럴즈음에야 남편은 돌아섰으나 금희는 사뭇 애잡짤한 감정에 파묻히면서도 새 남편에게 바친 사랑을 버리지 않는다. 이러한 세부묘사를 통해 금희는 실제적 생활론리에 맞는 산 인물로 풍만하게 그리고 생동하게 형상화되였기에 독자들은 그녀의 희비와 더불어 그녀를 동정하기도 하고 긍정하기도 하고 흠모하게 되기도 한다.

단편에서 홍철이 아버지의 형상 역시 일정한 전형성을 보여주고있다. 원래는 순박하고도 총명한 청년이었던 그였건만 림표, 강청알당의 극좌로선의 피해를 몹시 받아 한때 돈괴 지위의 숭배자로 꿈많던 첫사랑의 배신자로 전락되며 투기적이고 때론 잔인하기도 한 인간으로 변한다.《4인무리》가 나떨러진 퍽 후에야 그는 드디여 자신을 뉘우치고 돌아섰지만 때는 이미 늦었다.

그는 정치상에서 득을 보지 못했을뿐만아니라 금희나 명월이의 사랑도 받을수 없게 된 가련한 인물이다. 문화대혁명과 같은 시기에는 금희는 한갓 가정울타리에서 헤매는 용속한 인간으로 치부되고 그의 남편은 월등한 존재로 인정받았을것이다. 그러나 따져보면 금희는 일단 지상의 인간이고 그녀의 남편은 속세를 외면하며 덤벼친 천상의 인간이였다. 그런데 지금까지는 사람들이 지상에서 살지 않으면 안된다. 지상에서 살자면 의식주가 필수이다.

타방으로《하고싶던 말》의 감화력은 슈제트의 첨예한 갈등구조에서 비롯된것이다. 근년의 일부 단편소설들을 보면 단순한 오해적수법으로 갈등을 대신하고있기에 오해가 풀리면 슴슴해지고 만다. 오해수법의 람용이고 일종 페단이다.

사회생활에서 오해는 흔하게 나타나는 현상이다. 그렇다고 해서 복잡다단한 우리의 삶이 오해의 련속일수는 없는것이다.정세봉은 단순한 오해수법에 의뢰하기보다는 작중인물들의 정신세계를 파고들면서 남들이 지나쳐버리거나 피상적으로 대하는 첨예한 갈등을 포착해내고 전개하고 해결하고있다.

그 갈등의 제시, 갈등의 전개, 갈등의 고조, 갈등의 결말의 과정은 마치도 미묘하고도 잘 짜여진 교향조곡을 방불케 한다. 워낙 출발은 순수했다. 금희와 홍철이 아버지는 순진한 농촌청년들이였다. 금희는 미래의 남편의 준수함과 총명과 웅심을 사랑하였고 미래의 홍철이 아버지는 《마음씨 곱고 부모를 잘 모실수 있는 녀자》라는 믿음으로 금희를 사랑한다.

그러나 이 전주곡에는 이미 불안한 저음부 -갈등의 씨가 끼여들었으니 금희는 벌써 《당신처럼 말쑥하고 랑만적인 총각에게 일 잘하는 처녀가 다 뭐겠어요》하는 생각을 가져보기도 한다. 사랑은 코노래와 단꿈만이 아니였다. 금방 꽃망울을 터치며 활짝 피려던 새살림이 때아닌 된서리를 만난다. 정치운동의 소용돌이속에서 금희는 드팀없이 로동과 사랑의 힘을 굳게 믿으나 홍철이 아버지의 《랑만》과 《똑똑함》은 그를 정치적투기의 길로 몰아간다. 드디여 갈등은 고조로 치닫는다. 그토록 믿던 남편한테 금희는 호된 매를 맞는다. 금희는 속으로 항변한다.-

《제가 왜 매를 맞아야 하는가요? … 저는 남보다 못지 않게 살아보려고 애쓴 〈죄〉밖에 없어요. 시부모님이 생전에 복을 누릴수 있도록, 쪼들린 살림에 남편이 주눅이 드는 일 없도록, 그리고 온 가정에 노래와 웃음이 넘치도록 하려고 고달픔도 잊고 밤낮없이 버둥거렸어요.》

그들의 《애정의 돛배》는 세월의 물결을 헤가르며 달리다가 《산산이 부서지고말았다.》 청춘남녀의 사랑의 비극, 그것은 마치 고음으로 흐느끼며 울부짖는 바이올린의 급촉한 선률처럼 사람의 가슴을 사정없이 엄습한다. 《4인무리》의 패망에 뒤이어 갈등은 드디여 해결을 보게 된다. 세파에 밀리며 금희는 개인적으로 남편과 갈라지고 아이들과 리별하였지만 소박한 념원과 정신적인 아름다움을 지닌 그녀는 마침내 승리하였다.

홍철이 아버지에게 보내는 장문의 답신에서 그녀는 자기의 가정, 아니 무수한 가정과 애들에게 불행을 들씌운 장본인인 《4인무리》를 단죄한다. 여기에 와서 독자들은 사회적갈등과 가정의 내부충돌의 내적련관성을 보게 되며 소설의 아쉬운 결말과 만난다. 독자들은 비록 주인공의 재결합으로 이어지는 원만한 결말을 보지 못해 아쉬움을 금할수 없지만 그러나 할수 없는 아쉬움이다. 력사는 감상적인 코스가 아니다. 그대신 독자들은 아린 가슴을 어루쓸면서도 분명히 듣는다, 소설 전편에서 울리고있는 아름다운 인간의 승리의 개선가를. 그것은 애달프면서도 소극적인 비애나 락망이 아니다. 그것은 비장하고도 교훈적인 승리의 송가인 것이다.

세련된 필치에도 불구하고 이 소설은 세부묘사에서 일부 미진한 부분도 있다고 보아야 할것이다. 이를테면 그렇게도 똑똑하고 웅심깊었던 홍철이 아버지가 금희의 살틀한 반려에서 안해를 란폭하게 구타하며 리혼까지 서슴치 않은 위인으로 되기까지의 변화의 계기가 보다 설득력있게 주어졌더라면 단지 짐승치기때문에 그럴 정도까지 갈수 있었을가 하는 일말의 의혹같은것을 해소할수 있었을것이다. 작가의 예술적필치에 공감하면서도 가지게 되는 일말의 아쉬움이다. 진정으로 세련된 소설을 위해서는 그 어떤 사소한 세부에서도 부족함이 없이 매끄러워야 하잖을가싶다. 작가의 더욱 큰 성공을 충심으로 기대하는바이다.

김봉웅

1943년 7월 28일(음력) 흑룡강성 목단강시에서 출생
1945년 광복후 연길시로 이주
1967년 연변대학 조문학부 졸업
1972년부터 연변인민출판사에서 편집원, 편집실부주임, 부총편집 력임
〈우리 시대 인간성격에 대한 탐구〉 등 론문 다수
평론집 〈작가의 시각과 사유〉 출간(연변인민출판사 1999년)
2009년 병환으로 타계

[평론] _ 〈연변일보〉 1982년 7월 11일

새롭게 변화되고 있는 농촌의 인간관계

-정세봉의 단편소설 "첫 대접"을 읽고

김봉웅

　　당면에 있어서 우리의 사회주의적 현실(특히 농촌현실)을 어떻게 반영하며 네가지 현대화의 실현을 위해 문예가 어떤 역할을 놀아야 할 것인가 하는 것은 모든 문예일군들에게 있어서 공동의 관심사로 되는 문제이다. 당의 11기3차전원회의 이후 농촌사업에 있어서의 "좌"적 편향이 시정되고 여러가지 형식의 생산책임제를 비롯한 합리한 새 정책들이 시달되기 시작하였다. 그리하여 농촌형세는 갈수록 좋아져 농민들의 생활수준이 높아지고 있으며 따라서 농민들의 사회주의적 로동적극성도 날로 높아지고 있다.

　　류원무의 단편소설 "잔치날" 등 일부 단편소설들은 바로 농촌에서 이루어진 이런 새로운 형세들을 비교적 민감하게 반영한 좋은 작품이라고 보아진다. 하지만 우리의 작품들에는 아직 형세가 좋다는 것을 선전하는데 머물고 있으며 이런 형세와 더불어 새롭게 변화되고있는 인간관계 및 나날이 새로와지고 있는 사람들의 내면세계를 포착하여 그것을 깊이있게 보여주는 면에서 독자들의 미학적요구에 만족을 주지 못하고있다.

나는 정세봉의 단편소설 "첫 대접"(1982년 6월 20일 부 "연변일보" 문예 부간 "해란강"에 실렸음)이 이 면에서 새로운 돌파와 시도를 보여준 작품이라고 본다. 작품의 주인공 홍수는 어리무던하고 고지식한 성품을 가진 순박한 보통농민이다. 그는 농사일에서는 막힘이 없는 실농군이지만 수완이 부족하고 리속이 밝지 못하다. 우리 사회에 있어서 농촌은 물론이고 도시의 공장과 기관들에도 이런 사람들이 적지 않다. 하지만 "4인무리"가 살판치던 그 세월에는 이런 사람들이 괄시와 천대를 당하고 이른바 종철이처럼 입이 드세고 수완이 좋은 "영웅"들이 판을 쳤던 것이다.

당의 11기3차전원회의 이후 실사구시의 작풍이 회복되고 "좌"적 편향이 시정되기 시작한 오늘에는 새로운 변화가 일어나고 있다. 다시 말하면 인간 호상간의 관계는 물론 사람들의 내면세게에 있어서도 새롭고 심각한 변화가 일어나고 있다. 작자는 바로 이런 현실을 옳게 포착하고 이 작품을 구상하였던 것이다.

이웃사이로 사는 홍수와 종철이는 대조를 이룰만큼 부동한 성격을 가진 인간으로 묘사되여있다. 홍수는 "일에 나서면 막힘이 없지만" 어리무던하고 고지식하여 "밖에 나가면… 바른말 한마디도 못하며" "사람들의 놀림을 곧잘 받는" 사람이다. 종철이는 이와 반대로 "우악이 세고 입이 드센 얼뜨기농사군"이며 홍수같은 사람은 거들떠보지도 않는 위인이다. 그리하여 종철이는 해마다 생일을 차렸건만 생산대 간부들과 입이 드센 사람들이나 청하였지 이웃사이인 홍수를 청해본 적은 한번도 없었다. 하지만 생산책임제를 실시한 후 입으로가 아니라 손으로 벌어먹어야 하는 현실에 봉착하자 종철이는 이전에 "팔부"로 취급하던 홍수에게 머리를 숙이고 빌붙지 않으면 안되게 되였다.

이것은 우리 사회의 인간관계에 있어서의 새롭고 심각한 개변이다. 력사적유물론은 영웅이 력사를 창조한 것이 아니라 인민이 력사를 창조하고 력사가 영웅을 낳았다고 인정하였다. 우리 사회에 있어서 누가 누구를 먹여살리는가 하는 것은 원칙적인 시비문제인데 "4인무리"가 살판치던 시기에 이 근본적문제가 말살당하고 사회주의사회의 재부를 창조한 진전한 영웅들이 천대를 받았던 것이다. 하지만 우리 당의 11기3차전원회의는 이 전도된 력사를 시정하였다. 작자는 이 면에 대하여 술잔에 비친 장수와 녀인에 대한 묘사, 술에 취한 홍수의 기분에 대한 묘사를 통하여 아주 집약적으로 개괄하였다.

홍수는 난생 처음으로 사람대접을 받아보다나니 인물상이 나타나는 술잔도 처음 구경하게 되였다. 하나는 장수의 모습을 박아넣은 술잔이였고 다른 하나는 이름다운 녀인을 박아넣은 술잔이였는데 술에 얼근히 취한 홍수는 그것이 종철이 내외의 얼굴로 변해보이면서 그들이 지난날 자기를 괄시하던 말마디가 귀에 쟁쟁히 들려왔던 것이다.

"회의에 와서 말 한마디 할줄 모르는 정치불문이 표준공을 받을 수 있소?"

"그 총각 가는 귀 멀고 어리숙한 팔부예요. 딸 줄데 없어 그런데 주겠나요?"

"모 자래우고 논물 보는게 기술은 무슨 뚱딴지 같은 기술이라구. 아무나 하면 하는거지. 기술공이 너무 높다이."

"육묘관리도 제공수 벌이지 정치사상이 락후한 사람이 모범사원으로 될 자격이 있나요?..."

문학은 사회생활을 그 합법칙성에 따라 심각히 반영하여야 한다. 정세봉은 이 작품에서 말주변과 수완이 없고 가는귀까지 멀어 남의 놀림까지 당하는 홍수의 개성속에 근로하고 순박한 이 나라 수억만 농민들의 공통한 속성을 집약시켰다. 그러하기 때문에 외모, 생리 및 됨됨이에 존재하는 상술한 "결점"들은 결코 주인공의 성격을 추화시키는 것이 아니라 오히려 그를 더욱 동정하게 만드는 것이다. 후에 술에 몹씨 취하여 행길에서 주정하는 장면까지 주인공을 사랑스럽게 만드는 것이다. 이와 반면에 작자는 덩치 크고 주변도 좋고 수완도 이만저만이 아닌 종철이의 개성속에 "4인무리"가 퍼뜨린 사상체계로 무장하고 걸핏하면 정치몽둥이를 휘둘러 대중을 억누르는 일부 인간들의 공통한 속성을 집중시켰다. 하기에 상술한 외모, 생리 및 됨됨이에 있어서의 이런 "우점"들은 결코 종철이의 현상을 조금도 고상하고 돋보이게 하지 못하고 있다. 이처럼 작자는 인물성격의 창조에 있어서 렵기적인 취미나 도식주의, 개념화를 피면하고 주제의 구현과 인물성격에 맞도록 생동하고 진실하게 형상화 하였다. 말하자면 모주석께서 말씀하신바와 같이 "일상적인 현상을 집중하고 그 내부의 모순과 투쟁을 전형화" 하고 "사소하기는 하나 특징적인 것을 잡아서 크고 전형적인 것을 만들"기에 힘썼다.

어떠한 문학작품이든지 사회생활의 전부는 망라할 수 없고 근근히 생활의 어느 한 측면, 어느 한 부분을 묘사하지 않을 수 없다. 편폭이 작고 등장인물이 적은 단편소설인 경우에는 더욱 그러하다. 그러므로 개별적이며 구체적인 형상속에 생활의 본질과 합법칙성을 개괄적으로 반영하는 능력은 작가들에게 있어서 가장 기본적인 기능으로 된다. 작자는 한 순박한 농민이 난생 처음으로 사람대접을 받아 이웃집 생일술을 마시고 취하는 간단한 이야기를 통하여 새로운 시대적전환기에 처한 우리 나라 농촌의 사회상과 인간관계의 변화 및 매개인의 내심에서 일어나는 변동을 집약적으로 보여주고 있다. 이처럼 문학작품이 선명하고도 독특한 개별성으로 사회적 의의가 있는 생활의 본질과 합법칙성을 보여주는 때에라야 그것은 시대의 거울로서의 사명을 수행하였다고 할수 있으며 그 형상은 생동하고 생명력이 있다고 할수 있다.

우리 사회에 있어서 과거나 지금이나를 막론하고 순박하고 근로한 로동인민이 온갖 사회적재부를 창조하였으며 그들의 로동은 이 사회가 유지되고 인류의 모든 성원이 생존, 발전할 수 있는 전제라는 것, 이들의 지위와 인격은 마땅히 존중을 받아야 하고 우리 당의 모든 정책은 항상 이 립각점에 튼튼히 서야 한다는 숭고한 사상, 그리고 슈제트의 간결성과 긴박성, 인물성격의 생동성과 전형성 및 대담하고 기발한 묘사수법으로 하여 〈첫 대접〉은 사상미학적으로 일정한 돌파가 있는 작품으로 봐야 할 것이다. 금후 작자의 소설창작에서 보다 큰 성과가 있기를 바란다.

장정일

1943년 중국 룡정시에서 출생
연변대학 어문학부 중문학과 졸업
연변일보사 부총편집
연변작가협회 부주석 력임
칼럼집 《사색의 즐거움》
평론집 《변방 -또 하나의 시작》 출간
"연변문학" 윤동주문학상 평론부분 본상
장백산문학상 수상.

시대의 락오자의 형상

– 정세봉의 단편소설 《농촌점경》을 읽고

장정일

소설을 왜 창작품이라고 하는가? 그것은 주로 소설마다가 각이한 인물, 새로운 인간성격을 창조해내기때문일것이다. 정세봉은 자기의 창조적로동으로 《하고싶던 말》에서의 금희와 《첫대접》에서의 홍수를 우리의 정신적인 길동무로 되게 하였다.

그는 또 《농촌점경》에서 시대의 락오자 -벙어리 김억손의 형상을 창조해냄으로써 변혁기에 처한 우리들에게 사색할만한 새로운 인물을 보여주고있다.

력사적전환의 시대가 항용 그러하듯이 오늘의 사회생활에는 극적요소가 풍부하다. 얼마전까지만 해도 그로톡 신성한 존재이던 것이 오늘에 와서는 부정의 대상으로 되여버린다. 현실을 알기 위해서는 무엇보다 먼저 력사적시비를 가르지 않으면 안된다. 맹종과 침체에 마비될번한 머리는 오늘따라 윤활하게 돌아가지 않으면 안된다.

급속도로 달리는 마차에 앉은 사람은 자칫 하면 굽인돌이에서 허망 나떨어지기가 일쑤이다. 이러한 현실생활은 직가의 두뇌에 반영되지 않을수 없다. 해마다 짓는 농사요, 해마다 오는 가을이지만 정세봉은 80년대 세번째 가을의 논벌에서 이런 극적인 요소를 민감하게 발견하고 그것을 의미심장한 일장 희비극으로 엮었다.

작가는《짝백이》라는 별명을 가진 장애인 김억손이를 이 희비극의 주인공으로 내세우고있다. 벙어리인 억손이는《데룩거리는》눈으로《의혹스럽게 달라져가는 농촌세계를 살펴보면서》《인젠 제손으로 농사를 지어야 밥을 먹을수 있다는 그것만은 분명히 알아차란다.》그러나 말도 못하고 듣지도 못하고 글볼줄도 모르는 그는 변혁의 새생활, 새정세를 남보다 곱절 더디게 리해할수밖에 없었다.

정세봉은 바로 이 특점을 능란하게 포착하고 현실생활을 바탕으로 하여 자기의 작품에 극적인 요소를 부여하면서 시대의 락오자로서의 김억손은 형상화하고있다.

시대에 무지한자의 전형적인물로 우리는 에스빠냐 작가 세르반테스의 장편소설《동끼호테》에 나오는 주인공 동끼호테를 잘 알고있다.

기사소설에 매혹된 동끼호테는 17 세기에 살면서도 그의 의식은 낡은 시대에 남아있었다. 그는 자본주의의 경제형태가 초보적으로 출현된 사회에 살면서도 봉건제도의 멸망과 함께 멸망된 기사제도를 부활시키려고 꿈꾸었다. 변혁된 시대에 대한 무지는 그의 행동을 우습고 허망하기 그지없게 만든다. 풍차를 거인으로, 주막을 성곽으로, 양떼를 백만대군으로 착각하면서 펼쳐지는 동끼호테의 희한한 《기사모험》은 실로 가관이다.

동끼호테라는 세련된 전형과 동등시할수는 없지만 우리의 벙어리 김억손도 시대의 락오자로서 웃음을 자아내기는 마찬가지이다. 마치도 문화대혁명때에 정신이 잘못된 사람이 지금까지 도 간혹 네거리에 나서서 《충성춤》을 추고 때지난 구호를 열심히 외워대듯이 변화된 시대에 무지한 억손이는 농호별생산책임제가 실시되고있는 오늘에도 논벌에 나와 《이 집 벼를 반나절 저 집 벼를 반나절씩 베고는 자기의 기공책에 꼭꼭 장대기 〈1〉자를 그어놓군 한다.》

그는 또 방춘국이가 묶어놓은 벼단을 지경을 사이둔 이웃 북순이네 논에 함부로 날라다가 가름두렁에 조배긴다. 나중에는 또 마을에 달려가 방문에 창호지감으로 붙여두었던 10여년전의 종이장 -《수정주의를 타도하자!》란 구호를 들고와서는 황대장에게 펼쳐보이며 야단이다. 천하를 바로잡을 필부의 기세다. 황대장이 응대없자 그는 또 구호가 씌여진 길다란 종이장을 기발처럼 날리며 대대사무실로 달려간다…

정상적인 사람치고는 억손이처럼 가소롭게 놀 사람이 없다. 그러나 그가 대표하고있는 사상잔재는 전형적인것이며 현실적인것이다. 시대에 무지하고 현실의 합법칙적인 발전행정을 리해하지 못하는 나머지, 혹은 그 어떤 개인적인 리해관계로 말미암아, 또는 이전의 어떤 낡은 틀에 얽매워 오늘의 현실에 저촉사상을 가지거나 심지어 새로운 시책을 《퇴보》요, 《수정주의》요 하면서 오늘의 변혁을 못마땅해 하는 사람이 어찌 한두사람뿐이라고만 하랴!

억손이는 늦게 일을 배우고 교양이 부족한데다가 벙어리인탓에 새로운 농촌정책을 리해할수 없었다면 성한 사람들가운데는 시대의 발걸음에 따라서지 못하여 이전의 낡은 틀과 구호을 척도로 삼아 현실을 재이는 사람이 없단 말인가? 농촌에 억손이와 같은 시대의 락오자가 보인다면 시내에 기관에 혹은 공장에는 없는가? 그 정도와 표현의 차이는 있을수 있겠지단 김억손의 그림자는 어디에나 다 있다. 아니, 우리 개개인의 머리속에도 그 그림자는 남아있다고 봐야 할것이다. 바로 여기에 김억손이란 인물의 전형성이 있는것이다. 또 바로 여기에 이 소설의 심각한 인식교양적의의가 있는것이다 .

억손이을 형상화함에 있어서 정세봉은 력사적환경과 조건과의 상관관계속에서 인물성격의 발전을 기하고있다. 소설에서 보다싶이 억손이는 워낙 보다 훌륭한 농민으로 될수도 있었다. 부친이 사망되여 일하기 시작해서부터 그는 시키는 일은 땀을 뚝뚝 떨구며 죽을둥살둥 모르고 일했다. 그에게도 로동에 대한 자부심과 거기에서 오는 긍지와 행복감이 있었다.

그러나 문화대혁명과 같은 환경과 평균주의가 지배적인 분위기속에서 그는 차차 로동의욕을 상실하고 일에서 꾀를 부리기 시작한다. 《그의 몸에서 굽이치고있던 완력은 라태와 무모속에서 점차 쇠퇴해갔다.》 억손에게는 비극이지만 억손이가 억손으로 된데는 그럴만한 사회적토양도 있었다는 얘기로 된다.

특히 소설의 주인공은 벙어리여서 그의 대화는 《아!—아!》《아!- 아 !-》하는 괴상한 외마디소리로밖에 쓸수 없는 극히 제한된상황하에서 억손이란 인물형상을 살려냈다는 점은 주목할바이다. 사람이란 환경의 지배를 받기마련이면서도 환경의 개조자이기도 하다. 억손이나《8급라지오》송호길,《우월성》양동학이와는 반대로《검정황소》방춘국이를 비롯한 많은 사원들은 새로운 정책의 정당성을 자각하는 새 생활의 창조자로 부각되였다.

이와 같이 소설은 농호별생산책임제가 시행된 첫해 가을의 논벌에서 벌어진 생활의 한 횡단면을 포착하고 새로운 생활양식의 창조자와 정신적멍에서 해탈되지 못한 시대의 락오자와의 모순갈등을 취급하고있으며 과장을 바롯한 문학적 힘을 동원해 동정의 눈물을 머금고 억손이의 가소로운 행동거지를 한껏 웃어주고있다. 그 웃음은 사색을 유발한다. 방춘극이 자기 이름 석자를 쓴 패말을 밭에 박아넣는 소리를 들으며 독자들은 이제 펼쳐질 삶의 새 페지를 그려보게 된다.

정세봉의 일련의 소설의 주제의식은 농민들의 근로성과 정직성, 창조성에 대한 찬미이며 온갖 라태성, 용속성, 허위성과 비렬성에 대한 타매이다. 이는 작가의 사상석지향성과 철학에서 우러나 온것이다.

허지만 기발한 착상을 앞세우고 섬세한 인물묘사를 통해 될수록 단편적인 생활화폭에 될수록 심오한 사상을 구현하려는 진지한 노력이 부족했더라면 작가의 그런 사상지향성은 공허한 메아리에 그쳤을수도 있었을것이다. 착상의 새로움, 다루는 생활의 현장감, 인물성격의 개성화를 이뤄냈기에 정세봉은 새로운 인물, 새로운 성격 탐구에서 일련의 결실을 보고있다.

서사의 형상성, 간결성을 추구하는 노력, 직설을 삼가하는 노력과 병행된다면 작가의 이런 탐구가 더욱 알찬 열매를 맺게 되지 않을가.

김호근

호(號) 단천(丹泉), 시인, 서예가
1948년 1월 5일 화룡현 출생
연변대학 조문학부 졸업
〈연변문학〉 월간사 부총편, 연변작가협회 부주석 역임
저서로 《김호근작품선》(연변인민출판사 2009년)
2007년 타계

[**평론**]_ 단편소설집 〈하고싶던말〉(1985년 베이징 민족출판사 출판)에 수록

정세봉과 그의 단편소설에 대하여(발췌)

김호근

1980년 3월에 내가 단편소설 〈하고싶던 말〉("연변문예" 1980년 4호) 편집을 끝내고 그의 집을 찾아갔을 때 그는 헌 솜옷에 헌 솜신 차람새로, 거름을 끄던 차림새로 나를 맞아주는 것이였다. 중등키에 좀 구블사한 허리, 갈켠한 얼굴에 수줍음을 타는 듯한 몸가짐… 과묵한 사람이란 인상을 주는 그였다. 〈하고싶던 말〉이 가장 빠른 속도로 편집되여 인쇄에 교부되였다는 나의 말에 그는 너무도 뜻밖이였던지 너무도 기뻐서였던지 장알박힌 손으로 나의 손을 으스러져라 틀어잡던 일이 지금도 기억에 새롭다.

정세봉은 농민작가였다.

1981년 12월 30일, 등불이 휘황한 인민대회당에서 전국소수민족문학창작상 시상식이 막을 올렸다.

우란푸, 왕진, 양정인, 주양 등 중앙지도자들이 시상식에 참가하였다. 38개 소스민족의 1백여명 수상자들이 감격으로 가슴을 들먹이며 시상대에 나섰다. 그 속에는 수상자들가운데서 유일한

농민인 그도 있었다.

......

〈하고싶던 말〉은 그의 창작에서 획기적인 리정표로 되는 작품
이다. 이 소설은 〈민족문학〉(1981년 4호)에 한어로 번역되어 발표
된 후 잇달아 귀주인민출판사, 사천민족출판사, 인민문학출판사
에서 묶은 작품집들에 수록되었다. 사람들을 더욱 흥분시킨 것은
이 소설이 〈5.4〉이래 중국 신문예의 우수한 성과와 신문예운동
의 발전려정을 집중적으로 반영하고 중국문학예술의 면모와 수
준을 보여주는 대형문고 〈중국신문예대계〉에 수록된 것이다. 이
는 우리 겨레의 자랑이고 우리 겨레의 영광이다.

......

정세봉은 농촌녀성들의 형상을 창조하는 능수이다. 금희(〈하고
싶던 말〉), 추월(〈새야, 날아가거라!〉), 성희(〈대자연의 미〉), 춘희(〈인정세계
〉), 분희(〈민들령〉), 은경, 덕녀(〈별들〉)… 이런 형상들은 서로 다른
년령, 처지, 성격, 운명으로 우리의 소설문단을 빛내여주었다. 뿐
만 아니다. 정세봉은 또 수많은 농촌남성들의 형상도 창조해 냈
다. 홍철이 아버지(〈하고싶던말〉), 주홍령감(〈주홍령감〉), 철웅(〈새야,
날아가거라!〉), 홍수, 종철(〈첫대접〉), 석구(〈인정세계〉), 벙어리(〈농촌점
경〉), 현철(〈민들령〉), 철규, 국태, 수범(〈별들〉)… 이들도 서로 다른
년령, 처지, 성격, 운명으로 우리들의 마음을 단단히 틀어잡고 있
다.

......

정세봉은 지금도 농민이다.

이 시각도 그는 수수한 솜옷에 솜신차림새로 거름수레를 몰고 숫눈길을 지르밟으며 논과 밭으로 나가고 있다.

......

-1985년 3월, 연길에서

庹修明

庹修明 簡歷

1935年生

貴陽人. 文學評論家

貴州師院 任職

终于说出的心底话

庹修明

《压在心底的话》,写的是在"四人帮"时期,大搞"左"的农业政策和"左"的政治运动造成的社会和家庭悲剧。这篇小说是朝鲜族作家郑世峰,根据自己周围的人的切身经历加以高度集中概括而创作的v小说故事是悲惨的,但作者把人物的命运和对社会的剖析及社会原因互相联结起来,使作品主题具有相当的深度。这与那种写悲剧脱离社会背景的剖析去写命运多舛,'天外飞来横祸,好人遭殃,缺乏深刻的社会观察的编撰之作大不相同。. 无疑,这篇小说,对于肃清"左"的影响是大有裨益的,是具有一定的社会认识价值的。

这是一篇用书信的形式结构故事的小说。主人公李锦姬拿起笔,情如泉涌,给离去的丈夫写回信,十一年来的悲欢离合,一幕幕展现在眼前,淤积在她心中苦涩的泪水,就象是决堤的渠水,流个不绝。十一年前,锦姬与丈夫相爱了,初恋的火花在心中开放,那是多么真挚和甜蜜。度过了两年令人难以忘怀的恋爱生活以后,他们结了婚。从此,升起爱情的风帆,开始在充满着希望的人生航线上破浪前进。六年以后，他们有了两个男孩，靠着锦姬的吃苦耐劳，拼命干活和"也能过上舒心如意日子"的坚强信念，这个最贫困的家庭，开始有了生机，"四口猪崽在猪圈里咕咕"叫唤；两条狗蹲在门口"汪汪"直吠；"房后的小溪里鸭群呷呷，戏水"。"每年都要喂养四口二百多斤重的大肥猪，扣除买小猪崽的本钱和饲料款，还能剩余三百元钱偿还生产队的欠债。那二十多只鸡，十多只鸭，每年卖掉一批后，又能孵出一批来补充。加上卖鸡蛋和鸭蛋的钱，不但能贴补上公公的药费，还能添置一些衣物，解决平时的零用钱。"

锦姬的精打细算，勤劳，贤惠受到村里人和公婆的夸奖，称赞她是"聚宝盆"媳妇。婚后第六年，不仅还清了全部欠款，还分了一百五十元现金，买了一部收音机和一个碗橱。生活的改善，给这个家庭带来了欢乐与希望，他们计划着扩大副业，也敢想手表、自行车、缝纫机，甚至电视机这些过去看来是高不可攀的东西了。

然而，刚刚蓓蕾初绽，尚待怒放的新生活花朵，却遭到了寒霜的侵袭。在"左"的农业政策和"左"的政治运动中，锦姬一家和谐欢乐的家庭生活和爱情崩溃了，生活的改善带来的希望破灭了。作者从生活的海洋中撷取一朵小浪花，从复杂的社会中，解剖家庭这个"细胞，，，使我们形象地看到"四人帮"祸国殃民，

涂炭生灵时，还制造了多少爱情、婚姻、家庭的悲剧。锦姬好端端的美满幸福的爱情、家庭，最终是被毁掉了。为什么？谁之罪？阴谋家张春桥炮制的"无产阶级专政理论"，以及在这个

反动理论指导下所搞的"左"的农业政策和"左"的政治运动，给八亿农民带来巨大灾难。他们叫嚣什么消灭小农经济，把农民搞副业，喂一些家禽，既不剥削别人，又不影响集体劳动，也叫做"资本主义"，硬要推行猪卖光，鸡杀光，"割资本主义尾巴"的政策。在极"左"思潮的影响下，有些人思想被腐蚀毒害，为了突击入党，结帮成派，青云直上，丧尽天良，什么事情也干得出来。那位所谓的"理论辅导员7_李锦姬的丈夫，当时简直象着了魔一样的疯狂，为了<c突击入党"，导演了"毁家投靠"的悲剧。这个人是一个极端的个人主义者，是一个从灵魂到躯壳都被"扭曲"了的形象，但却真实地展现了当时的社会生活，是有典型意义的。

妻子李锦姬，这个"聚宝盆"样的媳妇，具有朝鲜族妇女的优秀品质，她勤劳、善良、温顺、能干、纯真无私。是公婆的好儿媳、丈夫的好妻子、小姑的好嫂子、儿子的好母亲；她孝敬公婆、体贴丈夫、关心小姑、疼爱孩子；她里里外外一把手，用汗水还清了债务；靠饲养家禽，把日子过富，这是朝鲜族女性美的典型。她心灵美、气质美、性格美。这个"聚宝盆"似的媳妇，雕镂得形神兼备，真实可信，十分感人。对锦姬和她的丈夫的刻画，是在对比中展开，映衬中深化的，具有强烈的讽刺意味和积极的批判效果。作者对于批"左刀是有认识、有勇气、有信心的，虽然故事悲惨，读完却令人警醒，而不使人丧气。，、

这篇小说，立意并不是在具体表现农村的新政策，而是通过批判农村"左"的政策给农民家庭带来的苦难，从一个侧面反映了

三中全会以来，农民的新的历史命运，农村新的变迁。文学的任务不是站在某些具体政策的立场上去表现或图解政策，而是着重写人的历史命运，这样，可以从人物的历史命运和人物性格这面镜子里，折射出政策的正确与否，是否符合人民的利益和愿望。如果说"左"的农村政策给锦姬造成追求美好生活的破灭和精神的创伤，那么，党的农村新的经济政策，使她充满信心，靠向往未来而去生活，去愈合心中的创伤。作为时代的女儿，锦姬并没有沉没在往事的深渊中，回顾过去，正是为了继续前进。她在结束这封信时写道：

"现在，我只能靠向往未来而去生活。我已经把家庭副业又搞起来了，而且比过去的规模更大，我们还买了一头牛喂养。随着岁月的流逝，我想，留在心中的创伤也会愈合的吧！

希望你能好好抚养可爱的洪哲和雄哲，在此时此刻，我所能嘱托于你的只有这些了。我相信，孩子们长大以后，是不会怨恨我们的，因为使我们家庭和孩子们蒙受不幸的罪魁祸首，已经在历史的审判台上受到了其应有的惩罚。"

"压在心底的话"，终于象决堤的洪流，一泻千里，它感情的波涛，是永远奔突向前的。

1938년 10월 16일 경남 착원군 출생.
동국대학교 졸업. 1963년 "자유문학" 신인상으로 데뷔.
시집 〈불꽃처럼 만나리〉, 〈시인 나무〉, 고뇌하는 당신〉 등 출간.
미국 엘에이 所在, 〈해외문학〉 발행인 겸 편집인.

1943년 중국 룡정시에서 출생
연변대학 어문학부 중문학과 졸업
연변일보사 부총편집
연변작가협회 부주석 력임
칼럼집 〈사색의 즐거움〉, 평론집 〈변방 –또 하나의 시작〉 출간
"연변문학" 윤동주문학상 평론부분 본상, 장백산문학상 수상

조 윤 호 / 장 정 일

만화적인 진실

조윤호, 장정일(글)

2001년도 제4회《해외문학상》대상 수상작으로 중국 거주작가 정세봉씨의 단편《빨간 크레용태양》(《해외문학》창간호)이 선정되었다.

이 소설은 위인이 타계한 날의 17세 철부지소년의 하루생활을 그린 한폭의 만화로 읽혀지는 작품이다. 태양으로 추앙하던 신적인 위인의 부재를 괴로워하면서도 소년은 어쩔수 없이 소년다운 짓거리를 할수밖에 없었다는 만화적인 서사는 그 황당한것 같은 화폭에 삶의 진실을 담고있다는 점에서 문학적인 사고를 유발하고있다. 그 진실인즉 우상숭배의 지배적인 분위기속에서도, 영생불멸로까지 인지되던 신적인 존재의 부재속에서도 인간의 세속적인 고민과 애환은 여전하고 사랑의 충동은 여전하고 삶의 흐름도 여전하다는것이다.

특정한 력사시기의 우상숭배의 허황함을 풍자하였고 굴절된 력사의 허상에 현실적인 진실한 삶을 대치시킨 소설의 취지와 그 예술적 감화력이 인정을 받았다.

김춘택

1972년 중국 길림성 안도현 출생
소설집《흰 소야1 내 사랑》등 출간
온라인 계간 "백천문학" 주간

숭배사상과 본능적인 욕망의 경계

―정세봉의 단편소설 『빨간 크레용태양』에서

김춘택

　나는 정세봉의 단편소설 『빨간 크레용태양』은 한 인간의 숭배
사상과 인간의 본능적 욕망의 갈등을 첨예하게 다룬 우리 중국조
선족소설문단의 명작이라고 믿어 의심치 않는 바이다.

　정세봉의 단편소설 『빨간 크레용태양』은 1976년 9월 9일, 모택
동 주석이 서거되던 날을 소설의 배경으로 하고 있다. 이런 특수
한 소설의 배경은 붉은 색채가 하늘을 뒤덮었던 한 시대와 붉은
색채를 세탁하고 푸른 하늘을 그대로 노출하게 되는 새로운 한
시대를 분수령으로 갈라주고 있다. 때문에 이 소설은 모택동 주
석의 서거를 알리는 슬픈 소식을 시점으로 모택동 주석을 숭배했
던 이전의 열광적인 시대와 아무런 제한 없이 인간의 본능적인
욕망을 마음대로 발설할 수 있는 이후의 시대를 가르고 있지만
주인공 석호가 자신의 맘속에 떠있던 영원히 지지 않는 태양-모
택동 주석의 슬픈 서거소식을 접한 그 순간의 희비적인 모순갈등
을 주제로 한 인간의 숭배사상과 본능적인 욕망의 경계를 허물고
있다.

모택동 주석에 대한 숭배사상은 정세봉의 단편소설『빨간 크레용태양』의 배경 속에 살고 있는 주인공들의 이데올로기(ideology)로 당시에는 거역할 수 없는 한 시대의 절대적인 순리였다. 그런 이데올로기 앞에 주인공들의 본능적인 욕망은 그 기염을 상실하고, 저속적인 취미로 멸시되고 있었다. 밥 한 끼를 배에 기름지게 먹고 싶은 욕망은 도무지 용서할 수 없는 사치이고, 이성에 대한 강열한 추구는 절대적으로 용납할 수 없는 위대한 사상에 대한 모욕으로 밖에 되지 않았다. 그런 시대에서 주인공 석호는 자신이 가지고 있는 숭배사상에 대한 "복종"과 "반역"에 대해 정신적으로 갈등하고 있고, 자신의 본능적인 욕망에 대한 억제가 뒤흔들리고 있다.

　그런 까닭에 주인공 석호의 정신적 욕망은 아버지의 "모택동사상으로 대뇌를 무장하고, 모택동을 정신적으로 숭배하고, 모택동에게 충성을 다 바치는 것"과 완전히 다른 "정치대장인 아버지(정치적으로 얽매인 그 시대)로부터 자유를 얻고, 배고픔을 달래고, 이성을 탐닉하려"는 것이다. 때문에 주인공 석호의 육체적 욕망은 "배고픔 앞에 무기력하고, 이성에 대한 탐닉에서 무기력"한 것으로 정신적인 욕망을 무너뜨리고 있다.

　정세봉의 단편소설『빨간 크레용태양』에서 모택동 주석에 대한 주인공 석호의 숭배사상은 서서히 해체되고 있다. 주인공 석호는 자신의 맘속에 떠있던 영원히 지지 않는 태양-모택동 주석을 신(神)적인 존재로 여기고 있는데 그는 영원히 만수무강할 것이라고 굳건히 믿고 있었다. 그런데 주인공 석호가 윤철이네 고기잡이패들과 함께 모택동 주석의 만수무강을 축원하는 노래를 부르고 있을 때 모택동의 서거를 알리는 추도곡이 울리고 있는데 이는 굉장히 아이러니한 청천벽력이 아닐 수 없다.

　주인공 석호에게 모택동 주석의 서거는 "우주속의 십장생(十長生)과 더불어 길이길이 만수무강하리라고 추호도 의심치 않았던 통념과 확신이 그의 머릿속에서 드디어 돌사태처럼 무너져 내리는 순간"이었다. 또 "그것이 신화였음을, 신화였기에 깨여지는 것임을 그들의 두뇌가 번개처럼 터득하는 순간"이었던 것이다. 그런 연유로 인해 주인공 석호는 "한 덩이의 뿌리 깊은 구심점(求心点)-마음속에 웅크리고 있는 악성 종양과도 같은 정체모를 응어리, 좀처럼 풀길 없는 불안과 괴로움의 응어리를 품은 채, 깊은 수면의 바다 속에 끝없이 침몰돼" 가고 있는 것이다. 주인공 석호에게 꺼지지 말아야 할 태양은 "갑자기 새까만 숯 덩어리로 꺼지"고 있으며, 또 "별지처럼 무섭게 떨어져"내리고 있다. 그것은 주인공 석호의 "마음속 우주에, 그 하늘"에 떠있던 "빨간 크레용태양"이었다. 이로서 주인공 석호의 모택동 주석에 대한 숭배사상은 역사 속에 서서히 묻혀가기 시작한다.

　정세봉의 단편소설『빨간 크레용태양』에서는 모택동 주석의 서거에 대한 주인공 석호의 슬픈 감정을 다루고 있는데 주인공 석호의 슬픈 감정은 아버지와 털부숭이 새끼 곰처럼 생긴 난쟁이 바보 차승렬의 슬픈 감정과 아주 대조적이다. 모택동 주석의 서거에 대한 아버지의 슬픈 감정은 그 무게가 굉장히 압도적인데 "볕에 그을고, 바람에 거칠어진 그 엄한 얼굴에는 그렇듯 자연스럽고도 실감적인 슬픔이 어둡게 실려"있는 것이다. 그러나 주인공 석호는 아버지의 무겁고도 압도적인 슬픈 감정에 대해 "노련한 배우"란 표현으로 질타를 가하고 있다. 이는 주인공 석호가 "숭배사상에서 해탈하고, 자신의 본능적인 욕망에로 복귀" 하려는 것을 암시하고 있다. 이런 주인공 석호의 "숭배사상에서의 해탈과 자신의 본능적인 욕망에로 복귀"는 바보 차승렬의 모택동 주석의 서거에 대한 슬픈 감정을 통해 더 확정되고 있는데 "슬픈 기색을 짓는 그 얼굴이 꼭 마치 웃고 있는 것"처럼 보이는 아이러니가 바로 그 증명이다. 모택동 주석의 서거에 대한 희애의 슬픈 감정도 좀은 애매한 구석이 있는데 희애는 몇몇 처녀들처럼 "손등을 눈언저리에 붙이고서 사내애들한테 얻어맞은 계집애들처럼 소리 내여 엉엉 울고 있지" 않지만 "그녀도 몹시 울었던 양으로 눈두덩이 붉어져 있고, 어망 결에 나와 눈길이 마주치자 고개를 푹 숙이고" 있다. 이제 그 동안 주인공들에게 절었던 숭배사상이 서서히 "유치하고도 부끄러운 것"으로 바뀌어 가고 있는 것이다.

"숭배사상에서 해탈하고, 자신의 본능적인 욕망에로 복귀"에 대해 주인공 석호는 그처럼 강열했음에도 불구하고, 주인공 석호의 모택동 주석의 서거에 대한 슬픈 감정은 "나도 어쩔 수 없이 비감에 잠겨 있었지만 웬 일인지 눈물이 나오질 않고 있었다. 여자들처럼 흐느끼고, 소리 내어 울지는 못하더라도 눈물은 그들먹이 솟아나야 할 것이고, 적어도 눈 굽은 축축이 젖어야 할 것이었다. 그런데 도무지 그렇게 되질 않고" 있는 것이다. 그런 주인공 석호의 입장은 "자신에게 '심후한 프롤레타리아 감정'이 박약하거나 전혀 없기 때문에 눈물이 솟아나지 않는 것만 같아서 무척 죄스러웠고, 눈물 없는 얼굴을 남들 앞에 보이기가 난감" 할 정도로 모순적인데 이는 주인공 석호가 숭배사상에 대해 가지기 시작한 회의(懷疑)이다.

정세봉의 단편소설『빨간 크레용·태양』에는 대조적인 세 인물형상이 있다. 그들로는 주인공 석호의 아버지와 주인공 석호가 연모하고 있는 희애, 그리고 주인공 석호 자신이다. 이들 세 인물형상들 중에서 주인공 석호의 아버지는 숭배사상에 대한 확고한 보수파이고, 주인공 석호는 숭배사상에서 뒤흔들리지만 피동적으로 본능적인 욕망에 끌려가는 숭배사상에 대한 나약한 도피자이고, 주인공 석호의 "연인" 희애는 숭배사상의 울타리에서 완전히 빠져나와 본능적인 욕망에 충실하고 있는"바람둥이"다.

숭배사상에 대한 보수파인 주인공 석호의 아버지는"모주석의 태산 같은 은덕과 자신의 비통한 심정과 모주석의 유지를 이어받아 '계속혁명'을 견지하기로 결심하고, 또 '비통을 힘으로 바꾸어' 저녁 후에 담배작업을 완성할 것"을 결심하는데 이는 숭배사상을 견결히 고수하려는 주인공 석호 아버지의 고집스런 신앙적 충성이다.

주인공 석호에게 "내가 그린 동그랗고 빨간 '크레용·태양'이 찬란한 빛발을 뿌리고 있었고, 그 아래에서 산과 강과 수풀과 오곡이 아름답게 빛나고 있었으며, 내 생명이 꿈의 신비와 생활의 환희로 가득 차"있던 아름다운 동화가 서서히 깨지고 있을 때 주인공 석호는 숭배사상에서 자유로운 몸이 되고, 자신의 본능적인 욕망을 되찾는다.

숭배사상이 윤리도덕의 바탕이 되고 있던 시대에 희애는 "우락부락한 마을의 총각"들로부터 "바람쟁이"로 전락된다. 특히 윤철이가 더 그러는 것 같았는데 주인공 석호는 그가 희애를 "바람쟁이 같은 게!"라고 멸시하면서 흘겨보는 것을 여러 번이나 보았다. 그런 윤철이의 눈빛에는 분명히 경멸과 적의 같은 것이 번뜩이고 있었다. 그런 사정에 대해 주인공 석호는 "희애같이 고운 여잘 저렇게 욕할 수 있을까? 미워할 수 있을까?… 화장하고, 눈썹 그리니 더 고운데. 나는 참말 고운데!… 화장한다고 다 바람쟁이일까?"라고 번민을 한다. 실제 희애가 "우락부락한 마을의 총각"들로부터 "바람둥이"로 불리는 것은 그녀에게 숭배사상의 기초가 박약하고, 자신의 본능적인 욕망의 발로가 강하기 때문이었다. 그런 이유로 희애는 제일 먼저 숭배사상에서 해탈되며, 심지어 주인공 석호마저 숭배사상에서 해탈하고, 자신의 본능적인 욕망 속에 빠져들게 유도한다.

이처럼 주인공 석호에게서 이미 해체된 숭배사상은 그의 본능적 욕망을 막지 못하고 있다. 석호는 자신의 맘속에 떠있던 영원히 지지 않는 태양-모택동 주석이 서거한 슬픈 소식을 들은 저녁에도 "식충"처럼 쌀밥을 죽여주고 있다. 버르장머리 없이 아직 아버지가 들어오지 않았고, 밥술을 뜨지 않았는데도 말이다. 석호의 배고픈 본능은 아버지에 대한 예의도 상실하고, 모택동 주석의 서거에 대한 슬픔도 망각하고 있다. 그런 석호를 두고 아버지의 "흘겨보는, 적의를 품은 듯한 눈길"에는 질책의 빛이 가득 쌓여있다. 뜻밖의 충격적인 사변 -모주석 서거-로 인발된 "이제 세상은 어떻게 되는 걸까?"하는 의혹과 그들이 여태껏 영위해 온 즐거운 삶과 질서가 송두리 채 뒤흔들릴 것만 같은 불안과 자기 개인보다는 나라와 민족이 일조에 기둥을 잃은 것만 같은, 그런 한 없는 허전한 괴로움에 빠져드는 순간에도 석호가 "식충"처럼 보여준 짓거리는 석호의 아버지에게 "아새끼, 심통 편할" 정도로 도무지 용서할 수 없는 행위가 아닐 수 없는 것이다. 그러나 석호의 본능적인 욕망은 "식충"에서 멈추지 않고 "어느 사이 두 입술이 뜨겁게 포개지고, 마치 두 개의 탐욕스런 흡반처럼 들어붙어서 연신 신음소리를 내지르며 오래도록 짓이기고 있다. 그리고 아름답고 탐스러운, 화롯불처럼 뜨끈뜨끈한 희애의 육체 속으로, 그 신비의 늪 속으로 아무런 수치심도, 일말(一沫)의 죄의식도 없이 헤덤비며, 조금은 난폭하게 그러나 자연스럽게 나의 온몸이 빨려 들어가는 데"까지 무너지고 만다. 그런 "격렬한 몸부림으로 육신과 영혼을 불사른 끝에, 스러져가는 감동의 여파와 함께 온몸의 기력이 쭉 빠져나가던 그 순간"에 주인공 석호는 또다시 "빨간 크레용태양"을 떠올리게 되는데 이제 주인공 석호의 숭배사상은 기억 속의 기념비로 각인되고, 그 자신의 본능적인 욕망은 스스로 자유를 얻게 되는 것이다.

정세봉의 단편소설 『빨간 크레용태양』은 한 인간의 숭배사상과 본능적인 욕망의 경계를 거침없이 다루고, 허물고 있는 한편의 우수한 단편명작이다. 이 소설을 통해 정세봉 작가의 예민한 통찰과 투철하고도 정직한 사상에 대해 뒤늦게나마 탄복하며, 지금 이 시각도 우리 중국조선족문단에서 감히 거론하지 못할 정치적 이데올로기를 아주 오래 전에 정세봉 작가가 예리하게 비판했음에 경탄해마지 않는다. 정세봉의 단편소설 『빨간 크레용태양』은 신세대 우리 소설가들이 소설의 시대적인 주제를 어떻게 다루어야 하며, 그 시대의 사회문제를 어떻게 비판해야 하는가를 심각히 배워주고 있다.

김관웅 / 허정훈

1951년 연길시에서 출생
1991년 연변대학에서 문학박사학위 취득
저서로 《한국고소설사고》, 《중조고대소설비교연구》 등 다수
연변대학교수, 연변대학문과학술위원회 주석, 비교문학연구소소장 역임.

[평론]_〈연변문학〉 2015년 2호

중국 반사문학의 문맥에서 본 조선족의 반사문학

-개혁개방후기 정세봉의 중단편소설을 중심으로

김관웅, 허정훈

중국주류문단에서의 반성문학의 물결

주지하다싶이 모든 문학현상이나 문학작품들은 모두 고립적존재가 아니라 그것과 긴밀한 련관성을 갖고있는 특정된 전반 문화 콘텍스트, 즉 문맥(文脉)속에서 존재한다. 이를테면 개혁개방이후의 중국조선족문학의 그 어느 작가나 작품들은 모두 전반 중국문학을 포함한 전반 문화의 문맥속에서만이 옳바르게 리해하고 해석할수 있다.

지난 세기 80년대 전반기에 중국주류문단에는 수많은 사람들의 시선을 모았던 문학현상, 즉 "반사문학(反思文学)"이 나타났다. 우리 조선족문단에서 혹자는 이 반사문학을 "반성문학"이라고도 한다. 이른바 반사(反思)란 낱말은 철학의 한 술어로서 반성, 회고, 재사고, 재평가, 기성결론에 대한 회의 등 다충적인 의미를 갖고 있다. 바로 이런 까닭에 반사문학은 비록 상흔문학(伤痕文学)의 토대우에서 산생했지만 상흔문학에 비해 웅숭깊은 력사 종심감(纵

深感)과 보다 큰 사상 용량(容量)을 갖고있다. 극좌로선에 대한 폭로와 비판, 관료주의에 대한 반대, 사회와 력사 비극에 대한 제시 그리고 비극적인물의 운명에 대한 재현과 해부, 비극적인물의 성격에 대한 부각은 반사문학의 선명한 특색이다.[2]

1978년 년말에 개최되였던 중국공산당 제11기 3차 전원회의 이후 사상해방운동의 영향하에서 정치상의 발란반정운동(拨乱反正运动)에 수반하여 중국의 작가들은 랭정하고 엄숙하고 실사구시한 태도로 지나간 력사를 돌아보게 되였으며 그들의 시야가 보다 넓어지고 사색이 보다 깊어지게 되면서 반사문학이 나타나게 되였던것이다. 반사문학은 상흔문학의 발전과 심화이다. 상흔문학에 비해 반사문학은 지나간 세월속에서 발생한 고난과 상처를 제시하는데만 만족하지 않고 이러한 고난이 나타나게 된 력사적원인을 애써 밝혀내려고 했으며 문화대혁명 10년동란을 재현하거나 표현하는데만 만족한것이 아니라 눈길을 1957년 반우파운동이래 심지어는 이보다 더 소급되여 올라가는 력사단계에로까지 돌렸다. 반사문학은 력사의 시비를 다시 캐고 일관적으로 옳았다고 여겨왔으나 실천에 의해 잘못된 정책, 로선이나 사건으로 판명된 지나간 력사에 대해서 회의를 제기하고 여러가지 예술표현방식으로 충분하고도 심각하게 재현하거나 표현하였다.

반사문학이 흥기한 초기에 "반우파운동", "대약진운동", "인민공사화운동", "문화대혁명" 등등 일련의 정치운동의 력사진실이 반사문학에서 밝혀졌다. 이중에서도 가장 주목되는 점은 중국에서 1957년 반우파운동이후 일련의 그릇된 정책과 로선이 실시될수 있었던 근본적원인은 수령에 대한 개인숭배와 중국인들의 노예근성때문이라것을 비판하는 작업이였다.

중국인들의 노예근성에 대한 비판작업은 5.4신문화운동시기 로신 같은 작가들에 의해 이미 진척되였고 개인숭배에 대한 비판 작업은 개혁개방의 총설계사인 등소평의 사상과 밀접한 련관성 이 있다. 주지하다싶이 수령 개인의 역할이나 공적을 너무 부풀 리거나 신격화하는 이른바 "개인숭배"나 "조신운동(造神运动)"에 대 해 맑스주의는 기치선명하게 시종일관 반대하여왔다. 그러나 중 국공산당이 집정하게 된 이후로부터 여러가지 력사 및 현실적 원 인으로 인하여 당내와 전반 사회에는 해방초기로부터 1976년에 이르는 30년에 가까운 력사시기에 수령에 대한 개인숭배가 나타 나게 되였으며 심지어 "문화대혁명" 10년동란시기에는 수령을 신 격화하는 "조신운동"이 일어나기까지 했다. 이는 당내의 민주생 활 및 당과 대중 사이의 관계 그리고 나라와 백성들에게 지대한 재난과 손실을 가져다주었다.

등소평은 개인숭배에 대해 가장 일찌기 경각성을 갖고있었다. 일찍 1954년 6월 당의 제7기 4차 전원회의에서 등소평은 당내에 서 자라나기 시작한 극단적으로 위험한 교오정서와 개인숭배에 대해 날카롭게 비판하였다. 그뒤 2년이 지난 1956년 2월, 쏘련공 산당 제20차 대회에서 쓰딸린에 대한 개인숭배를 비판하였는데 이는 중국공산당에 경종을 울려주었다. 중국공산당 당내에 개인 숭배가 움터서 자라나는것을 방지하고저 등소평은 1956년 제8차 당대표대회에서 진술한 "당규약을 수정할데 관하여"라는 보고에 서 수령을 신격화하는것과 수령에 대한 개인숭배를 방지할데 대 해 전문적으로 지적하였다.

그러나 등소평의 이런 노력은 수령에 대한 개인숭배의 과열추세에 제동을 걸지 못했다. 1950년대말로부터 "문화대혁명" 10년 동안에 수령의 좌경적인 과오는 날로 확대되여갔지만 수령에 대한 개인숭배는 나날이 승격되여갔다. 1977년부터 1978년 하반년에 이르는 사이에 등소평은 "문화대혁명"의 침통한 교훈에 비추어 리론 및 실천 면에서 수령에 대한 개인숭배를 날카롭게 비판했다. 등소평은 "무릇 모주석이 결정한것에 대해 우리는 모두 견결히 수호해야 하고 무릇 모주석의 지시한것에 대해 우리는 모두 시종여일하게 준수해야 한다"고 한 화국봉의 그릇된 주장을 비판하고 실사구시의 사상로선을 강조했다.

등소평은 리론면에서만이 아니라 제도면에서도 개인숭배의 중요한 토양으로 되였던 종신제(終身制)를 폐지하고 간부퇴직제도를 건립하고 자신이 솔선수범하여 권좌에서 물러나면서 "한 나라의 운명이 한두 사람의 권위에 의해 좌우지되는것은 아주 건강하지 못하고 아주 위험하다"[5]고 의미심장하게 지적하였다. 그것은 개인숭배나 수령을 신격화하는 조신운동(造神运动)은 정치의 이화(异化)[6]이기때문이였다. 수령은 인민대중의 일원이고 공복(公仆)이여야 마땅하지 수령에 대한 개인숭배나 신격화는 실제상에서 수령이 인민대중의 머리우에 군림하여 인민대중을 지배하는 이기(异己)적힘으로 변질하였음을 의미하기때문에 등소평은 해방후 시종일관하게 수령에 대한 개인숭배를 견결히 반대하여왔던것이다.

등소평을 비롯한 수많은 로일대 혁명가들의 장기간의 간고한 노력과 투쟁을 거쳐 1978년 년말에 개최된 제11기 3차 전원회의에 이르러서야 비로소 중국공산당은 수령에 대한 개인숭배의 출현을 효과적으로 방지할수 있는 정치적토대를 마련하게 되었다. 이러한 장구한 과정에서 등소평은 개인숭배를 반대할데 관한 중국공산당의 리론을 풍부히 하고 발전시키는 면에서와 이 리론을 정치실천에 옮기는 면에서 결정적기여를 했다.

사회생활의 반영으로서의 개혁개방 이후의 중국문학에 수령의 개인숭배를 반대하는 이러한 사회적분위기가 반영되지 않을수 없었다. 그 가장 대표적사례로 마라친푸의 단편소설 "생불의 이야기"를 들수 있다. 그리고 비록 마라친푸의 이 작품보다 뒤에 나타나기는 했으나 비슷한 주제적성향을 지닌 작품으로는 조선족소설가 정세봉이 1990년대 초반에 창작한 중편소설 "볼쉐비크의 이미지" 및 단편소설 "빨간 크레용 태양", "태양은 동토대의 먼 하늘에", "엄마는 교회로 나가요" 등 일련의 작품들을 들수 있다. 이 두 작가의 상술한 작품들에 대한 비교를 통하여 당시 중국조선족소설문학이 도달했던 사상, 예술적인 높이를 가늠할수 있다.

이 글에서는 중국주류문단의 반사문학의 문맥에서 주로 반개인숭배, 반노예근성의 주제경향을 갖고있는 몽골족작가 마라친푸의 "생불의 이야기"와 조선족시인 최건의 가사 "붉은 천 한쪼각", 조선족작가 정세봉의 "볼쉐비크의 이미지", "빨간 크레용 태양", "태양은 동토대의 먼 하늘에", "엄마는 교회에 나가요" 등에 대해 주제학적시각으로 비교, 분석하려고 한다.

마라친푸의 "생불의 이야기"의 반노예근성, 반개인숭배의 주제경향

몽골족작가 마라친푸(玛拉沁夫, 1930~　)는 중국소수민족작가들 중에서 탁월한 창작성취와 함께 문단에서 높은 위상을 갖고있는 소설가이다.

개혁개방 초기 그의 단편소설 "생불의 이야기(活佛的故事)"는 1980년 전국우수단편소설상을 수상한 아주 영향력이 컸던 작품이다. 한어로 창작된 마라친푸의 "생불의 이야기"는 편폭이 7천자밖에 안되는 아주 짧은 단편소설이다. 이 소설은 일인칭서술자 "나"의 관찰과 서술을 통하여 인간으로부터 "신(神)-생불로 되였다가 다시 인간으로 환원한 주인공 마라하(玛拉哈)의 파란만장한 일생을 고도로 개괄했다.

작품의 배경은 처음에는 내몽골초원의 바이호터촌으로 설정되여있다. "나"와 주인공 "마라하"는 태여나서부터 함께 자라난 송아지동무였다. "마라하"는 천진란만한 아이로서 늘 "나"와 함께 초원에서 장난을 치기도 하고 시내가에서 발가벗고 고기잡이를 하기도 했다. 그런데 바로 그 이튿날 "마라하"는 라마교(喇嘛教) 사찰로부터 전세령동(转世灵童)으로 지목되여 생불로 뽑혀가게 된다. "이리하여 어제까지만 해도 나와 함께 내가에서 발가벗고 송사리를 잡던 마라하가 하루밤새에 사람으로부터 신(神)-거건사의 제8세 생불이 된것이다." 절에 들어가서 생불이 된 마라하는 처음에는 그래도 천진란만한 동심을 잃지 않았지만 점차 세월이 흐르면서 완연한 "생불"로 되여간다.

그도 그럴것이 어제까지만 해도 마라하를 개구쟁이 취급했던

"나"를 포함한 수많은 사람들은 수천년 동안 문화적인 유전자로 이어져내려온 노예근성으로 말미암아 개구쟁이 마라하를 당장 "신"으로 섬기면서 매일마다 그의 앞에 꿇어엎드려 연신 절을 올린다. 그리하여 몇년이 지난 뒤에 마라하도 점점 자기를 사람이 아닌 신으로 여기게 되며 신처럼 처신하게 된다. 인간세상에는 원래 신이 없었으나 정신적의탁을 찾으려는 인간들이 신을 만들어낸것이다. 인간들이 만들어낸 "신"은 인간들의 경건한 신앙과 믿음 속에서 자기는 사람이 아니라 "신"이라고 착각을 하게 된다. 세월이 흘러서 이 사람들이 만들어진 "신"은 점점 "신"의 티를 냈고 "신"이 "신"의 티를 내면 낼수록 사람들은 더욱 "신"이라고 굳게 믿는다. 이렇게 몇십년 세월이 흐른다.

해방후 마라하는 다시 인간으로 환원하여 속세의 보통사람으로 된다. 인간들은 "신"을 만들어내고는 자기들이 만들어낸 "신" 앞에서 오체투지(五體投地)를 하면서 달갑게 자기들이 만들어낸 "신"의 노복으로 되여간다. 이처럼 작품은 표면적으로는 몽골족 전통사회에서의 종교신앙의 이화(異化)[7]현상을 꼬집었지만 그 심층적인 의미는 다른데 있다.

이 작품은 당시 중국문단에 나타났던 로신화의 단편소설 "상흔"이나 류신무의 단편소설 "담임선생님" 같은 "상흔문학(傷痕文學)"과는 적잖게 다르다. 그것은 이 작품은 단순히 좌경로선이 인간들의 령혼과 육체에 남긴 상처에 대한 제시 그리고 이러한 상처를 남겨준 좌경로선에 대한 분노와 공소의 차원에만 머물러있는 작품이 아니기때문이다. 이 작품은 비판의 화살을 중국에서 좌경로선이 지배할수 있도록 한 최종적인 근원인 수령의 개인숭배를 겨냥하였다. 이런 의미에서 이 작품은 수령에 대한 개인숭배와 조신운동에 대한 우화적장치와 상징적장치를 동원한 아주 함축성 있고 암묵적인 비판이라는데 그 예술적매력이 있으며 또한 이 작품은 몽골족의 전통사회에서 수백년 지속되였던 종교신앙생활과 유기적으로 결합되여있기에 짙은 민족적색채도 갖고있다.

주지하다싶이 몽골과 서장 등지의 장전불교(藏传佛教)에서는 정교합일의 종교지도자인 상층 라마(喇嘛)를 불교의 삼세륜회(三世轮回)의 교리에 립각하여 간택했다. 이렇게 간택된이들은 대부분 아이들로서 이런 아이들을 전세령동(转世灵童)이라고 부른다. 즉 전세의 활불(活佛)의 령혼이 그 아이에게 옮아갔다고 해서 이렇게 부른게 된것이다. 이 전세령동(转世灵童)은 장전불교만 갖고있는 특이한 종교권력의 전승방식으로서 기원 12세기에 서장 불교 갈마갈거파개파흑모계(噶玛噶举派该派黑帽系)의 수령이 원적(圆寂)한 뒤에 그 신문들이 한 어린아이를 추대하여 전세계승인(转世继承人)으로 모시게 되고 따라서 이후의 장전라마교의 각 교파들에서 분분히 이를 답습하게 되면서부터 활불전세(活佛转世)의 방식이 자리잡게 되였다.

이런 전세령동(转世灵童)으로서 그 지위가 가장 높은이들로는 달레(达赖)이나 벤첸(班禅)이고 그 버금으로 가는이들은 각 지방의 법왕(法王)들이다. 원래 라마교에서도 부자세습제도가 행하여졌으나 13세에 이르러 라마는 결혼하지 못한다는 규정이 생겨나면부터 전세제도(转世制度)가 보다 굳건하게 확립되여갔다. 청나라때의 위원(魏源)이 저술한 《무성기(圣武记)》(卷五)에 따르면 "명나라 정덕(正德) 년간부터 활불이 중국에 전해지기 시작했다"고 한다. 마라친푸의 "생불의 이야기"에서는 다만 "불교의 관점에 의하면 생불은 전생으로부터 전세하여온것이라고 한다"라고 간단히 지적하였다.

마라친푸의 "생불의 이야기"는 단순히 몽골족소년 마라하가 인간으로부터 "신"-생불로 되였다가 다시 인간으로 환원했다는 이른바 "생불의 이야기"에만 그치는것이 아니다. 사실 이 작품에서 "생불의 이야기"는 보조관념에 지나지 않으며 원 관념은 깊숙이 숨겨져 겉에 드러나지 않았다. 그 원 관념은 실상은 중국에서 좌경정치로선이 살판을 쳤던 그 시절에 자행되였던 수령에 대한 개인숭배, "조신운동(造神运动)"에 대한 풍자와 비판이다. 이런 의미에서 이 소설은 다분히 상징성을 갖고있는 작품이다. 종교의 이화와 정치의 이화는 이질동구(异质同构)의 류사성을 갖고있기에 이 작품의 상징성은 보다 가깝게 독자들에게 다가온다.

개혁개방초기의 상황에서 마라친푸가 "생불의 이야기"에서 이런 에둘러치기의 서사전략을 취했기에 전국우수단편소설상이라는 영예까지 얻을수 있었다고 생각한다. 만약 수령에 대한 개인숭배를 직설적으로 비판했더라면 아무리 사상해방의 물결이 일었던 당시라고 해도 아마 발표하기 어려웠을것이다.

조선족가수 최건의 가사 "붉은 천 한쪼각"에 나타난 반개인숭배의 주제경향

개혁개방이후의 중국문학에서 개인숭배에 대한 짙은 사회비판 적색채를 갖고있는 작품으로는 "중국 록음악의 왕자"로 불리는 조선족가수 최건(崔健, 1961~)이 지은 록음악의 가사 "붉은 천 한쪼각(一块红布)"(1991)을 들수 있다. 이 가사의 조선어 역문만 옮기면 다음과 같다.

> 그날 당신은 한쪼각의 붉은 천으로
> 내 눈을 감쌌고 하늘도 가렸습니다
> 당신이 나를 보고 무엇을 보았는가 물었을 때
> 난 행복을 보았다고 대답했습니다
> 그 감각은 정말 나를 편안케 하여
> 난 내가 살 곳이 없는것도 잊었습니다
> 당신이 또 어디로 가겠는가 나한테 물었을 때
> 난 당신이 가는 길을 따라가겠다고 대답했습니다
> 당신도 보이지 않고 길도 보이지 않았지만
> 내 손은 당신의 손에 굳게 잡혀있었습니다
> 당신이 나한테 무엇을 생각하는가 물었을 때
> 난 당신이 나의 주인으로 되여달라고 대답했습니다
> 내 느낌에 당신은 무쇠덩이가 아니였지만
> 무쇠처럼 강하고 뜨거웠습니다
> 내가 당신의 몸에 피가 흐르고있음을 느낀건

당신의 손도 따스했기때문이였습니다

난 그곳이 거치른 들판이 아니라 여겼고

땅덩어리가 말라서 갈라터졌음을 보지 못했습니다

난 목이 말라 물을 마시고싶었지만

당신은 키스로 나의 입을 덮어버렸습니다

내가 더 갈수도 없고 울수도 없었음은

내 몸이 이미 말라버렸기때문이였습니다

내가 영원히 그 모양대로 당신을 따르려 했음은

당신의 고통을 내가 가장 잘 알고있었기때문이였습니다

-최건 "붉은 천 한쪼각" 전문

최건의 이 가사도 다분히 상징성을 띠고있다. 이 가사에서 "나"는 중국인, "당신"은 수령 그리고 "붉은 천 한쪼각"은 수령의 사상을 상징한다. 그리고 "당신"이 그 "한쪼각의 붉은 천으로 내 눈을 감쌌고 하늘도 가렸"던 시대는 바로 1957년 "반우파투쟁"이후 수령에 의한 좌경정치로선이 중국을 지배했던 그 력사시기를 상징한다. 그리고 "당신"이 "나"를 "당신"의 무쇠처럼 강한 손에 잡혀서 땅이 말라 갈라터진 황량한 대지에서 목이 말라서 견딜수 없으면서도 그냥 "당신"의 뒤꽁무니를 따라다녔다는것은 중국인들의 비극적인 노예근성을 상징적으로 표현한것이다. 이 작품은 뒤틀려진 수령과 인민대중 사이의 관계를 통하여 특정된 력사시기의 중국의 정치이화(政治異化)를 상징적으로 표현하였다.

노예성유전자(奴性基因)는 미국국가정신건강 연구소의 신경생

물학자 바리. 리스만이 지도하는 연구팀에서 인도의 간지스강류역에 서식하는 원숭이들의 몸에서 채취해냈는데 이 "노예성유전자"를 "D2"유전자라고 명명했다. 원숭이의 성깔을 통제하는 기능을 갖고있는 이 "D2"유전자는 간지스강 원숭이들로 하여금 달갑게 파워가 있는 우두머리원숭이의 노예로 순종하게 만든다고 지적했다. 사람들에게도 이 "D2"유전자와 같은 유전자가 있다고 한다.

특히 2천년 이상이나 신분등급제도가 삼엄한 봉건사회를 거쳐온 중국, 조선 같은 동양사회에 있어서 그 구성원들의 마음속에는 노예성유전자가 지극히 활발하게 기능을 하고있다. 봉건사회에 있어서 임금과 각급 관원 그리고 각급 관원과 백성들의 관계는 바로 주인과 노예의 관계였으니 말이다. 조정대신이라도 황제 앞에서는 자신을 노예(奴才)라고 자칭했고 각급 관원들앞에서 그 치하의 백성들은 자기를 소인(小人)이라고 하면서 개여올려야 하지 않았던가. 바로 이러한 오랜 봉건주의의 전통과 정치권력본위의 문화전통을 갖고있는 중국에서 노예근성은 갑자기 사회주의 제도를 확립했다고 하여 일조일석에 소실되지 않았다.

일언이폐지하면 최건의 가사 "붉은 천 한쪼각"은 바로 "'붉은 천 한쪼각'이라는 이 상징부호를 동원하여 수억의 중국인들이 '눈 먼 망아지 워낭소리 듣고 따라가듯'"이 수령이 제정한 그릇된 정치 로선을 맹종하여 전 중국이 온통 혁명과 계급투쟁의 아수라장으로 되였던 한 단락의 력사에 대한 비장한 심리체험을 반영하였다."[8] 이리하여 최건의 "붉은 천 한쪼각"은 다른 한 가사 "빈털터리(一无所有)"(1986)와 함께 중국 개혁개방시기의 가장 대표적인 시로 자리매김되여있다.

정세봉의 중편소설 "볼쉐비크의 이미지"에서의 반노예근성, 반개인숭배의 주제성향

최건의 가사 "붉은 천 한쪼각"과 정세봉의 중편소설 "볼쉐비크의 이미지"는 비록 그 쟝르와 표현형식이 사뭇 다르기는 하지만 모두 반노예근성이라는 공동한 주제를 갖고있으며 또한 이 주제를 통하여 수령에 대한 개인숭배를 직접 혹은 간접적으로 비판하고있다는 점에서도 상통된다.

정세봉(郑世峰, 1943~   )의 중편소설 "볼쉐비크의 이미지"가 성공한 가장 큰 원인은 윤태철이라는 로공산당원의 형상을 부각한데 있다. 윤태철은 소작농의 아들이요, 해방전쟁시기 화선(火线)입당을 한 로당원이다. 그는 당에서 내리먹이는 지시가 옳든그르든 금과옥조로 삼고 무조건 집행함으로써 점차 독립적인격과 독립적사고능력, 독자적판단력을 상실한 "계급투쟁의 도구", 타력에 의해 움직이는 "로보트식인간"으로 변질된다.

그는 마을 사람들을 들볶으면서 철두철미 당의 계급로선에 좇아 지주출신인 허수빈을 무산계급독재의 대상으로 간주하고 장기간 무자비하게 타격한다. 특히 그는 자기 아들 준호와 허수빈의 딸 순정 사이의 사랑을 참혹하게 짓밟아버린다. 결국 준호의 애를 밴 순정은 자살하고 준호는 이 일로 아버지와 반목한다. 바로 이무렵에 개혁개방시대가 도래하여 윤태철은 자신이 당의 지시대로 30년 동안이나 애쓴 모든것이 물거품으로 되여버리자 새 시대의 도래에 반발하면서도 한편으로는 자기가 과거에 저지른 잘못을 뉘우치기도 한다. 죽음을 앞두고 윤태철은 아들에게 용서를 빈다. 윤태철은 자기의 아들과 며느리감을 비롯한 많은 사람들에게 본의 아니게 불행을 가져다준 인간이면서 동시에 자기에게도 많은 불행을 가져다준 인간으로서 역시 비극적인 인물형상이다. 하기에 윤태철은 중국조선족소설문학의 화랑(画廊)에서 가장 특색이 있는 성공적인 인물형상으로 지금도 유표하게 남아있다.

이 작품은 개인숭배로 인하여 조장된 좌경정치로선이 어떻게 한 인간을 비인간으로 만들어가는가를 보여줌으로써 정치에 의한 인간소외의 주제를 중국조선족문단에서 가장 훌륭하게 선보였다. 로공산당원 윤태철의 비극은 수령에 대한 개인숭배, 우상화로 인해 나타난 좌경정치로선이 빚어낸 인간의 주체성 상실에 가장 주된 원인이 있다.

물론 이런 주제적경향은 우광훈의 단편소설 "메리의 죽음" (1987) 같은데서 이미 그 단서가 보이기 시작했지만 이 작품은 전체적상징기법을 동원했기에 이러한 주제가 너무나 은폐적이고도 암묵적으로 표현되였으며 따라서 당시 독자들속에서의 반향이 정세봉의 "볼쉐비크의 이미지"만큼은 뜨겁지 못했다. 하지만 그 표현기법의 각도에서 평가한다면 우광훈의 "메리의 죽음"이 오히려 한수 높다고 평가할수 있다. 우광훈의 "메리의 죽음"은 상징기법으로 인간의 주체성 상실의 비극을 표현했다는 점에서는 마라친푸의 "생불의 이야기"와 상통된다.

정세봉의 단편소설 "빨간 크레용 태양" 등에서의 반개인숭배의 주제

1990년 이후 창작된 정세봉의 단편소설 "빨간 크레용·태양", "태양은 동토대의 먼 하늘에", "엄마는 교회에 나가요" 같은 작품들은 신(神)의 부재, 가치관의 혼란, 신앙의 위기, 당시의 혼란한 사회상황을 그려낸 작품으로서 중국조선족소설사에서 이채를 뿌리고있다.

"빨간 크레용·태양"은 1976년 9월 9일 문득 모택동이 서거했다는 비보가 전해진 어느 한 조선족농촌마을을 배경으로 설정했다. 정치대장인 "나"의 아버지를 비롯한 마을사람들은 신(神)적인 존재의 서거로 인해 커다란 슬픔과 불안에 잠기지만 사춘기를 갓 벗어난 청년인 "나"는 그 "하늘땅이 무너지는 사변"을 당해도 늙은 세대들과는 달리 사랑하는 처녀 희애와 으슥한 강가의 원두막에서 안고 뒹굴면서 진한 사랑을 나눈다. 이 작품은 "빨간 크레용·태양"으로 표상된 "신"과 인간을 대립시키면서 "신"이 존재하든말든 보통인간의 불행과 행복은 별개로 존재하고있음을 보여주었다.

김학철의 정치소설《20세기의 신화》가 태양으로 표상된 "신"에 대한 한 문인의 목숨을 던진 처절한 항쟁을 보여주었다면 정세봉의 이 작품은 "신"의 죽음과 그 "신"이 관장했던 정치리념시대의 종말을 보면서 처량한 장송곡을 불렀다. 특히 주목되는것은 이 작품의 제목이 갖고있는 상징성이다. "빨간 크레용·태양"은 이 작품의 주인공 "나"가 철부지 소학교시절 도화시간에 빨간색크레용으로 종이장에 그렸던 태양의 이미지이다. 중국인들이 수십년 동안 태양으로 숭앙해던 "신"은 실제로 존재하는 태양이 아니라 인간이, 그것도 철 없는 애가 그려놓은 태양 같은 인위적이고 허구적인 존재임을 암시한것이다. 이런 의미에서 이 작품은 중국조선족문학에서 탈정치중심, 탈정치리념의 해체주의시대의 도래를 알리는 작품으로서 중국조선족문학사에서 중요한 의의와 위상을 갖고있다.

정세봉의 다른 단편소설 "태양은 동토대의 먼 하늘에"[10] 역시 상술한 주제에 바쳐진 작품이다. 이 작품은 신의 부재, 신앙의 환멸을 확인하면서 비정한 권력에 의해 소외당하고 배반당하는자의 일탈심리를 보여주었다. 원로시인 신고홍은 한평생 "리념의 태양을 구가하고 공산당을 노래하고 사회주의를 읊조려온 송가시인이지만 남산밑 21평방메터 밖에 안되는 외통집 신세를 면치못한다. 마누라가 하도 바가지를 긁는 바람에 자기의 제자요, 마음의 구세주인 문정서기를 찾아가서 나흘이나 문밖에서 기다렸지만 만날수 없었다. 이쁘장하게 생긴 녀인들은 무상출입할수 있었으나 신고홍만은 들여놓지를 않았다. 사회에 암세포처럼 확산되여가고있는 관료주의와 권력의 부패에 절망한 나머지 술에 만취한 신고홍은 얼음판에 누워서 북극의 시들어버린 태양을 떠올린다.

"민초들에게는 아무런 온기도 전달해주지 못하는 동토대의 먼 하늘에 떠있는 태양"이란 이 이미지는 앞에서 거론한 "빨간 크레용태양"과 그 상징의미가 비슷하다. "동토대의 먼 하늘에 떠있는 태양"이란 이 이미지는 백성과 당의 관계에서 생겨난 새로운 동향을 보여주고있는바 좌경정치로선이 만들어낸 리념과 신앙의 해체를 의미한다.

정세봉의 단편소설 "엄마가 교회에 나가요"[11]는 당위서기를 지내기까지 했던 기업인남편으로부터 배반을 당한 유정미의 어머니(역시 공산당원이었음)의 분노와 허탈 그리고 그로 인한 기독교 신앙에로의 전향을 다룬 작품이다. 이 작품에서 당위서기까지 지냈던 남편은 단순히 남편, 가부장 이상의 상징적의미를 갖고있었으며 따라서 유정미의 어머니에게 있어서 남편은 신적인 존재나 다름 없었다. 하지만 이러한 남편의 변질과 타락, 배반은 그녀에게 있어서는 우상과 그 우상에 대한 신앙의 추락과 환멸을 뜻하므로 그녀에게 있어서는 엄청난 충격 그 자체였다. 하여 유정미에게 하늘땅이 무너져내리는듯한 실의와 실망을 안겨주었다.

"엄마가 교회에 나가요"라는 유정미의 이 한마디는 기존의 신의 부재에 대한 확인이며 동시에 다른 신에 대한 귀의이기도 하다. 어쩌면 현실의 기존질서의 붕괴와 권력의 타락과 비정에 대한 민중의 항거라고 볼수도 있다. 이 작품의 결말에서 "새벽 찬송가소리가 은은하게 흘러나오"는 교회당문으로 사라지는 어머니의 모습은 어쩌면 슬프고 비장하다. 한 당원이 자기의 신앙을 바꾸어 "교회에 나간다"는것은 1990년대에 나타난 탈기존리념으로 인한 신앙위기 또는 신앙의 다원화추세를 극명하게 보여주었다.

"교회로 나간다"는것은 한 "신"으로부터 다른 한 신에로의 귀의를 의미하지만 이 작품이 이런 신앙 면에서의 전향을 바람직하다고 인정한것은 결코 아니다. 다만 "민심(民心)이 천심(天心)"이라고 한 정당이 인민대중의 리익을 떠나서 자기 일당이나 개인의 리익만 도모하는 경우에 인민대중도 그 정당을 떠날수 있다는 경종을 울려주려는데 이 작품의 진정한 의도가 있다고 분석할수 있다. 정세봉이 울려준 이 경종은 지금도 긴 여운을 남기면서 우리들의 귀전에서 메아리치고있는바 지금도 심원한 현실적의의를 갖고있다.

이런 의미에서 정세봉의 상술한 중단편소설들은 모두 심도모식(深度模式)을 갖고있는 참여문학, 엄숙문학의 범주에 속한다. 심도모식(深度模式)을 갖고있는 작품들이 아주 희소한 우리 문학에서 정세봉의 상술한 중단편소설들은 마땅히 특별한 의의와 가치를 갖고있다고 평가해야 할것이다.

나가는 말

중국 말에 "좋은 약은 입에 쓰나 병을 치료하는데 리롭고 바른 말은 귀에 거슬리나 행실에 리롭다(良药苦口利于病, 忠言逆耳利于行)"는 경구가 있다. 정세봉의 이상의 작품들은 중국의 위정자(为政者)들의 귀에 거슬릴수도 있겠지만 중국에 산적해있는 관원들의 부정부패 등 사회문제를 해결하는 정치실천에 상당히 유익한 충언이라고 생각해야 할것이다.

총적으로 정세봉의 이상의 소설작품들은 중국조선족 반사문학에서의 가장 대표적인 작품들일뿐만아니라 전반 중국의 반사문학에 놓고보아도 조금도 짝지지 않는 우수한 작품들이라고 평가하고싶다. 다만 유감스러운것은 정세봉이 상술한 작품을 마감으로 지금까지 침묵을 지키고있다는 점이다. 우리는 이 침묵이 더 훌륭한 작품을 준비하고 온양하는 과정이였으면 하는 바람을 갖고있다. 중국조선족의 수많은 독자들은 정세봉선생이 백척간두에 한걸음 더 나아가서 또다시 심금을 울리는 력작들을 독자들에게 선물하는 그런 날이 오기를 기대하고있다.

요즘 우리 문단의 작가와 시인들의 사회참여, 사회비판의 사실주의문학 정신은 이전에 비해 훨씬 둔화되였다. 둔화되다 못해 거의다 소실되여가고있는 형편이다. 그래서 사회의 비리와 부조리에 대해서는 오불관언(吾不关焉)으로 도피주의적인 태도를 취하거나 혹은 탐미주의의 상아탑속에 숨어들어가 형식주의의 장난만 치면서 세월을 허송하고있는가 하면 심지어 자기도 탁류에 뛰여들어 인간령혼의 기사라는 타이틀을 단 문인으로서는 하지 말아야 하는 추레한 행각을 벌이기까지 한다. 우리의 작가정신은 확실히 상흔문학, 반사문학 시기보다도 퇴화했다.

우리의 작가와 시인들이 드높은 사회적사명감과 인간의 량지를 가지고 수많은 독자들의 심미적수요에 부응되는 량질의 작품을 창작해낼 때 우리 조선족문학은 침체의 수렁속에서 헤여나올 수 있다고 생각한다.

심종숙

1968년 경북 청송 출생
1991년 대구가톨릭대학교 일어일문학과 졸업
2004년 1년간 가나자와대학(金澤大學) 문학부객원연구원
2005년 한국외국어대학교대학원 비교문학과 박사과정 졸업
논문으로는 「미야자와 겐지(宮澤賢治)와 만해 한용운의 시 비교연구 −주체의 분열과 소멸, 복권을 중심으로−」(박사논문)
「미야자와 겐지의 『은하철도의 밤』과 쌩 떽쥐뻬리의 『어린 왕자』 비교연구」 등 다수
저서로 『니르바나와 케노시스에 이르는 길』(신세림, 2016)
번역서로는, 한국어역으로 미쓰하라 유리 저 『바람의 교향악』(도서출판 새미),
일역시집으로 『歸宅』(이목윤, 도서출판 신세림) 등이 있다

[평론] _ 〈송화강〉 문학지 2016년 5호 登載

정세봉의 단편「빨간 크레용태양」론

-성장소설의 관점에서

심종숙[한국]

「빨간 크레용태양」은 일종의 성장소설이라고 할 수 있다. 이 소설은 중국의 연변 작가인 정세봉 선생에 의해 1992년 여름에 쓰여졌다. '나' 또는 '석호'라고 1인칭 주인공시점과 3인칭 작가시점이 혼용되는 이 소설에는 학교 문을 갓 나온 19세의 청소년기와 완전한 남성으로 자리매김하기까지 그 과정에 있는 청년 석호가 주인공으로 나온다. 석호는 청소년기의 특징인 권위에 대한 반항, 성에 눈 뜸과 동시에 이성애를 갈구하며 같은 마을 처녀인 희애를 남몰래 연모하면서도 부끄러움과 열등감에 젖어 적극적이기 보다는 소극적인 모습을 보인다. 그리고 같은 마을의 또래친구들 사이에서 지도적이기 보다 소극적이며 예민한 청소년이다. 석호는 학교를 졸업하고 아직 결혼을 하지 않은 애숭이 총각이므로 생산대의 베돌이 하는 애군으로서 역할을 한다. 그의 아버지는 정치대장으로 석호에게는 명령을 내리며 엄한 아버지로서 자리하고 있을 뿐이다.

오히려 다른 애들보다 더 가혹하게 굴고 일도 더 시키였다. 그 리면에 제 자식을 옳게 길들이려는 뜨거운 부성애가 숨어있었던 것이였지만 당시 나는 도무지 그렇게 여겨지질 않았다. 그저 그 눈길이 무서워서 고분고분 순종을 했던것이였다.

아버지의 완고하며 무서운 모습은 석호로 하여금 순종할 수밖에 없도록 만들었으나 석호에게는 반감을 갖게 하며 아버지와 심리적으로나 행동적으로 대립을 불러 일으킨다. 이 소설의 발단은 석호의 부친에 대한 저항심리가 작용하여 담배잎을 따러가라는 명령에 불복종하고 세네 살 많은 동네 총각들과 '낭만적인 일'인 고기잡이를 하러 따라나간 것에서 갈등이 일어난다. 그날 석호는 오후와 저녁에 모주석의 죽음과 아버지와의 정면 충돌을 겪는다. 모주석은 석호의 어린 시절 기억에 미술시간에 그렸던 '빨간 태양'의 이미지로 남아있다.

나는 선생님 등에 업혀서 내 마음속 우주에 떠있는 태양을 분명히 보고있었다. 내가 그린 동그랗고 빨간《크레용태양》이 찬란한 빛발을 뿌리고있었고 그아래에서 산과 강과 수풀과 오곡이 아름답게 빛나고있었으며 내 생명이 꿈의 신비와 생활의 환희로 가득 차있었다.

모주석이 다스리던 중국은 희망적이며 꿈의 신비와 생활의 환희로 가득 찼다. 우주의 중심에 있는 태양의 이미지로 모 주석은 상징되고 있고 영원한 빛을 뿌리고 있다. 그 빛을 받아 만상이 생명력과 더불어 광채를 낸다. 어린시절 소년의 심리에는 모주석의 치세가 영원하며 거의 신격화되어 소년의 뇌리에 각인되어 있다. 모주석에 대한 어린 석호의 기억에서 유추되는 것은 공산주의 중국의 체제에 대한 희망과 영원성을 어린이들의 교육을 통하여 훈육-육체화하는 권력의 속성을 바라볼 수 있다. 이것은 한국의 박정희 정권기의 총동원체제를 연상하게 한다. 필자의 어린시절은 새마을 운동이라는 잘 살기 운동이 전국적으로 불길처럼 일어나고 마을회관이라든지 부역이라든지 국가 권력의 말단에서 이장을 중심으로 움직여지는 군사정권의 시스템과 체제 유지를 위한 구테타로 정권을 탈취한 부정한 권력의 머리 박정희 1인에 대한 과도한 선전 선동, 반공이데올로기의 철저한 교육화 등과 너무나 흡사하다는 점이다. 필자는 모주석 죽음과 비슷한 10.26사태 시의 박정희 서거를 겪었고 그날 어린 아이들은 학교에서 울고 조기가 거양된 채 전국민이 비탄에 젖었고 대한뉴스에서는 슬픔을 끊임없이 찍어내고 있었다. 전국민을 슬픔으로 몰아넣는 가운데 우는 아이들을 지켜봤던 10.26의 기억은 어린시절 큰 사건이었다. 어쩔 수 없이 우는 척이라도 하지 않으면 안 될 분위기를 연출했다. 좌우간 석호에게 모주석은 불멸의 영도자였고 정치 신화 속의 신이었음을 알 수 있다.

(모주석이 어찌?… 모주석도 서거할수 있단 말인가!)

전혀 상상도 해보지 못한, 우주속의 《십장생(十長生)》과 더불어 길이길이 만수무강하리라고 추호도 의심치 않았던 통념과 확신이 우리의 머리속에서 드디어 돌사태처럼 무너져내리는 순간이

였다. 그것이 신화였음을, 신화였기에 깨여지는것임을 우리들의
두뇌가 번개처럼 터득하는 순간이였던것이다.

　모주석 사망을 계기로 신화가 무너지고 통념과 확신이 깨어져
어린시절의 그 동화와 환상이 사라지는 소년의 정신에는 한 마디
로 의지할 곳 없고 방황하며 우울과 불안의 짙은 어둠의 그림자
를 아버지와의 갈등과 더하여 짙게 드리우고 있다. 소년에게 태
양이며 십장생이었던 모주석 사망으로 소년은 깊은 죄의식에 빠
진다.

　과연 마을 북쪽에 주르르 지어져있는 건조실앞 넓은 공지에 마
을사람들이 모여있는것이 금방 보였다. 그때 불쑥 아버지의 얼굴
이 떠올려지면서 오늘 담배따기에서 뺑소니친 죄책감이 가슴을
괴롭혔다. 그렇지만 죄를 지었기에 더구나 저 장소에 가야 하며
비통과 숭엄한 분위기속에서 소외되여서는 안된다고 절실히 느
껴지고있었다.

　나는 무릎을 끌어안고 앉아서 고개를 숙이고있었다. 나는 어쩔
수없이 비감에 잠겨있었지만 웬 일인지 눈물이 나오질 않고있었
다. 녀자들처럼 흐느끼고 소리내여 울지는 못하더라도 눈물은 그
들먹이 솟아나야 할것이고 적어도 눈굽은 축축히 젖어야 할것이
였다. 그런데 도무지 그렇게 되질 않고있었다. 모주석에 대한 감
정, 말하자면《심후한 프로레타리아감정》이 박약하거나 전혀 없
기때문에 눈물이 솟아나지 않는것만 같아서 무척 죄스러웠고 눈

물없는 얼굴을 남들앞에 보이기 난감했다.

윗글에서 본 바와 같이 슬픔의 의식화는 망자로 인해 촉발되어 죄의식을 불러일으키고 슬픔의 공공성과 일치하기 위해서 슬픔의 우산 속으로 들어 가도록 주체를 호명하고 강요 받는다. 공공성 속에는 인정과 도리, 집단주의, 집단적 기억과 행위, 정서와 문화, 교육과 윤리, 조직, 정체성, 체제 이데올로기 이런 것들이 혼재되어 각기 작동하고 있다고 하겠다. '심후한 프로레타리아감정'의 박약은 이런 분위기에서는 비판의 대상이 되는 집단주의의 불가항력적인 용수철의 힘이라고 해야할 것이다. '나는 어쩔 수 없이 비감에 잠겨있었지만 웬일인지 눈물이 나오질 않고 있었다.'는 부분에서 알 수 있듯이 석호에게 가부장제의 부권이나 가부장제 사회를 구조하는 국민국가의 이데올로기화된 정체체제의 권위에 대해 저항감이 내면적으로 가득하기 때문에 '어쩔 수 없이 비감에 잠겨 있었지만'이라고 진술한다. 이만큼 집단주의적 행위들과 지도력 앞에서 한 개인의 자유의지 보다 강요된 슬픔의 공공성은 끊임없이 주변부를 떠도는 인간이나 체제에 편입되지 않는 주변인, 이방인을 호명하게 된다는 점이다.

소년의 심리는 어린 시절과 현재의 자기 주체성을 획득하여 아버지와 갈등을 빚는 청소년기 특유의 소년의 심리가 소설에서는 잘 묘사되고 있다. 이 심리에는 어린시절 감기로 앓았을 때 자신을 업어다 집까지 데려다 준 담임선생님의 따뜻한 등(모성과 어머니 이외의 여성을 동시에 느낌), 빨간 크레용 태양, 미술시간이라는 낭만적이며 자유로운 회화이미지, 아버지로부터 오는 강압으로부터 감싸주는 어머니, 자신에게 눈길을 던져오는 희애라는 동네 처녀 등의 낭만적이고 서정적이며 온화한 모성의 세계와 강압적이고 명령적이며 엄한 정치대장이면서 가장인 아버지(부권), 세네 살 위의 동네총각들과의 관계, 아버지의 명령 수행, 아버지의 명령 불복종, 모주석의 죽음과 혼란, 그 후의 중국의 미래(남성적 세계) 등이 결혼 이전 청년기의 석호에게는 심리적으로 방황과 불안정, 반항, 거역, 불만의 부정적 감정을 불러 일으켜 온다. 그러니까 석호에게는 꿈이라면 어린 시절 미술시간에 그렸던 빨간 크레용 태양과 같은 따뜻하며 꿈과 미래의 세계와 소설에서 현재의 불안정하며 저항감과 갈등, 아버지와 또래관계에서 오는 피로 등의 감정이 대립적으로 길항하고 있는 것이다.

그러나 이러한 부정적인 청소년기의 심리가 해소되었던 것은 희애와의 첫사랑을 통해서 극복되거나 돌파구를 찾은 듯하다. 그리고 희애라는 처녀를 통하여 청소년기의 불안정한 위치에서 어엿한 한 남성으로 태어나고 완전한 성인이 된다. 모주석의 갑작스런 서거 소식으로 그날 아침 아버지의 담배잎 따러 가라는 명령 불복종에 대해 뉘우치고 있었지만 저녁 밥상에서 아버지와의 극한 대립으로 그는 집을 일시적으로 나와서 자신만의 공간인 오두막에 와서 뜻하지 않게 희애와의 육체적 결합을 하면서 이 모든 갈등과 저항으로 오는 분노와 슬픔, 고독감을 일거에 소멸시킨다. 그러니까 이 소설은 아침의 집에서 낮의 동네 길 → 강 → 학교 운동장에서 저녁에 집 → 원두막으로 장소를 이동하며 낮과 밤이 겹치는 시간대에서 사건이 일어난다. 이 중에 장소의 이동은 가족공동체인 집과 동네 길, 강, 운동장과 같은 또래 친구의 소집단에서 운동장과 같은 대집단이 모이는 장소로 이동되고 다시 집에서 온전히 혼자만의 공간인 원두막에서 소설은 끝이 난다.

석호에게 가족공동체, 또래 친구, 운동장과 같은 마을공동체 집단은 길항할 수 밖에 없는 관계로 되어 있다. 원두막이야말로 그가 길항하는 자신의 권태로움, 피로와 지침에서 해방시켜주고 자유롭게 하며 치유하거나 생명력을 되찾게 하는 공간이다. 그곳에서 희애와의 밀회와 육체적 결합은 주체의 피로를 풀어주는 해우소 역할을 하는 곳이며 여기에는 부정적 감정들을 배설하는 역할도 동일하게 수행하고 있다. 성적 결합은 완전한 충만을 통하여 부정적 정서들을 긍정적 정서의 균형을 지닌 생명력으로 바꾸어 주는 역할을 하며 부정적 정서의 배설임과 동시에 생명력을 되찾거나 생성시키는 남성과 여성의 일치와 결합으로 인해 생기는 에너지이다. 작가는 인간에게 구조적으로 체계화된 이데올로기나 정치, 사회 체제로부터 생명력을 찾기 보다 보다 본능적이며 근원적인 남성과 여성의 일치와 결합 속에서 그 힘을 찾아내고 있으며 그것이야말로 인간에 의해 창조되고 작동되어지는 권력과는 구별되는 인간성을 회복시키며 생명력을 주고 있음을 이야기하고 있는 것일까?

중국 사회를 지탱하는 거대한 뿌리인 모주석의 사망은 한 시대가 기울어감을 이야기 한다면 반대로 석호와 희애 처녀의 결합은 석호가 어린시절 도화시간에 그린 빛나는 태양과 같이 새로운 시대를 잉태하는 결합이며 그 시대의 생명력 창조임에 틀림없다. 한 남성과 한 여성의 본능적인 결합으로 생명이 창조되도록 조물

주는 인간을 그렇게 만들었고 역사의 주체도 인간이지 이데올로기나 체제가 아님을 이 소설에서 작가는 명확하게 보여주고 있다. 이 소설은 공간적인 배경이 광장에서 밀실로 이동되고 있고 다만 밀실에서 부정적인 권력들이 횡횡하는 것이 아니라 긍정적인 생명력이 창조되고 있으며 석호의 광장은 어디까지나 갈등과 저항감, 대립을 조성하는 데 지나지 않고 있다. 그러나 밀실에서의 밀회를 통해 광장의 불편함이 해소되었다고 본다.

-2016년 7월 씀

이시환

· 시　　집 :「안암동 日記」(1992),「애인여래」(2006),「몽산포 밤바다」(2012)「대공」(2013) 외 8권

· 시 선 집 :「벌판에 서서」(2002)

· 영역시집 :「Shantytown and The Buddha」(2003) :

　　*이 시집은 2007년 5월에 캐나다 몬트리올 '웨스트마운트' 도서관에서 소장하기로 심의 결정되었음.

· 중역시집 :「벌판에 서서」(2004) :

　　*이 시집은 중국 북경 소재 '중국화평출판사'와 중국 장춘 소재 '장백산 문학사'에서 기증하여 중국 내 유명 도서관 약 100

　　여 곳에 비치되어 있음.

· 문학평론집 : ① 毒舌의 香氣 (1993) ② 新詩學派宣言 (1994) ③ 自然을 꿈꾸는 文明 (1996)

　　④ 호도까기 –批評의 無知와 眞實 (1998) ⑤ 눈과 그릇 (2000) ⑥ 명시감상 (2000)

　　⑦ 비평의 자유로움과 가벼움을 위하여 (2002) ⑧ 문학의 텃밭 가꾸기 (2007)

　　⑨ 명시감상과 시작법상의 근본문제 (2010)

· 심층여행 에세이집 : ① 시간의 수레를 타고 (2008) ② 지중해 연안 7개국 여행기『산책』(2010)

　　③ 중국여행기『여행도 수행이다』(2014) ④ 중국여행기『마답비연』(2016)

· 종교적 에세이집 : ① 신은 말하지 않으나 인간이 말할 뿐이다 (2009)

　　② 경전분석을 통해서 본 예수교의 실상과 허상 (2012) : ①의 개정증보판임 (896페이지)

· 논픽션 : ① 신과 동거중인 여자 (2012)

· 편　저 : ① 한·일전후세대 100인 시선집「푸른 그리움」양국 동시 출판 (1995)

　　②「시인이 시인에게 주는 편지」(1997) *이시환의 시집과 문학평론집을 읽고 문학인들이 보낸 편지를 모은 책

　　③ 고인돌 앤솔러지「말하는 돌」(2002) ④ 독도 앤솔러지「내 마음속의 독도」(2005)

　　⑤ 연꽃 앤솔러지「연꽃과 연꽃 사이」(2008)

· 문학상 수상 : ① 한국문학평론가협회상 비평부문 ② 한맥문학상 평론부문

　　③ 설송문학상 평론부문 ④ 한국예술평론가협의회 올해의 최우수예술평론가상 등 수상

· 현재 : 격월간「동방문학」발행인 겸 편집인, 도서출판 '신세림' 주간

· 이메일 : dongbangsi@hanmail.net

[문학비평] _ 서울 〈동방문학〉 2016년 총권 79호에 登載

정세봉의 문제작「고골리 숭배자」를 읽고서

이시환(한국)

중국 조선족 문단에서 활동해온 정세봉 작가는 참으로 긴 침묵을 깨고 오랜만에 단편소설 한 편을 탈고하여 선보였다. 아직은 미 발표작인「고골리 숭배자」가 그것이다.

그동안 간단없이 지속된 그의 폭 넓은 독서와, 자신의 작품과 자신의 삶을 총체적으로 되돌아보는 과정인 휴식기를 거치면서 대변신에 전환을 꿈꾸었던 것이 아닌가 싶다. 어쩌면, 과거에 생각하지 못했고, 쓰지 못했던 벽을 넘어서서 문학의 새로운 지평을 여는 작품을 나름대로 열망해 온 듯하다.

그의 변신과 전환의 핵심에 대해 그의 문학을 아는 사람들은 궁금해 하지 않을 수 없을진대, 그의 작품 대다수를 읽어온 나로서는 우선 큰 틀에서 이렇게 먼저 얘기하고 싶다. 곧, '우리'의 이야기에서 '나'의 이야기로 바뀌었다는 점이다. 그것도 바깥사람들이 보아서 쉽게 알 수 있는, 어떤 표면화된 '나'의 사건이나 행위 중심이 아니라 '나'라고 하는 개인의 내면세계 안에서 일어나는 의식[自意識]의 변화 내지는 그것의 소용돌이를 중심으로 얘기했다는 점이다.

문학의 사회적 기능을 중시 여기는 풍토에서는 이해하기 어려운 면이 없지 않겠으나 문학이 근원적으로 인간 본질과 삶의 진실을 추구하는 넓은 의미의 '인간학'이라는 점에서는 매우 자연스런 현상이며 그 출발점임에는 틀림없다. 이런 점을 전제로, 정세봉의 문제작 「고골리 숭배자」의 작품 속 인물과 얘기전개방식인 구성과 주제 등 기본적인 요소에 대하여 솔직하게 얘기함으로써 작품 이해에 도움이 되고자 한다.

1. 작중인물에 대하여

이 작품은 '니꼴라이 유(分)'라 불리는 노(老) 작가와 '꼴랴'라고 불리는 문학 소년의 이야기이지만 제일 중심인물은 '니꼴라이 유(分)'이다. 그는 '꼴랴'와 특별한 관계에 있는데, 그것은 꼴랴가 다름 아닌 자기 자신 곧 노 작가 소년기 때의 애칭이기도 하지만, 특히 고골리 문학에 심취해 있어서 고골리처럼 작가로서 별이 되고자했던 과거 한 때의 자기 자신이라는 사실이다. 이런 '니꼴라이 유(分)'와 '꼴랴'라는 작중 두 인물과 그들 간 상관관계에 대해서는 조금 더 설명할 필요가 있다. 작품의 전체적인 내용과 뗄 수 없는 관계에 있기 때문이다.

그렇다면, '니꼴라이 유'는 어떠한 인물인가?

스스로 '졸작(拙作)'이라 말하지만 '수십 년 세월 속에 켜켜이 쌓이고 절은 고뇌와 앙금'을 담아낸 여덟 권의 작품집을 가진 70대 노 작가이다. 그는 광복 이태 전, 그러니까, 1943년 추운 겨울날

밤, 하얼빈시(市) 도리구 신안가(府) 24호에서 태어났으며, 이웃으로 살고 있었던 한 백계 러시아인이 귀엽게 여겨서인지 몰라도 '꼴랴(Коля)'라는 애명을 지어주어 당시에는 그렇게 불리기도 했던 사람이다. 소년시절, 그는 러시아 작가 니콜라이 바실리예비치 고골리(Nikolai Vasilievich Gogol:1809 ~ 1852) 문학에 혼을 빼앗길 정도로 그의 작품을 탐독하면서 자신도 그와 같은 작가가 되고 싶은 꿈을 꾸었던 문학 지망생이었다. 그래서 그에겐 고골리와 같은 작가가 되겠다는 야심도 있었고, 자신의 필명을 자신이 활동하고 있는 중국 문단에서 어울리지 않게 '니콜라이 유'라는 것으로써 고집과 객기를 부리기도 했다. 그런 탓인지 불혹의 고개에 펴낸 그의 데뷔작부터가 그에게 오해와 수난을 안겨 주기도 했다고 회상한다.

그런데 그런 그가 돌연 절필(絶筆)을 결심하고 자신의 저서들을 모두 불태우는 일을 감행하고 있는 것이다. 그가 절필을 결심한 데에는 작가로서 극복 불가능한 한계를 느꼈기 때문인데 그런 상황을 두고 스스로는 '모진 형벌'이라고 여겼다. 바로 여기에서 다 생략되었지만 그의 고뇌를 읽을 수 있다. 그리고 그가 분서(焚書) 행위를 감행한 이유는 작가로서 미련의 불씨가 남아서 부질없이 혹은 공연히 갈등하는 일이 생길까 두려운 마음에서였다. 이를 두고 스스로는 '자학적 결단 분서행위'라고 말하지만 그는 "과거의 시간들과 깨끗이 결별하고서 쉼 없이 흐르는, '현재'라는 시각의 연속성이라는 외줄 위에서 자신에게 남은 '미래의 시간'들을 맞이하리라"는 나름의 기대와 희망을 가졌기 때문으로 보인다.

문제는, 그러니까, 절필선언과 분서행위를 감행한 목적을 과연 순조롭게 이룰 것인지, 아니면 못 이룰 것인지에 대한 판단을 분명하게 하지 못하게 하는 사건 전개가 절필 결심 후 분서행위를 하는 동안과 그 직후에 나타난다. 이 문제에 대해서는 작품의 주제를 살피는 자리에서 자연스럽게 언급되리라 믿기 때문에 여기서는 가급적 자제하겠지만 어쨌든, 분서행위를 감행하는 노 작가에게는 많은 상념들이 꼬리에 꼬리를 물고 일어난다. 그럼에도 불구하고 덤덤하지만 때로는 소리 없이 눈물을 흘리기도 하며, 그 과정에 나타난 꼴랴의 개입(介入)으로 더욱 머릿속이 복잡해진다. 여기서 꼴랴의 개입이란, 분서행위를 감행하는 노 작가에 대해 실망하고, 우울해 하고, 더러는 토라지고, 울며, 더러 즐거워하는 모습을 보이는 것들이지만 어쨌든, 분서행위를 마치는 노 작가에게 돌연 고골리의 수많은 작중인물들이 떠오르기 시작하고, 그들의 행렬을 따라서 꼴랴와 함께 뒤따라가는 매우 아이러니컬한 상황이 펼쳐진다. 그 상황 속의 이야기가 바로 이 작품의 주된 몸통이라 할 수 있다.

그렇다면, '꼴랴'는 또 누구이며, 노작가와는 어떤 관계에 있는가?

이미 상당 부분 언급되었지만 '꼴랴'는 고골리 문학에 빠져서 고골리 같은 위대한 작가가 되고 싶어 했던 문학열혈 팬으로서 소년기의 노 작가 자신이다. 노 작가 입장에서 '꼴랴'를 본다면, 그는 '배불뚝이 목각인형 마뜨료쉬까'처럼 늘 자신의 내면에 웅크리고 있는 존재요, 때로는 내면의 무의식이라고 하는 늪 속에 잠적해 있다가도 가끔씩 나타나는 존재로서 반세기라는 아득한 세월 너머에 있는, 고골리 문학을 읽던 그'잔디 언덕'위의 꿈의 실체인 양

존재하는 과거 열혈문학 소년으로서 노 작가 자신인 것이다.

그런데 '벚나무가 듬성듬성한 숲 가장자리 너른 공터에서'자신의 저서들을 불태우고 있는 노 작가 앞에 나타나 고골리처럼 별이 되겠다던 소년시절의 자신을 환기 · 암시해 주기도 하고, 그런 꿈을 저버리고 있는 노 작가에 대해 항변의 분위기를 연출하기도 하면서, 때로는 시를 읊조리듯 말하고, 갖가지 표정을 지어 보임으로써 절망하며 울면서 사라져버리기도 하지만 노 작가의 상념과 행동에 끼어들어 상당한 영향력을 행사하면서 전제한, 분서행위 직후에 전개되는 상황 속으로 함께 동참한다. 그러니까, 꼴랴는 고골리 문학의 팬이었던 소년에게 작가가 되게 하고, 작가가 된 그에게 의욕을 불태우게 했던, 노 작가의 자아(自我)이며, 동시에 절필을 결심하고 분서행위를 감행하는 노 작가에게 절망하기도 하지만 여전히 고골리 문학에 젖어서 과거의 낭만을 즐기고픈, 그러면서도 고골리와 같은 또 다른 '별'이 되고자 하는 야망을 버리지 못하는 노 작가 자신인 것이다.

따라서 이 작품은 '니꼴라이 유(分)'라 불리는 노(老) 작가와 그의 분신(分身)이기도 하는 '꼴랴'라는 영원한 문학 소년이, 흠모의 대상이었던 고골리와 그의 작중인물들과의 관계에서 펼치는 상상 속의 이야기이다.

2. 얘기 전개방식에 대하여

인간이 살아가는 동안에 경험하고 지각하는 모든 내용들은 저마다 자신의 기억창고 속에 저장된다. 물론, 그 가운데 일부는 소멸되기도 하고, 밑으로 가라앉아 있어 좀처럼 재활용되거나 겉으로 나오지 못하는 경우도 있지만 대부분은 무의식적으로 혹은 필요에 의해서 재인식되고 재활용되는 과정을 거치면서 창고 안에서도 재분류되어 쌓여간다.

작품 속의 주인공인 노 작가 역시 현실적 자기 자신의 존재에 대해서 평소에 지녔던 생각이나 감정들을 포함한 숱한 판단들을 자신의 기억창고 속에 저장해 왔을 것이다. 그리고 그에게 어떠한 계기 - 작품 속에서는 작가로서의 한계이지만 - 가 주어지면서 저장된 그것들이 다시금 불려나오거나 아니면 스스로 불거져 나와 분별되고 재인식되는 과정도 자연스럽게 거쳤을 것이다. 바로 이런 메커니즘을 이용하여 작가가 자신에게 시선을 돌리고 자신의 숨겨진 잠재의식 속의 이야기를 꺼내어 재구성하면서 또 다른 이야기를 만들어 놓는 것이다.

정세봉의 문제작인 「고골리 숭배자」가 바로 이런 유형의 작품이라는 뜻이다. 자신의 잠재된 의식을 스스로 불러내어 순차적으로 하나의 이야기로 전개시켜 가거나 아니면 그것들을 가지고 재구성하여 독립된 구조를 갖는 별도의 이야기로 만들어 내는 형식을 취하고 있다는 뜻이다. 요즈음 말로 바꿔 말하면, 개인의 잠재의식 내지는 무의식 - 잠재의식과 무의식 세계는 구분되지만 - 을 의식세계로 이끌어내어서 그 내용들을 가지고 순서대로 단순기술하거나 하나의 독립된 구조를 갖추는 별도의 이야기를 만들어내는 방식이다.

정세봉의 문제작을 가지고 좀 더 구체적으로 얘기하자면, ①노 작가가 절필을 결심하고, ②자신의 저서들을 불태우는 행위를 진행하는 과정과, ③그것을 마무리한 뒤 자리에서 일어나 새로운 삶의 장으로 첫발을 내딛는 순간부터 나타나는 잠재의식적 환영(幻影)과, ④그 환영 속으로 빨려 들어가면서 펼치는 내용 등으로 전개되는데, 이것은 처음부터 끝까지 작가의 잠재의식 안에서의 상상세계이다. 특히, 작품의 후반부를 차지하고 있는, 환영 속으로 빨려 들어가면서 벌어지는 일(사건) 자체는 오랫동안 숨겨지고 억눌려왔던 작가의 꿈이 투사(投射)된 것으로 이해된다.

그렇다면, 그 환영의 내용은 무엇인가?

소년기로부터 읽어왔던 고골리의 작품들 속 인물들이 각인(刻印)되어 있다가 때를 맞추어 하나하나 줄지어 나와 '고골리 탄생 206주년 기념축제'장으로 가는 것을 보게 되고, 제3자적 시각에서 다시 보아도 그들이 너무나 흥미롭고 작품의 내용을 적나라하게 환기시켜 줌에 따라서 노 작가도 은연중 그 일원이 되어서 그들의 최종 목적지인 축제장까지 가게 된다. 그리고 그곳에 세워진 고골리 묘비를 향해 경건히 기도를 올리고, 눈에 들어온 눈썰매를 바라보는 순간, '무서운 유혹과 객기'가 발동하여 그 눈썰매에 올라타고서 채찍을 휘두르며, 꿈에 그리던 눈 덮인 광활한 러시아 대지를 질주한다. 그러면서 러시아와 고골리 문학과 자신과의 알 수 없는, 운명적인 삼각관계를 소리쳐 묻고 외쳐보지만 벼랑 앞에 선 마차의 급정거로 몸이 멀리 날아가며 추락하는 상황으로 끝이 난다.

이처럼 작품 속의 얘기는 처음부터 끝까지가 다 작가 개인의 잠재된 의식을 가지고서 독립된 구조를 갖춘 별도의 이야기로 만들어낸 상상 속의 허구로서 일정한 리얼리티를 견지한 작가의 이상세계인 셈이다. 그 상상 속의 세계가 바로 작가의 잠재의식이라는 뜻이다. 다시 말해, 절필 결심도, 분서행위도, 그 과정에서 같이 했던 '꼴랴'와의 대화도, 그리고 눈썰매를 타고 질주하다가 벼랑 아래로 몸이 흩뿌려지는 것도, 그러면서 꼴랴의 비명 소리를 들으며 어렸을 적에 별이 되겠다던 찬란한 꿈이 무지개처럼 걸려 있는 것을 순간적으로 일별하는 것도 다 작가의 상상 속에서 재구성된 자신의 잠재의식 곧 자의식적인 이야기로서 작가의 현실을 반영하고 있다.

3. 작품의 주제

한 때, 유럽에서 신음소리처럼 들렸던 '소설의 종말'에 대해서 난 믿지를 않았어. 그리 될 리는 없는 것이라고 확신을 했었지. 하지만 나 자신의 문학엔 회의를 느끼지 않을 수가 없었어. 말하자면 '천재성' 문젠데, 아무리 고심을 해도 고골리 작가의 그 우울하고 기지에 찬 유머와 통렬한 풍자적 기량을 '내 것'으로 만들 수가 없었다는 거야. 페이지마다에 널려있는 보석처럼 반짝이는 디테일들, 그의 깃펜 끝에서 태어난, 미련하면서도 우스꽝스러운 수많은 인간(형상)들 앞에서 내 상상력은 빈곤 그 자체였음을 슬프게 받아들여야 했었지. 그렇지만 내 인생이 슬프고 절망적인 것은 아니야. 난 영원히 니꼴라이 와실리예위치 고골리의 학생으로 살거니까!…. 스승의 '문학 영지(領地)'를 산책하는 즐거움만으로도 충분히 행복할 수가 있는 거지…. 그렇지만 단언컨대, 꼴랴는 꼭 '별'이 될거야! 로씨야 하늘의 '영롱한 별'… 세대가 틀리고, 시대가 다르니까!

어렸을 때부터 고골리 작품세계에 빠져 있던 노 작가는 불혹 고개에 첫 데뷔작을 내놓지만 수난을 받고, 70이 넘도록 글을 써서 여덟 권의 작품집을 펴냈지만 작가로서 한계를 느낀 나머지 절필을 선언하고, 다시는 글을 쓰지 않겠다고 다짐을 하며 자신의 책들조차 모조리 불태우는 행위를 감행한다. 하지만 새로운 삶의 마당으로 첫발을 내딛는 순간, 돌연 그의 눈앞에 나타나는 고골리 작품 속 수많은 인물들이 줄지어 어디론가 가는 것을 보게 되고, 그들을 따라 고골리 탄생206주기 기념 축제장까지 동행하게 된다. 마침내 축제장에 도착한 노 작가는 고골리 묘비를 향해 기도를 올리고, 마부와 함께 타고 온 주인[치치꼬브의 마부 쎌리판과 뻬뜨루쉬까]이 한눈을 파는 사이 눈썰매를 훔쳐 타고서 평생의 소원이었던 눈 덮인 광활한 러시아 대지를 질주한다. 물론, 질주하는 동안에 눈썰매 위에서 고골리 문학과 러시아와 자신과의 관계에 대해서 눈물을 흘리며 주정(主情)을 토로하기도 한다.

오, 루씨여! 루씨여! 그대는 빈약하고 산만하며 아늑한 데가 없다. 사람의 마음을 흥겹게 하거나 경이의 눈을 크게 뜨게 하는 그런 자연의 분방한 기이도 없을 뿐더러 위대하다 할 만한 인공의 미도 없다…. 그렇건만 그대에게 그 어떤 신비로운 힘이 있어 이렇게까지 내 마음을 그대에게 쏠리게 하는 것인가? 국토의 모든 골짜기들과 광활한 평원, 바다에서 바다 끝까지 울려 퍼지는 그대의 그 구슬픈 노래가 어찌하여 이다지도 그칠 줄을 모르고 귀에 쟁쟁하게 들리는 것이냐? 대체 이 노래 속에는 무엇이 스며 있는 것이냐?

무엇이 이렇게까지 우리를 부르며 흐느껴 울며 심장을 쥐여 짜는 것이냐? 그 무슨 음성들이 이렇게까지 안타까이 내 가슴을 때리며 마음속으로 파고들며 내 심장의 주위에서 맴도는 것이냐?

루씨여! 그대는 나에게 무엇을 바라는 것이냐? 그대와 나 사이에는 그 무슨 해득할 수 없는 연계가 숨어 있는 것이냐? 어찌하여 그대는 그렇게도 나를 쳐다보는 것이며 또 그대의 품에 있는 모든 것이 어찌하여 그다지도 기대에 가득 찬 눈을 나에게 돌리고 있는 것이냐? 그 뿐이랴, 내가 이렇게 의혹에 사로잡혀 먹먹히 서 있을 때에 뇌우(雷雨)를 담뿍 안은 무거운 비구름은 벌써 나의 머리를 가리웠고 나의 사고력은 그대의 넓은 공간 앞에서 급자기 둔해진다. 이 광활한 천지는 무엇을 예언하는 것인가? 그대 자신이 이렇게도 광대무변하거늘, 어찌 여기 그대의 품안에서 무한대의 위대한 사상이 싹트지 않을 것이냐? 아아! 이 얼마나 휘황하고 찬란한, 세상에 알려지지 않는 벽지이냐! 루씨여!….

어쩌면, 정세봉 작가는 작품 속 노 작가의 이 주정 토로(吐露)를 통해서 자신이 고골리 작품세계에 매료되었지만 그 벽을 넘지 못하는 한계를 드러내 놓고 싶었는지도 모르겠다. 노 작가는 고골리 문학세계에 흠뻑 빠져있는 정도를 넘어서서 거의 미쳐 있는 단계라고 말할 수 있다. 왜냐하면, 꿈속에서 특정 작중인물로부터 식사 초대를 받는 정도이고, 분서행위 후에 오히려 고골리의 작품들 속의 인물들이 차례차례 다 떠오르고, 특정 작품 속의 이야기가 줄줄 외워져 나오고, 작중인물들이 고골리 작가의 기념축제 장으로 가는 상황을 스스로 만들어 내고, 그 상황을 흥미로워하는 구경꾼이 되었다가, 세 필의 말이 끄는 눈썰매를 훔쳐 타고서 평소에 가졌던 꿈, '눈 덮인 러시아 대지를 질주'하기도 하는 정도이니 과히 그를 두고 미쳤다 아니 말할 수 없는 노릇이다. 노 작가 스스로는 '환상적인 무아경지'라고 말을 하지만 그야말로 미치지 않고서는 가질 수 없는 잠재의식이며, 미치지 않고서는 무의식적으로도 감행할 수도 없는 행동들이다.

그런데 애석하게도 노 작가는, 그러니까 고골리 문학에 심취하여 미치기까지 한 노 작가와 꼴랴가 벼랑으로 추락하면서 어렸을 적에 꾸었던, 고골리처럼 문단의 별이 되겠다는 꿈이 무지개처럼 걸려 있는 것을 마지막으로 보았고, 그들의 죽음으로써 '새로운 미래의 시간'으로 진입을 선언하고 있는 것이다.

따라서 이 작품은 '정세봉 작가의 개인적인 현실'을 반영한 것으로, 노 작가와 꼴랴를 내세워 고골리의 러시아 문학에 심취해 왔었지만 그 한계와 벽을 넘지 못하는 자신의 절망감과 우울을 형상화한, 아니 초극해 보려는 몸부림으로 음미해볼만 하다고 생각한다. 그의 무기는 오랫동안 잠재되어 있던 의식을 끄집어내어 의식화하는 작업이었으며, 실제로 그의 손에 쥐어진 것은 상상력이라는 창(槍)이었던 것이다.

-2015. 09. 12.

장정일

1943년 중국 룡정시에서 출생
연변대학 어문학부 중문학과 졸업
연변일보사 부총편집
연변작가협회 부주석 력임
칼럼집《사색의 즐거움》
평론집《변방 –또 하나의 시작》출간
"연변문학" 윤동주문학상 평론부분 본상
장백산문학상 수상

[평론]_〈장백산〉 2015년 6호 登載, 서울 〈국제문예〉 가을호 登載

추락을 향유하다

장정일

소설가 정세봉이 단편소설 "고골리 숭배자"를 집필하였다.

이게 언제만인가? 십년? 이십년?

오랜 침묵기를 뒤로 하고 고래희에 집필된 작가의 소설신작을 접하고서 나는 무심결에 소문없이 사라졌다가 예고없이 돌아오는 바람을 떠올렸다. 시공간의 제약을 모르는 거침없는 바람, 자유로운 바람을 말이다.

하기야 기온차가 심한 무수한 나날들을 지나왔을 그 바람이 거침은 없다 해도 그렇게 가볍고 단순하지만은 않을것임은 자명한 일이다.

아마 작가의 통과의례라고 해도 좋을것이다. 모든 작가들이 특정 작가 작품에 중독되는 과정을 거치게 되는것 같다. 보르헤스의 말이 대표적이다. 웰스의 《타임머신》 등 책들을 두고 보르헤스는 말한다. "이 책들이야말로 내가 제일 처음 읽은 책들이었으며, 아마도 내 생애 마지막으로 읽게 될 책들일것이다."[①]

로신도 이와 류사한 심정으로 고골리를 대하지 않았나싶다. 고골리처럼 로신은 "광인일기"("미치광이의 일기"라고도 번역됨)라는 제목으로 단편소설을 썼다. 허다한 사회비평과 문화비평 에세이에서 그는 고골리의 말을 자주 인용하였다. 그뿐이 아니다. 로신은 자기 생명의 최후 2년, 즉 1935년과 1936년에 병환을 무릅쓰고 건강과 생명을 대가로 일어역본을 참고하면서 고골리의 독일어역본 장편소설 《죽은 넋》을 번역했고 관련 삽화를 수집해 《죽은 넋 백도(百圖)》를 자비출판하기도 하였다.

정세봉의 신작 "고골리 숭배자"가 다루고있는 모티브가 바로 이런 집념, 즉 문학중독현상과 련관된것이다. 소설제목이 단도직입적이다. 중독이 아니면 숭배는 불가능하다. 소설 주인공인 로작가 니꼴라이 유는 이름부터 니꼴라이 와실리예위치 고골리의 이름을 닮았다. 로작가의 애명도 꼴랴, 역시 로씨야식이다.

허지만 작가의 시선이 주목하는 곳은 이런 외형적인 닮음이 아니다. 소설의 초점은 주인공 로작가의 분서(절필), 즉 작가생애의 추락으로 압축되여있다. 모두들 경쟁적으로 직선상승, 고속승진, 벼락부자를 꿈꾸는 들뜬 시절에 소설은 추락을 말한다. 가짜와 진짜가 뒤섞인 량적팽창이 우려를 낳는 부박한 세월에 소설 주인공 니꼴라이 유는 스스로 자기 책을 소각한다.

오랜 시간의 간극이 무색하게 정세봉의 필치는 녹쓸기는커녕 로련미를 풍긴다. 그의 신작은 환상성, 괴기성의 뉘앙스와 더불어 등장인물의 심리변화, 자아탐색에 치중하며 독자의 구미를 자극한다. 무척 신선한 어법을 구사하고있음에도 불구하고 소설은 생경하지 않고 독자는 오히려 자연스럽고 푸근한 분위기속에서 열독의 즐거움을 경험한다.

"고골리 숭배자"의 작중인물은 니꼴라이 유와 꼴랴라는 열혈문학소년 둘이지만 주인공 심리변화의 흐름을 따라가보면 꼴랴는 기실 주인공의 분신으로 읽히며 묘한 기분을 자아낸다. 꼴랴는 소년시절 자주 올라가 로씨야문학을 읽던 "잔디언덕"이라는 장소와 더불어 로작가 문학꿈의 상징으로, 그의 내면 "무의식의 늪" 속에 숨어있다가 출몰하군 하는 또다른 자아의 상징으로 묘사되여있기때문이다. 이렇게 등장인물이 둘이면서도 하나인 이 소설은 주인공의 분서행위를 계기로 현실성과 환상성, 상상속 과거의 시간과 미래의 시간을 교차시키면서 인물의 내면풍경을 실감있게 그려내 이채롭다.

소설에서 분서는 순간적인 상황이지만 주인공의 "과거의 시간"과 "미래의 시간"이라는 상상의 가지를 타고 소설은 종횡으로 뻗어나간다. 꿈많은 소년시절 니꼴라이 유는 로씨야문학을 탐독하면서 고골리같은 별이 되고자 소망한다. 문학을 숙명으로 알고 창작에 정진해 반향이 큰 작품들을 내기도 했었지만 그 공적을 성취하느라 기력이 소진한듯 자신의 한계를 깨닫게 된 주인공 로작가는 "혹여 미련의 불씨라도 남아서 부질없이 갈등하는 일이라도 생길까 두려워서 분서를 결행한다." 자학적인 결단에 실컷 설음을 쏟아낸 뒤였다.

분서는 이처럼 주인공의 "과거의 시간들"과의 비장하고도 깨끗한 결별이였건만 정작 자신에게 남은 "미래의 시간" 속으로 들어가는 순간 그는 아이러니하게도 "새로운 시간" 속으로 뛰여드는 일군의 낯익은 인간 행렬을 본다. 그것은 라태하고 비속한 이완

이와노위치, 이완 니끼포로위치, 마닐로브, 영웅적인 따라스 불리바, 협잡군 치치꼬브 등등 고골리 중장편소설속 등장인물들의 긴 행렬이다.

소설 주인공과 고골리 책속 인물들과의 만남이라는 장면설정 자체가 벌써 희극적이고 괴기스러운 뉘앙스를 풍기는데 소설은 여기서 멈추지 않고 한술, 두술을 더 뜬다. 그 책속 인물들은 기상천외하게도 봇나무숲이 울창한 산자락 밑에서 짐짓 "고골리 탄생 206주년 기념축제"를 열고있다. 술파티도 벌어지며 축제 분위기가 무르익어가는 사이 소설 주인공은 치치꼬브의 마부들이 축제에 한눈을 파는 틈을 타서 그처럼 부러워하던 뜨로이까를 잡아타기에 이른다. 그는 무아의 경지에 몸을 맡긴채 밀려오는 격동을 금치 못한다. 그것은 혹시 "항상 깊은 비애와 우울감이 지배적인 희극적활기가 그의 개성적인 특징"[2]인 고골리의 소설에 대한 경탄이고, "그 자신의 산 넋"을 통하여 죽은 넋을 묘사하며 이 묘사를 통하여 "그의 산 넋을 고취하여주는"[3](벨린쓰끼) 고골리의 문학에 대하여 좀더 깊은 리해를 갖게 된 희열이 아닐가? 그는 저도 몰래 《죽은 넋》에 나오는 고골리의 그 유명한 주정토로 대목을 격조높이 되뇌인다.

"오 루씨여! 루씨여!… 그대 자신이 이렇게도 광대무변하거늘 어찌
여기 그대의 품안에서 무한대의 위대한 사상이 싹트지 않을것이냐!…"

뜨로이까를 탄채 눈 덮힌 광활한 로씨야 대지를 쏜살같이 달리며 주인공은 새롭게 열어가는 "미래의 시간"들이 쓸쓸함도 허무도 아닌 감동과 경이로 채워지고있다는 사실에 격세지감을 느끼며 행복해 한다. 허지만 그것도 잠시, 소설속 인물과 책속 인물, 과거와 현재가 환상속에서 원무를 추듯 잘도 어울리다가 소설은 다시 급커브를 하면서 주인공이 절벽아래로 추락하는것으로 막을 내린다. 그런데 여기서 지나치지 말고 류의할 점이 있다. 추락의 그 현란한 속도감속에서도 니꼴라이 유는 집요하게 "잔디언덕"우에 무지개처럼 결려있는 "령롱하고 찬란한 꿈"을 놓지 않고 있다는것이 그것이다.

이률배반, 풀길 없는 내면 갈등을 안고있는 주인공의 추락은 이처럼 자신의 한계로 인한 비애가 비껴있으면서도 시종 그것을 메우려는 꿈과 함께 한다. 니꼴라이 유는 꼴랴와 함께 한다. 미래의 시간은 과거의 시간과 함께 한다. 추락은 날개가 없다지만 꿈에는 날개가 있다고 할가, 성대한 기념축제뒤 추락하는 니꼴라이 유는 결과적으로 추락을 초극하고 추락을 향유한다. 그 향유가 새로운 가능성의 열림이고 새로운 비상의 잉태라고 하면 지나친 비약일가? "니꼴라이 와실리예위치 고골리의 학생", "스승의 문학령지"와 함께 하는 소설 주인공은 여유있고 태연자약해보인다.

소설 "고골리 숭배자"의 유희적인 환상을 따라가면서 우리는 이렇게 단순사유의 협소한 골짜기를 벗어나 분서, 절필, 추락의 이미지와 화해를 하며 친숙해지는 자신을 발견한다. 정신적인 승화와도 같은 그런 해방감을 느낀다고 할가?

그렇다. 소설 주인공의 추락을 통해 우리는 스스로 자신의 한계를 인정하는 주인공의 대단한 용기를 본다. 분서라는 행위도 이미 이뤄놓은 공적에 대한 그 나름대로의 자존일것이다. 이런 용기와 자존을 우리는 자신의 최고상태일 때 은퇴를 선언하는 스포츠계 명선수들한테서도 자주 본다. 문학대가, 이를테면 고골리도 《죽은 넋》 제2부에서 리상적인 인물형상을 창조하려던 시도가 실패로 돌아가자 서슴없이 원고를 불사르고나서 며칠뒤 별세했다. 자기 작품을 세상에 서뿔리 내놓기를 꺼렸던 카프카는 친구에게 보낸 유서에서 자신의 모든 글을 불태워줄것을 부탁했을만큼 자신에 엄격했다. 생각해보면 우리 보통작가들도 사정은 마찬가지일것이다. 벼랑끝에 서지 않으면 사람은 조을거나 날마다 미루며 살기가 일쑤이다. 위기대처의 자각은 벼랑끝에서 제대로 이뤄진다. 절필, 분서와 같은 극약처방은 아니더라도 작가라면 누구나 답답할 때면 간간이 니꼴라이 유와 류사한 추락의 체험을 하고있지 않을가? 자기 작품이 답답하고 구태의연한데도 그 사실을 알아차리지 못하고 범작을 되풀이하는 치명적인 관습에 저항을 하기 위해서라도 작가에겐 이런 추락의 체험이 필요할것이다.

소설 "고골리 숭배자"가 보여주는 추락의 이미지는 경전, 즉 작가의 정신적 고향에 대한 경외심과 더불어 문학, 그리고 문학을 하는 작가적 행위를 보다 넓고 깊은 견지에서 바라보고자 하는 정세봉 특유의 벼랑끝사유와 궤를 같이한다. 실제로 소설속 니꼴라이 유와 정세봉은 출생년도, 출생지가 겹쳐진다. 니꼴라이 유가 고골리의 문학령지에서 탐구를 거듭하고있다면 정세봉은 남미문학을 비롯한 경전의 세계에서 배움의 정열을 불사른다. 깊이 있는 디지털생활의 모범이라 할가, 정세봉이 운영하고있는 사이

버공간-인터넷카페 "대지"와 개인블로그에 담긴 방대한 문학정보량은 네티즌들을 놀래운다. 여기에 또 하나의 세부가 추가된다. 지난 세기 80년대, 그러니까 정세봉이 화룡 농촌 룡수평 초가집에서 살던 시절 한 일간지에 발표한 에세이는 이렇게 적고있다.

"진실로 글다운 글을 써내고 진실로 작가다운 작가로 되려면 많이 읽고 많이 배우고 고심히 예술기량을 닦아야 하는것이다. 그리고 '운명적'인 것이긴 하겠지만 때론 심각한 고민과 좌절, 벼랑끝에 선듯한 극한상황을 겪어보는것도 작가로선 다 유익한 일일 것이다…

작가의 일생은 작품의 편수거나 '로력훈장'으로 빛나는것이 아닌만큼 한두해 작품을 내지 못하더라도 심지어는 몇해를 깊이 침잠해있더라도 자신을 다시 한번 정비하고 진실로 '맛'을 돋힌 작품을 써내기 위한 고초를 겪어보는것도 좋을것이다.

그러다가 맥이 진하면 소리없이 자취를 감추거나 폭탄처럼 작렬해버리면 되는것이다. 거기에 그 무슨 미련과 유감이 있겠는가!"[4]

보다싶이 "고골리 숭배자"는 작가 내면의 깊은 우물, 작가적 사고의 진지함에서 유래한 희귀작이다. 영국사람이 베니스 상인이나 단마르크 왕자를 쓰고 일본사람이 노르웨이를 운운했던것처럼 우리도 이렇게 "고골리 숭배자"를 통해 로씨야의 봇나무 숲속을 거닐어본다. 현실적인 진지함, 그리고 다함없는 경건함을 지니고 말이다.

정세봉이 마련한 숲속 고골리기념축제에 초대되였다가 현실로 돌아와보니 뜨로이까는 안보이고 지금은 고속철시대라고 한다. 스마트폰시대라고도 한다. 허지만 속도에만 정신을 팔면 깊이를 놓칠수 있다. 속도의 현란함속에서도 마음의 깊이, 내적자아와 외적자아의 균형을 향한 인간의 욕구, 인류의 지향은 결코 사라지지 않을것이다. 이제 모두들 고속철 탑승객으로 되여 먼 길을 떠난다고 하더라도 우리는 종종 로씨야대지를 달리던 뜨로이까를, 그리고 아름다운 심장을 가진 고골리의 《죽는 넋》과 산 넋을 떠올리게 되지 않을가? 버지니아 울프도 경탄해마지 않던 로씨야 작가들의 그 "심령에 대한 심오한 리해"를, 인간 정신에 대한 그들의 "천연적인 숭경"[5]의 넋을 말이다.

주:
① 열린 책들 간, 보르헤스 에세이집 《만리장성과 책들》, 제168페지.
② 조쏘출판사 간, 《벨린쓰기선집》 4, 제58페지
③ 조쏘출판사 간, 《벨린쓰끼선집》 4, 제110페지
④ 정세봉의 수필 "맛을 돋구는 문제-〈김학철작품집〉을 읽고". 연변일보 1988년 3월 26일 해란강부간.
⑤ 버지니아 울프의 평론 "현대소설". 호남인민출판사 간, 류병선역문집 (중문)《책과 화상(画像)》, 제98페지

허
승
호

문학평론가

1960년 4월 23일 중국 길림성 룡정시에서 출생

1983년 7월 북경 중앙민족대학 조문학부 졸업

2004년 수필집《락엽 줏는 마음》(북경 민족출판사) 출간

장춘시〈북두성〉문학지 총편 력임

1994년 10월부터 일본에 이주하여 생활

일본 도꾜 某 경제연구소에서 수석연구원으로 근무

[평론]_ 서울 〈국제문예〉 2016년 봄호에 登載, 〈장백산〉 2016년 5호 登載

고골리의 그림자

－단편소설《고골리 숭배자》평

허승호

오래간만에 정세봉의 작품을 읽게 되었다.《볼쉐위크의 이미지》로 세상을 시끄럽게 만든 후로 거의 소설다운 글을 세상에 내놓지 않고 있었다.문제작가 정세봉은 작품을 발표할 때마다 중국 조선족 문단에서 파문을 일으키군 하였는데 지극히 보편적이고 당연한 일상과 력사를 다룬 작품임에도 불구하고 매번 문단을 뒤흔들어 놓은 데는 정세봉으로서의 독특한 점이 있어서였다고 생각한다.

그것이 한마디로 어두운 엄숙성이 아닐가 한다. 그는 거대한 사회현상이나 사건이나 그 사회에 살고있는 전형적인 인물무리(群)들의 문제들을 괴벽할 정도로 철두철미 파헤쳐 문단의 주목을 끌군 했었던것이다.

정세봉의 얼굴표정과 꼭 같이 그의 작품은 언제나 엄숙하기로 숨이 막힐 정도다.그리고 한마디로 어둡다.

《고골리의 숭배자》도 그렇다. 러시아의 문학에 절어 있는 노작가 니꼴라이 유의 심리를 적라라하게 드러낸 이 작품은 처음부터 숨막히는 어구들로 라렬이 되어 독자들은 어두컴컴한 "미지의 광야"에 끌어 들인다.

노작가는 왜서 절필을 하게 되고, 또 왜서 거칠은 자연의 냄새가 나는 곳에서 자기의 저작을 태우고 그 책에는 고뇌의 찌꺼기와 앙금이 가득 쌓였다고 생각하게 되었는가?

작품을 읽으며 이러한 의문 때문에 다그쳐 읽어 내려가는데 결국 이 의문에 대한 해답은 작품에 확실하게 씌여있지 않았다. 대신 우리한테 펼쳐지고있는것은 노작가 니꼴라이 유의 련속되는 지향성적인 환각의 흐름일뿐이였다. 부단히 반복하는 노에시스에 의한 노에마, 즉 주인공이 이상화로 그려보는 문학의 노에마에 도무지 접근이 안되는 안타까움에 마감을 하는 주인공에게 동정이 아니라 차라리 존경을 하게 되는 결과를 가져다 주는것이다.

무릉산에서 문학의 "위대한 별"이 되리라 다짐했던 주인공은 꿈을 키워왔던 "잔디언덕"에서 문학창작을 마감하려고 작심하고 자기의 인생의 억울함으로 눈물을 흘리고 있다.

작가 정세봉은 주인공의 과거를 구구히 피력하지 않고 수십년간의 문학 인생은 극히 간단하면서도 랑만에 가득 찬 문학소년 꼴랴의 등장으로 대체하고 있다. 고골리의 작중 인물들과 노작가 니꼴라이 유의 어린 시절을 살아 온 꼴랴와 나이든 인생을 살아가고 있는 니꼴라이 유를 과거와 미래의 공간에서 대면시킨것이다. "초극불가능한 한계"를 받아들인 노작가는 이제는 오기찬 꼴랴가 아니였다. 나이와 함께 문학에 대한 끈질긴 추구가 꼴랴로 살아있던 시대의 이상에 대한 흔들림이 생기게 되고 문학의 갈림

길에서 고민에 빠지고 만것이다.

세계적인 문호의 상상력과 해학에 목표를 너무 높이 두었던 탓으로 도무지 도달할수가 없는 자신의 무기력함에 실망을 하게 된것이다. 그 반성자체가 이미 큰 발전임을 미처 깨닫지 못한채 절필을 결심하게 된 노작가, 어쩐지 정세봉작가의 사적인 발로가 아닐가 생각하게 된다.

새로운 미래의 입문에 들어설을 때 나타난 인간들의 행렬은 또 무엇을 설명하는가? 차례로 고골리 작품의 주인공들이 나타난것이다.일생동안 그 작품속에서 함께 살아온 다정한 주인공들이였던것이다.

작가가 이러한 주인공들을 등장시킨데는 특별한 의미가 있다. 허다한 개성의 인물들, 거기엔 심지어 해괴망칙한 모습으로 등장한 인물들도 있지만 "노작가"의 환각속에서는 그렇게도 다정하게 등장하여 "노작가"를 행렬에 끼어들도록 부르고 있다. 작중 인물들의 실패와 좌절은 러시아 작가 고골리가 겪은 련속되는 좌절과도 련결이 되는듯 하고 다시 정세봉의 이 작품에 등장한 "노작가" 가슴 아픈 절필의 고민과도 련결이 되는듯 하다. 고골리가 《죽은혼》의 후속편 창작에서 자신의 창조적 재능에 대해서 한계를 느끼게 된것처럼, 아울러 이 세상을 찬미하는데는 절망할 정도로 재간이 없었다고 자인하듯 노작가 니꼴라이 유도 자기의 문학적 재질에 크게 자비감을 가지게 되어 심혼의 상처가 깊어 간다.

모든 이야기는 작중인물의 잠재의식으로 재현되고 있는데 이것은 어쩌면 이러한 실존주의비판적인 사고와 표달방식이 정세봉의 문학창작의 미학사상이였는지도 모른다는 생각이 들게 한다.

작가 정세봉이 태여난 곳인 흑룡강에는 1901년에 고골리거리가 건설되고 그 후로 주위에 러시아 상점과 약국들이 늘어나게 되었다. 그만큼 작가 정세봉은 러시아문화가 다분히 담긴 곳에서 문학의 꿈을 키워왔고 지금까지도 근처의 한국문학보다 러시아문학과 남미문학에 도취되고 있었다. 이것은 그의 문학활동에서 충분이 다른 중국조선족작가와 구분되는 개성을 키우게 된 계기로도 되었을 것이고 그 결과로 오늘의 이러한 작품이 창작이 되였을것이다.

어쩌면 사(私)소설과 같은 의미도 있을듯 하지만 그 서술에 있어서는 완전히 《남의 눈길》이라는 실존주의적인 사고방식에 얽힌 독특한 수법을 쓰고있다. 현실이 아닌 환각의 세계에서 주인공의 모순된 심리를 로출시키고 문학의 갈림길에서 절필과 미련의 아픔, 거기서 생겨나는 분투의 몸부림을 보여주고 있는것이다. 사실주의 문학의 영향속에서 문학의 길을 걸어온 정세봉의 이러한 문학주장을 꼭 다시 사실주의로 이름지어준다면 나는 고발성적인 사실주의문학이라 일컫는다. 이 점에서(남의 눈길) 보면 정세봉소설은 실존주의의식이 사실주의수법으로 표달된다고 개괄이 된다. 어두운 엄숙성이 이렇게 연결이 된다.

평론에서는 해서는 안되는 일이 주인공을 작가 본인이라 간단히 결론을 짓는 일이라고 생각하지만 사실 이번엔 나는 억지로라도 《고골리 숭배자》에 등장한 노작가를 정세봉과 자리바꿈 시켜본다.

그리고 진정 니꼴라리 유에게 정중하게 말씀드리는바, 정세봉 작가는 고골리와는 엄숙성과 어둠과 같은 무거운 분위기는 비슷한데가 있지만 해학과 풍자적인 기질에서는 고골리와 철두철미 다른 개성을 지닌 작가이다. 고골리가 개인적인 묘사에서 풍자와 해학의 기술로 독자들을 매료하고 있다면 정세봉은 사건과 사회에 대한 풍자와 비판성으로 엄숙한 독자들을 자기의 주위에 모이게 하였다. 그러나 이번엔《남의 눈길》속에 객체로 되어버린 나, 주체의식으로 존재하는 나가 아니고 남의 의식속에서 대상으로 보여지는《니꼴라이 유》를 그려내 주체의식으로서는 더는 이어 갈수 없는 문학주체를 잃게 되는 과정을 표달하고 있다.

이것은 문학창작의《한계》가 아니고 차라리 독특한 특점으로 평가를 해야 할것이며 또 그렇게 할 때 비로서 이 소설의 읽기가 훨씬 쉬워질것이다.

동방철학의 음양학설로 평형을 잡아주기 위해 데카르트의 말로 평론을 마친다.

"나는 생각한다. 고로 존재한다"

-2015년 9월 추석
광동 주해의 구석진 곳 어느 한 호텔방에

우상렬

1963년 3월 심양 출생.
연변대학 조문학부 졸업
연변대학조문학부 교수
주요 저서로는, 《광복후 조선족현대문학연구》(한국 昰樂출판사),
《서방미학사개론》(한국 昰樂출판사), 《한국학산책》(한국映翰풀판사) 등 다수

프로이드의 인격구조로부터 본

"빨간 크레용태양"

우상렬

프로이드는 인격구조를 본아, 자아, 초자아로 나누었다. 여기서 본아는 인간내면에 깊숙이 있는 본능적이고 무의식적인 인격, 자아는 현실에 적응하면서 합리적으로 살아가는 인격, 초자아는 이상적인 경지를 추구하면서 스스로를 닦달하는 인격을 말한다. 어떤 의미에서 본아와 초자아는 두 극단인데 이 양자 가운데 어느 쪽에만 매여 있어도 그것은 기형이다. 그래서 자아는 바로 본아와 초자아를 조절하고 조화시키면서 현실에서 무난히 살아가도록 한다.

프로이드의 이런 인격구조설은 정세봉의 단편소설 '빨간 크레용태양'(1992.여름)을 들여다보는데 하나의 좋은 프리즘이 되겠다. 하나의 새로운 해석이 될 줄로 안다.

'빨간 크레용태양'에서 본아를 보자.

'나'와 윤철이, 정호, 광석이는 본아에 충실하다. 남이 다 일하는 대낮에 고기잡이를 갔으니 말이다. "'애군'들은 낭만적이고 즐거운 행동계획"이 따로 있었던 것이다. 일탈의 놀이본능에 놀아나고 있다. 여기에 배가 고프니 강냉이를 꺾어 구워먹기도 하고 늘어지게 한 잠 자기도 한다. 일하러 가는 마당에도 '영화구경이나 가듯이 화장을 진하게 한' 희애도 마찬가지. 희애는 놀 아이런가, 분명 '나에게 정겨운 추파를 보내'지 않았던가. 그 '정찬 시선'에는 '강렬한 유혹력'이 있다. '나'는 '언젠가 꿈자리 속에서 희애의 탐스러운 알몸뚱이를 뜨겁게 껴안고 정사를 치러 보'기도 한다. 본아는 이런 꿈속에서 가장 적나라하게 나타난다. 그리고 비몽사몽간에 '나'와 희애는 본격적으로 살을 섞으며 본아의 클라이맥스를 맛본다.

'빨간 크레용-태양'에서 자아를 보자.

'나'는 '오늘 담배 따기에서 뺑소니친 죄책감이 가슴을 괴롭혔다. 그렇지만 죄를 지었기에 더구나 저 장소에 가야 하'는 감을 느낀 것, "제꺽 저녁을 먹고 '담배를 건조실에 다는 야간작업에서 열성을 보이리라 했다. 그러면 아버지도 오늘 담배 일에서 뺑소니친 죄를 양해하고 묵과할 것이라 싶었다'"는 바로 자아의 현실 적응모습이다.

모주석의 서거는 지극히 큰 현실적 사변이었다. 그래서 우리는 '인형들처럼 멍하니 굳어져버렸다. 가슴속에 억장이 무너지면서 얼굴이 무섭게 질리어 왔다', '나'는 '지금 이 시각, 온 나라 민중이 숨 쉬고 있을 그 사변적인 분위기속에 나는 한시 급히 몸과 마음을 투척시키고 싶었다. 거기에서 소외되고 싶지 않았다'로 지극히 현실적인 반응을 보인다. 그리고 여러 사람들의 '이 충격적인 시간에는 저절로 가장 값진 자각성을 보인 것이었다. 이 나라 백성으로서 지켜야 할 본분의 최저의 한도를 그들은 분명히 깨닫고

있었고 자기도 백성으로서의 본분을 지키는 사람이라는 그런 눈물겨운 자아(自我)를 남들한테라기보다는 자기 자신에게 확인시키고 싶어서 끝내 나는 사대육신을 이끌고 이 애도의 현장에 나온 것이었다'도 현실자아의 모습들이다.

그리고 아버지의 '엄한 얼굴에 그렇듯 자연스럽고도 실감적인 슬픔이 어둡게 실린' 것은 자연스러운 현실적 반응이고 아버지의 '연설'-"모주석의 태산 같은 은덕과 자신의 비통한 심정과 모주석의 유지를 이어받아 '계속혁명'을 할 데 대한 내용이었고 마지막으로 '비통을 힘으로 바꾸어'저녁 후에 담배작업을 완성하자고 한" 것은 당시 지극히 공식적인 현실의식에 다름 아니다.

'나'와 아버지의 충돌에서 어머니가 '반성해라'고 설득하는 모습도 전형적인 현실적응 자아의식의 발로에 다름 아니다.

'빨간 크레용태양'에서 초자아를 보자.

정치대장 아버지는 전형적인 초자아적인 존재. 아버지는 '퉁명스럽'고 '흘겨보'고 '무서운 적의를 품고 있는 것만 같았다.' 일종 경찰 같은 존재. 그리고 '내'가 어렸을 때 미술시간에 그렸던 '빨간 크레용태양'은 영원히 지지 않는 '우리 마음속의 붉은 태양'-모주석. 그것은 '찬란한 빛발을 뿌리고' '내 생명이 꿈의 신비와 생활의 환희로 가득 차'게 하는 원천. 그것은 해바라기가 태양을 따르듯이 '나', 아니 우리 모두가 따르고 모실 지고지순한 존재.

'빨간 크레용태양'에서 본아, 자아, 초자아는 따로따로 놀아나는 것이 아니고 서로 충돌하고 얽히고 설키기도 한다. 사실 본아와 초자아는 자주 충돌을 빚고 있다. 초자아의 대표적 인물인 정치대장 아버지의 본아에 들뜨기 쉬운 '장가를 들지 않은 총각들'

을 "일률로 생산대의 일에 베돌이 하는 애군으로 여기고 있었다. 아버지에게 있어서 어느 한 총각이 결혼을 하는 것은 인륜대사로서의 경사라는 의미보다는 자유분방하던 망아지가 첫 굴레를 쓰는 것으로 '가정'이라는 멍에를 단단히 메는 것으로 이해되고 있는 상 싶었다'와 '나'에 대해 '오히려 다른 애들보다 더 가혹하게 굴고 일도 더 시키었다. 그 이면에 제 자식을 옳게 길들이려는 뜨거운 부성애가 숨어있었던 것이었지만 당시 나는 도무지 그렇게 여겨지질 않았다. 그저 그 눈길이 무서워서 고분고분 순종을 했던 것이었다./그런데 그날만은 알 수 없는 불만과 거부감이 가슴속에 끓어올랐다'는 저간의 사정을 잘 말해주고 있다. 그래 '나'는 항상 '(하필 아버지가 정치대장일가? 씨―)/이런 못마땅함'에 사로잡힌다.

작품에서 '나'의 본아와 아버지의 초자아는 도저히 화해할 수 없을 정도로 치닫는다. '아버지를 어망 간에 쳐다본 나는 무서운 순간을 금시 예감하며 시선을 떨어뜨렸다. 아버지의 흘겨보는, 적의를 품은 듯한 눈길에는 질책의 빛이 가득했다', '순간 나는 격렬하게 끓어오르는 피를 화끈 얼굴에 느끼며 번쩍 고개를 쳐들어 아버지를 직시했다. 시선과 시선이 무섭게 대결하는 순간 나는 아버지한테 양해의 뜻이 전혀 없음을 확인하였고 그와 동시에 강렬한 반발심이 속에서 솟구쳐 올랐다. 나는 수저를 집어던지듯 덜렁 놓고 일어섰고 방문을 걷어차고 뛰어나왔던 것이다', '물론 도리가 있는 말이었다. 그렇지만 나의 귀에 그런 말들이 들어올 리가 없었다. 그것은 아버지의 성격논리에는 합리한 것일 수는 있겠지만 나한테는 도저히 먹혀들 수 없는 것이었다'는 바로 이 점을 말해준다.

'나'의 자아와 아버지의 초자아도 도저히 화해할 수 없을 정도로 치닫는다.'오늘 같은 범상치 않은 날에 모 주석께서 서거하신 지금 이 시각에 내 마음도 그지없이 슬프고 아픈데… 불안스럽고 답답한데… 그로 해서 또한 일에서 뺑소니친 못된 소행이 더욱 뉘우쳐지고 괴로운데… 그래서 밤 작업에 열성을 보이려고 마음 먹었던 것인데… 아버지가 양해해주고 묵과해주면 내 스스로가 더욱 감동을 받고 헴이 들 텐데… 더욱 아버질 존경할 텐데!… 그렇게 되면 그게 얼마나 좋은가!… 그런데 아버지는 나를 아주 철 없는 아이로 보고 있지. 지각머리 없는 사람구실 못할 놈으로 여기는 거야. 그래서 짐승처럼 길들이려고 하는 거야!…/나는 마음 속으로 아버지에 대한 반기를 쳐들고 야심적인 대항을 선언하며 어머니를 뿌리치고서 마을 뒤로 들어갔다'는 바로 이 점을 말해준다.

본아와 초자아는 서로 둔갑하여 나타나기도 한다. '희애의 신비한 유혹이 나를 반대방향으로 밀어 던지는 강한 척력으로 되었던 것인데 거기에 또한 참으로 미묘한 까닭이 있었다'는 그 보기가 되겠다. 좀 더 구체적으로 볼진대 "우락부락한 마을의 총각들은 웬 일인지 희애를 '바람쟁이'라고 부르고 있었다. 특히 윤철이가 더 그러는 것 같았다. 나는 몇 번 그가 희애를 '바람쟁이 같은 게!'하고 흘겨보는 것을 보았다. 그 눈빛에는 분명히 경멸과 적의 같은 것이 번뜩이고 있었다.' 그래 '나는 좀체로 이해할 수가 없었다. 그리고 이런 생각이 들었다./(윤철이가 진짜 사내대장부인지 몰라. 사내대장부는 응당히 저래야 하는 건지 몰라!… 남자라면 나같이 여잘 고와하면 안 되는 것이 아닐까?)/나는 스스로 얼굴을 붉히면서 윤철이한테 거의 선망과 존경 같은 것을 느끼면서 그렇게 될 수 없는, 도저히 그럴 수가 없을 것만 같은 자신을 고민하기까지 했다. 그런데 바로 그 순간에 희애의 유혹 따위를 무시할 수 있는, 말하자면 윤철이의 그것과도 같은 사내대장부의 자신감과 오기가 치솟아 올랐던 것이었다.' 보다시피 여기서는 여우의 신 포도 심리가 작동하는 것으로 본아가 현실적으로 만족을 받을 수 없을 때 초자아를 스트레스를 푸는 차원에서 방어기제로 내세우게 되는 것이다.

그리고 '나'를 포함한 우리가 당시 가장 유행된 초자아적인 모주석을 노래한 노래를 '즐거운 기분대로 노래의 내용과 정감에는 상관없이 땅을 구르며 거의 장난으로 불렀'던 것, 비감하고 장엄한 초자아적인 메시지를 '윤철이는 대수롭지 않게 오히려 흥미로운 듯이 말한' 것은 본아적인 표현으로 둔갑시킨 것이다.

자아와 본아는 서로 모순을 이루기도 한다. "나는 어쩔 수 없이 비감에 잠겨있었지만 웬 일인지 눈물이 나오질 않고 있었다. 여자들처럼 흐느끼고 소리 내어 울지는 못하더라도 눈물은 그들먹이 솟아나야 할 것이고, 적어도 눈 굽은 축축이 젖어야 할 것이었다. 그런데 도무지 그렇게 되질 않고 있었다. 모주석에 대한 감정, 말하자면 '심후한 프롤레타리아감정'이 박약하거나 전혀 없기 때문에 눈물이 솟아나지 않는 것만 같아서 무척 죄스러웠고 눈물 없는 얼굴을 남들 앞에 보이기 난감했다." 보다시피 여기서 '나'는 자아와 본아의 모순에 부대끼고 있다.

본아와 초자아는 서로 교체하기도 한다. 소설의 마지막 부분 본아에 충실한 섹스를 하고 난 후 "나는 또다시 빨간 '크레용태양'을 떠올렸던 것이다"로 초자아를 떨쳐버릴 수 없었던 것은 바로 본아와 초자아의 교체상황을 보여주고 있다.

초자아와 자아도 서로 교체하기도 한다. "전혀 상상도 해보지 못한, 우주속의 '십장생(十長生)'과 더불어 길이길이 만수무강하리라고 추호도 의심치 않았던 통념과 확신이 우리의 머릿속에서 드디어 돌사태처럼 무너져 내리는 순간이었다. 그것이 신화였음을, 신화였기에 깨어지는 것임을 우리들의 두뇌가 번개처럼 터득하는 순간이었던 것이다." 보다시피 이것은 초자아의식이 현실의 자아의식으로 거침없이 내닫는 순간이다.

자아가 본아를 자극하기도 한다. '오히려 그 어떤 혹경에 육신을 던져 넣고서 한껏 시달림을 당하고 아픔을 겪고 불 맞은 짐승처럼 신음하고 싶은 무모한 충동이 일어나고 있었다./(그러면 아버지는 가슴아파하겠지. 적어도 마음이 편안치는 못하겠지… 짐승도 제 새끼는 고와한다는데…)/이런 고육지책으로 아버지를 굴복시키고 아들에 대한 아버지의 완명(頑冥)한 관념과 습벽을 고쳐 주리라 했다./그러자 까닭 모르게 서러워지고 있었다. 아버지가 지금 제 아들이 이런 외로움을 겪고 있는 줄 모르고 있으리라는데 생각이 미치자 서러움에 금시 격렬한 오열로 터져 올랐다.' 여기서는 '나'의 자학적인 자아로 아버지의 본아의식을 환기하려는 모습을 나타내고 있다.

초자아가 본아로 떨어지기도 한다. '뜻밖의 충격적인 사변 -모주석 서거- 로 인발된, 인제 세상은 어떻게 되어지는 걸까?' "(중국은 어떻게 될까?… 모주석이 계셨기에 이제껏 행복하게 살 수 있었는데… 혹 자본주의가 복벽되지나 않을까?)/…아득한 창공에서 작열하던 태양이 갑자기 새까만 숯 덩어리로 꺼지고 있었다. 그리고 별지처럼 무섭게 떨어져 내리고 있었다. 내 마음속 우주에, 그 하늘에 떠있던 빨간 '크레용태양'이었다." 이런 초자아의 상실은 '이름 할 수 없는 불안에 시달리'게 한다. 불안뿐만 아니라 그것은 고통 그 자체다. '이런 의혹과 우리들이 여태껏 영위해온 즐거운 삶과 질서가 송두리 채 뒤흔들릴 것만 같은 불안과 자기 개인보다는 나라와 민족이 일조에 기둥을 잃은 것만 같은 그런 한없는 허전한 괴로움이었다.' 그래 '한 덩이의 뿌리 깊은 구심점(求心点)-마음속에 웅크리고 있는 악성종양과도 같은 정체모를 응어리, 좀처럼 풀길 없는 불안과 괴로움의 응어리를 품은 채 나는 깊은 수면의 바다 속에 끝없이 침몰돼가고 있었다.' 인간은 이런 지극한 고통에 부대끼게 되면 자연적으로 본아의 자학이나 단말마적인 성의 광란으로 나아간다. '괴롭다고 몸 상하면 되나요? 나도 괴로운데… 웬 일인지 몰라. 괴로와! 흑…' 이로부터 자연히 마지막 부분의 섹스장면을 연출하게 된다.

이외에 '가냘픈 앓음 소리가 급기야 내 목구멍에서 토해져 나왔다' 같은 장면은 여성적인 본아와 남성적인 본아의 교향곡에 다름 아니다.

이상 '빨간 크레용태양'에서 본아, 자아, 초자아 및 이들 사이의 갈래판을 알아보았다. 이 작품은 모택동서거라는 중대한 역사적 사건을 모멘트로 하여 중국 조선족농촌의 본아, 자아, 초자아로 대변되는 인격구조를 여실히 잘 보여주었다. 이런 인격구조를 통하여 당시 극좌적 정치 분위기 속에서의 농촌 인정세태의 이모저

모를 펼쳐 보이고 있다. 이를테면 비속과 신성, 거저 그렇고 그런 거… 이로부터 당시 농촌의 역사적 현장을 생생하게 기록하여 사실주의소설로서의 격을 갖추었다고 할 수 있다. 이렇게 놓고 볼 때 '빨간 크레용태양'에 대한 기존의 정통적인 평가에 대해 새롭게 논의할 여지를 주고 있다. 이를테면 '빨간 크레용태양'에 대해 '중국조선족문학에서의 탈중심시대, 해체주의시대의 도래를 알리는 작품'("중국조선족문학통사"(하권), 김호웅·조성일·김관웅 저, 연변인민출판사 2012)이라고 평가한 경우가 그렇다. 이런 평가는 도리가 없는 것은 아니다. 특히 작품창작 당시 세계가 이미 탈이념시대에 들어섰고 중국이 본격적으로 시장경제를 가동하는 마당인지라 그럴듯하다. 그러나 이것은 先入爲主 -주관적 판단이 앞서는 시대결정론적인 선입견혐의가 없지 않아 있다. 작품의 텍스트를 위의 프로이드의 본아, 자아, 초자아라는 인격구조론 차원에서 면밀하게 검토해보고 당시 시대상황을 되돌아볼 때 그것은 시대반영 혹은 시대를 증명하는 정통 사실주의의 생생한 화폭에 다름 아님을 알 수 있다. 물론 '빨간 크레용태양'은 여러 해석의 가능성을 제공하는 열린 구조로 되어 있어 매력적인 줄로 안다.

-2017.1.25

4. 중편소설 〈볼쉐위크의 이미지〉에 대한 비평(批評)

허 승 호

문학평론가

1960년 4월 23일 중국 길림성 룡정시에서 출생

1983년 7월 북경 중앙민족대학 조문학부 졸업

2004년 수필집《락엽 줏는 마음》(북경 민족출판사) 출간

장춘시 〈북두성〉문학지 총편 력임

1994년 10월부터 일본에 이주하여 생활

일본 도꾜 某 경제연구소에서 수석연구원으로 근무

[평론] _ 〈장백산〉 1991년 2호

정세봉의 야심작

《〈볼쉐위크〉의 이미지》에 대한 評

허승호

몇년전 길림에서 작가 정세봉선생님을 만난적 있다. 언젠가 그의 단편소설을 평론한적이 있어서 장춘에서 만나보았기에 초면은 아니였다. 그때 그가 들었던 호텔방에서 요즈음은 선생님의 작품을 볼수 없군요 하고 시탐해보았더니 그는 재우고있다고 대답했다. 모두 늦게 접촉하게 된 현대 서방철학을 료해하던 때라 나는 그 대답을 그렇게 귀담아듣지 않았고 또 그후에도 그가 재워내놓은 소설을 보지 못했기에 그때의 만남이 거의 망각되는 지금이다.

그런데 그때 그렇게 간단히 평범하게 오고간 말이 소설《〈볼쉐위크〉의 이미지》를 읽고난후 새삼스럽게 기억된것이 참으로 이상하다. 과묵한 그의 심각한 얼굴표정 때문이였는지 아니면 그에 대한 나의 어떤 기대때문이였는지 모르겠다. 그 한마디 말이 어떻게 기억에 남아있든지 상관없이 오늘 그의 중편소설《〈볼쉐위크〉의 이미지》를 다 읽고서는 그때 그의 깊은 생각에 크게 감복되지 않을수 없다.

《〈볼쉐위크〉의 이미지(이하 략칭《이미지》)는 근 몇년래 보기 드문 문제작이였기때문이다.

소설《이미지》는 세대간의 모순갈등으로 흘러간 이 나라의 력사를 집약하여 부동한 력사시기에서의 인성발로를 센티멘털적으로 그려내여 새롭게 형성될 사회인간관계를 짚어보는데 모를 박았다. 그러나 전반 소설감정의 흐름이 센티멘털리즘에 가깝다고 한것은 어디까지나 그 정서적색채에 한해서 하는 말이고 좀 더 깊이 사색적으로 문제의 초점을 틀어쥐고보면 결국엔 그 센티멘털속에 지성적인 인간으로서 무언가 꼭은 짚어야 되겠다는 랭정성 내지 억압감이 뒤따른다. 그저 슬프니까 눈물을 흘려야 되겠고 비감하니까 동정을 표시해야 되겠고 그 세대간의 모순이 이로써 한단락 맺으니까 도의적으로 서로서로의 상대방을 꾸지람도 하고 위안도 해주어야 되겠다는 그런 단순한 결과에 그치지 않고 차라리 그런 드라마의 결말앞에서 한마디 말도 서뿔리 하기 힘든 침묵의 결과를 초래하게 되는것이 이 소설이 독자들에게 주는 심미적 효과이다.

침묵은 랭정한 사고를 동반하고 또 모두의 랭정한 사고는 뒤의 분쟁점을 추려내게 되므로 이 소설은 문제작이요 작가주관적으로는 야심작이 아닐수 없다. 하물며 몇년전부터 재워온 소설임에라.

이러한 특점을 살리기 위하여 작가 정세봉은 우선 주인공형상을 특수한 인물로 택하지 않고 우리 신변에서 흔히 볼수 있는 범인을 선택하였고 또 그 성격의 형성을 제시함에 있어서 력사환경의 지배적작용을 잊지 않았다.

주인공 윤태철은 한 소작농의 아들로서 이 땅의 해방전쟁에 나어린 몸으로 투신했다가 4야전군 12종대를 따라 중국국내전쟁의 관건전역인 장강도강전투에까지 참가하여 허벅다리에 관통상을 입게 되였다. 그는 1949년 공화국성립을 앞두고 사시(沙市) 공략에 참가하여 화선입당을 한 아주 자격있는 청년혁명가로 소개된다. 이로부터 그의 장년기는 밀물마냥 밀려드는 정치운동에 담겨져 하냥 등을 밀리우며 시작된다. 농업합작화운동, 고급사, 인민공사, 대약진, 반우파, 문화대혁명… 두루 이렇게 매 시기마다 계속 구룡촌 지도자 신분으로 20여년간 정치운동에 몸을 담근 그는 오늘 61세의 로인으로 되기까지 수립된 성격은 교조적이고 훈계적이고 고집스러운 타입으로 되였다.

작가는 주인공성격에 시대적함의를 부어넣으면서 매 력사시기의 운동이 옳고그름을 따지지 않고 크게 전반 사회주요모순의 변화 과정을 객관적으로 그림으로써 거기서 인간성의 로출진가를 형상적으로 제기하였다. 당성원칙에서는 무조건 복종하고 앞서 실행하는 윤태철, 조금도 에누리없이 기층당세포의 작용을 남김없이 발휘하고 그러면서도 딸 정혜가《아부지, 당원 그만둬요! 그까짓 공산당원…》하는 말에《한번 호강해봤으문 좋겠다! 나두…》하고 대답하는 고달픔을 토로한다. 당원의 의무가 호강이 아니고 헌신이라는 도리는 너무나도 잘 알고있는 윤태철이였다. 인간은 호강을 위해 자연과 싸우고 있지만 그 호강을 누구에게 먼저 주느냐에 따라 부동한 제당파들이 나오게 된다. 여기서 윤태철은《남에게 먼저, 전 인류에게》이런 당위성을 잊지 않고 있다. 이 점을 강조해 제기하기 위하여 작가는 다음과 같은 내용을 글속에 담고있다.

《세상은 아직 〈볼쉐위크 윤태철〉이가 호강을 누려도 별일이 없게끔 되여있지 않았다.》

아주 짧은 글귀지만 현시대 당원의 역할을 충분히 긍정하고 당원의 의무를 형상화한 작가의 량심으로 표출된것이다. 이러한 주인공의 각오를 형성시키게 된 성격적특징을 소설에서 빌어보면 다음과 같다.

《한시라도 일손을 찾아쥐지 않으면 무료보다는 그 어떤 죄의식을 느끼게 되는 농사군의 타성》,《…그 본질이 타인에 대한 헌신성으로 파악되는 당성의 뿌리를-생명의 뿌리를-령혼의 토지에서 뽑아낼수 없을것임을 분명히 깨닫고있는 윤태철이였다.》

이러한 주인공이기에 자기의 생리적고달픔을 뒤로 팽개치고 시종 앞장에서 자기의 작용을 발휘하고저 노력해왔다. 그런데 그의 교조주의적과오라고 할가 아니면 당의 지시에 복종하는 그에게는 죄가 없고 틀리게 설정한 당의 과거착오때문이랄가, 좌우간 윤태철은 굽은 길을 적지 않게 걸었다. 엄동설한에 논답을 석자 깊이로 심경하라는《당》의 지시를 거역하여 철당, 철직당한 손왈세와는 달리 무조건성의 정신으로 일해나간 윤태철은 고충 있을 때마다 손왈세네 집에 가서 실컷 술을 마시군 하면서도 계속 집행만 해나아가는데는 그 주인공의 탓보다 당의 과오를 따끔하게 지적해주는편이 차라리 옳은 선택일것이다. 애비가 계급투쟁대상이라고 그 후대까지 기를 펴지 못하게 한 력사였고 유일성분론으로 청년남녀의 순결한 사랑까지도 구룡천에 버려야 하는 력사이지 않았던가!

310

이러한 주인공의 극단적인 성격과 새세대의 전형으로 등장한 아들 윤준호의 인간성은 전반 소설갈등의 주선으로 되고있다. 그 갈등의 계기는 바로《피독재자의 집》으로부터 기인된다. 윤태철의 아버지가 허수빈의 아버지 허영세지주의 독재아래 우마생활을 해오던 집이 광복후 그 아들들의 독재적위치가 바뀌어 허영세의 아들 허수빈이 거기에 들게 된다. 이로써 계급투쟁이 주요모순이였던 당시에 그 일가가 받은 수난은 누구나 다 짐작할수 있는 사실이다. 결국 허수빈은 운명에 순종한 로보트식인간으로 전략되었다. 비극은 허수빈의 무남독녀 순정이가 미녀로 태여나 《볼쉐위크》의 아들인 윤준호의 가슴에 사랑의 씨를 뿌려놓은것으로 시작된다.

그 사랑이 어떻게 진지하고 순결하고간에 상관없이 그 사랑은 그 시대에 이루어질수 없었다. 순정이가 잉태한 몸으로 구룡천에 몸을 던져야 했고 그 시체마저 한눈 볼수 없었던 윤준호에게는 사회가 원통했고《볼쉐위크》가 미웠다. 아직 그러한 계급의식에 눈이 뜨지 못한 그로서는 순인간성의 바탕으로 사회를 리해하기엔 너무나 힘들었던것이다. 준호의 이러한 응어리는 아버지에 대한 존경과《볼쉐위크》에 대한 한으로 교차되여 시종 모순속에서 자기의 의지를 굳혀보려고 애쓴다. 그의 이러한 성격은 죽은 순정이를 잊지 않고 계속 그 부모를 남몰래 도와나서는 일련의 행실과 당원만 만나면 볼부은 소리를 던지고하는 언사로써 표현된다. 그러나 준호의 당에 대한 불만은 당에 대한 기대가 내포된 다색적인 감정이였다.

《당조직이 살아있다는 마을에서 꼴보기 좋아요? … 부끄럽지들

않습니까!》

《당소조는 뭘해? 범 무서워 내놓았어?…》

이러한 말뜻을 잘 음미해보면 당의 의무를 알고 그 의무를 인간적으로 실행해나아가지 못한데 대한 아타까운 부르짖음과 질책으로 리해할수 있는것이다. 두번째 말, 당소조장 봉춘이에게 트럭문을 열고 내뱉은 두번째 말은 어찌보면 로쇠한 아버지에 대한 효성도 담겨있다.

우에서 제기하다싶이 작가 정세봉은 이러한 인물성격, 특히는 주인공 윤태철의 성격변화를 사회의 모순과 긴밀히 결합시켜 그 성격의 발전, 변화 과정을 합법화하고있다.

사회주의라는 이 거창한 길을 더듬으며 걸어가야 할 나젊은 공화국은 사회의 주요모순을 계급투쟁에 귀결시켰기에 백성의 삶은 오직 그 극단적인 일면으로밖에 조직되지 않으면 안되였다. 그러한 력사적환경에서는 인간성이 무시되고 세대세대 계급관념이 전달되여 사랑마저 성분을 따지여 피독재계급의 자녀까지도 행복과는 인연을 끊어야 하였다. 그러나 당의 사업중심이 경제건설로 옮기면서부터는 사회주요모순도 변하게 되여 사회의 인간관계는 새롭게 형성된다. 이러한 형세하에서 주인공 윤태철은 아들 윤준호와의 모순과 자기 리념을 개변해야 할 자아모순, 이렇게 중첩된 모순속에서 헤매이게 되는데 소박하게 혹은 통속적으로 말하면 그것은 고집과 굽어듦의 모순으로 귀결된다. 그러면서도 윤태철은 당의 지시에 복종해야 된다는 당성원칙만은 잊지 않고있어 당원련계호의 일에 또 솔선적으로 나서고있지만 옛날의 선동작용과는 달리 이젠 조금은 조심스럽게 앞뒤를 돌보게 되는 주저심을 갖게 되는것이다. 너무나 잘 복종해왔고 또 지금에 와서는 옛날의것이 거의 모두가 틀렸다고해서 이번에도 또 틀리지는 않을가 하는 정상적인 우려인것이다.

그전엔 쳐다보지도 않던 허수빈 일가인데 초시대적으로 그 가문에 발을 들여놓은 엄울순이가 공민으로서의 평등한 인권을 누릴수 있는 세월에 생의 의욕을 잃고 음독자결을 꾀하였을 때 윤태철은 《문제의 심각성》을 느꼈고 다시 가난한 호를 도와주라는 당의 지시를 명기하면서 말없이 허수빈 논답으로 나가는 장면은 차라리 울지도 웃지도 못할 드라마의 한 장면이다.

《이윽고 윤태철은 수레를 몰로 마을길에 나섰다. 허수빈은 암소뒤에서 수레를 따라 걷고있었다. 그들은 마치도 배다른 쌍둥이처럼 되여가지고 마침내 사람들앞에 등장이 된것이다.》

작가는 의식적으로 이 특수한 환경에서의 전형인물을 함께 등장시켜 새로운 인성을 수립하게 된 사회환경을 해학적으로 그려놓았다. 이러한 그림과 윤태철의 인성회복의 경과는 융합적인 주선을 이루며 준호와의 모순이 해결에로 접근하게 된다.

아침에 그 《피독재자의 집》으로 처량하게 걸어가는 윤태철의 심정을 소설에서 찾아본다.

《당은 결국 지난날의 오유를 검토하고 그들을 버리지 않았구나 했다. 자기 -〈볼쉐위크 윤태철〉은 지금 당의 마음을 지니고 그들을 포섭해주고 뜨겁게 포옹해주러 가고있는것이라 했다.》

이렇게 깨달은 윤태철은 당소조회의에서 허수빈 일가를 다른 사람이 맡게 하자는 온 저녁의 토론결과를 무시하고 기어이 자기가 맡아야 한다고 우기고 아울러 허수빈의 빚면제, 주택해결, 대부금을 대줄것까지 요구해나선다. 결국 허수빈의 논판에서 중풍 맞고 6척체구를 무너뜨리게 되지만 이때는 아들 윤준호와 생각이 맞물림으로써 그 갈등이 해결을 고하게 된다. 남은것이란 오직 과거를 어떻게 검토하느냐 하는 문제뿐이다.

준호도 아버지에 대한 한이 사라져가고 아버지에 대한 리해와 련민, 효성이 자리를 잡게 되면서 부성애의 옛추억이 떠오른다. 준호가 앓을 때 입쌀 한줌 얻어다 죽 끓여준 아버지, 밥 해주마고 대답하고선 죽밖에 해주지 못해 죽은 소화에 리롭다고 어줍게 변명하던 아버지, 자는 아들놈을 밤새껏 어루썰고 엉뎅이를 두드려 준던 아버지.

작가는 이러한 잠재적인성의 회억으로 독자들에게 화목과 사랑과 행복의 순간을 마련해주어 전반 소설에서 받게 된 감상적 억압감을 느슨히 풀어주었다. 이로써 구독자는 랭정을 찾게 되는 것이다.

다시 돌아온 장면은 《…저희들 아버지와 아들간에-…-무서운 갈등을 이루어가지고 무척 끈질기게 대결을 해왔던 그 한마당 드라마의 현장에서》 계속되는 준호와 윤태철지간의 《해탈되지 못한》《비장한 연기》이다. 그러나 그 《연기》는 대결보다는 융합이요 갈등보다는 해결이다.

《원과 한을 품고서 울분으로 세상을 살아가고있는 아들의 애처로운 모습을 전생이 죄로써 받아안고서 조용히 떠날》윤태철은 흘러간 격정의 력사를 회억하며 위안을 얻고 당의 오류로써 변명거리도 찾아본다. 《자기자신과 흘러간 력사와 당을 대신해서 사과를 하고 용서》를 빌고자한 말이 《얘야! …그만 일어나거라!》라는 한마디다. 계속 꿇어앉아있는 준호에게 뭔가 더 얘기해야겠다고 인식한 그는 용서를 빌고서 따끔한 타이름을 얹었다.

《그리구… 우리 당원들을… 리해해다구… 력사를 존중해 다구! … 세상일이란… 그렇게… 간단한게… 아니니라.》

작가는 여기서 소설의 주제를 심화시키면서 문제의 복잡성과 사명감을 제시하고있다. 동시에 주인공에 대한 아낌없는 객관적 평가도잊지 않고 있다. 《… 죽어서도 〈볼쉐위크화신〉으로 굳어질것이라 했다. 그것이 곧 바로 그의 삶의 참모습이었고 생명의 본질이였으며 정신의 자아였던것이다.》 이러한 주인공에 대한 윤준호의 태도내지 자세에는 긴말이 필요없었다. 《구구한 언사로써가 아니고 인격적인 강개한 거동과 제몸의 고초로써 천금같은 효도를 보여주고》《적멸의 력사속에 밑창없는 망각의 심연에다 끝내는 순정이를 묻어놓으면서 울었고 그 모든 과거와 마음속으로 고별을 하면서 윤준호는 울고있었다.》

이상과 같이 이 중편소설을 분석해보면 우리는 소설에서 느끼는 감정의 센티멘털에 잠겨 슬퍼지고 다시 그 센티멘털에서 벗어나고보면 모두가 자기의 과거를 검토하게 되는 지적인간의 량심을 느껴볼수 있다. 서로 부동한 력사적리념차원에서 초래된 인간성원리는 사회의 정치, 도덕의 제약으로 서로 부동한 양상으로 나타나며 그 부동한 양상의 리념끼리 충돌을 가져오게 되는 특수한 환경속에서 인간행위는 너무나 수동적임을 감안한다. 의식의 지배하에서 행위가 진행되는 인간으로서는 그럴수밖에 없지 않느냐 하고 생각할수도 있겠지만 그러나 물질에서 의식이 온다는 철학적견지에서 보면 당시의 오유를 범했던 인간들은 분명 사회를 인식함에 있어서 그릇됨을 보여준것만 사실인데 지금 와서 그 문제를 밝히게 되는것은 단순히 불만이나 서러움이나 비애를 표달하고저 하는데 그치는것이 아니라 지금부터 새롭게 시작되는 이 나라, 이 사회의 만민이 마음 맞춰 함께 달리는 길을 좀 더 옳바르게 좀 더 빠르게 가고저 하는데 모를 박았기때문이다. 이러한 시도가 이 소설에서 보여지고있는 점으로 봐서는 분명히 작가 정세봉의 야심작이다.

다음으로, 이 소설이 가지는 가치는 그 주제사상에서의 특점과 인물성격발전의 합리성과 예술성외에 그 작품이 인상적으로 감동을 주고 랭정을 찾게 되고 뭇사람들의 사색을 불러일으킬수 있는 문제작에 있다.

우리 문학이 많이는 과분하게 센티멘털에 그치고말게 되는것이 적지 않음은 평단에서 감지하고있는바인데 고대로부터 형성된 비감적문화의 영향을 우선 그 원인으로 잡아본다. 지금까지 전해온 력사 긴 노래는 모두가 감상적인 노래인데 그에 따른 무용은 위안적으로 흥겨운것이 많다. 이러고보면 우리는 슬픈 노래를 웃으며 부른다는 얼핏 떠오르는 결론이 주어진다. 이러한 슬픈 락관에서 형성된 우리의 전통의식구조는 필경 문화에서 반영된다. 소설이 구전문화보다 영향력이 더 크다는 자세에서 보면 그 감상적영향이 미치지 아니할수 없다.

이외 한가지 원인은 우리 인테리대오에 철학가가 없다는(혹은 적다는)데 귀결된다. 때문에 작가들의 철학적사고는 많이는 실용과

류리에서 머무는데 이는 우리 문학의 결함이면서도 우점이다. 결함으로 말하면 상상력이 저애를 받고 너무 현지에 발을 붙이는것이고 우점이라면 세부적진실이 생활에 가까와 친근감을 주게 되는것이다. 이러한 현상은 이 소설에서도 보여진다. 그전의《몽당치마》,《하고싶던 말》,《한 당원의 자살》등 우수한 단편소설들에서도 이러한 현상을 쉽사리 발견할수 있다.

소설《이미지》는 그 상상력에서는 이러한 현상을 보여주고있음에도 불구하고 과분한 세티멘털에서 벗어났다고 함은 주로 그 소설이 담고있는 력사적사고에 대한 지성적자가의 량심때문이라 하겠다. 이 점은 소설 첫머리에 로씨야 3대평론가의 한사람으로 꼽히는 벨린쓰끼의 언론을 인용한데서와 전반 소설에서 풍기는 로씨야문풍, 그리고 작자의 수필적감정토로에서 우리는 동감을 표시하게 되는것이다.

이상과 같이 필자의 장황설을 마치면서 문단에서 또 무언가를 기다려본다. 무언가가 중요하지 않고 기다린다가 중요한것이다. 사람은 기다림으로 살아가니까.

-1991. 1. 27

한광천

문학평론가
1964년 3월 흑룡강성 방정현에서 출생
베이징 중앙민족대학 졸업
1987년 하얼빈 "흑룡강신문사"에 입사
현재 흑룡강신문사 사장

[평론]_〈흑룡강신문〉 1991년 x월 x일

력사를 마주선 작가적 사명감

—정세봉의 《볼쉐위크의 이미지》

한광천

 력사는 언제나 말이 없다. 그것은 영원한 침묵이다. 그것이 《사회적인 질환기》였든 건강한 상승기였든간에 인간들에게 아픔의 기억을 되살려주든 빛나는 추억을 불러일으키든간에 력사는 오직 하나- 영원한 순수한 객관으로 남아있다. 그것은 고칠수도 없고 지울수도 없으며 더구나 버릴수도 없는것이다. 그럼에도 불구하고 인간들이 력사에 흥취를 가지고 그에 시비를 론하는것은 그것이 바로 인간들 자신이 대를 이어 찍어온 발자욱으로서 거기에 령과 육의 흔적이 묻어있기때문이며 거기에서 앞으로 찍어갈 발자욱의 주향을 확정하기 위함이리라.

 력사는 함구무언, 그러나 인간은 영원히 침묵을 지킬수 없다. 더우기 인간학이라 일컬어지는 문학의 영위자이며 령혼의 기사인 작가에게는 더욱 침묵이 허용되지 않는다. 그래서 사실과 형상의 기억뿐인 력사앞에서 작가는 반드시 객관적인 력사재료에 대한 재단과 조합으로 력사를 대신해 무엇인가 현실인간에게 필수되는 말을 해야 한다. 이것이 바로 작가적사명감이다. 여기에는 난도가 있고 량심이 필요되며 더우기 담량이 필요된다. 한 사회적질환기의 치유단계에서는 이러한 요구가 더욱 두드러지게 나선다.

정세봉의 신작 《볼쉐위크의 이미지》를 읽고 느껴본 감상이다. 근래 보기 드문 사시(史詩)적 기백과 담량을 지닌 야심작이요 량심작이었다.

소설은 철저한 《볼쉐위크》 윤태철, 빈농 윤태철 부친이 머슴으로 들어가 있던, 그래서 윤태철의 《독재》를 받는 허영세의 아들 허수빈, 허수빈의 딸 순정이와의 련애에서 상처를 입은 윤태철의 아들 윤준호 등 인물의 형상부각과 그들간의 갈등설치, 해소를 통해 지난 한단락 력사와 그 력사에 태여난 변형된 인간의 내심세계를 높은 사명감을 지니고 그려내고 있으며 사회적질환의 치유기인 현실세계에서 새로이 부각되는 인물성격과 새로이 조합되는 인간관계의 실정을 빌어 과거와 미래의 리상적인 결합점을 찾고있다.

한 공산당원을 개체적으로 부각한 소설은 그런대로 몇편 잘 나왔지만 한 공산당원을 《인간성》의 상징으로 세운 새일대 각성인과 맞세우고 거기에 그렇게도 묵직하고 심원한 력사적 사회적 의미를 부여하기는 이번 작품이 처음이라 하겠다.

보기 드문 작가적사명감 량심과 대담성에 성급히 박수갈채를 보내야 함은 역시 평자의 사명감의 핍박이라 일단 확인해보고난 뒤에 작품의 미흡한 점을 찾아보는것이 훨씬 마음에 후련한 기분이다. 《쇠가 강재로 되지 못한》데 대한 아쉬움이라고나 할가?

작품의 제일 큰 우점이 왕왕 제일 큰 빈구석이 될수 있다. 왜냐

하면 그것은 기성사유에 대한 돌파를 의미하고 돌파는 전면과 완벽을 동반할수 없기때문이다. 허용될수 있는 결함이 있다면 이를 가리킬것이다. 이 작품이 《볼쉐위크》 윤태철과 《인간》 윤준호의 부자지정이 얽힌 이데올로기적 갈등설치, 이는 담대한 돌파이면서도 조심성과 객관성이 조금은 결여된 곳이라 하겠다. 《도구》로서의 윤태철은 기실 합격된 당원이 아니였다. 그가 비록 당의 리상을 확신했지만 당은 리상만이 아니라 조직, 도경, 방법을 가진 인간의 군체이다.

그리고 공산주의리상을 위해 공동분투하는 당내에는 오직 민주와 집중이 있을뿐 지배와 도구적인 순종이 없어야 한다. 소설에서 기층당원 윤태철은 끝까지 리상 하나만에 매달려 《두뇌 없는 순복도구》로 되는것을 당성원칙으로 아는데 이는 기실 당에 대한 무책임이며 농민적인 우매성과 타성이다. 여기서 근년에 당에서 현명하게 강조하는 기층당간부의 철학기본지식학습요구를 상기해보면서 결국 윤태철의 당에 대한 리해와 인식의 오점은 기층당원의 기본자질에 근원을 두고있다는 결론을 얻게 된다.

유감스럽게도 작자는 이 점을 감안하지 못했다. 그래서 《인간》 윤준호의 당에 대한 인식은 내심심처에서 당에 희망과 신임을 주면서도 그 아버지 《볼쉐위크》 윤태철의 행위에 대해서는 리해를 줄수 없고 따라서 윤태철의 《오기》와 《비인간성》과 모든 결합을 《볼쉐위크적인》것으로 오해를 하게 되는것이고 윤태철이 아들과 허수빈일가에 대한 속죄, 반성도 다만 륜리적감정적인데 머무르고마는것이다. 따라서 소설전반부에서 치렬하고 진실했던 갈등설치에는 현저한 반차를 이루며 하반부에서는 그 갈등해소가 결

국 윤태철의 중풍으로 인한 윤준호의 효성격발, 윤태철의 부성회
복, 그리고 각자의 호상간 감정을 호소하는 제나름의 고행을 계
기로 이루어져 소설의 진실성이 파괴되고만것이다.

 이상 근본적인 빈구석을 짚어볼 때 이 소설을 성공작이라기보
다 문제작이라는편이 나을것이다. 그러나 력사의 침묵앞에 선 작
가의 사명감으로 말하면 그 가치 역시 《문제》에 있는것이 아닐
가? 이런 문제작이 더 많이 나오기를!

최웅권

1952년도 생.
연변대학 대학원 원장, 한어언어문화학원 원장 역임
박사생 지도교수

[평론]_〈문학과 예술〉 1991년 5호

력사 현실 인생

— 정세봉의 《〈볼쉐위크〉의 이미지》

최웅권

　　인간들의 정신활동은 이미 력사로 되여버린 어제날의 매듭에서 언제나 떠날수 없다. 그것은 오늘 인간들의 현실생활의 그 어떤 간단한 사실속에서도 그 어떤 평범한 현상속에서도 모두 력사의 발자취를 찾아볼수 있기때문이다. 이런 력사의 한면에는 감상과 오유가 엉키여 있을수도 있다. 력사의 비결은 바로 여기에 있는것이다. 력사가 창조해놓은 물질실체는 가능하게 세계물질의 해양에서 소실될수 있지만 인류의 의식세계에서는 그 흔적이 사라지지 않고 있다. 력사는 가능하게 생활의 표면현상에서는 계속 암류로 흐르고있다. 때문에 많은 문학작품들에서는 현실생활에서의 모순을 제출하면서도 거기에다가 력사의 종적인 궤적을 시공간적으로 립체적으로 교차시킨다. 이리하여 력사와 현실의 모순충돌속에서의 인간의 가치와 인성의 발로를 묘사한다. 동시에 이 초점에 선 복잡한 인물형상을 통하여 독자들에게 비장하고도 숭고한 미적감수를 주고있다.

　　어제날의 력사는 이미 흘러갔지만 인간들의 감정세계에는 의연히 력사의 흔적이 남아있다. 인간들의 리성은 력사의 발전규률 및 그의 필연적인 추세에 대하여 긍정한다. 때문에 지금에 와서 지난간 날의 극좌정치를 철저히 부정하고 자기들의 당시의 천진한 리상주의와 그 열정속에 안받침된 맹종미신요소를 부정한다. 그러나 곡절많은 지나간 인생을 회고해 볼때 당시의 리상과 열정을 감정상에서 그렇게 손쉽게 부정하기 어려우며 그를 위하여 지출한 엄청난 대가를 부정하기 어려운것이다.

《〈볼쉐위크〉의 이미지》에는 다음과 같은 단락이 있다. 《인민공사가 해체되고 개체영농이 실시되고있는 오늘날 자신의 모든 30년간의 노력과 분투가 헛되이 흘러간것만 같은 느낌…》여기에서 보여주다싶이 력사의 필연적인 추세와 자기의 지나간 인생가치에 대한 긍정지간에는 조화될수 없는 모순이 존재하고있는것이다. 지나간 력사에 대한 사정없는 부정에는 지나간 인생가치에 대한 사정없는 부정이 내포되여있다. 이것은 감정상에서 그 시기에 생활하던 사람들로 하여금 인츰 접수하기 어렵게 한다. 더우기는 랑만적인 열정을 품고 이 단계의 력사에 참여하였고 동시에 이력사를 위하여 고통스러운 대가를 치른 사람들을 놓고 말할 때 자기의 인생가치와 생명의의에 대하여 부정하기는 몹시 어려운것이다.

작품에서의 주인공 윤태철은 이런 부정에 대하여《의혹에 찬 울분의 항의를 무심한 하늘에 대고 부르짖어보았다. 그는 무엇인가 억울한것만 같았고 그러한 평가가 도저히 납득이 되질 않았다.》이런 지나간 인생가치에 대한 추구와 긍정은 한 개인을 놓고 말할 때 정신상에서 필요한것이며 또 생활에서의 필연적인것으로 되였다. 그러나 어제날 력사의 비극성 결과는 이것을 위하여 몸바친 인생가치의 비극성을 결정하였다. 비극적인 인생가치와 력사의 부정론리는 일찍 그 시대에 생활하였던 사람들로 하여금 자기의 과거의 인생가치를 자연히 리성보다 감정으로 대하게 되면서 그 감정이 애수와 감상에 혹은 울분에 물젖어있기마련이다. 어제날의 쓰고단 인생경력에 대한 미련, 무정한 력사에 대한 어쩔수 없는 감탄, 어제날의 인생가치에 대한 추구, 이런것들은 그들의 머리속에서 영원히 감정의 큰 보따리로 남아있는것이다.

실제상에서 인간들은 어제날의 력사를 위하여 인생대가를 지불하였다. 동시에 력사의 비극성적인 결과로 하여 력사를 부정하는 전변가운데서 반드시 침중한 감정의 대가를 치러야 하는것이다. 이런것들은 자연히 감정상에서 그 단계의 경력과 인생가치에 대하여 미련을 가지게 하는것이다. 이런 감정의 중압과 현실의 변혁은 왕왕 치렬한 모순상태에 빠지게 되는데 이것은 정감방식으로 생활을 파악하는 문학으로 놓고 말할 때 일종 중요한 심미요소이며 의심할바 없이 커다란 심미공능을 가지고있다.

정세봉은 바로 과거와 오늘의 교차점에서 복잡한 인물성격을 부각하면서 이 심미요소를 발굴하고 표현하자는데 작품의 모를 박았다. 이것은 그가 작품의 서두에서 벨린스끼의 말을 인용한걸 보아도 력력히 알수 있는것이다. 인생이란 기나긴 력사의 장하에 비하면 짧디짧은 순간적인 섬광에 지나지 않는다. 이런 급촉한 인생이 력사에 의하여 부정된다는것은 얼마나 가슴 아픈 일인가! 그것도 인생을 유희로 대한것이 아니라 뜨거운 진정으로 대한것임에랴.

《〈볼쉐위크〉의 이미지》에서 등장하는 주인공 윤태철이의 경우가 바로 그러한것이다. 그는 과거력사에 대한 무거운 감정의 보따리를 짊어지고있다. 이와동시에 이 보따리를 짊어지고 현실생활에서 계속 자기의 인생가치를 실현하려 하며 인생의 마지막을 빛내보려고 한다.

윤태철은 강자이다. 그는 기골이 장대하고 억세게 생긴 사내대장부이다. 그는 외형상에서 강자의 기질을 가졌을뿐만아니라 정치상에서도 강자이다. 한 소작농의 아들로서 이 땅의 해방전쟁에 투신했다가 거기에서 화선입당까지 한 청년혁명가이다. 싸움이 끝난후 그의 일생은 련이어 덮쳐드는 정치운동에 담겨져 하냥 등을 밀리우며 시작된다. 매시기마다 계속 구룡촌지도자의 신분으로 20여년간 정치운동에 몸을 담근 그는 61세의 로인으로 되기까지 지부서기로 남아있다. 그의 성격도 매우 날카롭다. 이젠 로인줄에 들어섰지만 자기의 로쇠를 승인하지 않는다.

허리가 아프면 아플수록 자신에 화가 나가지고 의지력을 시험해보기라도 하듯이 이를 악물고 쉬지 않고 일하는 무모한 짓을 가끔 감행하군했다. 그의 성칼스러운 성격은 그가 아들과 안해를 대하는데서 가장 뚜렷하게 표현된다. 아들이 자기의 과거를 들추어내며 비웃자 그는 《성깔치민 갈범처럼 돼가지고 아들놈의 따귀를 무섭게 후려쳤던것이다.》 그도 자기가 어떻게 몸을 날렸는지 모른다. 늙은 마누라에 대해서는 더구나 한심한 행동을 취한다. 《윤태철은 숨돌릴새없이 따귀를 후려치고 옆구리를 발길로 내질렀다. 그리고도 성차지 않아서 땅바닥에 나동그라진 마누라의 멱심을 잡아일으켜가지고 뺨을 찰싹찰싹 쳐가며…… 갈범처럼 소리질렀다.》그는 성격이 이렇게 사나우면서도 또 견인한 의력을 가지고있다. 무슨 일이나 마음만 먹으면 벽을 무찌르고 가시덤불을 헤치고 곧추 끝까지 나가는 성미이다.

이런 강자이기에 현실의 변혁이 그에게 가져다주는 고통은 더욱 큰것이며 더욱 비극성을 띠게 되는것이다. 력사발전의 요구에 적응되지 않는 사상의식과 가치관념과 고별한다는것은 어제날의 력사와 어제날의 자기와 고별하는것이며 실제상에서는 윤태철의 경우에는 그의 일생의 대부분의 로정을 부정해버리는것이다. 강직한 성격의 소유자인 그로서 인생의 말년에 그가 지불해야 될 감정의 대가는 얼마나 클것인가!

작가는 주인공에게 이런 정신적인 중압을 주는외에 또 과거와 현실에서의 대립물을 역시 강자로 내세웠고 가혹하다할만치 그의 아들을 대립물로 선택하였다. 이것은 작가들이 인물성격을 두드러지게 하고 갈등을 첨예하게 하기 위하여 항시 채취하는 방법이다. 다시말하여 큰 용량의 대립물을 만들어 놓으면서 대립물의 충돌속에서 주인공의 성격을 가장 선명하게 나타내는것이다. 윤준호는 아버지가 자기의 첫사랑을 파괴하였다는데서 아버지와 엇서나간다.《물론 저는 아버지에게 원한이 있어요. 죽어서도 잊지 못할 원한말이예요. 아버지가 세상뜬다 해도 저는 눈물 한방울 흘리지 않을겁니다.》이렇게 그들의 대립은 매우 첨예하다.

아버지와 엇서나가는 윤준호도 유전인소인지 강한 성질의 소유자이다. 그도 기골이 장대하고 매우 준수하게 생긴 청년이다. 또한 성질이 매우 사납다. 아버지가 그와 순정이의 사랑을 완전히 훼멸시켰을 때 그는《아궁이앞에서 도끼를 쥐여들고 가마뚜

경을 단매에 박산을 냈다. 그리고 찬장을 마구 들부시기 시작했다.》그후부터 그는《침울한 울분이 얼굴에 진을 치고 있었고 해종일가도 말한마디없는〈침묵의 괴한〉으로 되여버린것이다.》그도 견인한 의지력을 가지고있다. 30살이 넘도록 장가도 가지 않았으며 허수빈 일가를 돕기 위해 억척스레 일했으며 자기의 결심을 드팀없이 밀고나간다.

　이런 두 강자의 과거와 현실에 있어서의 모순충돌은 모두 지주성분을 가진 허수빈네 가정으로부터 시작된다. 윤태철의 아버지가 허수빈의 아버지 허영세지주의 독재아래 우마생활을 해오던 집이 광복후 그 아들들의 독재적위치가 바뀌여 허영세의 아들 허수빈이 거기에 들어가게 된다. 비극은 허수빈의 무남독녀 순정이가 미녀로 태여나《볼쉐위크》의 아들인 윤준호의 가슴에 사랑의 씨를 뿌려놓은것으로 시작된다. 그 사랑이 어떻게 진지하고 순결하고간에 상관없이 그 사랑은 그 시대에 이루어질수 없었다. 순정이가 임신한 몸으로 구룡천에 몸을 던져야 했고 그 시체마저 한번 볼수 없었던 윤준호에게는 그 당시의 환경이 원통했고 아버지가 미웠다. 즉 이 사랑을 훼멸시킨 직접원인 장본인은 윤태철인것이다. 이것이 부자간의 갈등이 생기게 된 어제날의 일이다.

　현실의 갈등도 허수빈네 집으로부터 시작된다. 좌적인 시대에 허수빈일가가 받은 수난은 누구나 다 짐작할수 있는 사실이다. 결국 허수빈은 운명에 순종하는 로보트식 인간으로 전락되였다. 하여 자기가 맡은 책임포전도 다룰수 없는《폐물》로 되여버렸다. 생활의 막다른 골목에 빠진 허수빈의 처 엄을순이는 음독자결을 단행한다. 이런 허수빈일가를 생활상에서 도와주어야 하는가 하지 말아야 하는가 하는것은 부자간의 현실에서의 갈등의 초점으로 나섰다. 윤준호에게서는 그들을 도와주는것이 그의 처지상으로나 량심상에서 모두 응당한것으로 되여있다. 그러나 윤태철의 경우에는 그렇지 않다. 그가 허수빈네를 도와나선다는것은 자기의 일생에 대한 최대의 모욕으로 되는것이다.

《지난날의 모든 시비와 흑백과 음양이 많은 경우 조화속에서처럼 그 위치가 휘딱 뒤바뀌여진 오늘날에 와서 뒤를 돌아다본즉 그렇듯 격동적이고 헌신적이였던 자신의 후반생이 기본적으로는 그릇된것으로 되여있었다.》이에 대하여 윤태철은 납득이 가지 않았다. 어제날의 력사는 윤태철을 희롱하였다. 그러나 오늘에 와서 허수빈도 동등한 공화국의 공민자격을 누리고있을 때 그를 도와주는가 안주는가 하는것은 눈앞에 제기된 현실적인 문제였다.

《또다시 당의 의지대로 〈두뇌없는 순복도구〉로 등장이 되여가지고-아들놈의 조소와 풍자의 대상이 되여가지고-허수빈이라는 이 빈곤호를 맡아나서느냐 아니면 그 어떤 자존심과 오기로써 철저히 외면을 하느냐 하는것이다.》이런 감정의 소용돌이속에서 볼쉐위크의 원칙은 그를 도와주어야 한다고 깨우쳤다.《그저 입을 꾹 다물고 실천을 하느라면 그들도 자기의 마음을 알게 될것이라 했다. 손꼽만큼의 거짓이 없이 그들한테 성심껏 헌신을 하느라면 그들도 속이 풀릴날이 있을것이라 했다.》

그의 마음속의 밑바닥에 깔려있던 인성도 그들을 도와주어야 한다고 일렀다. 윤태철은 랭혈적인 동물은 결코 아니였다. 시비가 마구 전도된 세월에도 그는 허수빈일가를 동정하였다.《마음

속으로는 그들이 불쌍할 때가 많았다. 아픔을 아는 생명체로, 희로애락의 감정이 물처럼 출렁이는 인간으로 보아질 때 어쩔수 없이 련민과 동정에 사로 잡히군 했었다.》지금에 와서 그는 허수빈을 진정한 인간으로 치부하면서 그를《동무》라고까지 부르면서 뜨거운 인간애로써 그를 포옹해주려고 하였다. 허수빈네를 도와주는것이《그의 삶의 내용으로 되였고 그가 새롭게 걸어나갈 인생의 길인것처럼 느껴지고 있었다. 〈볼쉐위크 윤태철〉은 필사의 투지와 무서운 집념으로 무척 고집스럽게 그 길을 걸어나갔다. 그는《자신에 대한 력사의 희롱을 달갑게 받아안으리라 했고 아들놈앞에서 주저치 않고 〈두뇌없는 순복도구〉질 하리라 했다. 그것은 흘러간 력사에 대한 울분이였고 아들놈한테 향하여진 〈볼쉐위크〉적 오기였다.》

윤태철은 량심앞에서 원칙앞에서 그것이 옳다고만 하면 그것을 끝까지 실행해나갈 결심이였다. 그러나 력사가 그의 일생을 희롱하였다면 현실은 또 너무나도 무정하였다. 현실은 그가 자기의 마지막 생명의 가치를 실현하는것도 용허하지 않았다. 아들 윤준호가 벌써 선손을 써서 그가 하려고 하는일을 다 해놓았다. 력사의 희롱과 현실의 무정한 타격을 받아당해낼수 없는 그는 그 자리에서 꺼꾸로지고말았다. 인간의 존엄과 량심, 볼쉐위크의 원칙을 그대로 지켜나가면서 력사의 감정의 소용돌이속에서 엄한 현실의 의혹속에서 인간의 가치를 끝까지 대상화해보려던 강자는 끝내 쓰러지고말았다.

림종의 마지막 시각에도 윤태철은 흘러간 격정의 력사를 회억하며 위안을 얻고 또 그 력사의 차실로 하여 심리상에서 무거운 압박감을 느낀다. 동시에 현실에서의 자기의 무기력함을 한탄하면서 다음과 같이 말한다.《우리 당원들을 리해해다구…… 력사를… 존중해다구!… 세상일이란… 그렇게 간단한게…. 아니니라.》이 몇마디 말에는 그의 일생에 대한 총화가 깃들어 있는것이다. 이러한 아버지를 윤준호도 마지막에는 리해하였다. 그는《적멸의 력사속에 밑창없는 망각의 심연에다 끝내는 순정이를 묻어놓으면서 울었고 그 모든 과거와 마음속으로 고별을 하면서 윤준호는 울고있었다.》총적으로 윤태철은 정신상의 무거운 중임을 느끼면서도 당원으로서, 인간으로서, 강자로서 자기의 량심과 직분을 잊지 않았으며 자기의 생명을 마지막까지 힘차게 연소시키려고 노력하였다.

어기에서 독자들은 한 숨쉬는 인간의 진실하면서도 복잡한 감정을 체득하게 되며 격앙된 심정속에서 이 형상이 내뿜는 극히 숭고한 미적향수를 감득하게 되는것이다. 졸졸 흐르는 시내물, 푸른 잔디밭, 호수가의 두루미는 우리들에게 우미한 미적향수를 주고있다. 구중천에서 떨어지는 폭포, 포효하는 바다, 소소리 높이 솟은 층암절벽, 창공에서 날아예는 수리개는 우리들에게 장엄한 숭고미를 가져다준다. 윤태철의 형상에서 우리는 바로 이런 미적향수를 받게 되는것이다. 그의 격차많은 인생, 날카로운 성격, 드팀없는 신념은 독자들의 흉금을 세차게 흔들어 놓으면서 숭엄한 경모의 정을 쏟게 하는것이다.

30년대에 미국작가 헤밍웨이는 작품에서 어부, 사냥군, 권투선수 등 인물들을 많이 등장시키면서《굳센사나이》의 형상을 부각하였다. 《로인과 바다》에서 이런 성격부각이 최고봉에 달하였다. 주인공 쌍디야고는 홀몸으로 파도가 울부짖는 먼 바다에 나가서 험악한 대자연과 박투하면서 끝내 큰 고기를 낚는다. 그러나 간난신고를 다해서 집까지 돌아온 고기는 뼈다귀밖에 남지 않았고 쌍디야고도 지칠대로 지쳤다. 황당한 년대에서 자기의 대부분 인생로정을 걸은 윤태철도 남는것이란 로쇠한 신체와 의혹뿐이다. 현실에 와서도 성공자로는 되지 못하였다. 실리주의적인 관점으로 분석해보면 쌍디야고나 윤태철의 거동은 아무런 실제적인 가치도 없는것이다. 오직 미적인 관점에서 분석하여야만이 정확한 결론을 도출해낼수 있는것이다.

어떤 사람들은 정세봉의 《〈볼쉐위크〉의 이미지》는 력사를 재인식하는 가운데서 현실의 제반문제를 정확하게 가늠할것을 시도한 작품이라고 여기고있다. 《…지금 와서 그 문제를 밝히게 되는것은 단순히 불만이나 서러움이나 비애를 표달하고저 하는데 그치는것이 아니라 지금부터 새롭게 시작되는 이 나라, 이 사회의 만민이 마음맞춰 함께 달리는 길을 좀더 옳바르게 좀더 빠르게 가고저 하는데 모를 박았기때문이다.》《장백산》 1991년 2호 120페지에서 인용) 이것은 작품의 표면내용에 대한 사회력사학적인 판단인것이다. 만일 그렇다면 한시기 문단에서 많이 다루어지던 지식청년제재에는 아무런 가치도 찾아볼수 없는것이다.

기실은 그들이 황막한 북대황에서 천진한 리상과 들끓는 열정을 품고서 대자연과 사회와 박투하는 과정을 통하여 우리는 그 년대를 인식한다기보다 중요하게는 비장하면서도 숭엄한 미적감수를 받게 되는것이다. 여기에 이 작품들의 생명력이 있는것이다. 우리가 《〈볼쉐위크〉의 이미지》를 리해하는데도 반드시 여기에 립각점을 두어야 한다고 생각된다.

력사생활은 인간의 감정을 배양하였다. 동시에 또 돌연적인 변혁과 격렬한 충돌로써 인간의 감정을 분렬시키고 우롱하면서 고통을 받게 한다. 이때 문학은 변화다단한 생활속에서 인간들의 감정변화의 궤적을 묘사하면서 이런 복잡한 감정이 생기게 된 가장 합리한 예술근거를 만들어낸다. 이러므로써 소리없이 현실생활에 의하여 단절된 거의 력사적인 련계를 잊어버린 의식심층의 심령활동을 재현하면서 과거, 현실, 미래를 의식의 심층에서 한곳에 단단히 이어놓는것이다. 이를 통하여 인간들에게 언어나 글로써는 미처 표달하기 어려운 미적감수를 주는것이다. 정세봉의 《〈볼쉐위크〉의 이미지》는 바로 이 사명을 리해하였던것이다.

최
삼
룡

길림성 룡정시 출생

1963년 연변대학교 조선어문학부를 졸업

연변교육출판사 부총편『문학과 예술』주필, 소장 역임

저서로 평론집『각성과 곤혹』,『격변기의 문학선택』,『인성의 심도와 문체의 다양화』등 다수

중국작가협회 회원

[평론]_ 〈문학과 예술〉 1991년 5호

력사와 현실 그리고 인생

-"'볼쉐비크'의 이미지"를 놓고 하는 생각

최삼룡

1. 망각할수 없는 력사

력사란 망각할수 없는것이다.

다행으로 우리는 력사의 건망증환자가 아니여서 커다란 시대적오유와 사회의 혼란속에서 살아온 그 력사를 잊지 않고있다.

1957년의 반우파투쟁의 확대화로부터 1976년에 "문화대혁명"이 결속되기까지 20년간 우리 나라에서는 계급투쟁이 확대화되고 정치생활이 정상적이 되지 못하고 지금 생각해보면 울수도 없고 웃을수도 없는 수많은 현대신화와 세상을 놀래우는 이야기들을 매일같이 만들어내면서 살아왔다.

이 점에 대하여 1981년 6월 27일 중국공산당 제11기 중앙위원회 제6차 전체회의에서 일치하게 통과한 "건국이래 당의 약간한 력사문제에 대한 중국공산당중앙위원회의 결정"에서 명확한 결론을 내렸다. 이 결정에서는 "1957년 반우파투쟁은 엄중하게 확대되였다.", "1959년 전당에서 오유적으로 '반우경'투쟁을 전개하였다.", "1962년 9월, 제8기 중앙위원회 10차 전체회의에서 모택동동지는 사회주의사회에서 일정한 범위내에 존재하는 계급투쟁을 확대화하고 절대화하였다. 그는 1957년 반우파투쟁이후 제기한 무산계급과 자산계급의 모순을 여전히 우리 나라 사회의 주요한 모순이라는 관점을 발전시켜 가일층 전반 사회주의단계에서 자산계급은 존재하며 복벽을 시도하며 당대 수정주의의 근원으로 된다고 결론지었다."("3중전회이래 주요문헌선집"하권, 한문판 805, 806, 809페지)라고 했다.

1966년 5월부터 1976년 10월까지의 "문화대혁명"에 대하여서도 "결정"은 심각한 반성을 하고있다.

이 력사시기 우리 나라 인민들이 겪어온 심리적고통과 끈질기게 진행해온 정신적추구 그리고 어렵게 살아온 생활모습에 대하여서는 우리의 작가, 예술가들이 수많은 문예작품들을 통하여 반영하였으며 또 계속 반영하고있다.

정세봉의 중편소설 "'볼쉐비크'의 이미지"의 기본가치도 바로 력사는 잊을수 없는것이라는 도리를 우리에게 깨우쳐주는데 있다.

1984년의 어느 늦은 봄날, 즉 "인민공사"가 정식으로 해체된 이듬해 평강벌 구룡대대에서 지주가정출신의 허수빈일가를 놓고 벌어지는 공산당원 윤태철과 그의 아들 윤준호의 갈등을 묘사한 이 소설에서 가장 주요한 내용을 이루고있는것은 곧 "볼쉐비크 윤태철"의 인생경력이다. 다시말하면 당원 윤태철의 후반생이 이 소설의 핵을 이루고있는데 윤태철의 후반생인즉 1957년으로부터 1976년까지 우리 당이 엄중한 오유를 범한 시기와 일치되고있다.

윤태철은 구룡대대의 20여년간의 당지부서기로서 구룡대대의 농민들을 사회주의길로 이끈 붉은 기발이였으며 구룡대대의 사회주의혁명과 건설의 선줄군이였다. 그런것만큼 구룡대대 농민들의 변신을 위하여 윤태철이 기여한 공헌도 크며 아울러 구룡대대의 농민들에게 손해를 준 오유도 적지 않다.

"'볼쉐비크'의 이미지"에서 윤태철의 오유는 주로 허수빈일가를 어떻게 대하는가 하는 문제상에서 집중적으로 나타나고있다. 오래동안 윤태철이는 당의 계급로선을 철저히 믿었던것이다. 그는 허수빈이 아버지가 권세를 부리던 "천당"을 그리워하고있으며 기회만 있으면 복벽을 꿈꿀것이라고 믿었으며 무산계급의 붉은 강산이 그런 사람들에 의하여 뒤집어질수 있다고 생각하였으며 그래서 허수빈과 그 일가를 인민의 밖에 세워두고 사실상에서 독재를 실시하였다. 그러므로 자기의 아들 윤준호가 허수빈의 딸 순정이와 결혼하려 했을 때 그에게는 아들이 미친 놈으로 밖에 보이지 않았다. 그리고 당지부서기인 자기와 "귀신 허수빈"이 사돈을 맺는다는것은 세상에서 도저히 용납할수 없는 일로 생각했던것이다. 그래서 순정이가 준호의 아이까지 임신한 기성사실도 불구하고 아들의 혼인에 대하여 조폭한 참여를 하게 되며 나중에는 순정이를 자살시키는 악결과를 초래하게 되고 이로부터 준호와의 심한 충돌을 산생시켰다.

이렇게 "'볼쉐비크'의 이미지"를 통하여 정세봉은 잊을수 없는 력사시기의 비참한 이야기를 펼쳐보이면서 우리는 건망증환자가 아니라는것을 환기시키고있다. 모든 현실생활은 아무리 변화가 크다고 하여도 그것은 력사의 계속일수 밖에 없을것이니 각성하지 못한자에겐 력사란 없는것과 마찬가지겠지만 각성한 자에겐 력사란 풋풋한 생명체의 한 부분으로 되는것이다.

2. 도피할수 없는 현실

 력사는 망각할수 없는것이고 현실은 도피할수 없는것이다. 력사의 중하가 아무리 무겁다고 하여도 인간은 력사에 머리를 파묻고만 살아갈수 없는것이다. 의, 식, 주를 해결해야 하며 여러가지 사회적의무를 리행하면서 살아가야 하며 도덕륜리를 다하면서 살아가야 한다. 현실문제들을 완전히 도피하여 자유의 왕국에서 살수 없는것이며 환상의 공간에서 살수 없는것이다.
 "볼쉐비크 윤태철"도 그러하였다. 그로서는 꿈에도 생각해보지 못한 사변들이 새로운 시기에 들어서면서 자꾸만 그의 옆에서 생기고 현실은 그에게 풀어내기도 힘들고 또 회피할수도 없는 수수께끼를 매일같이 던져주었다.
 인민공사가 해체되고 개체영농이 실시되고 또 30여년 사람대접을 못 받던 "귀신" 허수빈이 떳떳한 사람으로 평등과 인권을 누리게 되였으며 "볼쉐비크"들이 "련계호"를 맺어가지고 그들을 위해 헌신하도록 되였다. 이것을 정세봉은 력사의 지꿎은 희롱이라고 표현하였는데 이 표현도 크게 나무랄것은 아니지만 필자는 이것을 회피할수 없는 현실의 도전이라고 표현하고싶다. 현실의 이 도전에 응전하느냐 아니면 회피하느냐, 거부하느냐 아니면 접수하느냐 하는 준엄한 선택에 윤태철이는 처음 부딪치게 되며 "볼쉐비크 윤태철"이 처음으로 당과 심리상에서 약간 분리되는 미묘한 정신체험까지 맛보게 된다.

　이 선택중에서 윤태철이는 30년간의 노력과 분투가 헛되이 흘러간것만 같은 느낌도 느껴보며 그 어떤 격세지감과 실의도 느껴보며 자존심과 오기로써 부딪치는 현실문제를 회피해보려고도 하며 지어는 야릇한 비애와 불가사의한 자비감이 그의 가슴에 엄습해오기도 했다. 그러나 그는 결국 쟁쟁한 쇠소리가 나는 중국 공산당 당원이였으며 또 훌륭한 아버지였다. 잠시 자기에 대하여 리해하지 못하고있는 아들, 지어는 자기에 대하여 무례하고 불손한 언사라고 할지라도 거기에 정의의 항변이 있다고 수긍하게 되며 신심을 가지고 력사가 빚어낸 악과를 수습하고 자기의 실제행동으로 페농의 지경에 이른 허수빈네 농사를 도와나선다. 그러면서 "당은 결국 지난날의 오유를 검토하고 그들을 버리지 않았구나 했다. 자기-볼쉐비크 윤태철은 지금 당의 마음을 지니고 그들을 포섭해주고 뜨겁게 포옹해주러 가고있는것이라 했다."

　이렇게 력사의 경험교훈을 총화하고 자기의 반평생을 총화하고 자기의 오유를 확인하고 현실문제를 풀어가는 가운데서 그는 깊은 곤혹에도 빠져보고 치렬하고 처절하고 첨예한 력사와 현실, 당성과 인간성, 감성과 리성, 군체와 개체가 충돌되고 교차되고 융합되는 내부갈등도 겪어야 하였다. 이렇게 정세봉은 "'볼쉐비크'의 이미지"에서 윤태철의 성격을 통하여 사회의 격변기에 겪는 당의 기층간부들의 곤혹과 내부갈등을 진실하게 보여주었으며 당과 인민의 천연적인 련계를 독특한 시각에서 반영하면서 당에 대한 인민대중의 리해를 표현하였다. 인민대중은 장기간의 혁명과 건설중에서 쌓아올린 중국공산당과 수천만 당원들의 혁혁한 위훈에 대하여 결코 망각하지 않을것이다.

3. 련습할수 없는 인생

력사는 망각할수 없고 현실은 회피할수 없는것이고 또 인생은 련습할수 없는것이다. 인간은 생활의 거세찬 물결속에서 끊임없는 운동상태에 처하게 되며 끊임없이 새로운 문제에 부딪치게 되며 시간과 공간의 부단한 변화속에서 살아가게 되므로 소학생의 산수공부처럼 련습하면서 살아갈수 없는것이다. 련애도 련습할수 없는것이며 결혼도 련습할수 없는것이며 혁명도 건설도 련습할수 없는것이다. 몇년전에 "련애련습"이라는 통속소설의 광고를 본 기억이 나는데 그것을 읽어보지 못했지만 그것도 제목을 그렇게 달았을뿐일것이다. 만약 누가, 정말 누가 자기는 련습하면서 련애나 사업을 해봤다고 말한다면 그것은 엄격한 의미에서 련습이 아니다. 왜냐하면 련습에 당신은 대가를 치르지 않을수 없기 때문이다. 이것은 윤태철이 30년의 "볼쉐비크"의 인생을 련습할수 없고 윤준호가 순정이와의 사랑을 련습할수 없는것과 마찬가지 도리인것이다. 총적으로 인생은 련습할수 없는것이고 누구에게나 인생은 한번 밖에 없는것이다. 그러므로 혁명과 건설중에서 많은 당원들과 군중들이 오유를 범하는것은 잠시라도 머뭇거릴 사이가 없이 삶의 길을 걸어가야 하는 이들에게 있어서는 피하기 어려운것이라고 볼수 있는것이다.

윤태철의 인생경력에서 그가 범한 오유는 이 생활철리를 생생하게 론증하고있다. 허수빈일가에 독재를 실시하고 그의 일가로 하여금 장기간 수난을 겪게 하고 아들이 그렇게도 사랑하는 순정이를 죽음에로 몰아간 오유도 그렇고 더우기는 "당의 말을 앵무새처럼 그대로 받아외우고 당의 지시대로 로보트처럼 움직여온", "두뇌 없는 순복도구"로 되여 구룡대대 농민들에게 적지 않은 피해를 준 오유도 어떤 의미에서는 모두 불가피면적인것이며 련습할수 없는 인생길에서의 필연적인 오유였던것이다. 이 점에 대하여 우리의 충분한 리해가 가야 한다. 특히 당중앙과 당의 수령이 오유를 범할 때 기층말단조직의 조그마한 지도자로서 "식을줄 모르는 정치적격동과 충성심으로 가슴을 끓이면서 눈코 뜰 새 없이 분전해왔던" 윤태철의 "채바퀴 돌듯이 굴러온 볼쉐비크적인생의 궤적"에 대하여 우리는 리해가 가야 한다. 게다가 그가 범한 오유는 그가 기여한 공헌과 융합되여있는 혁명자의 오유로서 아무리 엄중하다고 하여도 "개량된 사득판이며 규격화된 논벌이며 구렝이처럼 비탈에 수축되여있던 제전이며 룡서산의 과원에 깃들어 있는" 그의 심혈과 "소학교 벽돌교사며 정미소며 트럭과 뜨락또르의 차고며 궁전 같은 구락부에 슴배여있는" 그의 땀과 범벅이 되여있는 오유인것이다. 이 점에 대하여 우리의 더욱 충분한 리해가 필요할것이다.

물론 오유를 범하지 않거나 적게 범하는것이 좋다. 그렇다면 어떻게 하면 오유를 범하지 않거나 적게 범하겠는가? 아주 막연한 물음이고 또 그 대답이 구구한 물음이지만 이 물음을 윤태철에게

도 하여 보며 모든 당원과 비당원동지들에게도 제기해보며 특히
는 자신에게 하여본다.

이 물음에 대한 대답의 한가지로 "력사란 망각할수 없는것이고
현실이란 도피할수 없는것이고 인생이란 한번 밖에 없는, 련습할
수 없는것이다."라는 이 말을 똑똑히 기억하는것일수 있다. 정세
봉의 "'볼쉐비크'의 이미지"의 전부의 사상예술적가치를 필자는
이렇게 리해하고있다.

4. 야심과 예술의 차이

야심과 예술은 다르다. 야심과 예술사이에는 언제나 거리가 있
기 마련이다.

정세봉의 "'볼쉐비크'의 이미지"를 여러번 읽고 나중에 피뜩 떠
오르는 생각이 바로 야심은 예술이 아니라는 점이다.

앞에서 필자가 론술한대로 이 작품은 사상상에서 우리에게 일
정한 계시를 주는 무게가 있는 작품이다. 허무궁이 이 작품을 평
하는 글에서 제목으로부터 "정세봉의 야심작"이라는 어마어마한
규정어를 얹어놓은것으로 보거나 어느 작은 신문에서도 "정세봉
의 야심작" 운운을 보았을 때 이 중편소설이 독자들속에서의 공
명계수가 어느 정도인가를 보아낼수 있다. 예술상에서도 이 작품
은 인물 성격의 창조, 구성작업, 문체론적수법 등에서 일부 새로
운 추구를 과시하고있다.

그러나 "'볼쉐비크'의 이미지"는 적잖이 필자를 실망시키고있다

는것을 지적하지 않을수 없다.

첫째, 윤태철의 성격은 심도가 얕으며 윤준호의 성격은 창백하다.

앞에서 언급했지만 윤태철의 오유는 력사적으로 빚어낸 오유이며 광범한 인민의 량해를 받을수 있는 오유이며 그가 인민을 위해 기여한 공헌과 융합된 오유이다. 그런데 그의 오유가 인민의 리해를 받는데는 윤태철의 철저한 자아반성이 있어야 한다. "당에서 오유를 범했기에 따라서 진 오유이다."라고 한마디 하는 것으로 반성을 대체해도 안되며 령혼심처의 촉동이 없이 형식적으로 하여서도 안된다. 이 소설에서 보아도 윤태철의 성격발전의 계시는 다른데 있는것이 아니라 바로 력사에 대한 철저한 반성에 있다. "'볼쉐비크'의 이미지"의 시대적배경이 1984년이라는것을 생각하면 이때는 이미 당중앙에서 "문화대혁명"까지 포괄하는 건국이래 중대한 력사문제에 대한 결정을 채택하고 이미 전세계와 전국인민에 향하여 오유를 승인하고 개혁개방의 기치를 높이 추켜든 때이다.

그러나 윤태철의 반성은 정치적시각에서는 철저하지만 도덕적, 문화적, 심리적, 당성측면에서의 반성은 아주 없거나 매우 얕다. 작품을 보면 "계급투쟁확대화"의 오유와 구룡대대에서 허수빈일가에 실시한 독재는 철저히 반성되였으며 그 세부에까지 작자의 붓이 닿아 독자들을 감화시키고있다. 그러나 유감스러운것은 이런 반성이 근근히 정치적차원에 머물러있는것이다. 례를 들면 아들의 혼사에 깊이 참여한 윤태철의 행동을 보면 그 기본원인을 우리는 계급투쟁확대화라는 대기후와 당원간부들의 정치립장, 존엄 같은것이 주로 작용한것이라고볼수 있겠지만 여기에 윤태철의 인격심리요소가 장난치지 않았는가? 봉건적인 가부장적 작풍이 장난치지 않았는가? 사회의 변태적인 도덕이 장난치지 않았는가? 등 물음을 더 제기하지 않을수 없는것이다. 당성측면에서 보아도 윤태철의 반성은 아주 심도가 없다. 당원으로서 상급의 지시를 앵무새처럼 외우며 농민들에게 내리먹여 적지 않은 피해를 입게 한데는 노예근성만 문제인것이 아니라 당의 실사구시라는 우량한 작풍과 언제나 실제로부터 출발한다는 사상로선 혹은 인식로선을 떠난 결과이며 언제나 자기의 눈앞의 기성리익을 지키려는 소생산자의 편견이 장난친 결과인것이다. 우리는 20여년간 윤태철이 숱한 거짓말을 했을것이며 숱한 량심을 속이는 말을 했고 짓을 했을것이라는것을 상상할수 있는데 여기에는 또 인격심리상에서 성실성의 결핍, 독립인격의 부족이 있을것이다.

그러나 윤태철의 반성은 심도가 얕다. 하기에 그가 아들과의 마지막 대화에서 "우리 당원들을 리해해다구."라는 웨침이 필자에게는 별로 진실하게 들려오지 않았다.

"'볼쉐비크'의 이미지"가 1990년 12월에 탈고된 작품이라는것을 생각하면 필자의 이 론점에 더 수긍되는바가 있을것이다. 우리 당의 력사적인 오유로 빚어진 후과에 대한 반영은 일찍 조선족소설계의 여러 작가들에 의하여 시도된바 있다. "한 당원의 자살", "몽당치마", "비단이불" 등 작품과 정세봉자신의 "하고싶던 말"을 례로 들수 있는데 그것에 비하여보아도 이 작품은 별로 새로운 발견이 없다는것을 보아낼수 있다.

　다음 윤준호의 형상은 풍만하지 못하다. 그와 윤태철의 충돌은 순정이와의 애정비극으로부터 시작되였다. 그리고 이 충돌의 발전과 해결도 너무나 단순하며 창백하다. 죽음을 앞둔 아버지와의 대화에서 준호의 생각은 "우리 당원들을 리해해다구." 하는 아버지의 마지막이고 또 가장 큰 소원과는 조응되지 않는다. 그리고 정치색채가 아주 농후한 이 소설에서 윤준호의 정치태도 같은것은 거의 무시되고있다. 그의 허수빈에 대한 태도상에서 아버지와의 충돌도 순정이에 대한 사랑으로 기인된것이지 정치갈등에서 기인된것이 아니며 사회의 기타 문제에 대한 아버지와의 충돌도 순정이에 대한 사랑비극으로부터 기인된것이지 정치갈등에서 기인된것이 아니다. 어느 한번 아버지와의 대화에서 윤준호는 "아버지는 내가 순정이때문에 그런다고 여기겠지요?"라고 하면서 자기의 뜻은 순정이에 대한 련정 그것보다 더 큰데 있다고 변명하였지만 독자들에게 안겨오는것은 그냥 그의 모든 말과 짓이 순정이에 대한 생각을 벗어나지 못하고있다는것이다.

　둘째, 중편소설의 곳곳에서 형상성이 부족한감을 주며 작자의 얼굴이 너무 자주 드러나고 지루한 정치의론이 군더더기로 되고있으며 리념을 앞세우고 쓴 흔적이 너무 많아 거칠다. 그 많은 정치의론을 삭제해버렸다면 오히려 작품이 미끈하게 되였을것이며 많은 결론은 독자들에게 남기고 긴 여운을 주었을것이다. 특히 아버지와 아들의 마지막대화는 아주 예술적으로 긴 여운을 남기게 처리될수 있었는데 그렇게 되지 못한것이 유감이다. 리념을 앞세운 패필(敗筆)이라고 하지 않을수 없다.

    셋째, 이 소설의 제목 "볼쉐비크'의 이미지", 서두에서 벨린스끼의 어록 인용 그리고 수필문체와 정론문체가 결합된 미문체적탐구는 문체상에서 정세봉의 새로운 탐구와 야심을 과시하고있는 것으로 우리의 주목을 끈다. 이러한것들은 우리 소설계에서 도시문화에 접근하려는 귀여운 몸가짐을 집중적으로 보여주는것으로 크게 나무랄것은 아니다. 그러나 문학사적각도에서 보면 이 소설의 문체는 19세기상반기의 서방의 랑만주의문체를 상기시키는 것으로 그리 친절하게 안겨오지 않았다는것을 지적하지 않을수 없다. 1975년, "문화대혁명"이라는 그 사막지대에서 성장한 두 청년남녀의 련애편지에 뚜르게네브의 소설 "전야"의 주인공 인싸로브와 에렌나, "쇠파리"의 주인공 아더와 짐이 나오는데 대하여서는 참 어색한 웃음을 던질수 밖에 없다.

    이상 "볼쉐비크'의 이미지"를 놓고 해보는 생각을 적으면서 이 몇마디가 작자에게 어떤 도움을 줄수 있지 않을가 하는 기대를 걸어보는 동시에 또 지금 소설계와 평론계에서 이 소설을 놓고 벌어지는 론쟁중에 일인지견을 내비침으로써 정세봉문학에 대한 정확한 리해에 약간의 도움으로 될수도 있을거라는 기대를 걸어본다.

-1991년 4월

방룡남

1959년 생
베이징 민족대학 조문학부 졸업
〈문학과 예술〉지 편집,연구원 역임
한국 한진大 국어국문과 박사학위 취득
현재 중국 절강성 월수大 교수

력사적착오, 문화적반성

–《〈볼쉐위크〉의 이미지》에 대한 평론 몇편과 함께

방룡남

　오랜 침묵속에 얼굴을 파묻고있던 작가 정세봉이 갑자기 큼직
한《돌멩이》를 호수에 던져 끝없는 파문을 일으켜놓았다. 무려 8
~ 9만자에 달하는 중편소설《〈볼쉐위크〉의 이미지》는 한동안 잠
잠하던 우리 문단에 커다란 충격파를 주었던것이다. 뒤골목에서
시야비야하거나 현대화도구에 목소리를 담는것도 인간이란 원래
부터 새로운것에 대해 명확한 태도보다 먼저 수군수군 의론하기
를 즐긴다는 전제하에서는 나쁠것이 없지만 그래도 사명이니 임
무이니 의무이니 하는 책임감을 지니고 간행물을 통해 력사니 현
실이니 인생이니 미적감수니 이미지니 하고 얼굴을 붉히며《티
각태각》하는 이들이 퍽 대견스럽고 보배롭다.《배우》는《관중》을
두려워하지 말아야 하고《관중》이 없는《배우》란 연기의 영원한
실패자이다.

　《이미지》가 발표된지 인제 4개월밖에 안되는 사이에 5편의 무
게있는 평론들이 여러 간물을 통해 발표되었다. 그중《문학과 예

술》지에 발표된 두편은 대담히 쟁명에 응하여 나선 것이다. 필자는 그들의 대범함에 힘입어 주제넘게 바로 그들의 평론을 상대로 감놓아라 배놓아라 하고 시비를 걸고든다.

이 두 평론은 아주 공교롭게도 하나는 절대격, 또 하나는 토를 달았다는 부동한 형식의 동일한 제목으로 되어있다. 그러나 내용면에서는 서로 아주 접근된 주장이 있는가 하면 또 아주 현격한 이질성도 있다.

평론《력사 현실 인생》의 경우 평론가는 전반 글에 거쳐《당원으로서, 인간으로서, 강자로서 자기의 량심과 직분을 잊지 않았으며 자기의 생명을 마지막까지 힘차게 연소시키려고 노력》한《한 숨쉬는 인간의 진실하면서도 복잡한 감정》을 분석하고있으면서도 나중엔《이미지》는 력사의 반성과 현실의 파악을 시도한 작품이란《어떤 사람들》의 견해를 부정하면서《실리주의적인 관점으로 분석해보면 쌍디야고나 윤태철의 거동은 아무런 실세적인 가치도 없는 것이다.

오직 미적인 관점에서 분석하여야만이 정확한 결론을 도출해낼수 있는것이다》라고 결론짓고 있다. 분석과 결론의 이률배반에 빠진 것 같다. 사실 평론가 자신이 글의 서두를《인간들의 정신 활동인 이미 력사로 되어버린 어제날의 매듭에서 언제나 떠날 수 없다》고 떼고있을 뿐만아니라 계속하여《력사는 가능하게 생활의 표면현상에서는 계속 암류로 흐르고 있다. 때문에 많은 문학 작품들에서는 현실생활에서의 모순을 제출하면서도 거기에다가 력사의 종적인 궤적을 립체적으로 교차시킨다.

이리하여 력사와 현실의 모순충돌속에서의 인간의 가치와 인생의 발로를 묘사한다.》고 쓰고있다. 평론가 자신이 력사란 오직 문화창조에 노력하는 인간에게만 유의미한것이며 문학은 바로 그러한 창조적인 문화행위라는것을 밝히고있는것이다. 그렇다면 우리는 어차피 창조적문화행위란 각도에서 문학작품의 창작, 교환, 분배, 소비와 관계해서 그 문화적가치를 계산해보지 않을수 없는것이다.

이것은 문학작품이 그 한 공간에서 력사의 모든것, 사회의 모든것 또는 인간 모두를 등장시킬수 없는것만큼 선택적으로 취사함으로써 일반성에로의 확대가능성을 모색하게 된다는 특성으로 보아도 성립될수 있는것이다. 즉 다시말하면 우리는 도식적이거나 관념적인 류형내지 전형을 반대하지만 개성적 인간이 어떤 시대적공간이나 문화적인 환경에서 부득불 류형적인 자아로 되여 그 시대의 한 문화류형의 상징으로 된다는것을 부인할수 없으며 그만큼 우리는 작품의 주인공에 대해서 그의 운명에 관심이 쏠리는 동시에 그 주인공이 시대적으로 갖고있는 문화적의미에서도 아주 큰 흥미를 가지게 되는것이다.

이것은 력사, 현실, 인생의 시각에서 보아도 틀림없는것이다. 왜냐하면 력사의 현실을 미래지향적인 기본방향에서 재검토하는것은 인생을 련습할수 없는 우리로서는 현실을 보다 합리하게 꾸밀수 있는 바람직한 수단이기때문이다. 선인들의 경험교훈이 우리의 인생투자를 조금이라도 줄여준다면 그것으로 우리는 행복할수가 있는것이며 선인들에게 감사할것이다. 전의 상처와 오늘의 삶과의 관계를 외면하고 력사를 다만 골동품으로만 삼을 때 우리는 자칫하면 그 틀림을 이어받을수 있는것이다.

그리고 또 과거의 현재적존재, 즉 력사의 계승성과 인간자체의 의식의 제한성으로 의해 사회발전의 굴절의 가능성을 전혀 배제할수 없다는 상황에서 력사에 대한 진지한 검토와 문화반성은 의연히 필요한것이다.

문학은 이러한 사명을 훌륭히 완성하고있다. 문학은 직설적인 론리와 사변적인 분석으로 이런 사명을 완수하는것이 아니라 상기 평론가가 결말에서 쓴바와 같이《문학은 변화다단한 생활속에서 인간들의 감정변화의 궤적을 묘사하면서 이런 복잡한 감정이 생기게 된 가장 합리한 예술적근거를 만들어낸다. 이럼으로써 소리없이 현실생활에 의하여 단절된 거의 력사적인 련계를 잊어버린 의식심층의 심령활동을 재현하면서 과거, 현실, 미래를 의식의 심층에서 한곳에 단단히 이어놓는것이다.》

그림《이미지》의 주인공 윤태철은 어떤 형상이며 그의 공헌과 오유는 어떤 문화적의미를 띠고있는가.

평론《력사 현실 인생》이나《력사와 현실 그리고 인생》에서 모두 윤태철은《외형상에서 강자의 기질을 가졌을뿐만아니라 정치상에서도 강자이다》,《쟁쟁한 쇠소리가 나는 중국공산당원이였으며 또 훌륭한 아버지였다》고 인정하고있다.

나중에 평론가 일언은 윤태철이《허수빈일가에 독재를 실시하고 그의 일가로 하여금 장기간 수난을 겪게 하고 아들이 그렇게도 사랑하는 순정이를 죽음에로 몰아간 오유도 그렇고 더우기는〈당의 말을 앵무새처럼 받아외우고 당의 지시대로 로보트처럼 움직여온〉〈두뇌없는 순복도구〉로 되여 구룡대대 농민들에게 적지 않은 피해를 준 오유도 어떤 의미에서는 모두 불가피면적인

것이였으며 련습할수 없는 인생길에서 필연적인 오유였던 것이
다.》《윤태철의 오유는 력사적으로 빚어낸 오유이며 광범한 인민
의 량해를 받을수 있는 오유이며 그가 인민을 위해 기여한 공헌
과 융합된 오유이다.》라고 결론짓고있다.

그런데 이처럼 최대의 량해를 주고서는 인차 소설의 결함을 지
적할 때에는 또《윤태철의 반성은 정치적시각에서는 철저하지만
도덕적, 문화적, 심리적, 당성 측면에서의 반성은 아주 없거나 매
우 얕다》고 질책하면서 인격심리요소, 봉건적인 가장제적작풍,
사회변태적도덕 등 면으로부터 윤태철을 철저히 부정해버리고있
으며 나중엔 상급의 지시를 앵무새처럼 외우고 농민들에게 피해
를 주게 된것은 당의 실사구시라는 우량한 작풍과 언제나 실제로
부터 출발한다는 사상로선 혹은 인식로선을 떠난 결과이며 언제
나 자기의 눈앞의 기성리익을 지키려는 소생산자의 편견이 장난
친 결과이며 성실성의 결핍, 독립인격의 부족때문이라고 지적하
고있다.

한 대상에 왜서 이토록 엄청나게 이질적인 가치판단이 내려지
게 되는가?《쟁쟁한 쇠소리가 나는 당원》과《성실성이 결핍하고
독립인격이 부족한 당원》,《훌륭한 아버지》와《봉건적인 가장제
적작풍이 장난치고 사회의 변태적인 도덕이 장난치는 아버지》,
아무리《공헌과 오유가 융합된 인간》이라 해도 이와같이 불과 물
처럼 전혀 상극인 이질적성격을 한몸에 지닐수야 없지 않는가?!

필자는 이런 페단이 생기게 된 주되는 원인은 평론가가 주인공
의 구체적인 문화심리와 그를 토대한 인격과 가치추구에 대해 깊

이 해부할 대신 급급히 력사에 대한 총체적인 판단을 내리고 그 것을 근거로 추상적이고 일반적인 론리적결론에 떨어졌기때문이 라고 생각한다. 달리 말하면 그때는 그럴수밖에 없었다는식의 공 식을 도출해낸데 불과했던것이다. 이렇게 되면 력사는 문학소재 로서는 아무런 의미도 없을것이다. 왜냐하면 윤태철이든 김태철 이든, 또는 그들이 공헌을 했든 오유를 범했든 죄다 그때는 그럴 수밖에 없었다는 공식에 맞춰넣으면 그만이기때문이다.

물론 우리는 문학감상을 할 때 확대된 시점-즉 한 시대의 문화 환경내지 문화형태라는 보다 넓은 시점에서 주인공의 형상가치 를 따져보아야 하지만 결코 주인공 자신의 인격적체험과 문화본 위를 떠나서는 도저히 진실을 파악할수 없는것이다.

우리가 만약 윤태철에 대한 신변정리를 잘한다면 쉽게 그때는 그럴수밖에 없었다는 공식 말고 그때 그는 그럴수밖에 없었다는 공식을 도출해낼수 있는것이다.

첫째, 윤태철이 혁명에 참가한 초기의 목적은 바로 지주를 타도 하고 땅을 분배받아 가난에서 해방되려는것이였다. 그것은 계급 적대항, 즉 직접 지주계급과 맞겨룸하는 혁명이였는바 그만큼 지 주계급은 그의 직접적인 적이였다. 바로 그렇기때문에 림성이 평 론《〈볼쉐위크의 이미지〉의 이미지》(《연변일보》1991년 7월 4일 제3면) 에서 지적하다싶이 윤태철은《〈계급투쟁을 기본고리〉로 하던 그 세월에도 〈성분유일론〉이 아니고 〈분자〉와 자식을 엄격히 구분 해야 한다고 정책적으로 그렇듯 명확히 규정해왔건만 〈싸리그루 에서 싸리가 난다〉고 나누고 〈독재〉를 강화해야 철저한 〈혁명성

〉을 지켜나갈수 있다고 생각》한것이다.

둘째, 그때의 사회력사환경 역시 윤태철의 상술한바와 같은 심리적자세에 충분한 근거를 제공하고있다. 당시에 비록 계급적대항의 제도가 뒤엎어졌지만 피통치자의 위치에 있던 계급이 통치자의 위치에 오르고 통치자의 위치에 있던 계급이 피통치자의 위치로 전락되었다는 자체, 혹은 적어도 원 통치계급의《분자》와 현실적으로 만나고있다는 사실 자체가 사실적 아니면 감각, 인식적으로 계급적대항성의 마당을 형성하였던것이다. 바로 우리 당이 그 자신이 령도한 위대한 혁명의 승리로 하여 사회주의제도가 건립되고 그와 함께 인민이 나라의 주인이 되어 계급존재의 사회적의미가 시대의 변화속에서 부정되고 있음에도 계속 투쟁을 기본고리로 하여 계급투쟁확대화를 초래하게 된것도 상기한 사회력사적 원인때문이었다.

더구나 직접 계급적대항의 사회를 체험해온 윤태철이고 보면 특히《계급성분》문제에서 그처럼 강경할수가 있는것이며 당의 계급투쟁확대화도 쉽게 옳은것으로 받아들일수가 있었던것이며 지어는 자각적으로, 철저하게《혁명》할수 있었던것이다.

셋째, 윤태철의 소박한 혁명성과 사회력사적환경과 함께 그의 락후한 농민출신의 신분적제한성이 인과적으로 금그어준 현실파악과 문화적자아실현의 한계성을 홀시할수 없는것이다. 어찌보면 이것이 그의 삶의 인격을 정립시켜 준 가장 핵심적이고 본질적인 요인으로 될것이다. 가난이 선물한 무식함은 그를 경험-유전형의 인간으로 키워왔기에 론리-사유형의 인간과는 너무나 아름찬 거리를 두고있다. 이것은 필연코 그의 사회에 대한 인식과 자기 자세에 대한 조절 내지 규범에서 모호성과 전통성 및 의뢰성을 나타내지 않을수 없게 하였다.

특히 이런 비각적인 문화바탕으로서는 우리 당의 사상리론체계에 대해 령혼적으로 옳바르게 해득할수 없는것이다. 하기에 그는 다만 우리 당은 인민을 이끌어 계급적대항의 사회를 뒤엎고 인민을 나라의 주인이 되게 한 위대한 당이라는 극히 소박하고 거의 상식에 가까운 긍정으로부터 출발하여 상급의 말만 들으면 틀림없다는 심리적자세를 갖춘것이였다. 하기에 사실상 그의 모든 사유와 행위는 그 자신의 자치적노력보다는 관념적인것을 모방한 의뢰적인것이였으며 그의 인생적자세조차 적극적이고 자각적인 목적추구가 아니라 다만 시키니 한다는 심리로 삶을 조직한 순응주의적인것이였다.

이것은 력사에 종지부를 찍고 새로운 개혁개방의 시대가 열린 벽두에 새로운 인생무대에서 다시 자기의 생활능격을 실험코자 애쓰는 윤태철의 창백한 모지름에서 재확인하게 된다. 비록 시대가 어느 정도로 력사의 한 물결에 휩쓸렸던 개인들에게 심각한 사고와 자아발견적인 각성의 계기를 만련해주고있음에도 윤태철은 우리 당이 자기의 오유를 철저히 반성하고 새로운 모습으로 나타나자 도리여 자기 모멸감과 무력감을 느끼면서 정신적으로 완전히 파산당하고만다.

다만 《〈볼쉐위크〉적 오기》로써 《자신에 대한 력사의 희롱을 달갑게 받아안으리라 했고 아들놈앞에서 주저치 않고 〈두뇌없는 순복도구〉질 하리라 했다.》 그렇게 가냘프던 정신조차 허물어져 버린 윤태철에게 남은것은 행위외엔 아무것도 없다. 행위자 목적이요 행위자 동기요 행위자 인생이였다. 하기에 그는 다만《흘러간 력사에 대한 울분》과《아들놈한테 향하여진 〈볼쉐위크〉적 오기》때문에 허수빈네를 도와주는것을《삶의 내용》으로까지 여겨《그가 새롭게 걸어나갈 인생의 길인것처럼》느끼는것이였다.

인젠 자기몸을 주체하기도 바쁜 로인이면서도 그 육체를 허물어서라도 새로운 인생무대에서 기어코 훌륭한 배역을 담당해보려는 거기에 정신적공허와 창백함이 드러나고 있으며 자아희생적으로 자기의 약점을 표현하는 비극성이 조명되고 있는것이다. 달리 풀어말하면 생리적년령은 이미 인생의 황혼빛을 띄고있으면서도 비여있는 정신적공간때문에 쇠약한 육체만을 소비하지 않으면 안되는 여기에 그의 인과적인 희생이 확정되여 있는것이다.

오늘 우리 당이 경제건설을 중심위치에 놓음과 함께 당원들의 리론수양과 문화자질에 각별한 중시를 돌리고있는 자체가 이런 력사적교훈과 시대적요청을 웅변적으로 전달하고있는것이다. 필자가《〈볼쉐위크〉의 이미지》에서 받은 계기도 바로 이런것이였다.

상술한 분석으로부터 필자는《윤태철의 철저한 반성》을 강요하는 평론가 일언의 주장에 수긍되지 않는다. 사실 평론가가 지적한 결함자체가 바로 윤태철형상의 특징으로 되고있는것이며 그것에 대한 몰자각으로 하여 그 자신이 의연히 차디찬 정신적방랑을 하고있으면서《무엇인가 억울한것만 같았고 그러한 평가가 도저히 납득이 되질 않았》는데 기어이 그더러 직접 철저히 반성하라고 하는것은 생활적으로나 론리적으로나 도저히 합리성을 찾을수 없다. 그렇게 되자면 이 소설의 전반 이야기성에 질적인 변화가 있어야 하지 그렇지 않을 경우 작가가 에누리없이 개념화, 도식화에 깊이 빠지고말것이다.

우리가 평론에서 력사의 소용돌이속에 비극의 주인공으로 등장했던 인물을 분석, 비평하는것은 그때를 그는 그렇게 살수밖에 없었다는것을 부정하려는것이 아니라 어제의 오늘, 오늘의 력사라는 련속성에 립각하여 경험적인 삶에서 현실적인 삶을 확인하려는것이다. 즉 현재적합리성에 목적한 나무람일따름이다.

다음으로《정치색채가 아주 농후한 이 소설에서 윤준호의 정치태도같은것은 거의 무시되고 있다.》《그의 모든 말과 짓이 순정이에 대한 생각을 벗어나지 못하고있다》는 지적에도 도저히 수긍이 가질 않는다.

우선 이 소설이《정치적색채가 아주 농후하》다는 견해에 반대다. 왜냐하면 필자도 림성의 견해와 같이 이 작품은《40여년에 걸친 우리의 력사에 대한 반성을 안겨주는 의의도 있겠지만 그보다도 력사의 흐름속에서 우리 매개인이 갖춰야 할 자세에 대한 사색적제시가 더 크다고 생각》되며 력사적착오에 대한 문화적반성에 력점이 놓이고있다고 확신하기때문이다.

윤태철의 아들 윤준호와 아들 허수빈의 딸 허순정의 사랑의 훼멸이 소설의 갈등과 슈제트발전의 계기로 되고있으며 윤태철 자신의 심리적모순, 정신적곤혹, 량심적회심이 전반 작품을 관통하고있는것이다.

그다음《윤준호의 정치태도같은것은 거의 무시되고있다.》《그의 모든 말과 짓이 순정이에 대한 생각을 벗어나지 못하고있다.》는 견해에도 반기를 들지 않을수 없다. 단도직입적으로는 왜서 윤준호의 정치태도가 꼭 표현되여야 하는가? 왜서 그는 꼭 말과 짓에서 순정이에 대한 생각을 벗어나야 하는가? 하는 질문을 던지지 않을수 없다.

작품에서 보면 사랑의 억압과 훼멸은 윤준호로 놓고 말하면 개인의 삶 전체에 절망적인 비극의 요인으로 작용하고있다. 삶의 절망까지를 느낀 뼈에 새겨진 상처, 그 상처가 주는 참을수 없는 아픔, 되돌아가 그 아픔때문에 잊을수 없는 사랑인데 기어이 거기에서 벗어나야 한다는것은 인간상정에도 어긋나는것이다. 더구나 씨앗까지 뿌려 미구에 열매를 보게 되였던 황홀한 사랑이고 보면 꿈에조차 잊을수 없을것이다.

그리고 윤태철과 윤준호의 갈등이 그 내용적확장이 몇십년의 력사에까지 미치든지 아니면 전반 사회에까지 관계되든지간에 우선 그것이 가정내의 부자간의 갈등, 지어는 어떤 사람을《새사람》으로 맞아들이는가 하는 갈등의 형식으로 표현되고있는만큼 윤준호가 꼭 아버지한테 나는 력사를 정치적으로 어떻게 보오, 현실을 정치적으로 어떻게 보오 하고 태도표시해야 할 생활적흐름의 합리성을 찾아볼수 없다. 특히 그 사랑을 억압하고 훼멸시킨 장본인이 아버지일 때 가부장제적독단에 훨씬 더 분개하게 되는것이며 갈등의 내용이 무엇이든 그의 립장에서는 모든 갈등의 초점이 그것에 모여지기 마련인것이다. 그가 당소조장을 질책한 것도 진짜 충고도 있고 야유, 조소도 있지만 기실은 아버지에 대

한 울분을 터뜨린것이다.《시어미역정에 개배때기 찬다》는 격이
다.

사실 작가자신도 결코 작품에서 정치관념상에서의 세대적갈등
을 반영하려는것이 아니라 사랑마저 정치적우박의 피해를 받지
않을수 없었던 인정이 메마른 특정된 사회상을 부각하려는것이
다.

인물형상분석에서 작품의 얽음새에 따르는 매개 인물들의 자
세로부터 그 인물의 성격을 파악해야지 저 인물의 성격에는 이런
것이 있는데 이 인물의 성격에는 이런것이 없다는식으로 허물한
다면 오히려 개성있는 성격을 부각할수 없을것이다.

그리고 이런 류의 사람은 이럴 때 이러는것이다 하는식의 주장
은 도식화, 개념화로서 그렇게 되면 작가는 생활적인 인간을 부
각하는것이 아니라 론리적인 인간을 제조하게 될것이다. 사실 생
활현실에서 보면 이 사람은 이러해야 하는데 이렇지 못한것이 이
사람의 성격의 거치른면이 되고 저 사람은 저러해야 하는데 저렇
지 않은것이 저 사람의 성격의 개성적인면이 되는것이다.

이상에서 나어린 글쓰기 열성자로서 두분 평론가선생님을 비
롯한 여러분들의 가르침을 믿어의심치 않으면서 설익은 관점을
가지고 하루 강아지 범 무서운줄 모르는 행위를 개시하였다. 학
술적으로 다각적풀이가 가능한 시대인만큼 개성적으로 일가지언
을 주장함은 중요하지만 남을 이설이라고 억누르는것은 언어도
단일것이다. 그만큼 자기의 관점만을 책임지고싶다.

리종섭

문학평론가

《〈볼쉐위크〉의 이미지》의 이미지

리종섭

최근에 발표된 정세봉의 중편소설《〈볼쉐위크〉의 이미지》(《장백산》91.2)는 문단과 독자들속에서 퍼그나 강렬한 반향을 불러일으키고 있다.

일찍 10여년전《하고싶던 말》을 망라하여 여러편의 우수한 농촌제재소설들을 내여놓아 문단과 독자들의 사랑을 받아오던 작가 정세봉이 최근년간 침묵과 사색속에 깊이 빠져들어갔다가 지난해에《최후의 만찬》으로 다시 솜씨를 보이고 오늘엔 또《〈볼쉐위크〉의 이미지》로 사회의 주목을 끌고있다는 이 사실은 무엇보다 먼저 우리 문단 소설작가들의 고민과 방황의 침체기가 바야흐로 해제되고 있음을 알리는 좋은 신호로 되지 않는가고 생각된다. 그 어떤 사조거나 사회적열풍에도 구애됨이 없이 작가로서의 독자적인 길을 개척해나아가는 보다 성숙된 자세의 표현이라고도 느껴진다.

무려 8~9만자의 편폭으로 헤아려지는 이 소설은 그 갈등선이 그다지 복잡하지 않고 등장인물이 많지 않으며 그 서술표현이 별로 신기롭지 않은, 퍼그나 소박한 모습으로 나타난 중편소설이다. 그럼에도 불구하고 긍정과 부정, 찬양과 비판의 사회적센세이숀을 불러일으켰다는 이 사실은 우리로 하여금 작품이 갖고있는 내재적함의와 그 예술적효과에 대하여 반복적인 사색과 깊이 있는 분석을 하지 않을수 없게 한다.

《〈볼쉐위크〉의 이미지》에서 작가는 농촌의 한 당지부서기 - 윤태철을 중심위치에 놓고 그와 그의 아들 윤준호 사이의 세대적갈등을 주선으로 삼으면서 농촌에서 호도거리책임제를 실시한 이듬해 즉 1984년 늦은 봄의 짧디짧은 사흘동안에 벌어진 일을 서술하고 있다.

이 작품에서 제일 먼저 주목되는것은《볼쉐위크》윤태철과《인간》윤준호 사이의 세대적갈등이다. 어떤 의미에서 보면 세대적갈등은 애정륜리제재처럼《영원한 주제》에 속하는것이다. 물론 세대사이의 갈등은 적지 않은 륜리에 직접 관련되지만 그보다 많게는 인생적, 사회적 견해의 차이로 인해 이루어지는 갈등이기에 그 실질에서 륜리소설과 구별된다.

윤태철과 윤준호 사이의 갈등도 륜리적인 의미에 앞서 사회에 대한 인식방법과 인간처세적인 자세가 다름으로 하여 조성된다. 작가의 말을 빈다면《볼쉐위크》와《인간》의 분리에서 조성된것이다.

도리대로 말하면《볼쉐위크》와《인간》은 분리되지 말아야 한다. 왜냐 하면《볼쉐위크》도《인간》이기 때문에 그런데《볼쉐위크》와《인간》이 영원히 통합만 되고 분리가 생기지 않는것도 아니다.

왜냐하면 모든 인간이 다 《볼쉐위크》로 될수 있는것이 아니고 《〈볼쉐위크〉란《인간》들속의 일부 즉 쓰딸린의 말을 빈다면《특수한 재료로 만들어진》 사람들만이 향수할수 있는 명칭이기 때문이다. 그 어떠한 통일적의지에 의해 묶어졌고 또 그 리념의 실현을 위해 헌신적으로 분투하는것이《특수한 재료》의 가치이기 때문에 수요에 따라《자아》를 희생시키지 않을수 없는것이고 인간상정의 범주에서 벗어나《인간》과의 분리를 묵인하지 않을수 없는것이다.

그런데 여기에서 분계선으로 되는것은 이러한《분리》거나《자아》의 희생이 무조건적이 아니라 조건적이며 맹목적이 아니라 자각적이며 충동적이 아니라 리성적인 경우에만이 합리성을 가질수 있다는것이다.《볼쉐위크》의 경우 역시 진리에 대한 파악과 의식차원의 원견성으로《자아》의 희생과《인간》과의 분리를 실현하여야 진정 그 가치의 장엄성을 구현할수 있다.

《〈볼쉐위크〉의 이미지》에서의 주인공 윤태철은 당조직에 대한 충성과 사업에 대한 헌신성으로 그 인생행로를 엮어온 사람인데 그의 현실적난제 즉 아들 준호와의 갈등은 단순한 부자간의 감정 알륵선을 넘어서 몇십년의 력사와 그 력사속에서의 자기 위치에 대한 반성을 그한테 요구하고있다. 어찌 보면 윤태철의 형상은 우리의 많은 기층당원 또는 기층간부들의 전형이라고 말할수 있으며 윤태철의 심리적 고민과 방황이 그의 비슷한 한세대의 고민과 방황을 대표했다고 말할수 있다.

조직에 대한 복종과 상급의 지시에 대한 무조건 순종을 혁명의 함의로 생각했던 윤태철 또는 그 부류의 한세대에 있어서 윤준호와 같은 오늘날 젊은 세대의 비판과 반발이 쉽게 접수되지 않을 것은 당연한 도리이다. 원초적인 동기에서 말하면 전인류를 위한 목적, 숭고한 목표에 대한 추구로 출발되였으나 후에는 거의 미신에 가까운 맹목적복종에 너무 치우쳤던 까닭에 원초적동기와는 배치되는, 남들 또는 후세대들의 량해를 받기 어려운 극단에 이르게 된것이다.

이리하여 원래는 숭고하면서도 장엄할수 있는 《자아》희생과 헌신의 위대한 정신이 자각과 진리성과 리성이 결여된 맹종의 표현으로 되여 세대갈등을 조성한 주요한 원인이 되고 자신의 심리고민을 조성한 계기로 되여버린것이다. 바로 이러한 원인으로 《당의 지시라면 개똥도 황금이라고 내리먹인다》는 아들 준호의 비난이 너무 지나친 극단적비난의 색채를 띠면서도 또 어느 정도의 그 근거적합리성을 띠게 된다.

이렇게 볼 때에 《〈볼쉐위크〉의 이미지》에서 뚜렷하게 한눈에 안겨오는 윤태철과 윤준호 사이와 윤태철 자신에게서 표현되는 《볼쉐위크》와 《인간》의 분리 또는 불조화현상은 40여년에 걸친 우리의 력사에 대한 반성을 안겨주는 의의도 있겠지만 그보다도 력사의 흐름속에서 우리 매개인이 갖춰야할 자세에 대한 사색적 제시가 더 크다고 생각된다. 윤태철에 대한 아들 준호의 원망과 비난도 우리에게 깊은 사색의 여운을 안겨주지만 윤태철 자신의 그 심리적 모순, 이를테면 《한번 호강해봤으문 좋겠다! 나두…》라고 하는 그 절절한 목소리가 더구나 독자들의 흉벽을 두르리며 그들을 반성과 사색의 깊은 못에 끌어넣는것이다. 구라파고전소설에서의 《돈 끼호떼》의 형상이 자아표현적 《영웅주의》 전범이였다면 오늘날 우리의 《윤태철》 형상은 전범이 아닐수 없다.

다음으로 이 작품에서 설정된 갈등의 계기 또는 초점 역시 우리의 시선을 모은다. 윤태철과 아들 사이, 마누라 사이의 갈등은 다 허수빈네 가정이라는 《제3자》를 에워싸고 이루어진다. 어떤 의미에서 말할 때 허수빈 일가라는 이 특정된 표현객체는 이 소설이 드넓은 사회적공명대를 갖게 하는 관건적요소일뿐만아니라 이 작품에서의 갈등이 이루어진 특정된 시대의 특정된 환경을 두드러지게 나타내는 중요한 매개물이다.

계급투쟁을 기본고리로 하던 그 세월에 지주가정 - 허수빈 일가는 사회의 독재대상이자 윤태철의 《혁명성》을 가장 철저히 나타낼수 있는 중요한 대상물이였다. 하기에 아들 윤준호와 허수빈의 딸 허순정의 사랑 관계를 훼멸시킨 윤태철의 행위는 소설갈등의 계기로서의 객관적 합리성을 튼튼히 갖게 하였을뿐만아니라 특정된 시대에서의 주인공 윤태철성격의 이질화를 충분히 표현할수 있게 하고있다. 다시말해서 아들의 혼사를 파탄시킨 윤태철의 이 행위는 그와 아들 사이의 갈등형성에서 관건적역할을 놀뿐만아니라 윤태철 몸에서의 《볼쉐위크》와 《인간》 상호 관계의 극단적분리를 사실적으로 힘있게 증명해주는것이다.

소설에서 윤태철이가 주정뱅이 경철이에 대한 관심보다 허수빈네 일가에 대한 관심이 훨씬 못하게 되고 또 이 일로 인해 아들의 《장훈》을 받게 되고 마누라의 충돌이 발생된것도 그 주요한 원인이 다 윤태철의 이질화된 성격때문이였다. 《계급투쟁을 기본고리》로 하던 그 세월에 《성분유일론》이 아니고 《분자》와 자식을 엄격히 구분해야 한다고 정책적으로 그렇듯 명확히 규정해왔건만《싸리그루에서 싸리가 난다》고 나라를 전복시킬 위험이 그래도 성분이 나쁜 그 사람들한테 있다고 여기면서 철저히《계급계선》을 나누고《독재》를 강화해야 철저한《혁명성》을 지켜나갈수 있다고 생각하는 윤태철의 형상이야말로 그 세월의 특성, 그 세월의 어느 한부류의 인물성격을 잘 나타내고있는것이다.

과학성을 띤 상급의 규정보다 더 많이는 경험과 주관적편견에 따르는《혁명》에 대한 리해는 윤태철뿐만아니라 오늘에 이르기까지도 우리의 일부 사람들을《자아감각》이 좋은《혁명자》로 력사에 등장시키고있는것이 아닌가.

바로 이와 같이 이 소설에서의 계기와 갈등의 초점이 허수빈 일가라는 이 특정된 대상물로 설정되였기에 이 작품은 보다 성공적으로 주인공의 성격을 나타낼수 있게 되였거니와 나아가서 그 주제적의의를 전반 사회 또는 수십년의 력사에 관련되는 넓은 령역에 확장시킬수 있게 된것이다.

상기한 분석에서 보아낼수 있다싶이 이 소설에서는 그 갈등의 설정으로부터 그 계기, 갈등의 초점에 이르기까지 부자간, 부처간, 가정내의 분쟁의 의의를 훨씬 넘어서 사회적인, 력사적인 의의를 그 주제로 실현하고있다. 작품에서의 세부묘사라든지 총체적구조에서의 예술표현이라든지, 언어표현 등등에 대해서는 본문에서 론하지 않기로 한다.

물론 이 작품에서 비교적 성공적인 윤태철의 형상에 비해 그 아들 윤준호의 형상이 그 성격특성이 이루어질수 있는 력사적바탕이 잘 드러나지 못하고 그 성격이 립체적으로 조명되지 못함으로

하여 그다지 풍만하지 못한 유감이 느껴지고 준호와 순정이의 사
랑관계가 너무 단순하게 그려진듯싶은 등 미흡함이 보이는것 같
은데 그러나 전반 작품이 안겨주는 사상적계시와 예술적감화력
은 부인할수 없는것이다.

임
규
찬

성공회대학교 교수

[평론] _ 〈한국문학〉 1995년 겨울호에 登載

연변문학의 민족성과 시대성(발췌)

임규찬[한국]

근래 국내에 소개된 연변작품 중 중국의 정치사회적 변화가 일상 삶에 어떤 식으로 작용하고 구현되고 있는가를 알 수 있는 작품으로 정세봉의 중편 「〈볼쉐위크〉의 이미지」(「한국문학」95년 여름호)를 들 수 있다.

소개에 따르면 작가 정세봉(鄭世峰)은 1943년 중국 하르빈(哈爾濱)市 출생으로 1970년대 후반부터 소설창작을 시작하였다고 한다. 말하자면 중국에서 태어나 중국에서 성장한, 말 그대로 〈중국 조선족〉 작가이다. 이 작품은 〈배달문학상〉 수상작품이라고 하니 중국 안에서도 쟁점이 되고 있는 문제작임을 짐작할 수 있다. (제명중 〈볼쉐위크〉는 우리식 맞춤법으로 표현하면 〈볼셰비키〉이다.)

이 작품은 한마디로 아버지 〈볼쉐위크 윤태철〉과 아들 〈인간 윤준호〉의 갈등과 화해를 다룬 작품이다. 아버지 역시 중국에서 태어나 소작농의 자식으로 성장하여, 1940년대 후반기의 〈해방전쟁〉(國·共의 대결,-중국 內戰)에서 〈화선입당〉으로 중국공산당에 가입한 사람이었다. 이후, 〈당의 화신으로 군중을 휘동해 가지고 그러한 역사의 현장을 벌려가는 구룡대대 당지부서기〉로서 활약해 왔다. 말하자면 윤태철은 농업집단화로부터 대약진을 거쳐서 인민공사의 해체에 이르기까지 30년 세월 동안 사회주의 농촌의 살아있는 역사를 실천해온 공산당원이었던 것이다.

그러나 1983년 〈솟아오르는 아침 해〉라고 칭송되였던 〈인민공사〉가 갑자기 해체된 이후 그는 인생의 무상함을 느낄 정도로 심각한 허탈에 빠져야만 했다.

윤태철은 갑자기 인생의 무상함을 느끼였다. 그것은 전혀 〈볼쉐위크 윤태철〉답지 않은 감상(感傷)이였다. 그러한 감상은 갑자기 느낀 로쇠에서 오는 실망과 서글픔에서보다는 머리를 혼란하게 휘저어놓는 격세지감에서 유발된 것이였다. 인민공사가 해체되고 개체영농이 실시되고 있는 오늘날 자신의 모든 30년간의 노력과 분투가 헛되이 흘러간것만 같은 느낌… 그리고 이제는 사람만 폐우처럼 돼가지고 댕그랗게 남아있다는 실의와 비애에서 오는 축축한 감상이였다.

왜 그랬을까? 〈지난날의 모든 시비와 흑백과 음양이 많은 경우, 조화속에서처럼 그 위치가 휘딱 뒤바뀌여진 오늘날〉에 망연자실하여 〈격동적이고 헌신적이였던 자신의 후반생이 기본적으로는 그릇된 것〉으로 되고 만 것이다. 말하자면 〈볼쉐위크 윤태철〉은 〈"당의 말"(지금보면 근본적으로 오유적인 그말)을 그대로 받아외우기만 한 "앵무새"로, 두뇌라곤 전혀 없는, 준호의 말처럼 당의 지시라면 "개똥도 황금"이라고 내리먹인 어리광대와도 같은 "순복도구"의 삶이였다. 이처럼 지나간 역사에 대한 평가가 송두리째 전복되는 오늘의 중국상황에 바탕을 두고 이 소설은 출발한다.

그러한 시대변화 속에서 과거 악덕지주로 몰아 무참하게 몰락의 길을 걷게 만든 〈허수빈 일가〉의 문제를 고리로 하여 아버지와 아들과의 갈등이 전면에 부각된다.

구룡동마을 맨 뒤쪽에는 토끼꼬리처럼 붙어앉은 오막살이 한채가 있었다. 모두들 우스개로 〈피독재자의 집〉이라 부르고있는, 말하자면 무척 아이러니칼한 역사의 드라마가 깃들어있는 집이었다.

워낙 그 오막살이는 윤태철이네 집이었다. 그의 부친 윤치수가 지주 허영세네 소작살이를 할 때 쓰고살던 빈고농민의 보금자리였던 것이었다. 그런데 토지개혁직후에 그의 부친 윤치수가 때국이 꾀죄죄한 일가권속을 주르르 이끌고 지주 허영세네 팔간기와집에 입택을 하고 깨끗이 청신을 맞아비린 허영세네 가권이 그 오막살이에 강제택거를 하게 되었다.

허수빈 일가와 윤태철 일가는 과거 지주와 빈농의 관계였지만 사회주의 정권이 수립된 이후 오히려 상황은 정반대로 역전되었다. 토지개혁초기에 허수빈의 아버지 허영세가 맞아죽고, 허수빈은 이후 과거 소작농에게 집을 넘겨주고 대신 소작농 집으로 옮겨가야만 했으며, 계속되는 정치적 격변속에서 늘 공포와 불안속에 떨어야 했고 뭇사람들의 감시와 냉대와 우롱을 받아야 하는 비참한 생활을 영위해야만 했다. 허수빈의 곤경은 그에 그치지 않고 문화대혁명시기에 절정에 다다랐다.

〈문화대혁명〉시기에는 차마 눈뜨고 볼 수가 없었다. 한시기는 매일이다싶이 〈개패〉를 걸고 고깔모자를 쓰고 〈투쟁〉을 당했는데 그 〈개패〉라는건 무거운 널로 짜가지고 가느다란 철사로 끈을 달아 목에 걸었다. 고깔모자도 거칠은 널로 삼각형모양으로 만들었는데 한번 쓰고 〈투쟁〉을 당하고나면 얼굴과 머리가 온통 피투성이로 되군 했다. 때론 얼굴에 먹칠을 해가지고 개처럼 목을 매여 끌고 다니군 했다. 지주의 아들인데다가 옛날, 할빈 〈대도관고등국민학교〉(大道館高等國民學校)를 다닐적에 일본센또보시를 쓰고 찍은 사진때문에 그런 고초를 당하게 되었던 것이다.

허수빈은 그런 시달림 속에서 〈때려도 아픈줄 모르고 아무리 못살게 굴어도 고통과 번민과 비애같은 것을 전혀 느낄줄 모르는 허수아비 같은 존재〉가 되어버렸다. 그런 허수빈에게 참으로 곱고 아름다운 딸 순정이 있다. 이야기는 윤태철의 아들 윤준호와 허수빈의 딸 순정이 서로 사랑하는 사이여서 더 비극적이다. 〈로미오와 줄리엣〉으로 상징되는, 적대적인 가문속에 싹트는 사랑이란 모티브가 이 작품에서도 소설의 골간을 이룬다. 공산정권하에서 불량성분으로 앞길을 망칠지도 모르지만 그들의 사랑은 뜨거웠다. 그리고 그런 와중에 순정이 임신 5개월이 되었을 때 윤준호는 어머니에게 이실직고하고 결혼시켜줄 것을 요청했다. 당연히 아버지로부터 〈"허귀신"과 사돈을 맺다니? 내 눈에 아직 흙이 들어가지 않았는데 제 애비 얼굴에 똥칠을 하려구 들어!〉라는 말과 함께 일거에 거부당했다.

그에 굴하지 않고 윤준호는 부모 의사와 상관없이 외지에 도망

가서라도 살겠다며 집을 나와버렸다. 그러나 청천벽력처럼 다음 날 순정으로부터 스스로 목숨을 끊겠다는 편지를 받게된다. 사실 인즉 아버지 윤태철이 순정을 찾아가 유산을 하고 관계를 끊으라 했다는 것이다. 순정이 죽고나서 윤준호는 아버지에 대한 원한을 품고 집을 나와 멀리 공사장으로 떠나버렸고, 거기서 자동차운전 기술을 배워 돌아와서 운전수로 일하면서 할머니와 따로 나와 살 았다. 그리고 남들 모르게 허수빈네 일가를 물심양면으로 도와주 었다.

소설은 바로, 허수빈도 복권되어 사는 현재의 시점에서 당의 지 시, 〈볼쉐위크〉들이 〈련계호〉를 맺어가지고 허수빈 같은 빈궁한 자를 위해 헌신하라는 지시를 아버지 윤태철이 시행하지 않음을 두고 아들 윤준호가 항변하는 것으로 시작하여, 윤태철이 갈등 속에 로봇 같은 볼쉐위크적 삶으로부터 점차 인간적 면모를 지닌 사람으로 바뀌어가면서 끝내 아들 앞에 용서를 빌고 화해하는 것 으로 끝난다.

처음엔 윤태철이 자신에 대한 역사의 희롱을 달갑게 받아안고 아들놈 앞에 주저치 않고 〈두뇌없는 순복도구〉가 되리라 다짐하 며 허수빈네를 자기가 맡았다. 그것은 흘러간 역사에 대한 그 나 름의 울분이었고 아들놈을 향한 볼쉐위크적 오기였다. 그래서 윤 태철은 허수빈네를 찾아가 허수빈의 땅을 함께 갈았다. 그러나 그 모습조차도 아들 윤준호에게는 한폭의 만화 같은 우스꽝스러 운 연극장면이었다. 허수빈에 대해서 여태까지 독재를 했던 아버 지가 오로지 당의 지시라는 이유로 갑자기 〈련계호〉를 맡아가지 고 허수빈과 평등관계를 이루었다는 것은 미상불 해괴했던 것이다. 그에게 있어 아버지는 감정이 없는, 쇠기둥처럼 굳세고 냉혈적인 정치인이었을 따름이어서 〈인간 윤태철〉은 죽고 〈볼쉐위크 윤태철〉만이 살아서 움직이는 존재였다. 그래서 아버지의 그런 태도조차도 아예 못마땅하여 스스로 돈을 모아 허수빈 일가를 도와주려고 실천하고 있는 중이었다.

그러나 다른 한편으로 아버지가 불쌍하다는 생각도 지을 수 없었다. 피를 이어받은 자식으로서의 천성적인 효성의식이 반기를 들기도 했던 것이다. 그래서 늙은 노인이 힘들게 일하는 것을 보고 허수빈네 토지를 남한테 양도하여 아버지의 일감을 빼앗아 노고를 덜어주고자 했다. 그런데 윤태철은 이 사실을 알고 아들놈이 볼쉐위크 아버지와 당조직에 대해 처음엔 항변을 하다 막상 성심껏 허수빈네를 도와주려 하자 당조직을 유명무실하게 만들고 제 애비를 끈 떨어진 망석중이 되게 한다며 울분을 터뜨리다 끝내 쓰러지고 만다.

그리고 병석에서 꿈을 꾸면서, 또한 지난 생을 곰곰이 되돌아보면서 드디어 아들 앞에 순정의 일을 참회하며 〈그리구… 우리 당원들을… 리해해 다구… 역사를… 존중해 다구!… 세상 일이란… 그렇게… 간단한게… 아니니라.〉라고 말하기에 이른다.

이처럼 「〈볼쉐위크〉의 이미지」는 공산당의 기층당원이었던 윤태철의 삶을 중심으로 지난 시절의 오류와 과실을 회개하면서 새로운 출발을 다짐하고 있다. 물론 이 소설은 분명 사회주의와 공산당의 미래에 대해서 낙관적 포즈를 취하고 있다. 실책과 과오를 저지르기도 했지만 과감히 검토하고 시정을 해서 다시 항로를 옳게 잡았던 것이고 민중의 아픔을 위로해 주고 희생자들을 추모하면서 사회주의라는 위대한 실험항행을 계속하고 있다는 것이다.

 이러한 결론에 대해 섣부른 판결을 이 자리에서 내리고 싶지 않다. 그러나 아들의 눈으로 이 문제를 돌렸을 때, 그리고 암묵적으로 이 작가가 지향한 세계가 〈인간 윤준호〉에 있다 할 때 중국이 새로운 전환의 와중에 이미 놓여있음을 이 작품의 도처에서 확인할 수 있다.

심종숙

1968년 경북 청송 출생

1991년 대구가톨릭대학교 일어일문학과 졸업

2004년 1년간 가나자와대학(金澤大學) 문학부객원연구원

2005년 한국외국어대학교대학원 비교문학과 박사과정 졸업

논문으로는 「미야자와 겐지(宮澤賢治)와 만해 한용운의 시 비교연구 −주체의 분열과 소멸, 복권을 중심으로−」(박사논문)

「미야자와 겐지의 『은하철도의 밤』과 쌩 떽쥐페리의 『어린 왕자』 비교연구」 등 다수

저서로 『니르바나와 케노시스에 이르는 길』(신세림, 2016)

번역서로는, 한국어역으로 미쓰하라 유리 저 『바람의 교향악』(도서출판 새미),

일역시집으로 『歸宅』(이목윤, 도서출판 신세림) 등이 있다

정세봉의 중편소설『볼셰비키의 이미지』에 나타난 대립과 화해의 구도

-인물조형의 전형성을 중심으로

심종숙[한국]

정세봉의 중편소설『볼셰비키의 이미지』는 사회주의 리얼리즘 계열의 소설로 그 시대적 배경이 개혁, 개방의 영향을 입어, '인민공사'가 시작되는 1958년부터 이후 60,70년대 중국의 문화대혁명기를 거쳐 25년 후 인민공사가 해체된 1983년까지의 역사 속에서 살아온 인민들의 이야기가 소설 내의 시간인 1984년 늦은 봄날에 펼쳐진다. 이 소설은 한 마디로 지난 정치적 사회적 폭풍 속에 내맡겨진 중국 내 소수집단인 잔류 한국인들의 이야기로써 광활한 중국의 영토 내에서 변방에 위치하는 구 만주 및 간도 지역에 잔류한 한국인들이 중국의 공산화 과정에서 정치적 사회적 변화의 영향 아래 어떻게 생존하여 왔는가를 잘 보여 주는 소설이기도 하다. 또 이 소설은 그런 시대를 살아온 이들의 고통과 상처를 보듬어 주고 화해를 이루어 가는 소설이다. 작가는 1991년『장백산』4호에 소설의 창작 동기를 다음과 같이 술회하고 있다.

그 력사의 시간과 공간 속에 투영이 되어있는 우리(민중)들의 삶의 모습은 서글프다. 그리고 그 력사가 남겨준 -민중의 령혼과 육체 (혹은 생명)에 준- 상처는 아픈 것이다. 특히《인간학》을 다루고 있 는 작가로 놓고 말하면 더구나 무심할 수가 없으며 침묵을 지킬 수 없다. 흘러간 력사 앞에서 작가의 량심은 결코 잠잘 수가 없으 며 무엇인가 외쳐야 할 그리고 소리높이 외치고 싶은 절실한 사 명감과 강렬한 욕망에 사로잡히게 된다. 흘러간 력사에 대한 심 각한 검토와 성찰은 형상수단으로서의 문학이-그 심미적 공능과 감동을 수반하는 비판적 기능으로-출중하게 감당해야 하는 바 어 찌 보면 소설을 쓰는 작가한테는 그 범상치 않는 력사는 사뭇 매 혹적이다. 이것이 곧바로 내가《「볼세비키」이미지》를 쓰게된 동 기 -의식심층에 묻혀있던, 그러나 언제까지는 의식 못하고 있었던 동기- 일 것이다.

지난 역사에 대한 작가적 양심으로 외쳐야 할 사명감과 강렬한 욕망이 불러일으켜온 그의 소설은 '심미적 공능과 감동을 수반하 는 비판적 기능'으로서의 역할을 꿈꾼다. 그러면서 작가는 어린시 절부터 러시아의 작가 엘리말 그린의 장편소설『남풍』에 매료되 어왔는데 그 이유는 소박하고 아이러니컬한 필치와 인물형상의 생동성, 진실성 때문이었다. 엘리말 그린 풍의 1인칭 주인공 시점 과 윤준호의 1인칭 관찰자의 시점으로 시도하였으나 실패하여 3 인칭으로 쓰게 되었다고 시점 문제를 두고 창작의 고뇌를 술회 하였다. 또한 작가는 이 소설을 쓰게 된 계기를 1984년 여름 어느 날 과거에 지주의 아들로 〈피독재〉자였던 '야바'라는 한족 인민 이 〈독재〉자였던 당지부서기가 〈연계호〉로 자기네 일을 성심껏 도와주는 고마움에 촌당지부서기네 건조실 아궁이에 불을 때주면서 자긍심과 득의양양해 하는 태도에서 이 소설을 구상하게 되었다고 한다.

그것은 당의 정책이 바뀌자마자 장시간 동안 독재해 오던 당지부서기의 〈인간〉이 사라지고 〈순복 도구〉화된 모습에서 슬픈 이미지로 작가의 눈에는 비쳤기 때문이라고 밝히고 있다. 그러므로 소설의 주요 인물 볼세비키 윤태철은 '도구 순복도구'로서 "당의 지시가 그릇된 것일 때 독립사유체로서의 《인간》은 무시되거나 《죽게 된다》 말하자면 《두뇌없는 순복도구》로서의 《볼쉐위크》로 되는 것"으로 순복 도구의 전형성을 지닌 인물이다. 이는 무수한 공산당원들과 간부들로 하여금 고민과 곤혹과 울분을 겪게 했던 '《체험된 진실》《인간》이 《죽어진》 《순복도구》화된 《볼쉐위크》'라고 작가는 규정함으로써 작가적 비판의식이 이 지점에서 발로하여 소설을 집필하게 하는 동인이 되었던 것이다. 그러나 '순복 도구화된 볼쉐위크'의 모습에서 작가는 정치나 사회의 시대적 아이러니를 접하였고 이것이야말로 심미적 공능과 감동을 수반하는 비판적 기능의 전형적인 요소라고 보았을 것이다. 역으로 공산주의 체제에서는 완전한 순복 도구화된 인간이야말로 사회주의 혁명 건설의 가장 이상적인 인간이기도 하다. 작가의 눈은 이 지점에서 인간을 더 중시하였기에 비판의식을 가졌겠지만 인간을 뛰어넘지 않으면 공산주의 신념은 완전한 성취가 어려워진다. 중국의 입장에서 공산주의의 완전한 실현은 오로지 당성, 정치성, 이데올로기에 충실할 때에 가능한 것이기 때문이다. 그래서 그들은 늘 공산주의 이념을 과학적 유물론에 기초된다고 말하고 있지 않는가? 그저 그 이념의 충복이면 되는 것이다.

　이 소설의 발단은 볼세비키로서의 〈독재자〉 윤태철이 지난 시절의 〈피독재자〉 허수빈네를 연계호로 일을 도와주는 것이 당의 지상 명령에 충실히 따르는 것이라고 생각하여 허수빈네를 도와준다. 그러나 아들 윤준호는 그런 아버지에 대해 인간적인 생각으로 과거에 독재를 부린 집에 대해 더구나 개인적으로 그의 첫사랑의 연인이자 허수빈의 딸인 순정 -윤준호의 아이를 가진 채 윤태철의 결혼 반대로 물에 몸을 던진다- 을 자살로 내몬 용서할 수 없는 아버지에 대해 아버지의 볼세비키로서의 순복 도구 역할을 송두리째 빼앗아 버려 그 충격으로 아버지가 중풍으로 쓰러지기에 이르렀던 것이다. 여기에는 전통적으로 농업을 근간으로 하여 당성의 뿌리 = 생명의 뿌리라고 인식하는 희생세대였던 늙은 아버지 세대의 볼세비키와 작품의 현재에서 젊은 청년들의 리더인 아들 윤준호의 화물차 운전수로서의 직업이 가지는 요소도 충돌하고 있다고 하겠다. 이미 자본의 물결이 개혁, 개방 이후 들어오면서 농촌에서도 직업의 다양화가 일어나고 윤준호의 경우 농사와 화물차 운전수를 겸하여 소득이 농사로 인하여 벌어들이는 것보다 윤택해진 이유도 있다고 하겠다. 허수빈 아내 엄울순, 즉 순정모의 음독 자살 소동 때에 병원비를 내어주거나 농사일을 할 사람이 없는 순정의 집에 농사를 접고 돼지치기로 연명하게 한다는 준호의 계획은 토지에 기반하여 연명하는 농촌에 소득원의 다양화를 불러일으키는 신선한 바람이 될 수 있다. 준호는 순정에 대한 애틋한 사랑의 표시로 순정 모에게 돼지치기를 권하면서 화물 운전으로 벌어들인 소득을 제공하여 허수빈네 가계에 도움을 주거나 결혼하지 않기도 하여 아버지를 용서하지 않는 것이 애달 프게 죽은 처녀 순정에 대한 지고지순한 사랑이라고 생각하였다. 여기에서는 농업과 돼지치기, 즉 축산업으로 생산양식이 바뀌고 있고 아버지 볼세비키 윤태철의 허수빈네에 대한 농업을 근간으 로 하는 생계 대책은 실효성을 잃는다. 오히려 〈연계호〉라는 이 름으로 당의 충복으로 자기의 직분을 다하는 윤태철의 모습은 준 호의 눈에는 구태의연하고 실질적인 대처 방안도 아닐뿐더러 아 버지 마음 속의 일말의 자존심을 지키거나 볼세비키적 오기로 보 일뿐이었고 아들의 한에 대해서 외면하려거나 맞서려는 아버지 의 심리에 대해 아들은 분노하고 아버지와 골이 깊었던 것이다.

「아버지는 내가 순정이 때문에 그런다고 여기시겠지요? 물론 저 는 아버지에게 원한이 있어요. 죽어서도 잊지 못할 원한 말이예 요. 아버지가 세상을 뜬다 해도 저는 눈물 한 방울 흘리지 않을 겁 니다. 하지만 이 점만은 이해해 주십시오. 아버지가 공산당원 허 울을 쓰지 않았다면 이런 말도 하지 않을 겁니다. 〈당원연계호〉를 하라는 것은 당의 지시가 아닙니까? 당의 지시라면 개똥도 황금이 라고 내리먹이던 아버지가 아니였던가요?」

다음 순간 윤태철은 자기가 어떻게 불끈 몸을 일으켰고 어떻게 몸 을 날렸던지 알 수가 없었다. 그는 성깔치민 갈범처럼 돼 가지고 아들놈의 따귀를 무섭게 후려쳤던 것이다.

……일순간 윤주호의 왼쪽 눈에서 번개불이 번쩍 튀었다. 기이한 것은 바로 그 찰나에 윤준호는 순정이의 얼굴을 번쩍 보았던 것 이었다. 아무리 안타깝게 떠올리려고 애써도 안개 속에 휩싸인 듯

어슴푸레 하기만 하던 얼굴이었는데 뺨을 맞던 그 순간에 그렇듯 또렷이 떠올랐던 것이었다.

윤준호는 아이처럼 와락 울음이 북받쳐서 바당문을 무찌르고 나왔다. 트럭을 질풍같이 달려서 집에 당도하여 가지고 핸들에 얼굴을 파묻어버렸다. 가까스로 참았던 울음이 봇물처럼 쏟아져 나오고 있었다. 아끼기라도 하듯이 조금씩 조금씩 토해내던 설움의 덩어리가 차츰 통절히 뽑아내는 통곡으로 변하여가고 있었고, 폭풍같이 터져 나오는 오열에 온 육신이 뒤흔들리고 있었다. 그러는 윤준호의 망막 속에 순정이의 모습이 애처롭게 나타나 있었다.

윤태철과 윤준호의 복잡한 내면의 갈등 구조는 〈독재자〉와 〈피독재자〉, 아들과 아버지의 대립, 인간과 순복 도구를 사이에 두고 고뇌를 한다.

그런데 이제 와서 당은 허수빈을 「귀신」이 아닌 떳떳한 사람으로 평등과 인권을 누리고 행사하도록 혜택을 주었다. 게다가 「볼세비키」들이 「연계호」를 맺어가지고 그들을 위해 헌신까지 하도록 「지시」하고 있는 것이다.

그것은 두 말할 것도 없이 「볼세비키 윤태철」에 대한 역사의 짓궂은 희롱이었다. 이제 윤태철의 앞에는 그러한 역사의 희롱을 달갑게 접수하느냐 아니면 울분으로 거부하느냐 하는 하나의 선택문제가 가로놓여 있는 것이었다. 말하자면 또다시 당의 의지대로 「두뇌없는 순복도구」로 등장이 되어가지고 -아들놈의 조소와 풍자의 대상이 되어가지고- 허수빈이라는 이 빈곤호를 맡아서느냐 아니면 그 어떤 자존심과 오기로써 철저히 외면을 하느냐 하는 것이었다.

그것은 아들 윤준호와의 싸움이었고 「볼세비키」와 「인간」사이의 갈등이었다.

이 두 부자 간 갈등의 해소는 그 대립의 극한에서 아버지가 중풍으로 쓰러져 죽음을 앞두고 있을 때 서로 간에 인간적으로 진심으로 화해를 하는 것이다. 아버지는 아들에게 용서를, 아들은 아버지로 인해 사랑하는 연인을 잃고 서른 살이 넘도록 독신으로 결혼하지 않고 아버지에 대해 맞서 오던 무언의 반항을 눈물로 사과하는 것이다. 이 소설의 서두에서 그려지는 아버지와 아들의 침묵 속의 대립적 긴장 관계 및 분위기가 소설의 끝에서는 허물어져 서로 간의 용서와 화해로 긴장이 이완 및 해소되어 그 눈물로 서두의 정물적이고 딱딱하며 정적이고 물질화된 분위기가 반전되어 가슴의 응어리가 두 부자 사이에 풀리면서 동적으로 변화된다. 아버지와 아들 간의 대립적 긴장 관계의 침묵은 곧 순정이가 죽은 후 10여년 동안 아버지와 아들 사이의 침묵, 즉 분열적이며 이원화된 부자관계의 세월을 나타내고 있다.

> 침묵은 드라마의 격렬한 고조를 무겁게 잉태하고 있었다. 그들은 저마끔·이제 조만간에 이루어질 폭풍 같은 고조 속에 지푸라기처럼 휘말려버릴까봐 두려워 하고 있었다. 거기에 휘말려 들어가고 여지껏 서로 간에 고집스레 지켜왔던 이질적인 자존심과 인격에는 도저히 맞지 않는 양해와 포용이라는 뜨거운 정애에 흐느껴 울고 감동적인 몸부림이라도 칠까봐 두려워하고 있는 것이다.

또 준호가 그런 아버지의 집을 떠나 같은 동네에서 할머니와 따로 살게 된 원인 역시 이 대립으로 인한 별거라는 삶의 방식이었고 준호가 아버지 집의 높은 문턱을 넘게 된 것은 바로 연계호인 허수빈네에 대한 아버지의 구태의연 하며 실질적인 도움이 될 수 없는 순복 도구화된 아버지에 대한 저항이었다. 이는 전세계적 변화와 사회적 변모에 따른 개방, 개혁이 이루어져야 한다는 아들 세대 공산주의자의 강력한 저항이며 아들 세대의 아버지 세대의 당에 대한 저항이라고 하겠다. 그 이유는 아들 세대는 변화된 세계의 정치적 질서와 글로벌화된 경제 질서 속에 공산주의 국가 중국이 어떻게 생존하고 연명해야 하며 국제적 위치를 점할 것인가의 절박한 문제가 얽혀 있기 때문이다.

소설의 갈등 구조의 대척점에 있는 아버지 볼세비키 윤태철과 인간 윤준호는 인민의 적인 지주계급으로 사회주의 건설 과정에서 축출된 세력인 허수빈네를 두고 부자 간의 끈질긴 대립을 하다가 아버지가 중풍으로 쓰러짐으로써 이 갈등이 인간의 죽음을 맞이하는 최후의 장면에서 아버지와 아들의 갈등이 해소되고 화해를 하고 있다. 이 소설의 서두는 이제 중풍으로 쓰러져 죽음을 앞둔 아버지 볼세비키 윤태철과 아버지 앞에 무릎을 꿇고 지난날 아버지와 대립했던 자신을 질책하며 속죄하는 윤준호가 있다.

아버지,「볼세비키 윤태철」은 딱딱한 쇠침상 위에 주검처럼 길다랗게 누워 있었다. 반신불수로 죽지가 철썩 부러져 가지고 이제는 의욕의 생을 체념한 채 죽음을 기다리고 있는 그 모습은 꼭 마치 추락된 전투기의 잔해같이 느껴지고 있었다. 워낙 날카로운 성격자였기 때문에 더더욱 참혹하게 보여주고 있는 것이었다.

아들, 「인간 윤준호」는 그러한 아버지를 마주하고 침상 아래에 무릎을 꿇고 있었다. 두 손을 공손히 무릎 위에 얹고서 숙연히 머리를 숙인 채 자세와 표정을 조금도 흐트러뜨림이 없이 긴긴 시간을 지탱하고 있는 것이었다. 불그스레한 전등빛에 조명이 되어 있는 그의 근엄한 프로필은 흡사 스승 앞에 자기의 불손을 속죄하고 있는, 그렇지만 끝내는 스승의 뜻을 거부할 수밖에 없는 그런 당위성 때문에 심히 괴로워 하고 있는 날선 인격의 학도 같아 보였다. 그들 두 부자는 그런 자세, 그런 모습대로 마치 두 개의 생명 없는 정물처럼 숨소리도, 조그마한 미동도 없다. 그래서 그대로 거폭의 캔버스 위에 그려져 있는 유화같이 보이기도 하는 것이었다.

두 사람 사이에는 무거운 침묵이 흐르고 그런 채 소설은 이런 상황을 불러오게 된 지난 날의 이야기를 전개한다. 그런 다음 현재의 사건이 진행되는 중 부자 간의 대립이 불러온 절정에서 다시 현재로 돌아와 병상의 아버지는 뜨거운 눈물을 흘리며 아들에게 자신이 지난날에 한 혹독한 일에 대해 용서를 구한다. 이 두 부자 간의 화해는 단순이 가부장제 아래 아버지와 장자 간의 화해가 아니다. 지난 과거의 시대와 현재의 시대가 화해를 하고 있고 구세대와 신세대가 화해를 하고 있다. 갈등의 원인에는 사회주의 건설기와 문혁기의 광포한 정치 권력이 저지른 지난날의 과오의 결과물인 허수빈네를 두고 아버지와 아들의 대립이 있었다. 아들인 〈인간 윤준호〉에게 허수빈의 딸 순정이를 사모하고 그녀가 윤태철의 개입으로 물에 뛰어들어 자살에 이르는 비극을 초래하지 않았던들 이러한 비극은 없었을 것이다.

그러나 비극은 비극만을 낳지는 않는다. 이러한 전 시대의 비극을 통해 허수빈네는 지주에서 몰락하여 마을 공동체로부터 문화대혁명기에 개처럼 끌려다니는 신세가 되고 그의 딸이 마을의 기초 간부인 윤태철에 의해 비극적 죽음을 맞는 고난 속에서 허수빈이 이러한 극악한 상황을 견디지 못하여 정신이상이 되었을지라도 아들 윤준호의 순정이에 대한 순정은 눈물겹다. 말 그대로 인간 윤준호라고 작가가 말하였듯이 순정의 죽음으로 아버지와 대립각을 극한까지 세우고 30살이 되어도 장가를 들지 않고 수절하듯 하는 모습은 순정이에 대한 사랑과 순정을 죽음으로 내몰고 그 집안을 쑥대밭으로 만든 국가 권력과 그 권력의 말단에서 시녀 노릇을 했던 아비에 대한 원망이었을 것이다.

그러나 아버지는 아버지 대로 공산주의 이데올로기에 의해 모든 정치 사회의 체재가 변화하는 과정의 머나먼 중국의 땅에서 소수민족인 조선족으로 살아남아야 하는 처절한 몸부림이기도 했을 것이다. 윤태철이 기초 간부 노릇을 하면서 조선족 마을 공동체의 당지부서기를 하면서 당의 명령을 수행하지 않았다면 이 공동체는 거대한 중국 땅에서 잘려나갔을 것이다. 아버지 볼세비키 윤태철이 자신의 가족까지 희생-준호, 정혜, 아내-을 시켜가면서 끝까지 문혁기에 지주계급이었던 허수빈네를 억압하는 데 앞장 서고 시대가 지나 당의 포용정책에 따라 〈연계호〉로 농사를 도우려했던 것은 축출 세력에 대한 지난날의 잘못을 속죄하여 대동단결을 이루고자 하는 현재의 중국의 모습이라고 하겠다. 90년대의 개방, 개혁으로 그간 공산주의 체제 아래에서 정치적으로 사회적으로 축출했던 이들을 위로하고 화해하여 함께 거대한 중화인민공화국으로 흡수시키는 것이야말로 중국이 감당해야할 부분이었던 것이다.

물론 윤태철의 허수빈네와의 기구한 운명은 그의 부친 윤치수(소작인)와 허수빈의 아버지 허영세(지주계급)의 대에서부터 질기게 이어져 온 악연이 2대에 와서 원한이 풀어진 것이다. 그것은 지주와 작인의 관계에서 비롯되었다. 이와 같은 부자관계의 대립을 서사의 중심에 두고 변화되거나 허물어지는 정치 상황을 소재로 한 작품에는 「빨간 크레용 태양」이 있다. 이 작품에서는 정치대장-당지부서기-을 아버지로 둔 19세의 청년 '나'=석호의 입을 빌려 이야기 하고 있다. 석호에게 크레용 태양이었던 모주석의 사망은 한 시대가 기우는 느낌의 두려움이었고 정치대장인 아버지에 대해 '나'는 "이런 교육지책으로 아버지를 굴복시키고 아들에 대한 아버지의 완명(頑冥)한 관념과 습벽을 고쳐주리라"는 아들의 저항이 모티브가 되고 있다. 생엽-담배 잎사귀-을 따라고 지시하는 아버지를 거슬러 친구들과 어울린 석호는 그날 모 주석의 사망 소식을 접하고 사랑하는 연인 희애를 연모한 채 소학교 시절의 미술시간에 그렸던 빨간 크레용 태양을 떠올린다.

내가 그린 동그랗고 빨간 《크레용태양》이 찬란한 빛발을 뿌리고 있었고 그 아래에서 산과 강과 수풀과 오곡이 아름답게 빛나고 있었으며 내 생명이 꿈의 신비와 생활의 환희로 가득차 있었다. 그런데 그 아름다운 동화가 깨어진 것이다.

석호는 저녁 먹으러 온 아버지로부터 생엽 따는 일을 하지 않은 것에 대해 혼이 나자 집을 뛰쳐나와 자신이 만들어둔 오두막으로 간다. 그곳에서 석호는 자신의 외로움과 고민을 몰라주는 아버지를 원망하면서 눈물 흘리다 잠결에 희애와 첫사랑을 맺으면서 그때까지의 모든 설움과 슬픈 고뇌를 털어버린다.

나는 신열에 들떠서, 괴로움에 허우적거리며 꿈속에서처럼 희애의 몸뚱이를 껴안았다. 어딘가 뜨끈뜨끈한 열도속에 투척이 되어 뼈속까지 스며든 내 몸의 한기를 녹여내고싶은 그리고 가슴속에 뭉쳐져있는 괴로움의 응어리를 격렬한 몸부림으로 풀어버리고싶은 절박한 욕망에 휘말려서 내 몸뚱아리는 무섭게 전률하고있었다. 어느 사이 두입술이 뜨겁게 포개여졌다. 마치 두개의 탐욕스런 흡반처럼 들어붙어서 연신 신음소리를 내지르며 오래도록 짓이기고있었다. 그리고 아름답고 탐스러운 화로불처럼 뜨끈뜨끈한 희애의 육체속으로, 그 신비의 늪속으로 아무런 수치심도 일말(一抹)의 죄의식도 없이 헤덤비며 조금은 란폭하게 그러나 자연스럽게 나의 온몸이 빨려들어가고있었다. 격렬한 몸부림으로 육신과 령혼을 불사른 끝에, 스러져가는 감동의 여파와 함께 온몸의 기력이 쭉— 빠져나가던 그 순간에 나는 또다시 빨간 《크레용태양》을 떠올렸던것이다.

이는 불안정한 청소년기에서 한 여인의 사랑을 통해 완전한 성인 남성으로 태어나 모 주석 사망 후의 불안한 정치적 지형이나 사회적 변화에도 의연하게 나아갈 수 있는 농촌당지부서기의 아들로서의 견고한 자세를 회복하고 성장시켜가는 데 밑거름이 된다. 석호는 어머니의 사랑과 소학교 1학년 때 담임 여선생님의 따뜻한 등에 업힌 일, 모 주석이 이끈 중국, 희애의 사랑을 통해서 내적으로 성장 될 수 있었다. 석호는 부성애 보다는 정치대장의 아들로서 책무를 강요하거나 현실에서 같은 마을 공동체의 청년들 보다 모범적이기만을 강요하는 아버지에게 저항하였던 것이다. 그 강요에는 아버지의 아들에 대한 사랑 보다는 정치대장으로서 아버지의 자존심을 지키려는 이기심을 석호는 보았고 거기에 저항하고 싶었다.

정세봉의 시선은 어디에 두고 있는가? 그는 작가적으로 볼세비키 아버지의 그간의 치적을 인정하면서도 그러는 과정에 배제되고 희생되어야 했던 부분을 인간의 눈으로 바라보고 있다. 볼세비키 혁명을 실행했던 세대들의 과오는 그 아들 세대에서 상처로 남았다. 『볼세비키 이미지』에서 윤준호(또는 석호)는 몰락하고 인민의 비판을 받아 축출된 세력의 집안 딸인 순정이를 사랑하였다. 그런 아들의 인간지정을 외면하고 기초간부로서 그런 집안의 딸과 교제하는 것과 그 집의 딸을 며느리로 받아들일 수 없는 아버지의 완고함 안에는 아들의 마음과 그의 사랑을 존중하지 못한다. 급기야 순정이를 죽음으로 윤태철은 내몰았다. 말 그대로 농촌 당지부 서기인 아버지가 원하는 대로 아들의 인생을 좌지우지하려고 하였다. 이러한 현상은 현재에도 있는 일이다. 아들은 그런 아버지와 대립각을 세운다. 급기야 순정이 어머니가 살아가기 힘들어지자 농약을 마시고 자살을 시도 하나 미수로 그치고 그런 일이 있자 윤태철은 허수빈네 농사일을 제 집의 일을 제쳐 두고서라도 돕는다. 이 일은 동네 청년부원인 세진이의 몫이었으나 볼세비키 윤태철은 기초 간부로서 인민을 품에 안으려는 그 마음으로 그 일을 계속하고 아들 준호는 순정이 어머니 병원비를 내주고 순정 어머니에게 순정에 대한 일편단심으로 농사를 하지 않고 돼지를 치게끔 자신이 트럭 운전으로 번 돈으로 돼지 막사와 돼지를 구입해 주려고 계획한다. 부자 사이에 각각 허수빈네를 도와주는 데 아버지는 끝까지 허수빈네가 농사 짓는 것을 고집하고 농사일을 도와주려는 생각이고-이 일로 인해 어머니와 아버지 사이에 싸움이 일어났고 딸 정혜도 이 일에 참여케 한다- 아들은 허수빈이 정신병자이므로 그의 아내가 홀로 농사 지을 수는 없다고 판단하였기 때문에 돼지치기를 계획하여 막사를 짓고 허수빈네 논밭은 동네 어느 집에 양도하였다. 그 양도한 논에서 일하던 사람의 입을 통해 그 모든 것이 아들 준호의 계획이고 자신과 끝까지 맞서는 아들에 대한 분노가 극에 달해서 윤태철은 그 충격으로 중풍으로 쓰러진 것이다. 소설의 끝부분에서 준호의 환상 속에서는 아버지는 충실한 역우(役牛)였다.

> 준호의 환상 속에 느닷없이 충실하고 끈질긴 기질의 역우(役牛)가 떠오르고 있었다. 한 생을 달갑게 멍에를 메고 끌다가 부역에 지쳐서 쓰러진 황소였다. 그것이 아버지의 참모습처럼 보이고 있었다.
> 천대 받는 자의 설움과 낡은 사회를 뒤엎는 격정의 사변을 몸소 겪은 세대였던 까닭에 공산주의라는 꿈같은 세상에 대한 신앙과 신념을 거의 숙명으로 받아들여가지고 평생을 거기에 매달려서 -혁명의 멍에를 메고서- 희생적인 헌신성으로 자신을 혹사시켜 왔던 아버지였다.

> 평생을 편한 세상이 없이 노동과 사업과 투쟁으로 고달팠던, 그것을
> 삶의 보람으로, 행복의 의미로 누려왔던 아버지의 인생이었다.(중략)
> 아버지는 분명히 그것 때문에 고민과 울분과 비애를 느꼈던 것이고,
> 이제라도 새롭게 공산당원의 참신념과 참정신을 빛내고저 뜻을 다지
> 고「볼세비키적 오기」를 부리었음이 틀림없었다.

　작가는 중풍으로 쓰러진 볼세비키 윤태철의 죽음 앞에서 그가
아들과 아내와 화해하게 설정함으로써 소설을 끝맺는다. 작가는
아들이 아버지의 삶을 이해하고 아버지는 순정을 죽게한 지난 날
의 잘못을 아들에게 용서를 빌게 함으로써 부자 간의 골을 매웠
다. 작가는 아들의 순정이에 대한 사랑의 세월과 볼세비키로서의
아버지의 완고하지만 희생적인 삶, 계급을 초월하여 허수빈과 결
혼하여 초시대적이고 헌신적인 애정을 통하여 시대의 비극과 멍
에의 부정성을 긍정성으로 환치함으로써 성세봉 작가만의 인간
미학을 이끌어 내었다. 그가 소설이 '인간학'이라고 하였을 때 그
의 소설에서 작중인물의 창조야말로 그가 지향하는 인간상일 것
이며 이 작품에서 윤태철과 윤준호를 통하여 제시하였을 것이다.
그리고 엄울순이나 순정은 타인을 위하여 자신을 희생하는 또다
른 전형성을 지닌 인물이라고 하겠다.

> 원래 허수빈은 후리후리한 키에 깨끗한 얼굴을 가진 미남이었다.
> 더욱이 그 웃는 얼굴은 여인처럼 고왔다. 빈농의 딸이었던 엄울순
> 이가 성분 같은 건 초개같이 여기고 허수빈한테 정을 쏟았던 까닭
> 도 그의 미모 때문이었던 것이다.

윤태철은 문득 예전에 자기가 몇 번이고 허수빈한테 달갑게 시집
을 와서 불운한 운명의 멍에를 선뜻 나누어 맨 엄울순의 그 초시
대적이고 헌신적인 애정을 두고 불가사의한 감동을 느끼곤 했던
일을 상기하였다.

윗 글에서 보듯이 타인을 위하여 자신을 희생하는 인물인 윤준
호, 엄울순이나 그의 딸 순정이야말로 볼세비키 윤태철이 지닌
현실적 논리를 무화시키는 존재들로서 이들이야말로 거대한 체
제를 떠받들어온 작은 뿌리들이면서 거대한 뿌리를 위해 스스로
양분이 된 이들이라 할 수 있겠다. 당성과 정치성, 이데올로기 실
천의 선봉에 섰던 윤태철에게 이들은 품어야 할 존재들이며 볼세
비키로서의 헌신은 바로 그들을 위한 것일 때 그는 순복 도구화
된 인간이 아니라 공산주의 체제를 떠받치는 숭고한 혁명주의자
들이 될 것이다.

정세봉의 인물창조는 바로 여기에 있을 것이며 그가 탐색하는
인간상은 자본주의적 인간도 아니며 그렇다고 순복도구화된 볼
세비키도 아니며 다만 인간성을 회복하여 초시대적이며 헌신적
인 진정한 애정을 지닌 인간상을 조형하고 싶었고 그 인간을 통
하여 체제를 바라보며 거리를 두고자 했던 것이다. 거기에는 광
활한 중국의 변방 지역에서 소수민족으로서 한민족의 정신(홍익
인간弘益人間, 이화세계理化世界)이 담겨있는 인간을 창조하여 그 땅에
심고자 하는 작가의 긍정적 욕망이 들여다 보인다. 다양한 민족
국가인 중국 내에서 한민족이 가지는 차이성은 거대한 중화인민
공화국이라는 한족 중심의 정치 경제 사회 문화 체제 속에서 잃

고 싶지 않는 민족적 정체성이기도 하리라 생각된다.

정세봉 작가의 선명하며 담대한 필치와 강한 이미지, 서사가 주는 감동에 오랜만에 서사문학다운 서사문학 작품을 읽은 것 같아 필자로서는 행운이라 여기며 글을 마칠까 한다.

이혜진

서울출생
한국외국어대학교철학과졸업
한국외국어대학교국문학박사
민족문제연구소연구원
동경외대, 동경대초빙연구원
현세명대학교교양과정부교수

[평론] _ 서울 〈문학의식〉 2016년 겨울호

역사의 천사와 직업으로서의 작가

- 정세봉의 〈볼세비키의 이미지〉에 대하여

이혜진[한국]

1. 파국의 역사와 좌절한 작가의 초혼(招魂)

여기 한 권의 소설책이 있다. 〈볼세비키의 이미지〉(정세봉 작, 신세림, 2003). 한국문학사의 내부 경험에서 비추어 볼 때 매우 낯선 분위기가 감지되는 이 중편소설은 이른바 중국 조선족 문단을 대표하는 중견작가 정세봉의 문제작이다. 과거를 향해서는 잠시도 뒤돌아보지 않으면서 앞으로의 활로 개척에 한창인 21세기에 돌연 볼세비키라니. 더욱이 검정색 바탕에 붉은색의 글씨체, 그리고 눈물을 뚝뚝 흘리고 있는 커다란 눈동자가 그려진 이 책의 표지만 보더라도 어딘가 시대착오적인 느낌이 물씬 한 것을 부정할 수가 없다.

일반적으로 볼세비키의 이미지라고 하면 정통 마르크스-레닌주의 입장에서 부르주아민주주의 혁명을 거치지 않고 무산계급에 의한 폭력적 정권 탈취와 체제 변혁을 위한 혁명적 전략전술을 취했던 러시아 사회민주노동당 정통파를 떠올리기 십상이다.

세계 최초의 프롤레타리아 혁명으로 세계 최강의 사회주의 국가를 건설했던 소련의 볼셰비즘은 그만큼 세계적인 보편성을 띠고 있는 때문이다. 더욱이 사회주의 혁명을 경험해본 적이 없는 한국으로서는 1920년대 카프(KAFE)를 비롯한 사회주의자들의 활약상을 자본주의 타도를 위한 계급 해방의 관점에 국한해서 보았던 관습을 갖고 있는 탓일 수도 있을 것이다.

그런데 이러한 관점을 중국 근대사의 흐름으로 옮겨놓고 보면 문제가 완전히 달라진다. 중국 근대사의 장면들에서 볼셰비키의 문제는 여전히 현재진행형이기 때문이다. 1958년 마오쩌둥(毛澤東)이 주도한 사회주의 건설의 기본노선인 삼면홍기(三面紅旗) 운동, 즉 총노선(總路線), 대약진(大躍進), 인민공사(人民公社) 설립은 중국의 농업과 공업에서 비약적인 생산 발전을 이루어 이상적인 사회주의를 건설하고자 했던 마오쩌둥의 신념이 집약된 것이었다. 그러나 주지하다시피 인류 역사상 가장 거대한 규모의 공산주의 실험으로 평가되는 중국공산당의 이 일련의 정책들은 최악의 대기근과 수천만의 아사자(餓死者)를 내면서 참담하게 끝이 났다.

대약진운동이 대실패로 돌아가자 중국은 또다시 공산주의적 이상에 가까운 사회주의를 새롭게 건설할 방책을 모색해야만 했다. 그렇게 시작된 1966년의 문화대혁명은 전근대적 문화와 자본주의적 사상을 몰아내자는 슬로건과 함께 마오쩌둥 반대파와 '반혁명인사'로 지목된 관리와 지식인, 학자들에게 피바람을 몰고 왔고, 마치 도미노처럼 산업과 과학기술, 교육 등 중국 사회 전반에 악영향을 끼쳐가면서 마오쩌둥이 사망한 1976년이 되어서야 막을 내렸다. 마오쩌둥 사망 후 중국공산당은 문화대혁명에 대해

'극좌적 오류'였다는 공식평가를 제출했고 이와 함께 문화대혁명의 광기는 급속히 소멸했다.

전 세계의 역사에서도 유례를 찾아볼 수 없는 이러한 중국 근대사의 소용돌이를 직접 체험해낸 작가의 운명이란 과연 어떤 것일까. 옛말에 며느리는 벙어리 3년, 귀머거리 3년, 장님 3년을 보내야 한다는 말이 있지만, 그것은 어디까지나 혹독한 시집살이를 견디기 위한 방편에서 나온 것이다. 다시 말해 그것은 인내의 미덕 혹은 가혹한 환경 속에서 살아남기 위한 전략을 뜻하는 것이었다. 그러나 글을 쓰는 행위로만 자신의 존재 의미를 실험할 수 있는 작가에게 벙어리, 귀머거리, 장님의 삶은 그 자체로 작가적 생명의 종언을 뜻한다. 그러므로 작가의 미덕이란 그 어느 누구보다 더 잘 보고 더 잘 듣고 더 잘 말하는 것에 있다고 할 수 있다. 작가란 태생부터 역사의 시집살이 따위에 굴복하는 존재가 아니라는 것, 즉 작가란 언제나 역사적 현실에 발을 딛고 허우적거리는 것을 운명으로 타고난 존재인 것이다.

정세봉의 소설 「볼세비키 이미지」의 낯선 분위기가 '지금 여기'에서 새롭게 주목되어야 하는 것은 바로 이런 의미에서다. 중국 조선족 문단의 유력 문예잡지 중의 하나인 연변작가협회의 기관지 〈연변문학〉의 편집자이자 소설가인 정세봉(1943-)은 1976년 「불로송」으로 데뷔한 이래 1980년 단편소설 「하고 싶던 말」로 연변문학문학상을 수상하면서 중국 문단의 주목을 받기 시작했고, 중편소설 「볼쉐위크의 이미지」(1991)와 단편소설 「빨간 크레용 태양」으로 배달문학상과 해외문학상을 수상하면서 대표적인 리얼리즘 소설가로서의 입지를 굳혀왔다.

사실 「볼세비키의 이미지」는 1991년, 중국 조선족 문예잡지인 〈장백산〉 2호에 처음 발표되었다. 그 뒤 1995년 여름호 〈한국문학〉을 통해 한국에 소개되었고, 1998년 흑룡강조선민족출판사에서 동명(同名)의 제목으로 중단편소설집에 재수록이 되었으며, 2003년 한국에서 단행본으로 재출간되는 독특한 과정을 거쳐 왔다. 그도 그럴 것이 마오쩌둥 시절 중국공산당의 독재와 정책적 오류에 대한 비판의식을 은밀하게 내세우고 있는 이 작품은 1991년 첫 발표 직후 필화 직전까지 몰리면서 중국 문단에서 왕왕 회자되는 문제작으로 꼽히곤 한다. 중국 조선족 문단에서 활동하는 평론가 조성일의 말을 빌려 「볼세비키의 이미지」가 필화사건 직전까지 가게 된 저간의 사정을 들어보면 다음과 같다.

> 이런 와중에 이른바 당성이 강하고 선명한 연변의 한 〈량반〉이 이 소설이 공산당 기층간부들의 빛나는 지난 력사를 부정하고 빈하중농을 모욕한 반당소설이라고 속단한 끝에 이 소설을 쓴 작자와 그 소설을 발표한 〈장백산〉 편집부를 닉명신으로 중국 길림성 성위 선전부에 고발하였다. 이 고발 소식이 알려지자 우리 조선족 문단에서는 정세봉 작가와 〈장백산〉 편집부에 정치적 문제가 생겼다는 소문이 한입 두입 건너 삽시간에 무성하게 되었다.
>
> 상고신을 접수한 길림성 성위 선전부 책임자는 남영전 주필과 성출판국 관계자를 불러 이 상고문에 대한 처리 문제를 의논하였다. 의논 결과 한국어를 전공한 장춘에 있는 한족(漢族) 학자 두 분을 선정하여 그들로 하여금 소설의 력사 배경, 인물 형상, 주체사상에 대한 견해를 서면으로 작성하여 제기하도록 하였다. 성위 선전

부는 전문가들의 보고서를 검토하고 관계 인사들의 의견을 청취한 후, 상고문에 대해 다음과 같이 답복하였다.

〈근 몇 년래 조선족 문단에서 있어본 적이 없는, 알심 들여 만든 력작〉

성위 선전부는 이 결론을 〈장백산〉 지 남영전 주필에게 서면으로 하달하였다. 이렇게 되어 소설가 정세봉도 살고 〈장백산〉 지도 다시 기를 펴게 되었다. 아이러니하게도 조선족 작가가 쓴 것을 조선족 지성인이 고발하여 한족 학자들이 평판을 해준 것이다.

소설은 1984년 어느 늦은 봄날의 이야기에서부터 시작된다. 하지만 소설의 내용은 1958년 인민공사 설립에 의한 농업집단화에서부터 1984년 인민공사가 해체되고 개체 영농을 이루게 되기까지의 약 25년에 걸친 시간을 배경으로 한다. 평강벌 구룡산 마을의 지주 출신인 허수빈 일가를 사이에 두고 평생 볼셰비키의 인생을 살아온 아버지 윤태철과 그 아버지의 삶을 송두리째 부정하는 아들 윤준호의 갈등선을 중심으로 펼쳐지는 이 이야기는 과거 중국공산당의 정책이 농민들의 삶을 피폐하게 만들어놓았고 또 그것을 회복해가는 과정에서 발생할 수밖에 없는 인간적 비애를 그린 것이다. 그런데 이들이 서로의 갈등을 치유하고 회복하는 과정에는 중국 역사의 오욕과 상처가 끊임없이 환기될 수밖에 없다는 사실에서 문제가 발생한다. 말하자면 이러한 과정에서 「볼셰비키의 이미지」가 "공산당 기층간부들의 빛나는 지난 력사를 부정하고 빈하중농을 모욕한 반당소설"이라는 견해가 나올 수 있었던 것인데, 이 대목은 마오쩌둥 사후 덩사오핑(鄧小平)의 실용

주의 노선에 의한 개방정책이 10년 이상 흐른 1991년의 시점에
조차 지나간 역사에 대한 반성과 성찰이 매우 지난하고 고루하게
이루어져 왔음을 시사한다. 과거 독일의 나치즘이나 일본의 전쟁
책임, 그리고 한국의 친일문제와 같은 사례에서 보더라도 역사적
오욕을 직시하는 데 따르는 불편함과 곤란함은 비단 중국만의 문
제는 아닐 것이다.

　그런데 또 문제는 자의건 타의건 간에 역사적 오욕을 직시해야
할 운명을 타고난 인간 군상들이 존재한다는 사실이다. 예컨대
발터 벤야민의 「생산자로서의 작가」(1934)에서 벤야민이 기본적으
로 작가가 처한 사회적 위치에 대한 자각과 성찰의 측면을 가장
중심에 두고 사유했던 데서도 볼 수 있듯이, 작가란 일반적으로
생각하는 것처럼 자유로운 상태에서 미적 산물을 창조해내는 존
재가 아니라 작가 특유의 생산수단을 소유하고 있는 존재라는 의
미에서 '생산자'이다. 왜냐하면 현실의 상황은 작가로 하여금 자
신의 행위가 누구를 향한 봉사인가의 물음에 대해 결단을 내리도
록 요구하기 때문이다. 그것은 특정 작품이 특정 시대의 작가적
생산관계 속에서 차지하는 '기능'이 무엇이냐는 물음이며, 그것
은 곧바로 작가적 '기법'에 대한 물음으로 이어진다. 이에 대해 정
세봉은 오욕의 역사에 은폐되어 있는 진실한 면모를 펼쳐 보이고
싶은 작가의 양심이자 사명감이라고 응답한다.

　　건국 후의 40여 년의 역사는 우리의 당-중국공산당이 헤쳐 온 역
　　사이고 우리의 인민-중국의 민중이 겪어온 역사이다. 그 역사의
　　행정은 위대하고 격동에 찬 역사이기도 하고 빈궁과 낙후 속에 극

좌정치가 민중을 괴롭힌 사회적 질환의 시기이기도 하다.

1958년 가을, 16세의 어린 나이에 나는 수천 명 민공들이 바글거리는 대약진의 현장-석국수리공사장에 가서 목도를 메고 곡괭이질을 하였다. 그때로부터 1970년 전반기, 생산대대장과 대대 당지부서기질 할 때까지 나도 그 모든 역사를 친히 겪어온 사람이다. 지금 돌이켜보면 그 세월을 당은 참으로 어처구니없는 일들을 많이 벌려왔던 것이다.

당이 지난날의 오류를 시정하고 사회가 바야흐로 치유 일로를 걷고 있는 오늘날 흘러간 역사는 자기의 진실한 진면모를 우리들 앞에 보다 선명히 펼쳐놓는다. 높은 산정에 거연히 올라서서 산천경개를 굽어보듯이 오늘이라는 보다 고층차적인 인식차원에서, 의식의 충격적인 굴절과 각성을 거친 이 시점에서 새롭게 바라보게 되는 역사는 투명하고 적나라하다.

그 역사의 시간과 공간 속에 투영되어 있는 우리(민중)들의 삶의 모습은 서글프다. 그리고 그 역사가 남겨준 -민중의 영혼과 육체(혹은 생명)에 준- 상처는 아픈 것이다.

특히 〈인간학〉을 다루고 있는 작가로 놓고 말하면 더구나 무심할 수가 없으며 침묵을 지킬 수가 없다. 흘러간 역사 앞에서 작가의 양심은 결코 잠잘 수가 없으며 무엇인가 외쳐야 할 그리고 소리 높여 외치고 싶은 절실한 사명감과 강렬한 욕망에 사로잡히게 된다.

파국의 역사를 직시할 때만이 역사의 비밀이 드러나고 또 거기서 다른 역사의 도래를 꿈꿀 수 있게 된다. 그것은 파국의 역사를 재현하는 행위에서 그치는 것이 아니라 거기에 은폐된 사실을 폭로하는 계시의 성격도 지닌다. 파국의 종말 이후의 역사를 어떤 방식으로든 서사화하는 것, 그것이 바로 파국의 역사를 내파하면서 현재의 역사에 직접적으로 참여하는 건강한 방법이다. 그런 의미에서 파국의 역사를 현재의 장으로 초혼(招魂)하는 작업은 과거의 역사가 남겨준 정신적 유산을 관리하면서 그것을 세계에 전파하는 중요한 역할을 도맡는 일이다. 파국의 역사에 대해 좌절을 반복한 작가가 역사를 소환하는 행위를 우리가 끊임없이 주목해야 하는 이유가 바로 여기에 있다.

2. 세대론의 딜레마: 볼셰비키냐 인간이냐

이 소설은 앞으로 전개될 사건의 클라이맥스(climax)에서부터 시작된다. 소설의 첫 장면에서 보이는 부자(父子)의 날선 감정 대립은 마치 연극무대를 숨죽이며 지켜보고 있는 관객이 된 듯한 착각을 불러일으킨다. 생에 대한 의욕을 체념한 채 다가오는 죽음을 기다리고 있는 날카로운 성격의 아버지 윤태철, 그리고 아버지의 뜻을 거역할 수밖에 없는 당위성과 함께 자신의 오만불손을 속죄해야만 하는 모순 속에서 괴로워하는 아들 윤준호의 대결구도가 놓여 있는 폭풍 같은 정적 속에서 괘종시계의 추가 왕복운동을 하는 소리만이 명쾌히 들리는 공간. 그것은 아버지와 아들이 서로 고집스럽게 지켜왔던 자존심의 팽팽한 대결이자 근본적으로는 '볼셰비키'와 '인간'의 대결 공간이다. 그것은 곧 '볼셰비키 윤태철'의 뼈아픈 회한과 '인간 윤준호'의 절실하고도 깊은 사념이 침묵을 방패삼아 대치하는 시공간이기 때문이다.

쉽게 예측할 수 있듯이 아버지 '볼세비키 윤태철'과 아들 '인간 윤준호'의 첨예한 대립에는 마오쩌둥 시대의 대약진운동과 인민공사, 그리고 문화대혁명이 중국 농민의 삶을 송두리째 흔들어놓았던 거대한 역사의 도정이 놓여 있다. 헐벗고 굶주리며 천대받는 자의 설움을 씹어 삼키면서도 소박하지만 강인한 농민의 삶을 견지해온 자들의 마을 구룽골. 인민공사가 해체된 이후 개체영농을 시작한 구룽골은 격동의 중국 농촌사가 여전히 생생하게 재현되고 있는 장소다. 과거 '구룽대대 당지부 서기'였던 '볼세비키 윤태철'은 '지상낙원'이 될 구룽골의 꿈을 실현하기 위해 자신의 모든 것을 기꺼이 내던졌다.

윤태철은 이 고장에서 태어나서 소작농의 자식으로 성장을 했던 사람이었다. 공산당이 천하를 얻는 사변이 눈 앞에 박두했을 때 열혈청춘을 해방전쟁에 투신을 하여가지고 제4야전군 12종대를 따라 장강 이남까지 짓쳐나갔다가 허벅다리에 관통상을 입고 고향에 귀환이 되었다. 중국공산당에는 1949년 여름 사시(沙市)를 공략하는 전투에서 「화선입당」으로 가입을 했던 윤태철이었다.

농업합작화운동에 열성으로 나서서 고급사주임으로 있다가 인민공사화 때부터 구룽대대 당지부 서기로 사업을 떠메고 왔던 것이니 호도거리농사가 시작된 지난해까지니까 꼬박 26년, 「문화대혁명」 시기에 5년 동안이나 「한켠에 비켜서」 있은 걸 제외하여도 당지부 서기 실제 직무담당 연한만도 21년이나 되었다. 이것이 곧바로 61세의 「볼세비키 윤

태철」의 이력이었다.(17)

그런데 지주 출신의 허수빈의 딸 허순정과 빈농 출신인 자신의 아들 윤준호가 결혼 승낙을 받으려 하자 윤태철은 격렬히 반대했고, 이를 극복하지 못한 허순정이 임신 5개월의 몸으로 자살을 했다. 허순정을 잃은 상실감과 울분으로 윤준호는 '침묵의 괴한'으로 변해버렸고, 이를 계기로 아버지 윤태철에게 깊은 원한을 품기 시작했다. 아버지 윤태철이 허순정을 반대했던 이유 역시 '볼셰비키'로서 당의 지시와 임무에 철저하고자 했던 아버지의 고지식함에 있었기 때문이다. 더욱이 윤태철 일가와 허수빈 일가 사이에는 중화인민공화국 수립 이후 단행된 토지개혁에 의해 계급이 뒤바뀐 사정도 있었던 터라 계급투쟁을 단행하고 있던 시기 '볼셰비키 윤태철'의 입장에서 허순정을 받아들이는 일은 상상도 할 수 없는 일이었다.

원래 그 오막살이는 윤태철이네 집이었다. 그의 부친 윤치수가 지주 허영세네 소작살이를 할 때 쓰고 살던 빈고농민의 보금자리였던 것이다. 그런데 토지개혁 직후에 그의 부친 윤치수가 땟국이 꾀죄죄한 일가권속을 주르르 이끌고 지주 허영세네 팔간 기와집에 입택을 하고 깨끗이 청산을 맞아 버린 허영세네 가권이 그 오막살이에 강제택거를 당하게 되었다. (중략)
그러니까 옛날에 빈농 윤치수가 그 오막살이에서 지주 허영세의 「독재」 아래 우마와 같이 살았다면 제2대에 와서는 거꾸로 되어 있었다. 지주의 아들 허수빈이 빈농의 아들이며 당지부 서기인 윤태철이한테

서「독재」를 당하게 되었던 것이다. (30)

　이 장면은 중화인민공화국 수립(1949) 이후 유지되어왔던 '봉건
지주토지사유제'를 철폐함으로써 지주의 토지를 몰수하여 경작
의 주체인 농민이 토지사용권을 갖게 한다는 내용의 '농민토지사
유제'가 실시되었던 것을 배경으로 한 것인데, 사실 이때의 토지
개혁이란 일종의 계급투쟁을 의미했다. 즉 농촌 인구의 70%를 차
지하는 빈농과 고농의 지지를 얻어 구세력을 제거하려는 당의 의
도에서 촉발된 것으로서, 실제로 토지개혁의 결과 20%를 차지했
던 중농이 80%로 급증하면서 농촌 생산량의 뚜렷한 발전을 가져
왔던 것도 사실이다. 이때 허수빈 일가는 중국 근대사의 풍랑을
겪은 지주 성분을 가진 자들의 운명을 대표한다고 볼 수 있는데,
인간의 취약함을 고려하지 않은 당의 신념이 맹목으로 흐를 때
나약한 인간의 본성이 어떤 고통에 처하고 나락으로 빠져들게 되
는 지를 경험적으로 잘 보여준다.

　지주 성분을 가진 사람들의 운명이 다 그러했듯이 허수빈도 예외일 수
가 없었다. (중략)
「문화대혁명」 시기에는 눈뜨고 볼 수가 없었다. 한 시기에는 매일이다
시피 「개패」를 걸고 고깔모자를 쓰고 「투쟁」을 당했는데 그 「개패」라는
걸 무거운 널로 짜가지고 가느다란 철사로 끈을 달아 목에 걸었다. 고
깔모자도 거칠은 널로 삼각형 모양으로 만들었는데 한번 쓰고 「투쟁」
을 당하고 나면 얼굴과 머리가 온통 피투성이가 되곤 했다. 때론 얼굴
에 먹칠을 해가지로 개처럼 목을 매어 끌고다니곤 했다. 지주의 아들

인 데다가 할빈「대도관 고등국민학교」를 다닐 적에 일본 센또보시를 쓰고 찍은 사진 때문에 그런 고초를 당하게 되었던 것이다.

오랜 세월에 걸쳐 시달림을 받은 허수빈은 자기의 운명에 곱다라니 순종을 했다. 그는 늘 고개를 숙이고 그림자처럼 소리없이 조심스럽게 걸어다녔고 사람들을 만나면 기계처럼 허리를 곱싹거렸다. 서라면 서고 기라면 기고 짓밟아도 꿈틀거리지 않을 듯했다. 때려도 아픈 줄 모르고 아무리 못살게 굴어도 고통과 번민과 비애 같은 것을 전혀 느낄 줄 모르는 허수아비 같은 존재- 그것이 바로 윤태철의 머리 속에 투영되어 있는 허수빈의 이미지였다. (32)

허수빈은 결국 실성해버렸다. 빈농 출신의 아내 엄울순도 농약을 먹고 자살시도를 했다. 무남독녀 허순정도 자살해버린 시점에서 허수빈 일가가 농사를 짓는 것은 불가능한 일이었다. 그래서 윤준호는 "순정이 앞에서 맹세했던 스스로 짊어진 의무를 잊지 않"기 위해 "그것을 남몰래 이행하느라"(73) 고군분투했다. 다른 한편 아버지 윤태철은 허수빈 일가에 대한 연민의 감정을 숨긴 채 "당과 지나간 역사를 대신해서 자기 한 몸으로 그들 앞에 속죄를 하리라"(81)는 결심으로 허수빈 일가의 농사를 돕고자 결심했다. "그것은 흘러간 역사에 대한 울분이었고 아들놈한테 향하여진「볼세비키적 오기」"(77)에서 기인한 것이었다.

이쯤 되면 "무산계급 강산"을 꿈꾸면서 "일체를 무조건적으로 당 규율에 복종하는 것을 철 같은 삶의 신조로 삼아왔"(64)던 윤태철의 '볼셰비키적 오기'는 어딘가 한풀 꺾여 있는 것처럼 보인다. 오기란 자신감이 충만할 때 생기는 감정이 아니라 자신의 신념에서 모순을 발견했거나 자신감이 결여되었을 때 나타나는 일종의 불안감과도 같은 것이기 때문이다. 미네르바의 올빼미가 황혼이 깃들 무렵에서야 날아오른다는 것은 어쩌면 인간의 무지와 몽매를 간파했던 선현들의 깨달음이었을지도 모르겠다. 허수빈 일가의 몰락과 아들 윤준호의 비난에도 꿈쩍하지 않던 '볼세비키 윤태철'이 역사의 풍랑이 모두 사그라진 이후에야 비로소 각성의 순간을 경험하게 된 것은 어디까지나 자기 자신에 대한 물음에는 자기 자신이 직접 응답함으로써 진정한 자각에 이를 수 있음을 보여주기 때문이다.

자신이 꿰뚫고 달려온 격랑과도 같은 역사의 현장이 생생히 떠오르고 있었다. 윤태철은 급기야 역사의 자욱한 안개를 헤치고 먼 곳에 서서 전혀 새로운 시점에서 자신의 「볼세비키적 인생」을 돌이켜 보기 시작했다. 그것은 의식의 굴절을 거친 뒤의 자신의 과거에 대한 평가였고 검토인 것이다.

군대에서 귀환된 후의 30년은 실지는 아득히 먼 세월이었지만 윤태철에게는 하루밤의 짧디 짧은 꿈결인 것처럼 자꾸만 느껴지고 있었다. 식을 줄 모르는 정치적 격동과 혈색의 충성심으로 가슴을 끓이면서 눈코뜰새 없이 분전해 왔던 까닭에 그렇게 느껴지고 있는 것이라고 그는 생각하고 있었다. 해마다 시기마다 내려오는 중앙의 노선, 방침, 정책과 상급 당의 지령, 지시, 결의 등을 받아가지고 내려와서는 그것을 전달하고 집행을 하고 시달정황을 다시 위에다 회보하고 하는 일이 수십번 수백 번 반복이 되는 가운데 후반생이 꿈결처럼 흘러가 버렸던 것

이다. (중략)

그런데 오늘날 지난날의 모든 시비와 흑백과 음양이 많은 경우 조화 속에서처럼 그 위치가 휘딱 뒤바뀌어진 오늘날에 와서 뒤를 돌아다본 즉 그렇듯 격동적이고 헌신적이었던 자신의 후반생이 기본적으로 그 릇된 것으로 되어 있었고, 자기 「볼세비키 윤태철」은 「당의 말」(지금 보면 근본적으로 오류적인 그 말)을 그대로 받아 외우기만 한 「앵무새」로, 두뇌라곤 전혀 없는, 준호의 말처럼 「당의 지시하면 개똥도 황금」이라고 내리먹인 어릿광대와도 같은 「순복도구」로 되어 있었다.

그래서 피를 물려 준 아들한테서 「훈계」를 듣게 된 것이었고 공산당원으로서의 존엄과 부친으로서의 인격도 아들놈의 발밑에 헌신짝처럼 모욕을 당하는 순간이 빚어지게 되었던 것이다.(60-62)

그러나 여태껏 하수빈 일가에 대해 독재를 해왔던 아버지 윤태철이 당의 지시라는 이유로 '연계호'를 맡아 평등한 관계에서 허수빈 일가의 농사를 돕는다는 사실이 윤준호에게는 그저 "당의 말을 앵무새처럼 그대로 받아 외우고 당의 지시대로 로보트처럼 움직여온 「두뇌 없는 순복도구」"(85)의 희극적 제스처로만 보였다. "당의 규율과 의지 앞에서 독립적 사유체로서의 「인간 윤태철」"(86)은 애초부터 존재하지 않았다고 판단하기 때문이다. 더욱이 당 소조에서 어느 한 당원에게 '연계호'를 맡겨 허수빈 일가의 농사일을 거들어 주는 것만으로는 허수빈 일가가 갖고 있는 근본적인 문제를 해결할 수도 없는 노릇이었다.

그리하여 윤준호는 허수빈의 아내 엄울순과 의논한 끝에 농사

보다는 돼지치기가 대안이 될 수 있음을 깨닫고, 허수빈 일가가 한시라도 빨리 자립을 할 수 있도록 물심양면 돕는다. 윤준호가 허수빈 일가의 양돈업 전환에 맹목적인 추진력을 발휘하는 데는 또 다른 이유가 있었다. 이를테면 "농토를 다른 사람한테 양도해 버리면 아버지, 「볼세비키 윤태철」은 「당성 발휘」의 터전을 잃게 된다는 사실",(117) 즉 그것은 말하자면 아버지를 굴복시키는 일에 다름 아니었다. "끈 떨어진 망석중이 되고 보면 아버지는 더는 「살아 움직이는 만화」로 되어 있지 않을 것이고, 인정을 가진 순수 농민으로 돌아갈 것"(118)이라는 것, 그리고 땅과 씨름하는 일에서 해방되어 편안한 만년을 보낼 수 있으리라는 자식 된 자의 성정에서 나온 계산이 따로 있었던 것이다.

당의 지시를 집행하는 '두뇌 없는 순복도구'일지라도 자신의 신념과 의지로 아낌없는 헌신을 통해 허수빈 일가를 돕는 것이 아들 윤준호에 대한 승리이자 흘러간 역사에 대한 원한에서 해방되는 일이라고 믿고 있는 '아버지 윤태철'. 그리고 허수빈 일가의 토지를 다른 사람에게 양도하는 방법으로 아버지의 임무를 박탈하여 그 노고를 덜어주려는 '아들 윤준호'의 대결구도는 이렇게 해서 새로운 국면을 맞이한다. 그러나 허수빈 일가의 농지를 다른 사람에게 양도해버린 윤준호의 행위는 뜻밖에도 아버지 윤태철에게 치명상을 입히게 된다. 아들과의 대결에서 패배했다는 절망과 노여움으로 뇌출혈을 일으킨 윤태철은 지난 30여 년간 '당의 충직한 사병'으로서의 고군분투가 결국 헛된 것이었음을 깨달은 데서 오는 비애를 뼈아프게 실감한 것이다.

이 소설의 하이라이트라고 할 수 있는 윤태철의 꿈 장면은 중국 근대사가 창조해낸 볼세비키의 격세지감을 유감없이 보여주는 대목이자 동시에 '볼세비키 윤태철'이 애써 감춰왔던 자신의 무의식 혹은 현재의 시점에서 지난날의 볼세비키를 조망하는 작가의 시각을 여과 없이 보여준다. 즉 윤태철의 무덤에서 발견된 '볼세비키 화석'은 '인간'의 종류와는 전혀 이질적인 것이라는 고고학자들의 결론. 다시 말해 '볼세비키 화석'은 겉으로는 인간처럼 보이지만 거기에는 인간만이 갖고 있는 독립적 사유와 다정다감한 감정이 완전히 결여되어 있다는 점에서 '인간'이 아니라는 것이다.

> 「이건 곧바로 〈볼세비키 화석〉이지요. 틀림이 없습니다. 보십시오. 이 혈색의 딴딴한 갑각이 그걸 충분히 실증해 주고 있지요. 여러분들이 좀 더 상세히만 관찰한다면 복부 부위에 누른빛의 낫과 마치가 새겨져 있는 걸 무난히 발견할 수가 있지요. 이건 시신 우에 덮었던 볼세비키당 기폭이 수만 년 동안 수성암 속에서 그대로 화석으로 굳어진 겁니다. 이 적색의 갑각 속에서 인간은 언녕 죽어 있었지요. 말하자면 독립적 사유체로서의 인간, 다정다감한 감정체로서의 인간은 전혀 무시되어 있었다 그겁니다. 그 대신 볼세비키당의 집단적 신념과 의지 같은 것이 로보트처럼 움직이고 있었지요.」(148)

그럼에도 시종일관 자신이 '인간'이었다는 사실을 피력하는 '볼세비키 윤태철'의 항변은 가볍게 무시된 채 '볼세비키 화석'으로 간주되어 고고학 박물관으로 이동하려는 찰나, 아버지의 죽음을 예측한 아들 윤준호와의 재회는 아버지와 아들, 볼세비키와 인간의 치열한 대결구도가 종말에 이르렀음을 예감케 해준다.

3. 역사와 인간과 서사의 힘

1991년 이 소설이 중국에서 처음 발표되었을 때 윤태철의 꿈 장면은 『장백산』 편집자에 의해 삭제 조치되었다. 이후 1998년 중단편소설집에 재수록이 되었을 때 역시 이 꿈 장면은 중국 문단의 정치적 파문을 의식해 작가의 의지와 상관없이 출판사 편집자에 의해 삭제되었다. 이러한 사실은 마오쩌둥 사후 중국공산당이 문화대혁명에 대해 '극좌적 오류'였다는 공식평가를 제출한 이후에도 여전히 중국 역사의 오점을 발설하는 행위가 정치적 파문을 불러일으킬 가능성이 있음을 시사한다.

'볼셰비키 윤태철'의 자기부정의 핵심에는 '인간', 즉 사유의 주체 혹은 인간 존재의 나약함을 용인하는 인지상정(人之常情)의 결핍이 자리하고 있다. 그러한 결핍은 인간 감정의 희로애락을 비롯한 부모와 자식 간의 사랑, 남녀의 사랑, 이웃 간의 사랑과 같은 인간애와 인류애를 부정하면서 이데올로기에 입각한 신념과 희생을 선두에 자리매김했다. 그 결과 '볼셰비키 윤태철'은 '인간 윤준호'에게 패배했다. 인간에 대한 진정한 이해 없는 성급한 유죄추정은 또 다시 역사를 오도하는 실수를 반복하기 마련이다. '인간'을 부정했던 윤태철의 '볼셰비키적 오기'와 '볼셰비키적 자존심'이 훗날 '인간'과는 전혀 다른 '볼셰비키 화석'이 되어 박물관에 진열될 운명에 처하게 된 것은 바로 이 때문이다.

보다 더 안타까운 것은 이상적 공산주의에 대한 신념을 숙명으로 받아들였던 윤태철의 헌신이 그의 염원과는 달리 "그렇게 썩 「혁명적」이 못되었"(162)다는 사실이다. '볼셰비키 윤태철'이 '인간 윤준호'에게 패배하고, 또 진정한 혁명적 볼셰비키의 면모를 갖추지 못했던 것은 어쩌면 그가 그 자신의 내부에 잠재되어 있었던 '인간'을 완전히 버리지 못했기 때문이었는지도 모른다. '볼셰비키 윤태철'은 허순정을 잃은 아들 윤준호에 대한 속죄의식으로 괴로워했고, 또 문화대혁명 시기에 모진 고초를 당한 허수빈 일가에 대한 죄책감을 버리지 못했으며, '두뇌 없는 순복 도구'로서 당의 지시만을 집행하는 앵무새와도 같은 자신의 처지를 오직 '볼셰비키적 오기'와 자존심으로 봉합하는 데만 급급해했다는 점에서 그렇다. 달리 말하면 인간은 근본적으로 진정한 '볼셰비키 화석'이 될 수 없는 존재라는 것, 따라서 볼셰비키냐 인간이냐의 선택의 명제에는 처음부터 '인간'의 승리가 전제되어 있다는 것, 이것은 역사의 아이러니가 보여주는 단골 레퍼토리이기도 하다.

여기서 우리는 다시 서사의 힘에 대해 상기해야만 한다. 장용학이 〈요한시집〉에서 이미 간파했듯이, 세계는 이렇게 바윗돌같이 견고하면서도 달걀처럼 취약한 것이다. 인간의 경험을 그리는 문학은 언제나 이 점을 강조해왔다. 그러므로 지나간 역사는 항상 현재를 살아가는 인간에게 매우 유효한 반면교사가 된다. 그런 점에서 역사에 대한 성찰을 멈추지 않는 작가의 글쓰기, 바로 그것이 진정한 작가인가 아닌가에 대한 정확한 실험이 될 수 있을 것이다. 따라서 작가는 어디까지나 실패한 역사에서 불어오는 바람의 노래를 들어야 한다. 무라카미 하루키의 말을 빌자면, 진정한 작가에게는 마땅히 그런 특별한 자격 같은 것이 필요하기 때문이다. 지나간 과거를 성찰하는 작가의 행위에 의해 독자들은 그만큼 다양한 경험 가치를 갖게 된다. 독자들로 하여금 슬퍼하거나 분노하는 경험을 통해 어떤 중요한 전환 혹은 이동을 경험할 수 있게 하는 것, 그것이 바로 오락물이 아닌 문학의 서사가 가진 진정한 힘이다. 정세봉의「볼세비키 이미지」를 21세기의 자리에 호출한 것은 바로 이 때문이다.

-2016년 9월

5. 대학생 론단

김
영

정세봉소설의 예술적특성에 대하여

김 영(심양)

새로운 력사시기에 진입한이래 중국조선족소설문학은 거족적
인 발전을 가져왔는바, 특히 이 시기에 두각을 내민 신진들은 자
기의 예술적창발성과 재능을 남김없이 과시해 독자들의 사랑을
받는 훌륭한 작품들을 창작하였는가 하면 조선족의 소설문학을
새로운 발전단계에 들어서게도 하였다.

1976년 처녀작 "불로송"으로 문단에 데뷔했던 정세봉이 문단
의 주목을 받기 시작한것은 1980년에 발표한 단편소설 "하고싶
던 말"을 통해서이다. 이 작품으로 정세봉은 그 해의《연변문예》
문학상 및 전국소수민족문학창작 1등상을 수상하였고 새시기
작가로서의 립지도 든든히 하게 되었다.그 후 그는 "'볼쉐위크'의
이미지", "빨간 '크레용·태양'" 등 작품들을 통해서《배달문학상》,
《해외문학상》 등 굵직한 상들을 십여차 수상한다.

시종일관 리얼리즘창작방법을 고수한 작가로서 정세봉의 소설
은 진실하다. 정세봉의 작품세계를 살펴보면 그가 시대와 사회의
발전변화상을 자신의 진실한 체험과 경력에 결부하여 리얼하게

그려내는데 고심한 작가라는것을 알수 있다. 정세봉은 력사와 시대의 국면들이 그때그때 요구하는바에 따라 특정주제를 사유의 중심에 놓으면서 당대사회를 여실하게 반영하는데 주력하였다.

정세봉은 다년간의 소설창작을 통해 점차 자신만의 독특한 풍격을 형성하면서 생활에 대한 독자적인 견해와 예술추구에서의 개성을 돋보였다.

아래 그의 30여년 창작과정을 다음 몇가지 측면에서 살펴보기로 하자.

1. 비극적색채

정세봉의 소설은 비극적색채가 유난히 짙다. 그에게 작가적명성을 안겨주었던 "하고싶던 말"을 비롯한 《상처-반성문학》 계렬은 물론이고 90년대에 쓴 도시제재소설도 거개가 짙은 비극적색채로 얼룩져있다.

일찍 로신은 "비극이란 인생에서 가치가 있는것을 훼멸시켜 사람들에게 보여주는것이다"고 말한적 있다.

정세봉소설의 비극적색채도 인생에서 가장 소중한것을 훼멸시키는것에서 나타나고있다.

"하고싶던 말"의 금희는 순박하고 부지런하며 사랑을 중히 여기는 인물이다. 도시에 시집보내겠다는 부모의 만류에도 불구하고 남편 한사람만 보고 서발 막대 휘둘러도 거칠것이 없는 가난

418

한 집안에 시집간다. 손발이 닳도록 억척스레 일하여 6년만에 시집의 빚을 벗고 좀 살만하다싶으니 극좌정치에 물든, 출세욕에 눈이 먼 남편에게 무정하게 버림을 받는다. 모든 고생을 감내하면서 남편 하나만을 하늘처럼 믿고 살아오던 금희에게 있어서 이보다 더한 타격이 있을수 없을것이다.

작가의 이러한 의도적인 슈제트설정은 사람들로 하여금 금희의 비극적운명에 뜨거운 동정을 보내게 하였으며 작품의 주제인 극좌정치의 죄악을 더욱 효과적으로 고발할수 있게 되였던것이다.

> "나는 반복적인 사색과 연구끝에 부부간의 애정이 파탄되는 비극적인 이야기를 줄거리로 삼으려고 작심하였습니다. 녀성들의 일생에서 가장 불행하고 고통스러운 일이란 애정에 금이 실리여 리혼하는 일이므로 주인공의 내면세계를 그리는데 리상적일것 같았고 또한 거기에다 정확한 로선과 좌적인 오유와의 사회적갈등을 효과적으로 체현시킬수 있겠다고 생각되였습니다."(창작담:"진실만이 보석처럼 빛을 뿌린다")

"민들령"의 비극적색채도 더없이 짙다.《유일성분론》이 살판치던 나날에 지주집안의 손녀로 태여난 "죄"로 하여 예쁘고 총명한 분희는 비극적운명을 겪어야 했다. 반란파들에 의해 량친을 잃었고 몸속에 "색다른 피"가 흐른다는 어처구니없는 리유로 4년간 사랑을 속삭인 현철이는 모친으로부터 갈라질것을 강요받는다. 결국 분희는 머나먼 한족지구로 시집가고 현철이는 미치광이가 되여 온종일 두사람이 사랑을 속삭이던 민들령을 헤집고 다닌다. 작품은 두 청춘남녀의 순결한 사랑이 파탄되는 과정을 통해 좌적 정치의 죄행을 힘있게 공소하였다.

이밖에도 "볼쉐위크'의 이미지"에서 "볼쉐위크" 윤태철의 핍박으로 임신 5개월의 몸으로 구룡천에 몸을 던져야 했던 지주집안의 손녀 순정이, "인간의 생리"에서 농촌사위를 삼을수 없다는 친부모의 반대로 억지로 끌려가 류산대에서 목숨을 잃은 리군철의 첫사랑 미금이, "토혈"에서 가난때문에 병도 보이지 못하고 밭에서 피를 토하며 죽어야 했던 홍수의 비참한 운명은 하나같이 강렬한 비극적색채를 띠고있다.

2. 정론적색채

정세봉의 대부분 소설은 선명한 정론적색채를 띠고있는바 사변성(思辨性)으로 충만되여있다.작자는 철리성적인 의론을 소설속에 끌여들여 말하고저 하는 의도를 돌출히 하였다.

"대자연의 미"에서 작자는 순호의 심리활동에서 의론을 전개하여 대학졸업생이며 도시총각인 순호를 매료시킨 농촌처녀 성희의 아름다움이 어디에 있는지를 밝혀낸다.

처녀의 아름다움, 그것은 바로 약동하는 로동생활의 미였다. 그것을 떠난다면 눈동자에 어린 생기와 랑만, 얼굴의 홍조와 몸의 탄력, 노래와 웃음으로 매력을 뿜는 처녀의 아름다움은 빛을 잃고말것이다.

처녀의 아름다움, 그것은 또한 대자연의 미이기도 하였다. 산 곡간의 한떨기의 꽃이 그토록 향기 진함은 어머니대지에 뿌리를 내렸기때문이다. 수천갈래의 강하(江河)가 그처럼 흐름 세참은 무궁무진한 샘줄기에 시원을 두었기 때문이다. …가없는 하늘과 푸른 숲, 밝은 해빛과 신선한 대기, 노을과 안개, 새와 벌레들… 이 모든것이 하나의 위대한 원리에 의해 미를 구현하고있는것이 아닌가!…

"인간의 생리"에서는 주로 작품속 인물의 대화속에서 의론을 전개하여 농민에 대한 사회의 랭대와 편견 그리고 물욕에 젖은 현대인의 적라라한 리해관계, 당대사회의 부조리현상과 구조적 모순에 대해 비판하였다.

이러한 주제를 돌출히 하기 위하여 작자는 우선 《공산당선언》에서 작가의도를 대변하기에 적합한 한단락을 발췌하여 작품의 첫머리에 인용하였다.

> 자산계급은… 사람과 사람사이에 다만 적라라한 리해관계와 랭혹한 "현금교역"외에는 다른 아무런 련계도 남기지 않았다. 자산계급은 종교적광신, 기사적열정, 소시민적감상 등 이런 정감의 성스러운 격발을 얼음과 같이 차디찬 리기주의적타산의 물속에 잠가버렸다.
>
> -맑스, 엥겔스《공산당선언》

"인간의 생리"에서 불우작가 농우선생의 처지와 경력은 정세봉의 인생경력과 더없이 흡사한바 그야말로 정세봉의 자화상이나 다름없다. 현미와 나누는 농민출신의 불우작가 농우선생의 말은 의론성이 강하며 일정한 사회적공헌이 있는 작가로서 정당한 대우를 받지 못하는데 대한 울분이 짙게 깔려있다. 뿐만아니라 최종적으로 도덕적으로 타락하는 현미의 말에서마저 정세봉의 그림자를 발견할수 있다.

"선생님은 워낙 진작 작가협회거나 편집기관에라도 들어가서야 옳은데요. 여직껏 해결을 못보셨다니 정말 리해할수가 없어요. 애초에 조직에서 손 댄 일인데 다시 직접 시당위에 제기하면 안될리가 없을것 같은데요. 상식밖의 일이라면 몰라두…"

"한마디루 농민으로 태여난게 죄지요. 중국이라는 이 나라에서는 농민이 일단 솟아나려면 무척 어려운 곡예를 두번 해야 하는데 하나는 《로동자편제》라는 담장이고 다른 하나는 《간부편제》라는 담장이지요. 《간부편제》 아니기에 안된다는거였죠. 《간부》로 되자면 시당위 상무위원회에서 《특수공헌인재》로 결정해야 된다는겁니다. 나같은 사람 《특수공헌인재》로 될수가 없으니까 방법이 없지요?"

"아니 선생님같은 분이 《특수공헌인재》가 못되면 어떤 사람 된대요?"

"우리 농민들속에는 이런 말이 있습니다. '번데기로 되였다가 벌거지(성충)로 변신도 못하구 마는게 농민'이라구… 농민은 사람이 아니지요!"

농민출신이였던 정세봉은 사회로부터 받았던 편견과 랭대로 맺혔던 한을 부정적인물로 설정한 리군철의 입에서도 쏟아내고 있다.

"같은 농민출신이니 하는 말이지만 나는 그때 하나의 진리를 깨달았습니다. 말하자면 농민은 영원히 값없는 존재일거라는걸 알았지요. 나라생존과 《혁명》에는 농민이 없어서는 안되는것인데 세상은 농민을 천대합니다. 특히 분개를 일으키는것은 당간부들이지요. 그들은 겉으로는 듣기 좋은 말을 불어대지만 실제는 농촌을 사람이 못살 지옥으로 여기고있지요. 자기 자식들이 《지식청년》으로 내려간게 가슴 아파서 도시로 되올려가려고 별별 수단을 다 쓰고… 기실 그들은 제 일신과 제 가족의 안일과 영달만을 꿈꾸는 리기적인 인간들인겁니다."

"'볼쉐위크'의 이미지"에서는 주로 플롯 전개에 따른 의론성서술, 혹은 인물의 심리활동을 통하여 시대배경을 교대하고 시대의 변혁에 대한 작가의 감수와 리해를 발로하였다.

윤태철이 당의 "두뇌없는 순복도구"로 될수밖에 없었던 원인을 작가는 윤태철의 심리활동가운데서 의론을 전개하여 그려내고 있다.

사실대로 말한다면 당규률을 무시하고 자기의 견해와 배짱대로 처사할수 있는 당원질을 하기란 기실 식은죽 먹기인것이다. 지난 세월에 당에서 하라는 일들이 윤태철의 마음에도 내키지 않았던 경우가 얼마나 많았던가? 그렇지만 윤태철은 무정무심의 강유력한 당규률과 다정다감하고 유분별한 마음과의 모순에서 오는 고민과 곤혹속에서 결국은 일체를 무조건적으로 당규률에 복종하는것을 철같은 삶의 신조로 삼아왔다. 그는 당을 믿었고 또한 당에서는 그렇게 하도록 가르쳤던것이다.

력사의 행정은 앞으로도 그렇게 될것이라고 그는 생각을 했다. 일쩍 선언을 했던 기정신념에 따라 자기의 충직한 선봉전사들을 강유력한 규률로 묶어세우고 통일적인 의지아래에 민중을 둔 당은 새롭게 방황을 하고 좌절을 당하고 오유도 범하면서 그리고 그에 동반되는 민중의 고민과 아픔과 희생을 피치 못하면서 전진을 할것이다. …당은 절대로 함선을 침몰시키지 않을것이며 풍요하기도 하고 가난하기도 한 이 국토우에다 바람직한 민중의 락토를 창출해낼것이다. …그때에 가면 민중은 당의 리념과 의지를 보다 친근히 리해하게 될것이고 당의 기치밑에 헌신적인 돌진을 했던 수천수만의 "두뇌없는 순복도구"들의 신념과 로고를 깊이깊이 터득할것이다. 자기- "볼쉐위크 윤태철"이도 그때에 가면 행복의 미소를 지을것이다.

3. 언어의 상징적, 풍자적색채

소설 "빨간 '크레용태양'", "태양은 동토대의 먼 하늘에"에서 작자는 "태양"이란 언어가 주는 상징적계시를 최대한으로 활용하였다.

"빨간 '크레용태양'"에서의 "태양"은 모주석을 상징한다. 담배따러 가라는 정치대장 아버지의 엄명을 무시하고 마을의 애군들과 함께 고기 잡으러 갔다가 돌아오는 길에 접한 놀라운 비보- "영원히 지지 않는 태양"으로만 여겼던 위대한 수령의 서거소식은 "나"를 비롯한 애군청년들에겐 물론 온마을의 촌민들에게 더없는 충격과 슬픔을 안겨준다.

…아득한 창공에서 작열하던 태양이 갑자기 새까만 숯덩이로 꺼지고있었다. 그리고 별찌처럼 무섭게 떨어져내리고있었다. 내 마음속 우주에 그 하늘에 떠있던 빨간 "크레용태양"이였다.

소학교 1학년… 그날 도화시간에 우리는 태양을 그렸다. 선생님이 그린것처럼 동그라미를 정성껏 그리고 그 동그라미에다 빨간 크레용을 칠해넣었다. 더더욱 빨갛게 되라고 자꾸자꾸 칠을 했다. "태양은 모주석, 우리 맘속에 떠있는 영원히 지지 않는 태양!" 선생님의 말씀이였다.

…그런데 그 아름다운 동화가 깨여진것이다.

영원히 지지 않는 태양처럼, 십장생(十長生)처럼 우주와 더불어 영생할것만 같았던 모주석의 서거는 애숭이총각이 어려서부터 품어왔던 "아름다운 동화"를 여지없이 짓부셔버린다. 크레용으로 인위적으로 덧칠해넣은 태양이 진짜일수 없듯이 령수를 신단에 올려놓고 "지지 않는 영원한 태양"으로 숭배하던 행위 또한 허황하기 그지없다.

결국 "나"의 마음속 우주에 떠있던 태양은 새까만 숯덩이로 꺼지고말고, 위인이 서거한 범상치 않은 그날 밤에 "나"는 평소 호감을 가지던 마을처녀와 정사를 가진다. 즉 "태양"이 지여도 지구는 여전히 돌아가듯이 위인의 서거에도 불구하고 생활은 지속적으로 지속되는것이다. 이러한 의미에서 빨간 "크레용태양"은 그 상징적의미에 못지 않게 특정한 시기 우상숭배에 대하여 신랄한 풍자를 날리고있는것이다.

장정일은 "크레용태양"의 상징적의미를 다음과 같이 해석하고

있다. 소학교 1학년때 미술시간에 그린 "크레용태양"이 한편으로는 충격과 허전함과 괴로움의 이미지를, 다른 한편으로는 그 충격과는 관계없이 자연적으로 인간적으로 순리에 맞게 행해지는 생활의 지속적인 진행과의 대조를 위한 이미지로 작용하면서 일종 상징물의 구실을 하고있다.

"태양은 동토대의 먼 하늘에"에서의 "태양"은 유토피아적인 리상적이고 합리화한 사회구조와 정치를 상징한다.

지난 세기 50년대로부터 리념의 태양을 노래해왔던 "송가시인" 신고홍선생은 남산밑 21평방짜리 외통집 신세를 면해보려고 지구급 서기로 있는 40년전의 제자네 집을 련속 나흘밤동안 찾아간다. 그러나 번번이 굳게 닫힌 철대문에 막혀 말 한마디 변변히 못해보고 겨울의 차디찬 길바닥우에서 한평생 구가해왔던 태양을 떠올리며 영원한 수면속에 빠져든다.

　…깊은 수면의 심연속에 가물가물 꺼져가고있는 한쪼각 의식에
　다 따사롭고 찬연한 태양을 떠올리고있었다. 몇십년을 시를 지어
　읊조렸던 태양은 멀리 툰드라에 떠있었다.

로시인의 비참한 림종은 로시인이 몇십년동안 구가해왔던 "리념의 태양"에 대한 무언의 풍자이고 고발이다. 로시인이 한평생 구가해왔던 "리념의 태양"은 아직 백성들의 아픔과 추위, 기아를 어루만져줄수 있는 "따사로운" 온도와 사회의 어두운 구석구석마다 밝혀줄수 있는 "찬연한" 빛발을 갖추지 못했던것이다. 멀리 툰드라에 떠있는 태양과 굳게 닫힌 철대문안에서 생활하는, 백

성의 어버이로 불리우는 한개 지구의 당위서기가 묘한 동질감으로 얽혀지고있는가운데 독자들의 심사숙고를 유발하고있다.

4. 날카로운 갈등구조

갈등이란 예술화한 모순충돌을 말한다. 갈등은 주로 성격간의 모순충돌과 인물의 내심박투로 표현된다. 슈제트는 바로 이러한 갈등에 의하여 산생되고 발전된다. 갈등이 없으면 슈제트도 없게 된다. 슈제트의 성질은 갈등의 성질에 의하여 규정된다. 그러므로 슈제트의 심각성과 첨예성, 풍부성, 생동성은 갈등의 심각성, 첨예성, 풍부성, 생동성에 의하여 규정된다.

정세봉은 소설에서 날카로운 갈등구조를 즐겨 사용한다. 그는 자신의 창작담에서 그 원인을 이렇게 밝힌다.

> 나 자신의 창작체험을 놓고보아도 소설에서의 갈등의 첨예성여부는 인물성격을 깊이있게 그려낼수 있는가 없는가 하는데 관계되며 거기에서 "흘러나오는" 주제의 심도와 무게를 결정하게 된다.

정세봉의 소설에서 갈등구조가 보다 첨예하게 느껴지는것은 부부간이나 부자지간, 오랜 이웃과 같은 가까운 인물관계에 갈등을 설치해놓았기때문이다. 이는 루이스 코저가 제시한 "관계가 가까울수록 갈등은 더욱 치렬해진다"는 갈등론의 명제에 부합되기도 한다.

"하고싶던 말"이 보다 짙은 비극적색채를 띠게 된것은 행복하던 가정이 좌적정치사상의 개입으로 말미암아 파경을 맞게 되였다는 슈제트의 설정에 있다. 즉 작자는 부부지간에 치렬한 갈등구조를 설치함으로써 슈제트의 전개를 훨씬 긴장하고 심각하게 만들었던것이다.

금희가 가정부업을 벌려 시댁에서 진 빚을 갚고 아글타글 대가정의 살림을 꾸려나가는것은 훌륭한 안해로서, 며느리로서 치하를 받아야 할 행위지만 출세욕에 눈이 먼 남편의 눈에는 "자본주의소생산"으로, 자신의 정치전도를 가로막는 걸림돌로밖에 보이지 않는다.

그리하여 련애할 때 굳게 맺었던 언약을 저버리고 불쌍한 안해한테 손찌검을 들이대며 급기야는 리혼을 제기한다. 남편 하나만을 바라보며 잘살아보려고 손톱이 닳게 일하던 금희한테 있어서 이보다 더한 비극이 있으랴!

작자가 부부사이에 설치한 이러한 첨예한 갈등은 보는 이마다 금희의 불행한 운명을 두고 가슴 아파하고 눈물을 짓게 함으로써 4인무리의 죄악을 공소하는 주제를 더욱 심화시킬수 있었다.

"'볼쉐위크'의 이미지"에서 작자는 친부자지간에 갈등을 설치함으로써 슈제트를 더욱 극적으로 긴장하게 전개할수 있었다.

《볼쉐위크》윤태철이 아들 윤준호의 련인 순정이를 핍박하여 죽음에 몰아넣음으로써 부자사이의 날카로운 갈등은 시작된다. 아들 윤준호의 눈에 비친 윤태철은 당의 지시라면 "개똥도 황금"이라고 내리먹이는 "두뇌없는 순복도구"이며 순정이네 가족과 자신한테 돌이킬수 없는 상처를 안겨준 랭혹한 인간이다.

그러나 윤태철이 아들 윤준호의 혼사를 망쳤어도 두사람은 혈연적으로 갈라놓을래야 갈라놓을수 없는 친부자지간이다. 때문에 윤준호는 아버지를 증오하기도 하지만 순정이네 굴개논에서 논갈이를 힘들게 하는 아버지를 보며 애틋한 효성과 련민을 느끼기도 한다.

준호는 갑자기 아버지가 불쌍해졌다. 그리고 괴로워지고있었다. 마음속 심처에 뿌리로 살아있던, 여지껏 아버지에 대한 원과 한때문에 애서 그 존재를 망각하고 무시해왔던, 피를 이어받은 자식으로서의 천성적인 효성의식이 감연히 반기를 쳐들고있었다.

말하자면 사업과 로동으로 평생을 고달팠던 아버지한테 응당히 말로라도 효도해야 할텐데 그럴 대신에 무서운 대항을 이루어가지고 불손하게까지 굴었다는 사실이 마음을 아프게 찢어놓고있는것이다.

윤태철은 순정이가 자살한후 32살 로총각으로 늙어가는 아들이 안쓰럽고 미안하지만 그 속내를 쉽게 드러내지 않는다. 자신을 당의 "두뇌없는 순복도구"로 치부하는 아들에게 더없는 모욕을 느끼며 자신의 처지를 리해하지 못하는 아들때문에 노여워한다.

결국 윤태철은 자신의 로고를 덜어주고저 하는 효심에서 허수빈네의 토지를 남에게 양도해준 아들의 처사를 당조직과 자신에 대한 도발로 오해하고 그 타격으로 쓰러지고만다. 아들에 대한 부성의 통애와 아픈 회한과 속죄의 정감을 드러내지 않고 무정하고 랭혹한 모습으로 이 세상을 떠나겠다고 이를 악문 윤태철이였건만 무릎을 꿇고있는 아들의 모습을 보는 순간 그 다짐은 모래성처럼 허물어지고 어쩔수 없이 뜨거운 눈물을 분출한다.

작품은 이처럼 부자지간에 날카로운 갈등을 설치하고 그 갈등을 뜨거운 감동의 통합장면으로 풀어나감으로써 작품의 주제를 단순히 부자지간의 반목과 화해가 아닌 수십년의 정치력사를 포괄하는 넓은 령역에 확장시킬수 있었다.

맺는 말

이상에서 정세봉이 30여년동안 구축해온 문학세계의 예술적 성취에 대해서 살펴보았다. 정세봉은 자신의 작품을 중국의 정치변혁사와 긴밀히 결합시키면서 당대사회의 변화를 여실하게 반영하였고 또한 그속에서 자신만의 독특한 예술세계를 구축할수 있었다.

총적으로 정세봉소설의 예술적특성은 짙은 비극적색채, 농후한 정론적색채, 언어의 상징적, 풍자적색채, 날카로운 갈등구조 등 네가지로 귀납할수 있다.

문단에 데뷔한지 30년이 되는 경력을 놓고 보면 정세봉은 결코 다산작가는 아니다. 그러나 작품의 수량보다는 작품의 완성도를 추구하는 진지한 창작자세의 작가로서의 정세봉은 끊임없이 문학을 고민하고 탐구하는 치렬한 작가의식의 소유자이다.

바로 이러한 작가정신이 있음으로 하여 정세봉소설은 독특한 풍격과 예술적특성을 이룩할수 있었고 조선족문학사에서 중요한 한자리를 매김할수 있었다.

김영 님의 이 평론은 연변대학 석사학위론문인데, 발췌해서 등재한 것임

조영욱

연변대학 조문학부 졸업

논문으로 〈리근전문학의 특성연구〉 등 다수

2008년 한국 인천대학교 대학원 국어국문학과에서 석사학위 취득

[평론] _ 본 평론은 조영욱쿤의 대학졸업론문임

《〈볼쉐위크〉의 이미지》의 문화적반성

조영욱

1. 서론

력사는 인간 및 인간이 속하는 자연의 모든 현상에서 과거에 일
어난 사실을 가리킨다. 력사는 《문화중의 문화》이다. 인간이 없
는 문화가 없듯이 인간이 없는 력사란 존재하지 않는다. 우리는
바로 지금도 력사의 도도한 흐름속에서 살아가고 있다. 력사는
시대를 설명하듯이 문화도 그에 따른 시대적변화가 있다. 문학은
또한 력사와 문화의 즉 인간의 축소판이다.

문화대혁명 직후, 중국문단에는 〈상처문학〉, 〈반성문학〉 이 나
타났다.

《상처문학》은 1970년대말과 1980년대초에 《진리표준》 대토론
을 배경으로 건국이후 30여년동안 걸어온 굴곡적인 행정을 랭정
하게 사고하고 《문화대혁명》의 《상처》가 산생된 원인에 대해 력

사적이며 철리적인 반성을 진행하는 소설창작조류이다[2].

사람들은 《상처문학》에서 폭로했던 문제들을 《반성문학》에서는 그 상처들에 대해 리성적사고를 하기 시작했다. 왜서 우리 사회주의나라에서 장장10년이라는 엄청난 굴곡의 길을 걷게 되였는가를 생각하게 되였고 그 문제의 근원이 극좌적인 로선이라면 그 극좌로선의 근원 또한 어디에 있는가를 생각하게 되였다. 《반성》이라는 단어는 영국철학가 루크의 저작중에서 나왔다고 한다.

루크는 《마음속 내부활동의 지각》을 《반성》이라고 불렀다. 그러나 우리 나라 당대문학사에서의 《반성》은 특정적인 의미가 있다. 즉 《문화대혁명》과 그 전의 력사에 대해 다시 돌이켜 사고하면서 의식형태와 국민성 등 방면에서 그 현실적인 근원을 찾는데 있다. 또한 력사와 자연적인 배경속에서 《인간》의 가치에 대한 사고를 진행하기도 한다. 다시 말하면 《반성문학》은 《상처문학》의 심화이다. 구별점은 《반성문학》은 리성적인 사고, 철학적인 사고를 한다는 점이다. 단순한 정치적인 비판에 국한되지 않고 사회, 력사, 문화, 심리 등 여러 분야로 확대시켜 반성하였고 또 인차 많은 작가들은 《인성》, 《인간의 가치》, 《인간의 생명력》 등 더 심화된 문제에로 사고를 시작하였다.

《반성소설》은 《인간》본신에 대한 탐색을 문학표현의 중점에 두었는바 이는 또한 문학은 단순히 정치를 위해 복무하던 기능을 벗어나고 작가들은 인간의 《본성》을 파헤침과 동시에 또한 문학자체의 어떤 심미적기능에도 관심하기 시작하였고 소설의 형식에서도 탐색을 진행해 소설의 형식이 날이 갈수록 다채롭게 되기 시작하였다.

문예계의 《해동기》는 조선족문단에도 찾아왔다. 전대미문의 《문화대혁명》후 현실을 직시하면서 문학의 새로운 길을 열것을 조선족문단에도 요구하였다. 《반성소설》의 사조는 조선족 문단에서도 적극 받아들여졌다. 선후로 리원길의 《백성의 마음》, 류원무의 《비단이불》 등 소설은 모두 《반성소설》로 일컬어 진다.

또 그중에는 문단에 잔잔한 파문을 일으켰던 정세봉의 《〈볼쉐위크〉의 이미지》가 있었다. 작자 정세봉은 력사에 대해 문화에 대해 인간에 대해 《반성》했다. 《정세봉씨는 자기 창작의 길에서 〈문화대혁명〉의 상흔을 다루는데 그치지 않았다. 그의 예리한 사색의 눈초리는 세월의 흐름에 따라 〈문화대혁명〉의 력사적근원을 파헤치는데로 돌려지면서 〈반성문학〉을 떠올렸다.[3]》

정세봉은 《〈볼쉐비크〉의 이미지》와 여러 편의 작품들에서 랭정한 시각으로 뜨거운 가슴으로 력사와 현실의 아픔을 증언했으며 수난과 서러움을 보여주기도 했다.

이상의 《상처》, 《반성》계렬의 문학에서는 《문화대혁명》의 발생원인을 찾으려고 했으며 그 문화적인 의식과 반성을 보여 주었다. 정세봉의 《〈볼쉐비크〉의 이미지》도 마찬가지였다.

중국에 수천년동안 뿌리박힌 유가전통의식은 오늘날에도 영향이 지대한 만큼 《문화대혁명》도 이와 따로 놓고 얘기할수가 없다. 결국 그 문화적 원인은 유가에서 찾아보려고 한다.

2. 본론

2.1 작가의 체험과 시대적고뇌

정세봉은 중학교때부터 문학에 미쳐있었다고 했다. 똘스또이, 고골리, 발자끄, 유고, 고리끼 등 수많은 문학명작들을 통독하면서 문학의 꿈을 키워왔다. 특히 로씨야작가들의 작품을 읽으면서 감탄하였고 후날에도 생각하면 가슴이 설레인다고 했다. 그러나 이러한것때문에 학업을 전폐하게 되였다. 30여년 동안의 농토에 몸을 담그면서 고달픈 인생의 길을 걸어오게 되였다.

그러나 그는 그냥 농사만 짓는 평범한 농민이 되기를 거부 하였다. 부단히 문학수양을 쌓음과 동시에 기층당조직의 간부로도 뛰기도 해 대대당지부서기도 맡은 적이 있었다. 농촌기층당조직의 사업을 맡으면서 농민들의 고충과 기층당조직 간부들의 곤혹과 울분을 누구보다도 리해하게 되였다. 그래서 정세봉은 박은, 차룡순과 함께 3대 농민작가로 불리게도 된다.

극좌정치시대는 우리 나라가 진통을 겪는 시기이기도 했다. 《문화대혁명》시기에는 사람들을 벙어리로 될것을 요구하였으나 사람들은 사고는 하고있었다. 그래서 많은 작가들은 이 시기에 사고를 했고 그 생각들을 《문화대혁명》이 끝나자 종이에 옮겨 쓰게 되였다. 1980년 《연변문예》에 《하고싶던 말》을 발표하면서 정세봉은 상처-반성문학으로 문학적재질을 인정 받게 되였다.

정세봉은 시대적현실에서 오는 고뇌를 현실에서 체험하게 되였고 당이 과감히 오류를 시정하고 개혁개방의 새 시대를 맞이

하는 시대에서 무언가를 말하려고 했다. 그래서 그는《흘러간 력사앞에서 작가의 량심은 결코 잠잘수가 없으며 무엇인가 웨쳐야 할, 그리고 소리 높이 웨치고 싶은 절실한 사명감과 강렬한 욕망에 사로잡히게》되었다.

그래서 그는《고달픈 인생을 겪으면서 늘 문학을 고민했습니다. 깊은 병을 앓듯이 문학을 고민하고 뭔가 절실한 아픔과 절실한 감동을 가지고 집념을 하느라고 했지만 어려운것이 창작이였습니다. 벼룩이같은 미물의 생명법칙과 코끼리의 생명법칙이 다를바 없듯이 짧은 단편이라 해도 고민을 하고 진통을 겪기는 마찬가지였습니다.》라고 말했다.

《1983년 어느날, 나의 당지부서기자리를 물려받은 김서기가 소수레를 몰고 학교마을길로 지나가고있는것을 보면서 마을길을 스적스적 걸어가다가 마침 김서기네 건조실앞에 닿게 되였는데 거기서 지주아들 아무개가 건조실불을 때고있는것을 보게 되였습니다. 웬일인가 물으니 김서기네와 〈당원련계호〉를 맺고 서로 도와주게 되였다고 하더군요.[4]》이 한단락의 짧디짧은 경험이《〈볼쉐위크〉의 이미지》의 발상이였다.

정세봉은 1988년 도시로 옮겨오게 되였다. 작품《하고싶던 말》의《덕분》이였다. 그러나 도시의 템포빠른 질서는 농촌에서 온《초중졸업생》농민작가를 용납하지 않았다. 정세봉은 여전히 고뇌의 삶을 살아가야 했다. 엄연한 시장경제의 충격은 도시에서는 더욱더 그를 압박하기도 했다. 그래서 정세봉은《세상 참 무섭다》고 입버릇처럼 말하군 한다. 곤혹의 삶을 계속하면서 정세봉은 부단히 사고하였고 사회의《밑바닥》을 체험할수 있게 되였다.

《밑바닥》을 체험하면서 정세봉은 《인간》에 대해서 생각게 되였다.

그래서 정세봉은 《상처문학》, 《반성문학》계렬의 농촌의 상황을 그린 여러 작품을 내놓았고 《토혈》, 《인간의 생리》 등 시장경제의 충격속에서 변한 농촌의 모습과 농민이 농촌에서 도시로 진출하는 과정에 겪게 되는 사회적인 륜리 등 방면에서오는 《인간》의 고뇌를 조명하려고 했으며 새 시기의 리얼리스트가 되기도 했다. 또한 《인간의 생리》, 《슬픈 섭리》 등 작품에서는 인간의 본 모습 그대로의 인성을 그리려고도 했다.

《인간》을 찾는데서 우리는 정세봉의 문제의식을 보아낼수 있다.

2.2 유가의 권위와 개혁

급별을 엄격하게 지킬것을 요구하는 유가전통은 중국에 지대한 영향을 끼쳤었다.

유가 삼강오상(三?五常)의 삼강은 군위신강(君?臣?), 부위자강(父?子?), 부위부강(夫???)의 이다. 임금은 임금 답고 신하는 신하 답고 아버지는 아버지 답고 아들은 아들 답고 남편은 남편 답고 안해는 안해 다와야 한다는 세가지는 같은 맥락이다. 쉽게 말하면 임금, 아버지, 남편이 위에서 내리 먹이면 신하, 아들, 안해는 아래서 받아물기만 한다는 말인것이다. 그래서 아예 중국에는 부모관(父母官)이란 말이 있다. 얼마나 임금과 벼슬아치를 자신을 낳은 부모와 동일시할것을 바랬으면 이런 단어가 나왔을까? 또한 백성들을 신민(臣民)이라고 불러왔다. 즉 신하와 백성을 위에서 내리먹이는 것을 받아 무는 무리와 동일시 했던것이다.[5] 이른바 《천명론》도 이와 같은 맥락이다. 즉 고대 은조와 주조시기 선전한 왕권은 하늘이 주었다는 얘기이다.

그래서 소설에서 윤태철은 《당의 지시라면 개똥도 황금이라고 내리먹으려》 했고 아들 윤준호가 반항하지만 윤태철은 끝까지 아버지로서의 《자존심》을 지키려고 했다. 《볼쉐위크》는 《인간》에게 아들로 내리 먹이려고 했다. 그러나 《인간》은 《볼쉐위크》에게 《인간》적인 호소를 했으며 《인성》을 돌아 볼것을 요구했다.

즉 중국의 전통적인 의식에 따르면 《관방》에서 《기치》를 내들면 백성들은 무조건 따를것을 요구했고 일단 그것이 조금이라도 《류행》되면 백성들은 리성을 잃어버리고 광적으로 집착하는것이다. 그 앞서 《대약진운동》 역시 이와 같은 맥락의 사건이다. 이러한 현상은 또한 맹종이라고도 볼수 있다.

중국전통의식문화는 이렇듯 권위를 중시 한다.

공맹(孔孟)과 로장(老庄)의 얘기는 몇천년을 내려오면서 줄곧 권위적이였다. 그후의 학자들은 거의 모든 정력들을 이같은 권위적 언론에 보충하고 주해를 달거나 재해석하는데만 그쳤다. 이런 권위를 맹목적으로 신봉하는 분위기로하여 개혁이란 상상도 할수 없는것이였다. 하여 고대사회에서는 개혁적이도 도전적인 언론을 내놓는 학자는 삐뚤어진 리치(歪理邪)로 치부되었다.

20세기 30년대 《10년내전》시기에 당내에는 쓰딸린의 군사사상의 권위를 신봉하는 왕명을 비롯한 사람들이 있었다. 이 같은 원인으로 하여 많은 오유를 범하기도 했다.

소설에서 윤태철은 아버지로서《볼쉐위크》로서의 권위를 지키려 했다. 그러나 작자는《인간》이라는 설정으로 아들 윤준호를 내세워 그 권위에《도전》했으며 개혁적이고 미래지향적으로 줄거리를 이끌어 갔다.

이같은데서는 또한《인성》의 낮춤도 볼수 있다. 유가의 법칙에는 임금, 부친, 남편의 권위만 있을뿐 신하, 자식, 안해의 인성이나 개성은 감추고 순종할것을 요구한다.

인간은 자연상태에서 벗어나 일정한 목적이나 일정한 리상을 실현하려 한다. 그 과정에서 물질적 혹은 정신적으로 소득하게 된다.《력사가 창조해놓은 물질실체는 가능하게 세계물질의 해양에서 소실될수 있지만 인류의 의식세계에서는 그 흔적이 사라지지 않고있다.》[6] 력사는 지나갔고 피바람은 지나갔지만 그것이 가슴에 남겨놓은 응어리와 정신에 가한 충격은 여전히 존재한다.

력사는 지나간것이다. 그것을 돌아봄은 현실때문에 돌아보는 것이다. 중요한것은 오늘날이고 더욱 중요한 것은 앞날이기때문에 돌아보게 되는것이다.

소설속에는 비록 력사적인 그 어떠한 비장함은 윤태철의《과거》에서나 볼수 있지만 이는 이미 지나간《력사》로 되버렸던것이다. 그래서 소설에서는《총을 들고 포연탄우속을 무찔러나가는 격정의 사병이 있었고 농업집단화의 회열에 잠못이루는 소박하고 강유력한 농촌의 당지부서기가 있었다……》고 쓰고있다.

440

뼈아픈 력사란 되돌아 보기는 싫지만 별수 없이 되돌아 보아야 함은 미래가 있기 때문이다. 허나 뼈아픈 력사를 되돌아 보면 가슴아픈것도 보였지만 또한 흐뭇하게 웃으며 되돌아 볼수 있는 또다른 력사, 자랑할만한 과거도 같이 보이기에 인간들은 뼈아픈 력사라도 돌아보려고 하는지 모르겠다. 어쩌면 이는 마치 당대문학사처럼 《상처소설》에서 《반성소설》에로 다시 《개혁소설》에로 나가는 원인인지도 모른다.

저명한 재미 중국인 력사학자 황인우(黃仁宇, Ray Huang)는 그의 어느 저작에서 이런 말을 한적이 있다. 《자료를 정리하면서 우리는 절대로 도덕적으로 판단하기를 급급해 하지 않는다.》 력사는 말이 없다. 인간들 앞에서 력사는 말을 할줄 모른다. 그러나 인간은 함구무언을 영원히 지킬수 없으며 또 지켜서도 안된다.

정세봉은 작가로서 력사에 대해 현실인간의 그 어떤 할말을 대신해서 했다. 정세봉은 결코 함구무언을 원치 않았으며 《하고싶던 말》을 하곤 했다. 이는 작가적사명감에서 나오는 용기가 필요하다. 시대적, 사회적 변환기에는 더더욱 그러하다. 그러한 《반성》 또한 그러한 용기에서 나온다.

2.3 《볼쉐위크》와 《인간》

소설은 부자지간이며 《볼쉐위크》와 《인간》지간의 모순갈등을 중심으로 이야기가 전개된다. 력사적상황은 어쩔수 없이 《인간성》과 《조직성》의 분리를 요구해왔다. 그러나 사실 《인간》은 력사속에서 《조직성》의 엄수를 통하여 《인간》의 가치를 실현하려고 한다. 윤태철은 해방전쟁에 투신했고 거기서 화선입당까지 했으며 해방후에는 줄곧 정치투쟁의 최전방에 서서 《조직성》을 지켜왔다. 여기서 윤태철은 《인간》 혹은 《인생》의 가치를 느꼈었다. 그러나 이러한 《가치》는 《인간》 윤준호의 앞에서는 왜 그런지 떳떳하지 못하고있었다. 즉 소설은 세대간의 모순갈등으로 흘러간 이 나라의 력사를 집약하여 부동한 력사시기에서의 인성발로를 센티멘털적으로 그려내여 새롭게 형성될 사회인간관계를 짚어보는데 모를 박았다[7].

《볼쉐위크》는 진리를 인식하고 《인간》과의 분리를 요구하고 있으며 원칙과 진리앞에서는 무조건적인 순종을 요구하고있다. 그러나 《인간》은 감정이 시키는대로 하며 감정에 충실하게 된다. 그래서 《당의 지시라면 개똥도 황금이라고 내리먹인다》는 《인간》 윤준호의 비난이 윤태철에게는 선택적 갈등을 심어주었다. 《지난해부터 윤태철은 허리의 동통을 극심히 느꼈다…… (철탑같던 이 유태철의 몸이였는데 인젠 기둥이 좀먹은게로구나!)》 여기서 윤태철은 허리가 아파서 자신도 어쩔수 없는 인간임을 인식하는데서 고뇌가 온다. 허나 《볼쉐위크》와 《인간》은 분리되지 말아야 한다. 윤태철이 아무리 조직의 정책로선만 고집했고 그는 철로 만들어진 두뇌없는 로보트처럼 행동했다하지만 그는 철로 만들어 진게 아니라 고기로 만들어진 《인간》이기 때문에 허리가 아픈것이다. 또한 《인간》이기때문에 별수없이 마지막에는 풍을 맞게 된것이다. 즉 《〈볼쉐위크〉란 〈인간〉 들속의 일부 즉 쓰딸린의 말을 빈다면 〈특수한 재료로 만들어진〉 사람들만이 향수할수 있는 명칭이기때문이다.[8]》

《볼쉐위크》윤태철도 감정에 충실하는 행동을 보여《인간》으로서의 면을 보여주었다. 아들이 자기의 정곡을 찌르는 비난을 하자《성깔치민 갈범처럼 되가지고 아들놈의 따귀를 무섭게 후려쳤》고 늙은 마누라에 대해서는《윤태철은 숨돌릴새 없이 따귀를 후려치고 옆구리를 발길로 내질렀다. 그리고도 성차지 않아서 땅바닥에 나동그라진 마누라의 멱심을 잡아일으켜가지고 뺨을 찰싹찰싹쳐가며……》이는 인물의 인간적인 면, 감정이 시키는 대로 하는 면을 여실히 보여주고 있다.

《볼쉐위크》와《인간》의 갈등과 모순은 준호의 사랑-지주아들 허수빈의 딸 순정이의 자살에서 갑자기 형성된다. 또한 여기서는 윤태철의 심리적모순과 현실에서 오는 곤혹과 내심으로의 고뇌가 형성되기도 한다. 이는 윤태철의 인간으로서의 고뇌이기도 하다. 이런 고뇌와 시대의 발전 그리고 현실은 윤태철로 하여금 인간으로서의 반성을 하게 만든다. 해서 윤태철은《당원련계호》허수빈네를 적극적으로 도우려 하고있으며 력사가 만들어낸 아이러니속에서 아들 준호한테 조롱거리로 되고 만다.

또한《볼쉐위크》와《인간》의 갈등과 모순에서는 둘다 주도권을 쥐려하고있다. 준호는 용허하지 않은 시대임에도 불구하고《지주집》딸 순정이와 자유련애를 시작했고 윤태철이는 아들을 말리기 위하여 순정이를 불러내 아이를 지우라고 권고했고 순정이가 저세상으로 간후 준호는 자발적으로 집에서 뛰쳐나와 기나긴《반항》을 했고 윤태철이는 자발적으로《지주집》과《당원련계호》를 맺으려고 했었다. 쌍방은 엎치락뒤치락하며 부자지간에는 있을수 없을 법한 어찌보면 조금은 우스꽝스러운 다툼을 티격태

격하고 있었던것이다.

원래는 숭고하면서도 장엄할수 있는 《자아》의 희생과 헌신의 위대한 정신이 자각과 진리성과 리성이 결여되니 맹종의 표현으로 되여 세대갈등을 조성한 주요한 원인이 되고 자신의 심리고민을 조성한 계기로 되여버린것이다.[9]

준호는 인간으로서의 면을 다함없이 보여주고있다. 아버지와 《리유있는 반항》을 하면서도 준호는 인간으로서의 아버지에 대한 다정다감함을 잊지 않았다. 아버지에 대한 《훈계》는 어쩌면 상대가 아버지였으니 가능했는지도 모른다. 또한 아버지에 대한 《원한》도 어쩌보면 아버지에 대한 인간성의 호소였는지도 모른다. 허수빈네 논갈이에 나선 아버지를 보자 《불쌍》해 보였고 자신도 가슴이 아팠고 허수빈네의 밭을 남한테 양도해버려 일치감치 아버지가 할일이 없게 만드는 것은 《반항》이면서 또 어쩌보면 정말로 아버지의 수고를 덜어드리기 위한것이다. 그러나 또 아이러니하게도 준호의 허수빈네 밭을 남한테 준 이 《효성》스런 조처가 아버지로 하여금 중풍을 맞게 한것이다. 참 인간은 이 세상에 빈손으로 왔다가 빈손으로 가는것이다.

아버지가 힘없이 넘어지자 준호의 《리유있는 반항》은 온데간데 없어진다. 그래서 《윤준호는 오직 그러한 부성을 마주하고 꿇어앉아서 자신의 불효를 죄로써 절감하고있는것이며 무서운 책벌을 소망하고있는것이며 용서》를 빌었다.

《볼쉐위크》와 《인간》의 갈등과 모순은 한순간 허무하게 없어지고 만것이다. 소설에는 《볼쉐위크》나 《인간》 어느 한쪽의 패배나 승리가 없다. 《볼쉐위크》는 《인간》에 미안한 나머지 투항이 아닌 투항을 하고 《인간》도 미안함이 있기에 《인간》의 모습을 보여주는 《볼쉐위크》에게 무릎을 꿇는것이다. 즉 《볼쉐위크》윤태철과 《인간》윤준호는 화합의 합치점을 가지고 미래지향을 보여주고 작자의 앞날에 대한 락관을 보여주고 있다.

이러한 갈등과 모순, 이 모든것들을 작자는 극적으로 그려내고 있다.

다년간 중국에서는 《계급성》이 거의 모든 세속적인 감정을 대체하였다. 그래서 많은 작품들에서는 아예 주인공의 배우자설정마저도 없었다. 그래서 《문화대혁명》후 많은 작품에는 《초계급적》인 인성이 등장하게 된것이다. 《〈볼쉐위크〉의 이미지》도 그랬다. 《볼쉐위크》의 아들 윤준호는 지주의 딸 순정이를 사랑하게 된다.

《반성문학》은 《인간의 가치》에 립각점을 두고있다. 례하면 심용(沈容)의 《중년이 되여(人到中年)》(1980.1)에서는 한쌍의 지식청년 부부 류문정과 부가걸의 사업과 가정생활을 쓰고있다. 여기서는 가정과 사업의 쌍중의 압력에 건강이 엄중한 위해를 받고있는 생활상태를 쓰고있다. 작품의 녀주인공 류문정은 우수한 안과의사인데 24살에 병원에 분배받아서 《문화대혁명》의 영향으로 진급의 기회를 놓쳐 43살에는 병원에 입원하게 되는 의사로 되며 로임 56원50전, 네 식구는 여전히 12평방의 작은 집에서 산다. 그는 사업에 대한 책임감으로 최선을 다하지만 떨어진 생활의 상황은 끝내 그와 그의 가정으로 하여금 피폐해지게 한다. 즉 이 소설은 인도주의의 전형적인 선언이다. 《〈볼쉐위크〉의 이미지》는 비극적이고 《초계급적》인 사랑을 선명하게 그려내고 있지만 《중년이 되여》에서는 담담하게 쓰고있다.

그래서 어떤 학자는《〈볼쉐위크〉의 이미지》를 성공작이라기보다는 문제작이라하고 있다.《권위》-《볼쉐위크》와《개혁》혹은《도전》-《인간》을 대립과 통일 속에서 그려냈다.

3. 결론

1977년 8월 중국공산당 제11차대표대회에서《문화대혁명》의 종식을 선포하고 1978년 12월 력사성적인 중국공산당 11기3중전회 개최와 아울러 찾아왔던 문예계의《해동기》, 그《해동기》를 적극적으로 받아들이려고 했던 조선족문단, 이러한 분위기 속에서 정세봉은 오랜 사색끝에《〈볼쉐위크〉의 이미지》를 내놓았다. 정세봉의 이 작품은 작가적 랭철함으로 한 시대를 직시한 반성소설이다.《문화대혁명》이 남겨준 정신적인 응어리를 세밀한 묘사로서 중국농촌이 처한 애매한 진실을《볼쉐위크》와《인간》의 갈등속에서 보여준 이 소설은 한마디로 장작패듯 반성하게 만든다. 이러한 현실을 쓰는 리얼리스트적인것은 정세봉의 집요한 장면묘사와 주인공의 미세한 심리묘사를 통하여 가능하게 해주고 있다. 이 소설은 력사에 대하여 문화에 대하여 인간에 대하여 철저히 반성하려고 했다. 작자는 소설에서 정치적으로 가정적으로 문제를 드리블해 나갔고 그속에서《볼쉐위크》와《인간》의 이미지와 그 갈등을 성공적으로 부각했다. 참담하고도 처절했던 시대를 다시 돌이켜 볼수 있었으며 소외된 군체를 거론함으로써 그들에 대한 인도주의의 뜻도 비추었다.

전대미문《문화대혁명》은 결국에는 전통적인 중국의 문화에서 발로 된것이다. 권위에 순종하고 권위를 신봉하는 의식과 부모관(父母官) 같은 말이 생겨날 정도로 위로부터《내리먹이》고 아래서는《받아물것》을 요구하는 의식에서 비롯된것이다.

《〈볼쉐위크〉의 이미지》는 비단《문화대혁명》뿐만 아니라 중국의 전통문화의식에 대해서도 반성하게 하는 조선족문단《반성문학》의 대표작이다.

【 참고문헌 】

1] 최웅권: 《력사 현실 인생》, 《문학과예술》 1991년 4기
2] 일언: 《력사와 현실 그리고 인생》, 《문학과예술》 1991년 4기
3] 방룡남: 《력사적착오, 문화적반성》, 《문학과예술》 1991년 5기
4] 김종수: 《력사적파악의 오차와 분렬된 인물형상》, 《문학과예술》 1991년 6기
5] 김광현: 《정세봉의 삶과 그의 문학세계》, 《문학과예술》 1999년 2기
6] 허무궁: 《정세봉의 야심작 〈'볼쉐위크'의 이미지〉에 대한 평》, 《장백산》 1991년 2기
7] 리종섭: 《〈'볼쉐위크'의 이미지〉의 이미지》, 《연변일보》 1991년 7월 4일
8] 김병활: 《중국당대문학사》 연변대학출판사 2001년
9] 맹번화, 정광위: 《중국당대문학발전사》 인민문학출판사 2004년
10] 《정세봉작품연구특집》, 《연변문학》 1999년 2월호

리영

1990년10월16일 生
2013년 7월 연변대학 조문전업 졸업
2016년 연변대학 석사 취득(비교문학과 세계문학)
논문《김동구〈개고기〉에 끼친 체호브〈뚱뚱보와 말라꽹이〉의 영향》등 다수

정세봉의 "하고싶던 말"과 진국개의
"나는 어떻게 해야 되나요?"를 비교하여

리 영 (연변대학 2013년급 비교문학학과)

1. 서론

"하고싶던 말"은 1980년에 정세봉이 발표한 단편소설이다. 이 소설은 문화대혁명시기 극단적인 정치로선의 탄압하에 순박한 농촌남녀의 애틋한 사랑과 행복한 가정이 어떻게 파탄되였는가를 사실적으로 그렸다.

"나는 어떻게 해야 되나요?"는 1979년에 진국개가 발표한 단편소설이다. 이 소설은 문화대혁명시기 "좌"적인 정치세력들의 선두하에 세 남녀의 운명, 특히 녀자주인공 설자군(薛子君)의 운명이 어떻게 고통에 시달렸는가를 사실적으로 그렸다.

이 두 단편소설은 모두 상처문학에 속할뿐만아니라 정세봉의 "하고싶던 말"은 조선족문단에서, 진국개의 "나는 어떻게 해야 되나요?"는 한족문단에서 선구적인 역할을 하였다. 또한 형상적으로 볼 때 두 단편소설 모두 단순하게 두 남녀 혹은 세 남녀의 사랑을 그린 애정소설이나 가정소설로 보이지만 그 사상적의의로 보면 화목하던 두 가정을 파괴한 그 당시의 사회적문제를 폭로함으로써 사회적의의가 크다. 이에 본 론문은 두 단편소설을 수평비교의 방법으로 비교분석해보려고 한다.

2. 소설의 형식

두 작품은 모두 서한체형식으로 된 단편소설이다. 서한체소설은 자기고백적서사양식으로서 1인칭 시점으로 자신이 직접 겪으면서 보고 듣고 느낀 감정을 투사함으로써 독자들로 하여금 친밀감과 진실감이 들게 한다. 뿐만아니라 주인공이 울분을 터뜨리고 가련한 처지에 대해 하소연하는데 적합하고 이러한 하소연이 독자들에게 공감을 불러일으키고 감화시키는데 가장 적합하다.

정세봉은 "하고싶던 말"에서 서한체형식으로 농촌부녀 금희의 가슴에 서린 한과 울분을 터뜨렸고 진국개는 "나는 어떻게 해야 되나요?"에서 설자군이 두 남편으로 인하여 겪은 곤혹과 자신의 가련한 처지를 하소연하였다.

이렇게 서한체형식을 취함으로써 두 녀인의 상황이 독자들에게 더욱 진실하고 사실적으로 다가오고 이러한 상황을 초래한 비정한 그 시대의 정치, 문화에 대해 다시한번 반성하게 한다. 뿐만아니라 두 작품 모두 녀자가 경험하고 받은 상처를 당사자가 토로하였다. 사회적으로 약자이고 보호를 받아야 하는 녀자, 세상의 변화에 큰 관심이 없고 가정이라는 울타리가 삶의 전부인 섬약한 녀자가 영문도 모른채 정치의 희생양으로 되여 사랑하는 가족에게 천대를 받고 사회에서 배척받는 인간으로 락인 찍혀 고통받는 모습을 보여줌으로써 힘없고 나약한 녀자들마저 고통으로 몰고가는 그 당시의 극좌정치문제를 서정적이지만 강력하게 비판하였다.

3. 시각적인 면

시각적인 면에서 두 작품은 모두 정치시각, 가정시각, 사회력사시각과 인간시각 등을 선택하였다. 그중에서 가장 력점을 둔것은 인간시각이다. 정세봉과 진국개는 모두 소설을 빌어 흘러간 력사를 추적하여 그 력사가 인간에게 남긴 상처를 보여줌으로써 그 시기에 발생한 비극중 가장 근본적인 비극은 인간의 비극임을 력설하고 있다.

이러한 력설을 정세봉의 "하고싶던 말"에서는 모두가 만류하는 가난한 가정에 시집을 가서 고달픈줄 모르고 집안살림을 남부럽지 않게 일궈놓았지만 정치적욕망에 사로잡힌 남편에 의해 쫓기우다시피 리혼을 당하고 어린 두 아들과 생리별을 하게 되는 금희의 "상처"를 전면에 내세웠다. 금희에게 직접적인 상처를 준것은 홍철이 아버지이다. 인물체격이 좋고 고상하며 "사랑보다 돈과 지위를 더 귀중하게 여기는 샤를르따위의 인간이 아니"라고 맹세하던 "선비"였다. 하지만 생산대 정치야학교의 총보도원으로 선거된후 얼마 되지 않아 극좌로선의 사상에 중독되여 "샤를르따위의 인간"이 되여버렸다. 정세봉의 "하고싶던 말"에서는 선비 같던 홍철이 아버지가 자신의 비정상적인 정신세계를 정당화시키면서 안해에게 폭력마저 휘두르는 가해자로 변모한 모습을 통하여 극좌로선의 엄중성을 고발하였다.

진국개의 "나는 어떻게 해야 되나요?"에서는 두 남편과의 두번의 생리별, 어릴 때부터 키워줬던 고모의 죽음, "반당가족"이라는 락인, 두 남편 사이에서의 혼란 등 설자군의 "고통"을 전면에 내세웠다. 아울러 첫번째남편 리려문과 두번째남편 류역민이 자신의 목소리를 냈다는 리유로 반핵명분자로 락인 찍혀 감옥에 갇히고 구타당하는것이 당연한 사실로 받아들여지는 현실을 통하여 "4인무리"의 죄악을 폭로하였다.

"하고싶던 말"은 금희의 "상처"와 홍철이 아버지의 비정상적인 정신세계, "나는 어떻게 해야 되나요?"는 설자군의 "정신적고통"과 두 남편이 "육체적고통"을 당하는것을 통해 그 당시 인간의 가장 기본적인 욕구인 생계와 사랑마저 억압받고 파괴당하고 아울러 가장 기본적인 욕구를 실현하기 위해 노력하는 녀자들을 "반당인물"로 취급하면서 손가락질하고 거부하는 사회상을 그려냄으로써 행복한 한 가정의 파탄은 결국 극좌로선이 초래한것임을 피력하고있다.

4. 농후한 비극적색채

두 작품은 모두 농후한 비극적색채를 띠고있다.

정세봉의 "하고싶던 말"에서 금희는 순박하고 부지런하며 남편을 끔찍이 사랑하는 녀성이다. 마을사람들이 입방아를 찧어대고 또 부모들이 도시에 시집보내겠다는것도 마다하고 남편 한 사람만 보고 찢어지게 가난한 집안에 시집 간다. 손발이 닳도록 억척스레 일하여 6년만에 빚을 다 물고 좀 살만하니 극좌정치에 물든 남편에게 쫓겨나다시피 리혼을 당한다. 모든 고생을 감내하면서 남편 하나만을 하늘처럼 믿고 살아오던 금희에게 있어서 리혼을 청천벽력 같은 일이다.

진국개의 "나는 어떻게 해야 되나요?"에서 리려문과 행복한 결혼생활을 하던 설자군은 동란시대의 희생물이 되여 임신한 몸으로 남편과 생리별을 한다. 하지만 그것도 모자라 남편의 사망소식을 듣게 되고 또 "반당가족"으로 락인이 찍힌다. 절망한 나머지 그녀는 자실을 택한다. 하지만 류역민에 의해 구조되고 기나긴 세월 동안 변치 않는 보살핌에 감동되여 재혼을 하지만 또 한번 생리별의 슬픔을 감내해야 한다. 허나 그녀의 고통은 여기서 끝나지 않는다. 동란의 시대가 끝나고 모두가 행복한 생활에 대한 기대에 부풀어있을 때 그녀에게는 새로운 고통이 찾아온다. 바로 죽었다던 남편이 살아서 돌아온것이다. 지금의 남편과 전남편 사이에서 선택의 기로에 선 설자군은 새로운 고통에 직면한다. 이처럼 진국개는 소설에서 설자군에게 끝이 보이지 않는 고통과 혼란을 준다.

정세봉의 "하고싶던 말"은 맑스의 비극리론으로, 진국개의 "나는 어떻게 해야 되나요?"는 헤겔의 비극리론으로 분석할수 있다.

맑스는 선과 악의 관점으로 비극을 분석하였다. 또한 비극의 가장 깊은 근원은 객관적인 사회모순중에서만 존재한다고 하면서 비극의 본질은 력사의 필연적요구와 실제적으로 불가능한 요구의 비극적인 충돌이라고 하였다. "하고싶던 말"에서 금희는 선, 홍철이 아버지가 집행자로 된 극좌로선은 악이다. 홍철이 아버지를 비롯한 극좌로선과 금희의 정상적인 생명욕구의 충돌에서 결국 금희가 희생양으로 되는 비극을 낳았다.

헤겔은 비극은 합리적인 두 모순이 충돌해서 난감한 결과를 초래하는것이라고 하였다. "나는 어떻게 해야 되나요?"에서 전남편 리려문과 지금의 남편 류역민 모두 설자군을 아끼고 사랑해 주었다. 다만 "반혁명분자"로 락인이 찍혀 죽은줄로만 알았던 전남편이 살아서 돌아왔을뿐이다. 죽은줄 알았던 사랑하는 남편이 살아서 돌아온것이 얼마나 기쁘고 감사한 일인가. 하지만 설자군에게는 엄연히 후남편이 있다. 일부일처, 일처일부제 나라에서 "나"를 사랑하는 두 사람, "내"가 사랑하는 두 사람이라는 설정이 소설을 비극으로 치닫게 한다.

작가의 이러한 슈제트설정은 독자들로 하여금 금희와 설자군의 비극적운명을 안타까와하고 동정하게 하는 반면 극좌정치의 죄악을 더욱 효과적으로 폭로할수 있었다.

5. 결론

"상처문학"사조에서 두 작품은 모두 "문화대혁명"이라는 엄청난 력사의 소용돌이속에서 겪은 인간들의 고통과 비극을 보여주고 있다. 뿐만아니라 두 작품 모두 녀성피해자의 시점에서 자신의 처지를 하소연하면서 이러한 비극을 산생시킨 정치적배경과 문화를 비판하였다.

진국개는 "나는 어떻게 해야 되나요?"에서 마지막까지 설자군에게 아픔을 가져다 주면서 문화대혁명이 가져다준 비극이 동란이 끝났다고해서 끝난것이 아니라는 사실을 명확하게 각인시켜 주었다면 정세봉은 "하고싶던 말"에서 전남편이 반성하고 금희가 새로운 남편을 만나 새 가정을 이루었기에 진국개의 "나는 어떻게 해야 되나요?"에 비해 처절한 비극이 아닌듯보이지만 어미를 잃은 금쪽 같은 두 아들이 반쪽사랑밖에 얻을수 없다는 사실을 스치듯 언급하면서 문화대혁명이 가져다준 비극이 현세대뿐만아니라 아이들에게까지도 이어지고있음을 알려준다.

진국개의 "나는 어떻게 해야 되나요?"는 1979년에 발표한 작품이고 정세봉의 "하고싶던 말"1980년에 발표된 작품이다. 그 당시 한족주류문단과 조선족문단이 일년이라는 간격을 두고 비슷한 사조를 띤다는 점과 우에서 진술한 수평비교를 감안할 때 정세봉의 "하고싶던 말"이 진국개의 "나는 어떻게 해야 되나요?"의 영향을 받았을수도 있다고 미루어 짐작해 본다.

【 참고문헌 】

1] 김학철 등, 〈20세기 중국조선족문학선집(소설문학선집)〉(하), 연변인민출판사 1999, 9.
   1003~1023페지.
2] 진국개, "나는 어떻게 해야 되나요?", 제2호 〈작품〉 잡지. 1979.(陈国凯, "我该怎么办",
   第2 | 期〈作品〉杂志, 1979.)
3] 김호웅, "정세봉과 그의 문학세계", 〈연변문학〉 1999년 2호.
4] 조성일, "작가 정세봉과 그의 소설세계", 〈연변문학〉 1999년 2호.

정세봉(鄭世峰)의 프로필 및 年譜

정세봉(鄭世峰)의 프로필 및 年譜

▶ 호(號), 묵주(墨畫).

▶ 1943년 12월 7일(음력), 中國 할빈市 道里區 新安街(府) 24番地에서 출생. 아버지 鄭在模, 할빈시 中央大街 1號 〈"아드랜찌끄" 댄스홀〉 경영. (광복 직후, 조선의용군 3支隊 문공단 本部로 됨.)

▶ 큰형님 정세웅(鄭世雄), 옛 할빈 〈대도관고등학교(大道館高等學校)〉 2期生. 광복 直後, 동창생들과 함께 서울로 나가 한국 해병대에 입대. 그 동기생들로는 前 국방장관 김성은(金聖恩), 한국전쟁 영웅 김동석(金東石), 정만진대령, 허승룡대령, 한예택대령, 정봉익대령… 등.
큰형님 정세웅(해군准將)은 박정희대통령 〈"5.16 혁명주체" 핵심 멤버〉였음. 〈국가재건최고회의〉 최고위원, 〈한국조폐공사 사장〉 등 역임. 지금은 서울 "국립묘지 장군제1墓域"에 千古의 風霜을 달갑게 무릅쓰고 차디찬 대리석墓碑로 되어 서 계심.

▶ 둘째형님 정세룡(鄭世龍), 옛 할빈 〈대도관고등학교(大道館高等學校)〉 6期生. 광복 直後, 할빈에 進駐한 조선의용군 3支隊에 入隊함. 1948년, 조선으로 나가 조선인민군에 편입. 조선인민군 제5사 탱크병. 6.25전쟁에서 戰死, 현재 옛 할빈 〈대도관고등학교(大道館高等學校)〉 6期生으로 全龍求, 趙京哲 두 분이 서울에 健在해 계심.

▶ 1946년 가을, 부모님 따라 연변으로 移住. 당시 연변에 祖父, 祖母가 계셨음. 잠간 머물렀다가 평양, 혹은 서울로 나가려했으나 길이 막혔고 할빈에서 갖고나온, 쏘련홍군사령부에서 발행한 지폐, 한 트렁크가 무용지폐(無用之幣)로 되었음.

▶ 1950년 龍湖小學校 입학. 잊지 못할 恩師님들로는 金弘俊선생님, 꿈과 랑 만을 심어주었던 康德實 女선생님, 문학의 꿈을 키워주었던 金鴻權선생님

▶ 1955년 頭道溝 〈광흥중학교〉에 입학.

당시의 "중학 동창"들로는 前 연변대학 총장 孫東植, 前 연변병원 원장 尹正日, 州 로동국 李東哲국장, 연변대학 정치학부 金正浩교수, 연변축목국 方龍山국장, 前 화룡시로동국 朴承萬국장, 길림일보 李善根기자 등 諸氏 들…

▶ 1958년, 16세 어린 나이에 흙(土地)에다 호적(戶籍)을 붙였음. 철없던 중학 시절, "열혈문학소년"으로 학업을 전폐하고 로씨아문학(쏘련문학)을 비롯 한 "문학본연의 감동의 늪"에 깊이 빠져있었던 관계로 進學을 못하고(대학 을 못가고) "인생의 패배자"로 전락함.

▶ 그로부터 옹근 30년을 농촌 "최하층"에서 인생고를 겪으면서 문학에 집념. 생산대 "정치대장", 中共 룡호대대(村) 支部 당지부서기, 중학교 "民辦敎 員"… 등 역임.

▶ 1975년 〈연변문예〉 3期에 처녀작 〈불로송〉을 발표. 그로부터 륙속 〈햇살〉, 〈대장선거〉, 〈출납원의 편지〉 등 단편소설을 발표.

▶ 1980년 〈연변문예〉 4號에 〈상흔문학(傷痕文學)〉의 대표작, 단편소설 〈하고 싶던 말〉을 발표.

첫 〈연변문예문학상〉을 수상. 연변작가협회에 입회.

▶ 1981년 단편소설 〈하고싶던 말〉이 베이징 中文문학지 "民族文學" 4號에 陳雪鴻 譯 〈壓在心底的 話〉 제목으로 登載.

▶ 1981년 12월 30일, 단편소설 〈壓在心底的 話(하고싶던 말)〉이 제1회 〈전국 소수민족문학상〉 1등상 수상. 베이징(北京) "인민대회당"에서 개최된 시상 식에 참석. 수상증서와 상금 및 "금폐(金幣)"를 받음.

▶ 1982년 中文으로 번역된 단편소설 〈壓在心底的 話(하고싶던 말)〉이 四川民 族出版社, 貴州出版社, 遼寧民族出版社에서 펴낸 "全國少數民族 優秀短 篇小說集"에 각각 수록됨.

▶ 1985년 4월, 단편소설 〈壓在心底的 話(하고싶던 말)〉이 北京 "中國文聯出版公司"에서 펴낸, 1919년 중국 "5.4운동"(신문화운동)以來의, 중국문학사에 足跡를 남긴 秀作들을 수록하는 〈中國新文藝大系(중국신문예대계)〉—제5집[1976~1982]에 수록됨.

▶ 그뒤 〈첫 대접〉, 〈인정세계〉, 〈새야, 날아가거라!〉, 〈주홍령감〉, 〈대자연의 미〉, 〈민들령〉, 〈별들〉 등 단편들을 내었음. 〈첫 대접〉은 雷子金의 번역으로 "吉林日報" 文藝版에 中文으로 登載.

▶ 단편소설 〈첫 대접〉, 1982년 "연변일보" 〈우수작품상〉 수상.
   단편소설 〈별들〉은 1984년 연변일보 "해란강문학상" 1등상을 수상.

▶ 1985년 11월, 베이징(北京) 민족출판사에서 첫 단편소설집 〈하고싶던 말〉 출간. 이듬해, 전국 〈우수도서상〉을 받음.

▶ 1984년 4월 초, 당시 중공 연변조선족자치주 당위 부서기 김성화, "농민소설가" 정세봉 농가집을 방문. 수행기자들로는 〈연변일보〉 홍춘식기자, 〈연변인민방송국〉 최택찬기자.
   이듬해 봄 —1985년 4월 2일, 김성화서기(정법, 문교담당)께서 정세봉의 〈농민 모자〉를 전격, 벗겨줌.

▶ 1985년~1989년, 화룡시 "문련"에 籍을 두고 "직업작가"로 활동 하였음.
   1988년 말, 연길市로 전격 移舍.

▶ 1990년 〈연변일보〉에 〈첫 대접〉 속편 —〈최후의 만찬〉을 발표. 제3차로 〈연변일보 "해란강문학상"〉 1등상을 수상.

▶ 1991년, 장춘市 所在, 〈장백산〉 대형격월간 문학지 2期에 "반성문학"의 대표작 —중편소설 〈"볼쉐위크"의 이미지〉를 발표.
   "반당, 반사회주의 毒草"—〈닉명고발신〉 사건 터짐. 김학철선생 〈고발신事件〉 관련, 칼럼을 발표 —〈구태의연〉.
   연변문학연구소 기관지 〈문학과 예술〉지에서 爭鳴을 벌임.
   길림성 黨委 선전부, 최후의 결론을 내림. 〈근 몇년래 조선족문단에서 보기 드문, 알씸들여 써낸 력작이다.(近幾年來 朝鮮族文壇的 獨具匠心的力作.)〉.

▶ 중편소설 〈"볼쉐위크"의 이미지〉로 〈배달문학상〉, 〈장백산문학상〉, 1991년 "연변조선족자치주정부 문학상" 등 수상.

▶ 단편 〈슬픈 섭리〉, 1992년 길림市 所在, 〈도라지문학상〉 수상. 그 뒤 〈엄마가 교회에 나가요〉, 〈동토대의 태양〉, 〈인간의 생리〉 등 중단편소설로 〈도라지문학상〉 연속 5차 수상.

▶ 1994년 1월 3일, 연변작가협회 기관誌 〈연변문학〉 월간사에 소설담당편집으로 정식 入社. 당시의 편집팀들로는 (주필) 리상각, (부주필) 김호근, (소설편집) 김창석, 정세봉, 조성희, 홍천룡, 류흥식, 강옥, (詩편집) 김응룡, 석화, (번역 및 수필편집) 황장석, 리영애, (미술편집, 재회) 김진호, 박춘자 등

▶ 1995년 〈한국문학〉(이호철 주간) 여름호에 중편 〈"볼쉐위크"의 이미지〉 登載. 겨울호에 임규찬 문학평론가의 평론 게재.

▶ 1997년 미국 AL 所在, "해외문학"지에 단편소설 〈빨간 크레용태양〉 발표. 1998년부터 "해외문학" 소설담당 편집위원을 맡음.

▶ 1998년 11월 흑룡강조선민족출판사에서 중단편소설집 〈"볼쉐위크"의 이미지〉 출간.

1998년 12월 9일, 연길市 "고려호텔" 8층 세미나실에서 〈소설가 정세봉 문학연구 세미나〉 개최. 정판룡, 조성일, 장정일, 김호웅 등 연사들이 평론을 발표.

정판룡박사 ―〈정세봉의 문학은 "잔혹(殘酷)한 진실"〉.

▶ 1999년 4월 2일, 한국 서울 〈동방문학회〉 주최, "중국 동포작가 정세봉 초청포럼"에 참석.

〈동방문학〉지에 〈정세봉 소설특집〉을 냄. 이시환 문학비평가의 평론 〈의식 있는 작가, 한 리얼리스트의 외로움과 용기〉, 특집에 수록됨.

▶ 1999년 4월 24일, 처음으로 서울 "국립묘지 장군제1墓域" ―큰형님 정세웅(鄭世雄)의 묘지를 찾아봤음. 동행한 이들로는 김성은(金聖恩) 前 국방장관, 한국전쟁영웅 김동석(金東石), 한예택대령, 정봉익대령, 백영현비서관(한국조폐공사 창장 역임.) 등

▶ 1999년~2000년, 〈"연변문학" 한국 支社〉 주재기자로 서울 체류. 2000년 5월 26일, 연길 "대우호텔"에서의 〈中韓 詩문학 세미나〉를 기획, 개최.

▶ 단편소설 〈빨간 크레용태양〉, 2001년, 미국 A.L 所在, "해외문학사"에서 제정한 제4회 "해외문학상" 소설부문 대상을 수상.

제1회 수상자 일본의 이회성, 제2회 수상자 러시아의 박미하일, 제3회 수상자 카자흐스탄의 양원식

▶ 2003년 한국 서울, 도서출판 〈신세림〉에서 〈"볼세비키"의 이미지〉(단행본) 출간.

▶ 2005년 1월, "연변문학" 월간사에서 정년퇴직.

▶ 2005년 3월 16일, 社團法人 "연변소설가학회"를 비준, 설립. 제1代 회장 및 법인대표.

2005년 12월 17일 "연변소설가학회" 창립대회를 〈아리랑호텔〉에서 개최. "김학철문학상" 제정, 설립을 공식 발표.

▶ 2007년 5월 19일, 연변대학 국제세미나실에서 제1회 "김학철문학상" 시상식을 성황리에 개최.

개막사 〈첫 출항의 뱃고동소리〉 드림.

▶ 2015년 단편소설 〈고골리 숭배자〉를 〈장백산〉 6호와 서울 〈국제문예〉 가을호, 〈서울문학〉 등에 발표. 작가 자신의 인생과 문학에 대한 슬픈 성찰을 소설화한 작품으로서 장정일, 허승호, 이시환(한국) 등 문학비평가들의 혹평(酷評)을 받음.

▶ 2016년 6월, 서울 "신세림"출판사에서 〈볼세비키의 이미지〉를 再版함. 한국의 심종숙, 이혜진 등 女流 문학비평가들의 "조명"을 새롭게 받음(본 문학평론집에 수록)

▶ 최후의 승부작 장편소설 〈아버지별(星)〉을 집필중. 중국 하얼빈에서 태어나서 문학으로써 하얼빈으로 되돌아가게 되는 어떤 숙명! 그렇지만 소설의 승패는 아직 미지수.

문학평론집

문학, 그 숙명(宿命)의 길에서

초판인쇄 2017년 02월 24일 **초판발행** 2017년 03월 01일

지은이　**정세봉 편저**
펴낸이　**이혜숙**　펴낸곳　**신세림출판사**
등록일　1991년 12월 24일 제2-1298호

04559 서울특별시 중구 창경궁로 6, 702호(충무로5가, 부성빌딩)
전화 02-2264-1972　팩스 02-2264-1973
E-mail : shinselim72@hanmail.net

정가　20,000원

ISBN 978-89-5800-182-9, 03810